Langbourne

ALAN P. LANDAU

Langbourne
©2014 Alan P Landau

 NATIONAL LIBRARY OF AUSTRALIA

Die katalogusrekord vir
hierdie boek is by die
Nasionale Biblioteek van
Australië beskikbaar.

ISBN: 978-1-7641634-0-8 (Sagteband)
ISBN: 978-1-7641634-1-5 (Digitaal)

Kontakbesonderhede vir die outeur kan gevind word by
www.landaubooks.com

Afrikaanse Vertaling deur: Sonja Kantey
Proeflees deur : Elsie Barnard
Kaart : Sonja Kantey & Alan Landau
Engelse Uitgawe Gepubliseer : 2014
Afrikaanse Uitgawe Gepubliseer : 2025

Ek dra hierdie boek op aan my Vader,
ter herinnering aan 'n wonderlike man en 'n baie spesiale vriend.
Hon. John Alfred Landau MP. MLM.
1930 - 2009

BOEKE IN DIE LANGBOURNE REEKS :

(In volgorde.)

Langbourne

Langbourne's Rebellion

Langbourne's Empire

Langbourne's Evolution

Langbourne's Loyalty

Langbourne's Legacy

Ook deur Alan Landau:
To Brave Men

Deur Brenda Kate & Alan Landau
Of Sand and Stars

VOORWOORD

My oorlede vader en oupa het gereeld vir my stories vertel oor die twee broers in hierdie boek. Hulle het hulle persoonlik geken, al was my vader destyds net 'n jong seun. Sommige van die stories het ietwat vergesog geklink (soos ek dit ervaar het), maar ek het nogtans in verwondering daarna geluister.

Jare later, nadat hulle al oorlede is, het ek een van hierdie verhale vir my kinders vertel, en hulle het voorgestel dat ek 'n boek daaroor skryf. So het ek begin om die gebeure na te vors om te sien of dit werklik gebeur het – en hoe meer ek ontdek het, hoe meer het die lewensverhaal van Morris en David Langbourne my aandag geboei.

Baie van die gebeure wat in hierdie boek uitgebeeld word, is waar en kan onafhanklik nagevors word. Sommige insidente kan ek ongelukkig nie verifieer nie, so ek het 'n bietjie verbeelding gebruik om die verhaal te laat vloei op 'n manier wat – glo ek – sekere feite sou kon laat gebeur. Ek hoop my lesers vergewe my sommige onakkuraathede.

Ek vind dit hartseer om te dink dat 'n verhaal van hierdie omvang so maklik in historiese vergetelheid kon verdwyn het. Daarom is dit my hoop dat hierdie boek hulle stories sal saamvoeg en hul ongelooflike lewens sal uitlig vir die genot van my lesers.

Alan Landau 2014

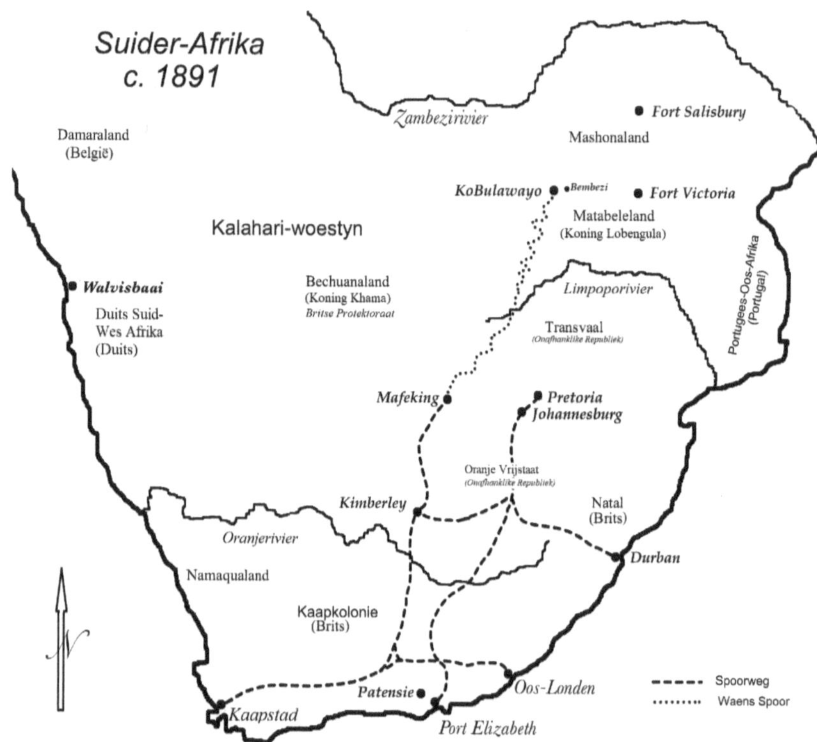

Suider-Afrika
c. 1891
Damaraland
(België)
Zambezirivier
Fort Salisbury
Mashonaland
Kalahari-woestyn
KoBulawayo
Bembezi
Fort Victoria
Matabeleland
(Koning Lobengula)
Walvisbaai
Duits Suid-
Wes Afrika
(Duits)
Bechuanaland
(Koning Khama)
Britse Protektoraat
Limpoporivier
Transvaal
(Onafhanklike Republiek)
Portugees-Oos-Afrika
(Portugal)
Mafeking
Pretoria
Johannesburg
Oranje Vrijstaat
(Onafhanklike Republiek)
Kimberley
Natal
(Brits)
Oranjerivier
Namaqualand
Durban
Kaapkolonie
(Brits)
Oos-Londen
Patensie
Kaapstad
Port Elizabeth
Spoorweg
Waens Spoor
N

HOOFSTUK 1
Vrees

Pounka, Poland – 1879

(Bloomah 5, Morris 4 and Dawid 3)

Reuben Breitstein se vingers streel oor die hoeke van die bladsye van sy goedgelese, vuilerige Tanakh. 'n Tanakh wat soos 'n intieme vriend en vertroueling vir hom gevoel het. Terwyl hy met dowwe oë na die weelderige rooi fluweel gordyne en die ingewikkelde ontwerpe van die silwer in die Sinagoge staar, het hy onrustig gevoel oor alles wat hy die afgelope week gehoor het. Gerugte het die rondte gedoen dat die omstandighede van die Jode 'n slegte wending gaan neem. Op daardie yskoue Vrydagaand het die diens tien minute vroeër geëindig en die gemeente het reeds die plek van aanbidding mompelend en met droefgeestige gebrom verlaat. Die sinagoge was leeg en stil, behalwe vir Reuben, wat na die vloer gesit en staar het terwyl hy sy Tanakh sagkens vryf.

Rabbi Jakob Langbourne het uitgekom agter 'n gordyn om die antieke godsdienstige voorwerpe van die bimah te begin wegpak toe hy sy neerslagtige gemeentelid roerloos sien sit. Hy het stilweg na Reuben toe gestap. Reuben het opgekyk en vlugtig vir hom geglimlag.

"Wat kwel jou, Reuben?"

"Rabbi, ek vrees vir my kinders se veiligheid en hul toekoms in hierdie land," het die jong man gesê. "Ek het 'n vyfjarige dogter en twee seuns van vier en drie, en nog 'n kind op pad, en die gerugte van oorlog en die vervolging van die Jode maak my baie bekommerd."

"Reuben, ek wens ek kon iets sê om jou kommer te verlig, maar ek is ook bekommerd oor my kinders én die gemeente, en vir al die Jode in Pole. Jy het goeie rede om bekommerd te wees."

"Jy weet my besigheid is verlede week beroof?" het Reuben voortgegaan, die bekommernis diep oor sy gesig gegraveer. Rabbi Langbourne het hartseer geknik. "My besigheid is meer as beroof, Rabbi, dit is bevuil. Daardie idiote het my toonbanke stukkend geslaan en my mure en my produkte besmeer. My voorraad is vernietig! Ek kan daardie goed nie meer verkoop nie. Watter soort mense doen sulke dinge?"

Rabbi Langbourne het net sy kop stadig en simpatiek geskud. Hulle het lank so in stilte gesit voordat die Rabbi weer gepraat het.

"Reuben, dit is nie veilig vir die Jode hier nie, jy weet dit. Dit is ook nie veilig vir ons kinders nie. Samuel Cohen is twee weke gelede in sy huis aangeval. Jy weet dit, nie waar nie?" Reuben het stil geknik. "Jy weet wat hulle aan sy dogter gedoen het, né?"

Reuben het skielik geskok opgekyk. Hy het nie geweet nie, maar nou besef hy dat daar niks meer hoef gesê te word nie.

"Samuel het Pole verlaat. Hy is gister weg. Hy het sy gesin saamgeneem sonder om vir iemand anders te sê. Hy het by die sinagoge aangekom om my te vertel en gevra dat ek moet stilbly totdat mense na hom begin vra. Ek sien geen rede waarom ek jou nie moet vertel nie; jy het immers 'n pragtige dogter."

"Wat moet ek doen, Rabbi?" het Reuben gevra, welwetend dat hy reeds die antwoord ken, maar nogtans in die hoop dat Rabbi Langbourne sy gedagtes sou verwoord.

"Dit is nie vir my om jou te vertel wat om te doen nie, Reuben. Jy is 'n geleerde man, 'n man wat baie goed beter verstaan as ander mense. Jy word hoogs gerespekteer in ons gemeente; mense kyk na jou vir leiding, soos jy weet. Maar as jy my sou vra, sou ek waarskynlik voorstel dat jy hierdie land verlaat," het hy gesê en deurdringend na Reuben gekyk van onder sy welige wenkbroue waarvan hy een gelig het asof hy stilweg 'n punt wou maak. "As dit ek was," het hy voortgegaan, sy skouers met oorgawe opgehaal en sy oë opgewend na die plafon, "sou ek miskien my gesin vir 'n vakansie na Engeland neem, en nie terugkom nie." Sy blik het skielik na Reuben teruggekeer, maar hierdie keer was die uitdrukking in sy oë onwrikbaar.

Die woorde 'en nie terugkom nie' het in die lug gehang terwyl Reuben die yslikheid van die Rabbi se voorstel probeer verwerk.

"Maar my besigheid, en my huis...?" het Reuben sagkens by Rabbi Langbourne gepleit.

"As dit ek was, sou ek my kinders bo my besigheid ag, Reuben. Jy is 'n slim man, jy kan altyd 'n nuwe besigheid begin, en sake in Engeland is beter as in Pole. Daar vertrek 'n trein môre-aand uit Pounka. As dit ek was, Reuben, sou ek saam met my gesin op daardie trein wees."

"Rabbi, weet jy iets wat ek nie weet nie?" Dit het vir Reuben begin voel asof die Rabbi té veel aandring.

Die Rabbi het nagedink oor wat Reuben gevra het. "Reuben, die reis is lank, maar dit is nie ongemaklik nie."

Só het dit gebeur dat Reuben, sy swanger vrou Esther, en hulle drie kinders, Bloomah, Morris en David, die volgende aand vertrek het op 'n week-lange verrassings-verjaarsdag vakansie na Duitsland. Hulle het niks vir hulle vriende gesê nie, maar almal was wel bewus dat Reuben by die sinagoge aangedoen het om Rabbi Jakob Langbourne te groet, net soos sy vriend Samuel twee dae vantevore gedoen het.

HOOFSTUK 2
Gehoor

Manchester, Engeland – 1889

(Bloomah 15, Morris 14, Dawid 13, May doodgebore 9 jaar gelede, Louis 8, Harry 7, Sarah 1)

Morris het die presiese hoeveelheid tabak versigtig op die sigaretpapier gestrooi, dit saggies in die halfmaanvormige gleufie gedruk, liggies 'n sponsie met papiergom oor die een kant van die papier gesmeer en die metaalhefboom afgetrek. 'n Voltooide sigaret het aan die ander kant uitgepop. Hy was beïndruk met hierdie nuwe uitvinding wat sigarette maak wat presies dieselfde lyk. Hy het reeds sy kwota vir die dag bereik en was effens voor sy mikpunt. Hy het na sy broer Dawid – wat besig was met dieselfde taak – gekyk. Om perfekte sigarette te maak was een ding, maar om dit vir veertien uur per dag te doen met net 'n vyftien minute middagete as ruskans, was egter uitmergelend.

Dawid het nog 'n sigaret laat uitpop en na Morris gekyk. Morris het na hom gestaar. Dawid het vlugtig in die rigting van hulle toesighouer geloer en gesien dat hy op sy stoel gesluimer het. Hy het teruggekyk na Morris wat nog steeds roerloos gesit het. Morris het net sy skouers opgetrek en sy oë gerol. Dawid het die gebaar met 'n glimlag beantwoord. Morris het nonchalant aan sy oorlel geraak en toe sy pols liggies gekrap met twee vingers en daarna vir sy jonger broer geknipoog. Hulle kommunikeer al vir jare met hulle eie geheime kode en Dawid het die boodskap verstaan:

Morris het sy daaglikse doelwit bereik en was reg om huis toe te gaan. Asof hulle broederlike band nie alreeds sterk was nie, het hierdie kodetaal hulle nog nader aan mekaar gebind, want dit was hulle s'n – nét hulle s'n. Daar was nog 'n uur oor van hulle skof, en hulle het sonder meer weer sigarette begin rol.

Terwyl hulle terugloop huistoe – wat meer soos 'n kleinerige skuur was as 'n huis – aan die buitewyke van Manchester waar 'n dun laag roet permanent oor alles gelê het, het Morris 'n klippie geskop wat vinnig voor hulle op die paadjie afgerol het, toe vrolik gebokspring het en na regs in die gras verdwyn het.

Morris, 'n maer veertienjarige seun, was die oudste van die twee. Bloomy was hulle ouer suster, maar Morris was die oudste seun en was – volgens sy pa – die oudste kind. Toe is Dawid gebore, en ná hom nog 'n dogter, 'May', maar sy is doodgebore. Hulle pa het die spanning en trauma van hulle haastige en geheime vlug uit Pole na Engeland blameer. Hy het geglo dat die ysige, gevaarlike reis nege jaar gelede te stremmend was op hulle swanger ma. Reuben het nooit regtig oor die verlies van hulle kind gekom nie. Hy het troos gevind in die plaaslike sinagoge waar hy elke dag vir ure met die Rabbi geredeneer het oor die Tanakh. Sy motivering om voort te gaan as slim sakeman soos hy in Pole was – 'n hoogsaangeskrewe handelaar in kledingstowwe van hoë kwaliteit – het verdwyn. In hierdie ellendige land waar niemand sy moedertaal kon praat nie, en sonder enige vriende, het Reuben geïsoleerd en alleen gevoel. Sy gesin was alles vir hom, en die verlies van sy meisiekind het iets in sy siel doodgemaak.

'n Jaar nadat May doodgebore is, is Louis gebore, en kort daarna Harry, 'n ondeunde kind. Vir 'n ruk was daar nie meer kinders nie, tot verlede jaar toe Sarah gebore is. Sy was 'n vrolike baba wat in almal se harte gekruip het met haar glimlaggies. Selfs Morris het blykbaar die onskuldige vreugde van babas en jong kinders geniet terwyl die wêreld buite grys en ellendig was.

Morris het na sy pa geaard. Hy was slim, sy brein was skerp en hy was voortdurend op die uitkyk vir geleenthede om geld te maak. Wanneer iemand met hom gepraat het, het hy eers geluister en dan nagedink oor wat gesê is. Hy het geglo dat elke keer as iemand iets gedoen het, daar 'n beter, meer doeltreffende manier was om dit te doen. Hy het die vermoë gehad om tegnieke te verbeter om geld te maak uit ander mense se idees.

Op veertienjarige ouderdom het hy reeds 'n klein sakkie muntstukke gespaar. Hy en Dawid was 'n gedugte span en Dawid het self ook al spaargeld gehad.

"Dawid, jy weet hoe ons daardie sigarette met daardie nuwe masjien maak?" het Morris skielik gevra.

"Ja, hoekom?"

"Wel, ons doen alles. Ons sit die papier in die gleuf, dan die tabak op die papier, dan smeer ons die gom, en daarna trek ons die hefboom."

"So?" het Dawid gevra, wetend dat hierdie tipe gesprekke met Morris altyd iewers heen lei.

"Wel, as een persoon die papier in die gleuf sit en 'n ander sit die korrekte hoeveelheid reeds-geweegde tabak in die papier, kan 'n derde persoon die gom smeer en die hefboom trek. Hulle sal minstens drie keer meer sigarette kan maak as die manier waarop ons dit nou doen. Miskien selfs soveel as tien keer meer!"

"Maar hulle sou drie keer meer mense moes aanstel om dit te doen, nie waar nie?"

"Ja, natuurlik sou hulle. Maar hulle sal binne die eerste uur daardie uitgawe dek deur die verhoogde produksie, en daarna is dit suiwer wins. Het jy enige idee hoeveel geld die maatskappy sou kon maak? Ons weet hoeveel hulle vir hulle tabak betaal," het hy gevra, maar dit was meer 'n stelling as 'n vraag, want 'n paar maande gelede het hulle saam die faktuur vir die tabak in die asblik ontdek. "En ons weet hoeveel kos 'n sigaret op straat. Wel, hulle maak 'n enorme wins!"

Dawid het nie Morris se wiskunde bevraagteken nie – hy was buitengewoon slim met syfers. "Dit mag wel so wees, Morris, maar dan sou ons baie harder moes werk, en nie net dit nie, met minder om te doen, sou ons selfs méér verveeld wees as wat ons reeds is, en glo my, ek is letterlik doodverveeld. Ek haat hierdie werk. Ek is verkluim en honger van die oomblik wat ek daardie aaklige fabriek binnegaan totdat ek saans by die huis kom. En dan begin die hele idiotiese proses weer van voor af. Ek haat dit, Morris."

"Glo my, Dawid, ek ook. Ek is nie gebore om my hele lewe sigarette te rol nie. Jy ook nie."

"Gaan jy vir Meneer-die-Toesighouer daar vertel hoe om meer geld te maak?" het hy gesê en met sy duim oor sy skouer beduie.

"Moenie laf wees nie, broer Dawid!" het Morris geglimlag. "Hoekom sou ek dít doen?"

"So?" het Dawid afwagtend gevra.

"Wel, ek vra myself af hoekom ek en jy dit nie self kan doen nie. Sodra ons begin geldmaak, kan ons mense betaal om die werk vír ons te doen."

"Stadig, broer, stadig! Sê jy nou ons moet ons eie tabakbesigheid begin?"

"Ja, hoekom nie? Ons weet presies hoe om dit te doen – baie beter as Meneer-die-Toesighouer, en selfs die Bestuurder, nou dat ek daaraan dink."

Hulle het vir 'n volle minuut so in stilte geloop. Dawid het Morris se woorde in sy kop verwerk en Morris het gewonder of sy plan regtig sou kon werk.

'n Venynige wind het opgesteek en hulle ore geknyp. Hulle fokus het verskuif van die idee om hulle eie tabakbesigheid te besit na 'n warm bord kos. Dit het nie eers saakgemaak wát nie, solank dit warm was. Die honger en koue het meedoënloos aan hulle geknaag.

"Morris?" het Dawid die stilte verbreek. "Ons moet uit hierdie plek kom. Dit is niks beter as Pole nie. Ek haat dit hier, en ek verpes dit om vir daardie slawedrywer te werk."

"Pasop wat jy sê, Dawid!" het Morris gemaan. "Jou woorde kan ons in groot moeilikheid kry. As hulle uitvind ons is Jode, is dit verby met ons. Selfs Vader sal die gevolge van jou onverskilligheid moet dra."

"Ja, ek weet, ek is jammer, Morris. Maar ek kan nie hierdie plek meer verdra nie. Ek is só ongelukkig hier! Is jy nie? Wanneer laas het jy die son gesien? My vingers is al so seer van die koue dat ek bang is ek sal nie meer sigarette kan rol nie en dan gaan ek my werk verloor, soos Horace en Peter verlede week. Ek is bekommerd, broer."

"Natuurlik is ek ongelukkig! Vader is so depressief dat ek hom amper nie meer herken nie. My vrees is dat ons gesin so sal bly voortsukkel totdat ek en jy ou manne is. Ek probeer 'n manier uitdink om meer geld te maak om die gesin te help en ook om van die geld weg te sit vir 'n noodgeval. In plaas daarvan om net die gesin se mae vol te maak."

Dawid het sy asem diep ingetrek. "Morris," het hy stadig gesê, "onthou jy verlede maand toe Vader vir Moeder Liverpool toe geneem het om die dokter te sien en ek saamgegaan het? Wel, ek het die kans gekry om bietjie rond te loop en het twee matrose by die dokke hoor praat. Hulle het vertel van 'n nuwe land in die suide van Afrika wat hulle pas besoek het.

Blykbaar skyn die son byna elke dag daar en die weer was heerlik warm."

"Afrika?" Morris het verbaas opgekyk. "Afrika is baie ver van hier af. En soos ek hoor, wemel dit van diere en insekte wat die mensdom kan vermink of doodmaak. En boonop hoor ek die inboorlinge is mensvreters," het Morris gelag. "Ek is verbaas die matrose oorleef het om daardie storie wat jy afgeluister het, te kom oorvertel!" Hy het weer gelag. "Jy sal my nie naby daardie plek kry nie, Dawid!"

"Wel, hulle het gesê dit was eintlik 'n baie lekker plek. Die Britte het begin om dit te koloniseer en in 'n produktiewe en voorspoedige land te verander. Hulle het gesê daar is oral geleenthede om geld te maak."

"Die Britte? Doen wat?"

"Koloniseer. Ek dink hulle beset die land en dit beteken hulle kan hulle burgers met hulle gesinne daarheen stuur om die land te begin bewerk en opbou. In hierdie stadium is daar byna niemand nie, so wat jy ook al daar begin, kán geld maak."

"Regtig?" het Morris, nadenkend, byna vir homself gesê. Hy was skielik baie geïnteresseerd in hierdie Donker Kontinent en het skoon vergeet van mensvreters en dodelike insekte en diere.

Hulle het stadig verder aangestap huistoe. Die huis was windverwaaid en vervalle en het in die middel van 'n groot oop veld 'n entjie verder gestaan. Die sagte gloed van 'n enkele paraffienlantern het hulle huistoe gelok asof dit hulle smeek om die eensaamheid wat dit moes verduur, te verlig.

"Afrika?" het Morris gemymer.

"Ja, Afrika. Meer spesifiek: die suide van Afrika. Ek sal veel eerder my moed teen 'n wilde dier toets as om stadig hier te verkluim, want glo my, Morris, ons gaan almal hier vrek van ellende."

"Afrika..." het Morris weer gepeins.

"Ja!" het Dawid teruggeskiet, nou opgewonde omdat hy 'n vlam aangesteek het in sy ouer broer se kop. Nou moes hy hom net bietjie aanmoediging gee om sodat die vlammetjie in 'n brandende vuur verander. "Daardie matrose het gesê dit was warm en sonnig, en kos was volop."

Dít het die truuk gedoen. Sy woorde het Morris tot stilstand laat kom.

"Kos?" het hy opgewonde uitgeroep. "Wat het hulle van die kos gesê?"

"Wel, die korter een het gesê as hulle vleis nodig het, gaan jag hulle net met gewere, en daar is soveel vleis dat hulle die helfte daarvan vir die inboorlinge gee wat gehelp het om al die vleis huistoe te dra. Sommige mans bewerk die land, en omdat die son so baie skyn, groei die gewasse geil en vinnig. O, en hulle kweek 'n allerlei groente, sommiges waarvan ek nog nooit eens gehoor het nie."

Die ysige wind het om hulle geloei terwyl hulle daar gestaan en nadink het oor Dawid se woorde. Maar 'n skielike rukwind het deur hulle flenterbaadjies gesny en hulle teruggeruk na die werklikheid. Terwyl hulle in die rigting van die grys, ellendige hut stap het Morris vinnig in die rigting van sy broer gekyk en 'n wenkbrou gelig.

"Dawid, ek dink ek en jy gaan na Afrika toe."

Dawid het sywaarts na Morris gekyk. Daar was geen glimlag op sy lippe nie, maar sy oë het helder geskyn. "Wat van Vader? Hy sal nie van daardie idee hou nie, en nou, met Moeder wat so siek is, het hulle ons nodig om die gesin aan die lewe te hou."

"Dis waar, dit sal 'n probleem wees, maar ons kan baie meer geld in Afrika maak as wat ons hiér kan. Ons kan ook baie meer daarvan terugstuur vir die gesin. Maar nou is waarskynlik nie die regte tyd om daaroor te praat nie, aangesien Vader nie werk nie. En jy is reg, Moeder is te swak. Ons kan haar nie nou los nie. Maar ons gaan, Dawid, ons gáán Afrika toe."

"Die suide van Afrika, Morris, die suide van Afrika."

Skielik opgewonde oor die vooruitsig om te ontsnap van hierdie aaklige, yskoue eiland, het hulle die pas versnel met die belofte van 'n nuwe land vol sonskyn, kos, warmte, en nuutgevonde vriende.

Maar toe hulle die voordeur oopmaak, word hulle begroet met 'n verskriklike realiteit. Hulle hoop om te ontsnap van die harde arbeid in hierdie godsverlate land, het soos mis voor die son verdwyn.

HOOFSTUK 3
'n Naam word Begrawe

Morris en Dawid het so vinnig as moontlik by die huis ingegaan en die voordeur gou toegemaak om soveel hitte as moontlik binne te hou en die bitter koue, klam lug buite. Die toneel wat hulle begroet het, het hulle laat vassteek. Reuben, hulle pa, het verwese op 'n lendelam wiegstoel gesit met Bloomah langs hom, haar een hand op sy skouer. In die ander arm het sy haar eenjarige suster, Sarah, vasgehou terwyl hulle jonger broers, Louis en Harry, in geskokte stilte by Reuben se voete gesit het. Niemand het 'n woord gesê nie. Net die sagte geknetter van die vuur wat die meedoënlose koue uit hulle kosbare huishouding gehou het, was hoorbaar.

Bloomah het die stilte verbreek. "Moeder is vanmiddag oorlede," het sy gesê. Reuben het nie geroer nie, hy het net strak voor hom uitgestaar na 'n kolletjie op die klipvloer.

"Wat bedoel jy?" het Dawid gevra.

"Moeder is dood," het sy geantwoord.

"Maar hoekom?" het Morris gevra. "Sy was nie só siek nie – nie genoeg om dood te gaan nie. Sy was besig om beter geword, dan nie?"

"Sy was baie siek, Morris, sy wou net nie hê jy moes bekommerd wees nie. Die dokter was vandag hier en hy kon niks doen om haar te help nie. Hy hét probeer."

"Maar..." Morris het woorde probeer rangskik in 'n vraag, maar alle rede het uit sy verstand verdwyn. "Mag ek haar sien?"

Bloomah het na haar twee broers gekyk. Hulle verflenterde baadjies was al lankal te klein vir hulle. "Nee Morris, ek is jammer. Die begrafnisondernemer was reeds hier." Sy het 'n oomblik geaarsel. "Broers, julle moet koud en honger wees. Eet iets, net-nou word julle ook siek. Daar is bredie in die pot," het sy gesê en na die vuurherd beduie waar 'n swaarboom pot oor die kole gehang het. "Ek het dit vroeër vandag gemaak. Eet eers, dan praat ons verder."

Almal het die seuns aangegaap en Morris en Dawid het net na die ou pot gestaar wat hulle ma so getrou bygestaan het elke dag.

"Vader," het Dawid skielik gesê en na die verwese ou man gekyk. Reuben het sy oë na Dawid s'n gelig; sy oë was rooi van emosie. "Ek is só jammer." Toe dit hom byval wat ou Joodse mans gewoonlik vir mekaar in so 'n tyd sê, het hy bygevoeg: "Ek wens u 'n lang lewe toe, Vader."

Die trane het in Reuben se oë opgewel, maar hy het teen die emosie geveg. "Dankie, seun, en mag jy ook 'n lang lewe hê. Eet nou eers en dan praat ons agterna. Ons het baie om te bespreek."

Morris en Dawid het vir hulleself van die bredie ingeskep en in stilte geëet, terwyl hulle nou en dan onderlings vir mekaar gekyk het. Die werklikheid van hulle ma se dood het nog nie heeltemal in hulle verwarde breine deurgedring nie, maar hulle het geweet dat alles in die Breitstein-huishouding van daardie dag af sou verander. Terwyl hulle eet, het die troos en hitte van 'n warm bord kos – wat gewoonlik hulle liggaam en siel verkwik het – nie gebeur nie. Hulle het steeds leeg en koud gevoel. Nadat hulle hulle borde uitgekrap het, het 'n nuwe, onwelkome gevoel in hulle binnestes kom lê: 'n gevoel van eensaamheid.

Bloomah het intussen vir Louis en Harry kamer toe geneem waar al die kinders saam geslaap het en hulle in die bed gesit. Toe het sy vir Sarah kos gegee en haar ook neergelê. Die water in die ketel het gekook, en sy het vir haar pa en twee broers tee gemaak. Hulle het intussen nader aan die vuur geskuif. Met hulle koppies tee in hulle hande, het Reuben uiteindelik die stilte met 'n swaar sug verbreek.

"My kinders, kom sit hier by my, ek moet iets met julle bespreek."

Hulle het nader geskuif en gaan sit op wat hulle ook al hulle in die hande kon kry. Morris het 'n stoel van die tafel af gebring, en Dawid het 'n houtkissie nadergetrek wat teen 'n pilaar in die middel van die vertrek geleun het. Bloomah het op die mat by Reuben se voete gaan sit. Hulle het in stilte, met onsekere verwagting, vir hulle pa se woorde gewag.

"Kinders, julle moeder was baie siek. Ek weet nie hoekom ons Here besluit het om haar juis vandag van ons weg te neem nie, maar Hy het."

Reuben se stem het gebewe. Hy het 'n oomblik stilgebly om sy emosies onder beheer te kry. "Ons het reeds 'n dogter – julle suster – verloor, en nou julle ma. Ek wil nie nog van ons familie verloor nie. Hierdie land is nie goed vir ons nie. Ons het vervolging in Pole ervaar en hier ervaar ons swaarkry. Julle twee," het hy na sy oudste seuns beduie, "is die enigstes wat werk kan kry, want julle is jonk en julle base ken net julle voorname. Hulle vra my mý naam en hulle weet dadelik ek is 'n Jood, so ek kry nie werk nie. Ek voel ons word hier óók vervolg." Reuben het sy arms opgehef na die dak asof hy sy Here stil bevraagteken oor die leed wat Hy oor hom gebring het.

"Ons is nou al tien jaar in Engeland, en ons bly sukkel teen siekte, honger, koue, en armoede. My spaargeld is nou byna op, en ons is geheel en al afhanklik van julle twee seuns wat moet werk om genoeg geld huis toe te bring vir huur en kos. Dit is nie reg nie. Dit is nét nie reg nie."

Sy oudste kinders het stil gesit en luister terwyl hulle probeer verstaan wat hulle pa vir hulle wil sê.

Dawid het die stilte verbreek: "Wat gaan ons doen, Vader?"

"My kinders, ek wil hierdie land verlaat," het hy afgemete en beslis gesê sodat sy woorde by hulle kon insink. "Ons moet hierdie land en die swaarkry wat dit oor ons gebring het, verlaat en ons moet die hartseer gebeure waarmee ons geteister is, agterlaat."

Morris het nou by die gesprek aangesluit: "Vader, ons het gehoor daar is baie geleenthede in Afrika, en..."

Reuben het hom kortgeknip. "Nee, nie Afrika nie, Morris. Ierland."

"Ierland?" Morris was verbaas.

"Ja, Ierland. 'n Dorp genaamd Dublin. Ek het met 'n ou vriend van my uit Pole gekommunikeer, Samuel Cohen. Hy woon nou daar. Hy besit 'n klerasiewinkel en dit gaan goed met hom. Hy wil sy besigheid uitbrei en hy het my gevra of ek hom sal kom help. Ek het hierdie aanbod nie aanvaar nie omdat julle ma so siek was en ons nie sou kon reis nie. Maar nou is sy nie meer met ons is nie en ek voel verplig om die aanbod sonder versuim te aanvaar."

"Wat is 'n klerasiewinkel?" het Dawid gevra.

"Dit is 'n besigheid wat weefstowwe en materiaal verkoop, soos vir gordyne," het Bloomah gesê. "Is dit reg, Vader?"

"Ja, dit is reg, my dogter. Dis 'n besigheid soos dié een wat ek in Pole gehad het. Dis werk wat ek ken en verstaan. Daarom het Meneer Cohen my gevra om by hom aan te sluit en hom te help."

Morris het met 'n frons na Dawid gekyk, asof hy wou sê dat Afrika nie meer 'n moontlikheid sou wees nie, maar toe het hy sy wenkbrou gelig soos hy so dikwels gedoen het. Hy het skielik die gedagte gekry dat Ierland dalk tóg nie so 'n slegte idee was nie. Niks kon erger wees as hiérdie plek nie. Dit was asof Dawid Morris gedagtes kon lees; die twee broers het mekaar só goed verstaan.

"Ons vertrek volgende week, ná julle ma se begrafnis," het Reuben voortgegaan. "Julle moet solank begin voorberei en inpak vir die trek. Ons sal gaan kort nadat julle seuns julle salaris gekry het. Daar is geen rede dat julle gratis werk nie."

"Hoe ver is Ierland van hier af, Pa?" het Bloomah angstig gevra.

"Ek is nie seker nie, Bloomy. Miskien 'n week, miskien twee. Ons sal per trein of wa moet gaan, afhangende van die koste, en daar sal nog 'n kort seereis wees soos die een wat ons van Pole af gedoen het."

"Vader," het Morris gevra, "sal Meneer Cohen bereid wees om vir my en Dawid in sy klerasiewinkel te laat werk?"

"Ek is nie seker nie, seun. Ons sal probeer om vir jou en Dawid by die besigheid in te sluit om 'n bietjie geld te verdien. Dit mág wees dat julle eers ander werk sal moet kry, maar wanneer die besigheid dit kan bekostig om julle te betaal, dan wil ek hê julle moet deel word van die familie besigheid, soos my bedoeling was voordat ons Pole verlaat het. Nog iets," het Reuben in 'n amper-fluister bygevoeg en sy kinders het onwillekeurig vorentoe geleun om sy volgende woorde te hoor. "Meneer Cohen het sy naam na 'Meneer Watson' verander sodat hy nie as 'n Jood geïdentifiseer kan word nie. So, ons sal ons name ook verander. Die naam Breitstein is vervloek."

"Wat sal ons dan nou genoem word, Vader?" Dawid het 'n vreemde uitdrukking op sy gesig gehad.

"Ons vernoem onsself na ons Rabbi in Pole, Jakob Langbourne. Hy is 'n baie goeie en edele persoon en boonop klink sy naam Engels. Ons sal ons voorname behou, so jy, Morris, sal Morris Langbourne word. Dawid, jy sal Dawid Langbourne word, en Bloomy, jy sal bekend staan as Bloomah Langbourne, of Bloomy, soos ons jou in elk geval hier by die huis noem. Ek sal my naam verander na Reuben Jakob Langbourne."

"So wanneer verander ons ons name, Vader?" het Morris gevra, nog steeds redelik verward.

"Die dag ná julle ma se begrafnis. Maar moet vir niemand vertel dat julle dit doen nie, begin dit net gebruik en maak asof julle nog altyd hierdie naam gehad het. Ek wil nooit weer die naam Breitstein in hierdie huis hoor nie."

Die klein groepie het in stilte gesit en alles wat die hoof van die huis gesê het, al die planne vir hulle nuwe lewe, probeer inneem. Die skielike verlies van Esther het swaar aan hulle harte en gemoedere gestrem, maar omdat daar groter struikelblokke en 'n onsekere toekoms vir hulle voorgelê het, moes die emosies tot later wag. Miskien tot ná die begrafnis.

Na 'n lang stilte het Bloomy besluit die dag moet tot 'n einde kom. Ten volle gemaklik in haar nuwe rol as matriarg, het sy sag met hulle gepraat: "Ons moet slaap kry, my familie." Almal het na haar gekyk. "Kom ons gaan slaap." Almal, Reuben ingesluit, het sonder om teë te praat ingestem en haar nuwe rol in die gesin aanvaar. Hulle het opgestaan en in stilte bed toe gegaan.

Maar slaap het daardie nag nie vir een van hulle maklik gekom nie.

HOOFSTUK 4
Die Idee

Dublin, Ierland - 1890

(Bloomah 16, Morris 15, Dawid 14, Mei doodgebore 10 jaar gelede, Louis 9, Harry 8, Sarah 2)

Morris het die groot sak aartappels van sy skouers afgelig en agter op die wagtende wa gegooi. Onder sy regterarm het sy hemp 'n skeur ingehad en die ysige koue ingelaat. Hy was vuil en honger en sy klere het 'n was nodig gehad. Hy was nie baie lank nie, maar hy was lenig en sterk, sonder 'n greintjie vet en sy spiere was gedefinieer van al die harde arbeid. 'n Hele dag se aartappelsak-sleep van die stoor na die houtwa, het die vuil nog meer laat vasklou aan sy stoppelbaard. Selfs die perde wat die vrag getrek het, het nie so hard gewerk soos hy nie, het hy gedink.

"Okei, dis genoeg!" het die plaaseienaar geskree. "Gaan huistoe, jou lui bliksem. En moenie môre laat wees nie, anders kry jy met my te doen. Jy moet vyfuur hier wees, verstaan jy?" het hy geskree.

"Ja, meneer," het Morris sy baas geantwoord. "Dankie, meneer. Ek sal nie laat wees nie." Toe, as 'n nagedagte, het hy gestop en omgedraai om die eienaar vierkantig in die gesig te kyk en na hom geroep: "Meneer, gaan u my vandag betaal?"

"Nee!" het hy teruggeblaf. "Kry jou ry voor ek my humeur met jou verloor en ek weer jou loon moet inkort!"

"Maar u het my nog nie betaal vir..."

Die plaaseienaar het hom in die rede geval en wild sy arm geswaai en in die verte beduie. "Ek het gesê kry jou ry, jou bogsnuiter!"

"Ja, meneer," het Morris teleurgesteld en afgehaal geantwoord. Hy het omgedraai en met hangende skouers begin wegstap, passend by sy gemoed.

Morris het teruggedraf skuur toe waar sy vuil, verslete baadjie gehang het. Sommer so in die draf het hy sy baadjie aangetrek. Hy kon huistoe geloop het, maar dit sou twee keer langer gevat het en teen daardie tyd sou die badwater al lou en vuil gewees het na sy twee jonger broers daarmee klaar was. En as Dawid voor hom by die huis was, sou die water nóg vuiler wee na sý werkdag. Die hardlopery het hom boonop warm gehou. Hy was nie die langste in die gesin nie – 'n feit waaroor sy pa hom gedurig geterg het – maaar hy was rateltaai en fiks van die fisiese werk op die plaas, so, die drawwery was nie juis uitputtend nie. Terwyl hy so draf, het hy gewonder of Dawid voor hom by die huis sou wees.

So twee myl verder af in die pad, het Dawid sy kruiwa staangemaak teen die fabriek se muur en na die werkersarea geloop. Sy baadjie was opgerol oop 'n hoë kas en hy moes spring om dit van daar bo af te pluk. Omdat hy die jongste seun onder die werkers was, het hulle hom nie toegelaat om sy baadjie saam met hulle s'n in 'n oorvol kas te hang waar dit beskut sou wees teen die roet van die smeltery nie. Dawid het die fyn swart stof van sy baadjie afgeskud. Die oranje gloed van die smeltoond het sy beswete en roetbesmeerde gesig laat gloei. Niemand het 'n woord gesê toe hy die pad vat huistoe nie en hy het summier begin draf, haastig om by sy familie te wees. Hulle was omtrent die enigste mense wat regtig met hom gepraat het en hy was baie lief vir hulle.

'n Ent verder het hy Morris gesien indraai op die pad huistoe met 'n rustige drafpas. Morris het oor sy skouer gekyk, instinktief, en vir Dawid raakgesien. Hy het gestop en omgedraai, sy pas weer versnel om hom te tegemoet te draf. Toe hulle bymekaar kom, het hulle weer saam aangedraf huistoe.

"Jy het weer laat klaargemaak vandag, Morris," het Dawid opgemerk.

"Ja. Ek haat my baas; hy hou my oortyd en wil my nie betaal daarvoor nie."

"Jy moet iets sê."

"Soos wat? Ek het probeer. Vir hom is ek net 'n jong, onnosel seun. Wat kan ek doen?"

Dawid het stadiger begin stap. "Haai, stadig, ek wil met jou praat oor iets."

"Daar's nie 'n manier nie, Dawid!" het hy uitgeroep terwyl hy aanhou draf het en Dawid moes noodgedwonge weer sy pas versnel om hom in the haal. "Dis maklik vir jou om huis toe te stáp nadat jy die hele dag langs 'n brandende smeltoond gewerk het. Ek spandeer die hele dag in 'n yskoue, nat veld. Ek moet warm word, en vinnig!"

Dawid was effens langer en leniger as Morris en sedert sy barmitswa die vorige jaar het hy begin lyf kry, sy skouers en bors was meer gespierd en sy voorkoms het oppad werk toe en terug baie jong meisies – en party nié so jonk nie – se aandag begin trek. Morris was nou wel 'n jaar ouer, maar hy was korter en sy lont was ewe kort. Hy kon skielik oopvlam en sonder om te wik of te weeg presiés vir mense vertel hoe hy voel. Dawid was baie kalmer en meer beheersd en het presies geweet hoe om sy broer se nukke te hanteer.

"O, jammer, ek het nie gedink nie," het hy verskoning gevra, hoofsaaklik om Morris, wat duidelik nie in 'n goeie bui was nie, te paai. Hy het ongeag voortgegaan. "Luister, voor ons gaan slaap moet ons gesels – ek het iets belangrik om met jou te bespreek."

"Seker, enige tyd."

"Maar ek wil nie hê Vader of Bloomy moet hoor nie, okei?" Die ander kinders was nie 'n faktor in die gesprek nie, want hulle was te jonk.

"Goed dan," het Morris gesê, nou 'n bietjie meer geïnteresseerd. "As dit is wat ek dínk dit is, het ek ook iets te sê. Maar in hierdie stadium kry ek so koud, ek kan skaars my voete voel."

"Sodra Bloomy die ligte afsit, kom oor na my muur toe." Dawid het teen die een muur geslaap, wat hy liefdevol 'sy muur' genoem het, en Morris teen die ander muur, met die twee jonger broers in die middel van die kamer. Bloomy en baba Sarah het in die kombuisarea langs die houtstoof en sinkbad geslaap, terwyl Ruben op die enigste bed by die kombuistafel geslaap het, wat ook as 'n sitplek tydens maaltye kon dien. Hulle het 'n laken as 'n gordyn gebruik om privaatheid te verskaf aan die persoon wat in die bad was. Hulle was beslis baie arm.

Aandete het bestaan uit aartappels en 'n beesvleis sous – wat meer 'n modderige mengsel as vleis was. Dit het nie lekker gelyk nie, maar Bloomy het dit met sout en die speserye wat sy self gekweek opgekikker tot 'n feesmaal. Dit was warm en welkom op daardie ysige winteraande.

Dit was al wat hulle kon bekostig.

Nadat 'n tafelgebed het Ruben vir Bloomy gevra om die kos op te skep. Hulle het mosterdkleurige emaljeborde gehad met 'n donkerblou ring emalje om die rand vir versiering. Een van die borde het 'n dieperige kepie uit die rand gehad. Dit was die 'gelukkige bord' en dit het 'n familietradisie geword dat die een wat dié bord kry, die volgende dag 'n goeie dag sou hê. Dit het nooit regtig so uitgewerk nie, maar dit was 'n manier om hulle gemoedere te lig in 'n land waar alles slegter en kouer gevoel het as in as Manchester in Engeland.

"Jy het die gelukkige bord vandag, Louis!" het Bloomy uitgeroep. "Deel asseblief van jou geluk môre met die familie," het sy geterg.

Louis het van genot het oorgeborrel. "Ek is mal oor my gelukkige dae, Bloomy!" Sy oë het saam met sy glimlag gestraal. Hierdie klein vreugdes was baie belangrik vir die familie en Ruben en Bloomy was deeglik bewus daarvan.

Al het Bloomy goed vir al die kinders gesorg, het sy haar hande vol gehad met klein Sarah. Daarom het Ruben besluit om sy oorlede vrou se niggie, Helena, te nooi om by hulle te kom bly om te help met die twee jonger seuns. Helena was – soos Bloomy – liefdevol en 'n omgeemens. Sy was nie veel ouer as Bloomy nie en dus het hulle baie goed oor die weggekom. Almal het Helena as deel van die familie aanvaar. Haar pa het vir Ruben geskryf; hy was desperaat om haar veilig uit Pole te kry. Hy was egter gekniehalter want sy vrou was verlam en dit was onmoontlik om met haar te trek. Rubern het onmiddellik ingestem en haar in hulle nederige huishouding verwelkom.

"Seuns," het Ruben Morris en Dawid aangespreek, "hoe was julle dag vandag?"

Morris het sy keel skoongemaak. Sy stem het nou wel twee jaar gelede gebreek, maar was steeds effens hoog. "Dis harde werk, Vader en moeilik, want ek spandeer die hele dag in die koue. Hoe lank hou hierdie winters aan? Dit is baie erger hier as in Manchester. Ek kan nie glo dat u ons hierheen gebring het nie."

"Ek voel vir jou, Morris. Jy is die enigste een van ons familie wat buite in die koue moet werk. Dit is nie regverdig nie," het hy simpatiek gesê. "Ek bid elke dag vir jou. Ek bid vir julle almal."

Dawid het met 'n mondvol aartappels begin praat,; hy wou die gesprek so gou as moontlik in 'n ander rigting stuur, weg van Morris af. "Wel, ek werk swetend langs 'n warm oond en moet die vieslikste roet-lug inasem. Ek hoes die hele dag. Ons werk in radikaal teenoorgestelde temperature. Dit sou snaaks wees as dit nie so tragies was nie, as u verstaan wat ek bedoel, Vader?"

Bloomy het na Dawid gekyk. "'n Mens praat nie met 'n mond vol kos nie, Dawid. Onthou asseblief jou maniere, Moeder het jou beter as dit grootgemaak en net oor jy aan die familietafel sit, is nie rede om jou maniere te vergeet nie." Esther het uit 'n goeie familie gekom, fynbesnede en gemanierd. Etiket en verál goeie tafelmaniere was vir haar 'n bron van trots en dit was vir haar belangrik om hierdie gewoontes aan haar kinders oor te dra. Dawid het homself gekorrigeer toe hy dit onthou en het vinnig om verskoning gevra.

Ruben het eers na sy seuns en toe na Bloomy gekyk. "Ek het vandag met meneer Watson gepraat oor die plan om julle seuns in die besigheid te betrek. Hy sê die besigheid is nog nie gereed om julle 'n salaris te betaal nie. Soos dit nou is, het hy my nog nie eens betaal vir die bietjie werk wat hy my gevra het om te doen nie. Ek bid dikwels hieroor en ek weet nie wat om te doen nie."

"Ek het vandag twee pennies verdien deur mevrou O'Grady se kind vir die dag op te pas," het Bloomy gesê. "Dit sal nie ver gaan nie, maar dit is darem iets. Terloops, Morris, ons sal teen die einde van die week nog aartappels nodig hê. Dink jy jy kan...?" Sy het nie nodig gehad om die sin te voltooi nie. Morris het vinnig sy kop geknik en aan 'n warm aartappel gesmul. "Dankie, broer," het sy geglimlag.

"En wat van skool, seuns?" het Ruben sy twee jongste seuns gevra.

"Ons het weer somme gedoen, Vader," het Harry vertel. "Ek hou van somme, maar ek hou nie van die onderwyser nie. Hy is sommer goor; hy skree net die hele tyd op ons."

"Het hy julle geleer hoe om geld te tel en kleingeld te gee?"

"Nee," het Harry eenvoudig gesê, "maar u het my goed geleer, Vader. Ek weet alles daarvan."

"Ek ook, Vader!" het Louis uitgeroep. "Vra my nog 'n vraag – dis my beurt om te antwoord!"

So het die geldspeletjie begin, soos so dikwels tydens etenstyd. Ruben het sy seuns soveel as moontlik van besigheid geleer. Al sy voorvaders was handelaars en hy wou hê sy seuns moes daardie kennis hê, al was hulle nou eenvoudige arbeiders. Morris en Dawid het vinnige, skerp breine gehad wat handelsvaardighede betref, want hy het die basiese besigheidsbeginsels van 'n vroeë ouderdom af by hulle ingeprent. Harry het ook 'n goeie begrip van die basiese besigheidsbeginsels getoon. Hy was trots op sy seuns.

Ruben het dié speletjies uitgedink om hulle van besigheid te leer en die wenner was die een wat die vaardighede van besigheid en handel die beste toegepas het. Hulle belonings was nie geldelik nie, maar in die vorm van komplimente of 'n heldestatus vir die dag. Soos die "gelukkige bord", het dit geen waarde gehad nie, behalwe dat dit die wenner laat goed voel het, veral voor die familie. Dit het hulle familie nóg hegter laat voel. Morris – wat baie slimmer as die ander was – mog nie deelneem nie. Dit het onregverdig geword want as hy deelgeneem het, het hy altyd gewen. Vir hom het Ruben spesiale vrae uitgewerk wat meer veeleisend was. Soms het moes Ruben die hele dag daaraan werk om ingewikkelde vrae te formuleer. Morris se antwoorde was so vinnig dat Ruben begin twyfel het aan sy eie vermoë om sy oudste seun uit te daag.

"As 'n kliënt 343 jaart materiaal teen een pond, twee sjielings en ses pennies per jaart gekoop het," het Ruben twee weke vantevore vir Morris oor aandete gesê, "en hy het jou 'n vyf pond banknoot gegee, en die enigste kleingeld wat jy in jou geldkas het, is oortjies, hoeveel oortjies moet jy die kliënt gee vir kleingeld?"

Morris het na sy pa gekyk en gesug met 'n effens verwarde uitdrukking op sy gesig. Die hele familie het in totale stilte na Morris gestaar. "Oortjies?" het hy gevra. "U weet dat 'n oortjie 'n kwartpennie is?"

"Ja, ek weet," het Ruben selfvoldaan geglimlag. "Ek maak dit net moeilik vir jou. Kan jy die vraag beantwoord?"

Morris het 'n oomblik na die plafon gekyk. "As dit die geval is," het hy sy pa vierkantig aangekyk, "moet die antwoord vierhonderd twee-en-dertig oortjies wees."

Ruben het hom in ongeloof na hom gestaar. Sy eie antwoord was ná aan die een wat wat Morris gegee het, maar nou het hy aan homself begin twyfel. In plaas daarvan om Morris se antwoord te bevraagteken, het Ruben besluit om saam te stem, net vir ingeval Morris wél reg was.

"Welgedaan, my seun. Jy is by verre die slimste van al die kinders in die familie. Jy wen 'n lewenslange prys van erkenning, en van vandag af hoef jy nie meer getoets te word nie." Hy het besef dat Morris veel slimmer as hyself was en hy moes 'n manier kry om die kompetisie met grasie stop te sit voordat sy eie seun hóm toets.

Ruben was veral trots op Bloomy, wat instinktief die rol van moeder aangeneem het, en wat vir sy jongste dogter, Sarah, gesorg en haar grootgemaak het. Bloomy het vir die gesin gekook en 'n veilige vesting gebied waar die gesin kon skuiling vind wanneer die wêreld buite te moeilik geraak het. Haar toewyding het die hegte band tussen hulle gesmee.

Hy was trots op sy hele familie. Hulle het nooit met mekaar baklei nie, en hulle band was sterk. Morris was wel by tye 'n bietjie kortaf en het 'n bietjie diplomasie gekort, maar hulle het vir mekaar omgegee en na mekaar omgesien. Almal was intelligent, sterk, gesond en aantreklik. Bloomy en Morris het hom veral aan sy Esther herinner, en hy het baie van homself in Dawid en Harry gesien. Louis was in baie opsigte anders, maar steeds 'n Breitstein, of Langbourne, soos hulle nou bekend gestaan het. 'n Bietjie van 'n mengsel van die twee, het hy gedink.

Na die aandete het die moegheid die Langbourne-gesin vinnig oorval. Dit was harde dae en die hitte van hulle warm komberse en die sagte geknetter van die vuur het hulle gekoester teen die koue. Dawid het net begin insluimer toe iets aan sy skouer raak.

"Wat?" het Dawid gemurmureer, ietwat verward.

"Ssssh…" het Morris saggies in sy oor gefluister. "Waaroor wou jy met my praat?" het hy sy broer vinnig herinner.

"O, jammer, ek het amper al geslaap." Dawid het homself op sy elmboog gestut en vir Morris geantwoord in 'n gefluister: "Ek is nie gelukkig met hoe dit met ons familie gaan nie."

"Ja?" het Morris geantwoord, maar dit het geklink asof hy saamstem.

"Wel, ek bekommer my oor Vader en sy besigheid met meneer Watson. Dit gaan nêrens heen nie. Ek het gedink – óns het gedink –" het hy homself gekorrigeer, "dat meneer Watson Vader hier wou hê omdat hy welvarend is en sy besigheid wou laat groei. Maar hier is ons, en Vader word nie eers ordentlik betaal vir die bietjie werk wat hy doen nie. Selfs meneer Watson gaan amper nooit meer werk toe nie. Dis net nie reg nie."

"Ek weet, Dawid, maar hoe kan ek en jy help om daardie besigheid reg te maak? Meneer Watson neem al die besluite. Ons kan nie eers werk daar kry nie, en Vader is veronderstel om 'n vennoot in die besigheid te wees."

"Wel, ek het gedink, hoekom kan ek en jy nie ons eie besigheid begin nie? Ons kan sigarette verkoop soos ons in Manchester gedoen het."

Morris het in die donker gesug. "Met watter geld en met watter gereedskap?"

"Wel, ek hét daaraan gedink," het Dawid teruggefluister. "By die werk het ek gekyk hoe maak hulle goed in die smeltery. Dit is nogal slim hoe hulle te werk gaan." Hy het nou regop gesit; slaap was vergete en hy was skielik opgewonde. Hy het gehoor hoe Morris in die donker regop sit en het voortgegaan. "Wat ek aflei, is dat hulle die vorm maak uit 'n soort kerswas. Dan sit hulle dit in 'n boks vol sagte fyn sand – wel, dit lýk soos fyn sand en dit vóél soos sand, net effens klam sodat dit die vorm behou. Dan druk hulle die wasvorm in die sand om die vorm te kry om soos die teenoorgestelde van wat dit is, te lyk."

"Ek verstaan nie wat jy bedoel nie."

"Wel, stel jou nou voor jy steek jou duim in 'n boks met klam sand en trek dan jou duim uit. Wat agterbly is die afdruk van jou duim, maar die teenoorgestelde vorm van hoe jou duim lyk. So, in die sand is daar nou 'n gat wat lyk soos jou duim."

"Goed, wel, dit is redelik vanselfsprekend. Gaan voort." Hy het begin ongeduldig raak.

"Ek werk langs hierdie oond en ek sien hoe die vuur daarin is so warm dat hulle metaal daarin smelt."

"Metaal smelt? Regtig?" het Morris verbaas gesê.

"Dis waar! Ek het dit met my eie oë gesien! Dit word soos water, en jy kan dit soos water giet. Dit is ongelooflik. Maar jy kan nie aan die raak nie, anders verbrand jy jouself – blykbaar kan jy sommer aan die brand slaan!"

"Nooit!" het Morris ongelowig uitgeroep.

"Dis waar! Ek belowe jou. Die bestuurder het dit vir my gesê! Hy het gesê as ek aan die gesmelte metaal raak, ek in vlamme sal uitbars and doodbrand. En ek glo hom, want selfs op die koudste dag kan jy nie té naby aan die oond kom nie."

"Regtig? Ek het dit nie geweet nie."

"In elk geval, wanneer die gesmelte metaal afkoel, word dit weer hard soos metaal."

"Soos kerswas?" het Morris gesê asof hy stadig begin verstaan het wat Dawid vir hom vertel.

"Ja, soos kerswas!" het Dawid opgewonde voortgegaan. "Ek veronderstel kerswas en metaal werk op dieselfde manier – verhit dit en dit smelt – maar dit is net dat kerse nie so warm hoef te word soos metaal om te smelt nie."

"So hulle het seker uitgewerk dat hoe harder iets is, hoe warmer moet jy dit maak om dit soos water te laat vloei," het Morris gepeins, "soos water self miskien? Van ys na water? Hard na vloeistof!"

"Ja, ek dink so," het Dawid gesê, bietjie deurmekaar van Morris se redenasie. "In elk geval, kom ons gaan terug na ons duimgat in die sand."

"O, ja, jammer, wat daarvan?"

"Goed, so nou het jy jou duim in die sand gedruk en 'n teenoorgestelde vorm van jou duim in die sand gelaat. Dan gooi jy 'n bietjie gesmelte metaal in die gat. En wanneer dit afkoel, word dit hard. Verstaan jy tot dusver?"

"Ja, gaan aan."

"Reg, wat gebeur nou as jy die harde metaal uit die sand haal?" het Dawid getoets.

"Ek weet nie. Wat?"

"Ag komaan, Morris! Jy kry 'n harde stuk metaal wat soos jou duim lyk!"

Die twee broers het in stilte gesit terwyl Morris probeer het om uit te pluis wat Dawid vir hom vertel het. In die flou gloed van die kole uit die kombuis, kon Morris die breë glimlag op Dawid se gesig onderskei en dit het hom geïrriteer. "Ek verstaan nie, Dawid! Wat probeer jy my sê? Hoekom wil ek 'n kopie van my duim in metaal hê? Om hemelsnaam, broer!"

"Morris! Dink!" het Dawid ondeund uitgeroep.

"Ek gee op. Hoekom?" het Morris nou geïrriteerd gesê.

"Ag, broer, hou op om aan jou duim te dink," het hy met 'n sagte giggel gesê. "Dit hoef nie jou duim te wees nie; dit kan énigiets wees."

"Jy bedoel...?" Dit was skielik stil, maar Dawid het besef dat Morris uiteindelik besig was om die kloutjie by die oor te bring.

"Ja, dink net."

"Sê jy vir my dat ons so dele vir 'n sigaretmaak-apparaat kan maak?" het Morris gevra.

"Ja!"

"'n Sigaret-apparaat?"

"Byna enigiets," het Dawid baie opgewonde gesê en met moeite die volume van sy fluister beheer.

"So as ek 'n vorm uit kerswas maak en dit vir jou gee, kan jy dit in 'n metaalvorm verander?"

"Ja!"

"Dawid," het Morris stadig gesê, "dit is baie interessant. Maar weet jy hoe om hierdie metaal uit te giet sonder om self te verbrand?"

"Ja, ek het gekyk hoe hulle dit doen en ek dink ek sal dit kan doen. Dit lyk nie moeilik nie. En ek kan een van die grofsmede vra om te help. Ek is seker dit sal nie 'n probleem wees nie."

"Goed. Ek sal 'n vorm met kerswas maak en dit vir jou gee, en dan, wanneer niemand kyk nie, laat jy dit in metaal giet," het Morris met nuwe vasberadenheid in sy fluistertoon amper beveel. En toe het hy so stil as wat hy gekom het, hom teruggehaas na sy komberse.

Dit het Dawid amper twee maande geneem om 'n apparaat vir Morris te maak. Hy was naderhand spyt dat hy vir Morris van sy idee vertel het, want elke keer wat hy geslaag het om 'n metaalvorm te giet, was Morris ontevrede. Hy het meer en meer krities en soms selfs neerhalend geraak. Sodoende moes Morris elke keer 'n nuwe wasvorm maak, en met elke poging van Dawid is die vorm op 'n manier beskadig. Hy wou naderhand moed opgee – en het amper op twee geleenthede – maar Morris se vasberade dryfkrag – soos Dawid nog nooit tevore gesien het nie – het hom laat aanhou. Die laaste ding wat hy wou doen, was om sy broer teleur te stel.

Hy was uiteindelik suksesvol. Morris was tevrede dat die vorm die eienskappe gehad het waarna hy gesoek het, hoewel dit te grof was. Dit sou gepoleer moes word sodat die sigaretpapier nie sou vashaak en skeur nie. Morris het homself met hierdie taak belas, tot Dawid se groot verligting, maar hy was geskok toe Morris nóg ses identiese apparate wou hê.

Dawid is twee keer ámper deur sy toesighouer betrap, en hy was nie beïndruk met die eise van sy ouer broer nie. Vier maande later het hy egter die taak voltooi. Morris het tevrede gelyk, maar het dit nie gewys nie. Namate sy tegniek en die stowwe wat hy gebruik het vir die polering verbeter het, het hy elke nuwe apparaat al vinniger gepoleer. Hy het elke aand gesit en poleer en sy vingers was vol eelte.

Een aand toe Dawid weer snoesig onder sy komberse lê en begin insluimer het, het Morris weer aan sy skouer geraak, soos daardie aand, byna ses maande gelede.

"Dawid!" het hy in sy oor gefluister. "Word wakker."

"Wat?" het Dawid verward geantwoord.

"Dit is tyd om ons plan nou verder te neem. Ons het nou sewe sigaretapparate. Ek het nou die dag daarin geslaag om sigaretpapier by een van die plaaswerkers te bedel en ek het probeer om sigarette te maak met dooie blare uit die bos."

"Jy het my nooit vertel nie!" Dawid het gekrenk geklink, omdat Morris hom nie ingesluit het toe hy die kosbare gereedskap – wat hom amper sy werk gekos het – getoets het nie.

"Maak nie saak nie." Morris het sy broer se gekweste emosies sonder veel kommer afgemaak, maar hy hét wel die teleurstelling in sy se stem gehoor. "Die punt is dit het goed gewerk. Dit het 'n paar probeerslae gekos om die tegniek te bemeester, maar ek het dit goed laat werk. Met 'n bietjie oefening kan ons baie goed word om sigarette te rol." En toe, om die opgewondenheid in Dawid aan te wakker, het hy bygevoeg: "Welgedaan; jy het goeie werk gedoen, Dawid. Dankie."

Dawid het breed in die donker geglimlag, want dit was selde dat hy 'n kompliment van Morris gekry het.

"So wat nou, Morris?" het Dawid opgewonde gevra.

"Ons gaan 'n tabakbesigheid begin en ons gaan baie geld maak."

"Wanneer?" het Dawid nou baie opgewonde oor die vooruitsig gevra.

"Wanneer ons genoeg geld het kry om tabak en sigaretpapier te koop. Ek wil hê jy moet begin dink hoe ons dit gaan doen. As enigiemand 'n plan kan maak, is dit jy." En net so het hy in die donker verdwyn terug na sy komberse toe. Dawid het in die donker voor hom uitgestaar met wisselende emosies tussen trots, opgewondenheid en diepe verwarring.

HOOFSTUK 5
Beskuldig

Die volgende dag terwyl Morris deur die plaashekke draf, het die wind om hom geloei. Ten minste het dit nie gereën nie, al was die lug grys en somber. Die ysige wind het sy kneukels laat pyn. Hy het sy kaal hande vuiste gemaak om ten minste 'n klein gedeelte van sy vingers teen die meedoënlose koue te probeer beskerm. Hy het vorentoe gekyk en sy moed het in sy skoene gesak toe hy sy baas by die ingang van die hoofskuur sien wat hom staan en dophou.

Skielik het hy bekommerd geraak dat hy laat was. Hy het geen manier gehad om te weet hoe laat dit is nie en hy was seker toe hy by die huis weg is, dat hy genoeg tyd gehad het om betyds te wees. Die hol gevoel op sy maag het hom gewaarsku dat dit nie 'n goeie dag sou wees nie, maar dit was in elk geval nooit nie, so hoeveel meer onaangenaam kón dit raak? Hy het die werk gehaat én die idioot wat hom so mishandel het. Douglas O'Connor het die plaas al vier-en-twintig jaar lank besit. Dit was 'n erfplaas wat deur sy voorvaders nagelaat is, so, O'Connor het nog nooit regtig 'n baas gehad wat ouer is as hy nie. Dit was hoofsaaklik 'n aartappelplaas, met 'n halfdosyn trekperde, 'n dosyn of so varke, en 'n afskuwelike klein hoenderhok wat hom wel gevoed het vir ontbyt. Sy weerbarstige sandkleurige hare was al aan die dun kant en hy het al begin grys word en sy groot pens het ongesond oor sy broek gehang. Hy het pal 'n tweedkeps gedra en sy vetterige onversorgde hare het van onder uitgepeul. Wanneer hy die pet verwyder het, het hulle teenaan sy kopvel vasgeplak; die indruk van waar die pet gesit het, het vore oor sy hare gedruk sodat hulle amper gesmeek het dat hy weer die keps moet opsit. Sy gesig was rond, rooi en gepof; waarskynlik as gevolg van sy openlike liefde vir Guinness (of whiskey, wat ook al sy vriende aangebied het). Sy asem het altyd gestink en sy liggaamsreuk was op sy beste dag walglik. Hy was 'n afstootlike man, en sy onbeskofte, sarkastiese maniere was net so aaklig soos sy higiëne. Die hemel weet wanneer hy laas gebad het.

Morris het gewonder hoe O'Connor enigsins vriende kon hê. Hy het ook gewonder hoekom die werkers nog op die plaas gebly het om vir hom te werk. Hy het hulle skaars betaal, was aanhoudend onbeskof en intimiderend en hy het die personeel dikwels met geweld gedreig, hoewel Morris nooit regtig gesien of gehoor het dat iemand werklik deur hom geslaan was nie. Dit was 'n baie eienaardig scenario. Die man was afstootlik en tog het mense vir baie min geld by hom bly werk, terwyl hulle agter sy rug oor sy mislike karakter kla. Hy was elke opsig 'n bullebak.

Was dit vrees of die sekerheid dat hulle werk het of was dit omdat hy geld en grond gehad het dat hulle nie gekla het nie, of was dit om gunste of aanvaarding te verkry? Morris het O'Connor snags deur die kroegvenster in die dorp gesien waar hy slingerend dronk geraak het saam met die naburige boere, wie blykbaar sy geselskap geniet het, want hulle het die hele tyd vir hom drank gekoop. Dit 'het gelyk' of hulle van sy geselskap hou, maar het hulle régtig? Hoekom het goeie mense hulle vereenselwig met iemand so haatlik en afstootlik en het hulle sonder huiwering goed vir hom gedoen, selfs sonder dat hy hulle daarvoor vergoed? Dié vraag het vir Morris diep gepla en het hom selfs in die nag terwyl hy probeer slaap het, geteister.

Die plaas was nie groot nie. O'Connor het nou wel baie grond gehad met baie aartappels onder die grond, maar daar was net drie skure, twee kleintjies en 'n groter een naby die opstal. Die opstal self was ook nie groot nie; dit het gelyk asof dit twee of drie kamers gehad het, wat volgens Morris se lewensstandaard groot was en daar was 'n eensame kleinhuisie 'n entjie van die opstal af, wat Morris nie mog gebruik nie. Agter die huis was 'n begraafplaas van stukkende plaasmasjinerie en ander metaalrommel wat stilletjies tot niet geroes het. Die stalle was nie ver van die huis af nie. Wanneer dit gereën het, het hulle vreeslik gelek, maar O'Connor het geen moeite gedoen om dit te herstel nie. Hy het seker gehoop dat die hooibale wat om die mure van die stal gestapel was die wind van die trekperde sou afhou. Dit was nie 'n mooi plaas nie en as gevolg van die verwaarlosing het die plek geleidelik meer vervalle geraak.

Daar was tans net drie werkers op die plaas. Behalwe vir Morris, was daar 'n jong man met die naam Adam, 'n bietjie ouer as Morris. Hy het vir Morris gehelp om aartappels van die land af na die skure te karwei. Soos Morris was hy goed met perde en die perde het gelyk asof hulle sy aandag geniet het. Tydens oestyd sou die personeel vermeerder tot omtrent 20 mense, maar Morris en Adam was die enigste twee wat aan die einde van die seisoen sou aanbly, waarskynlik omdat O'Connor besef dat hulle goeie perdekennis gehad het. Die derde werker was O'Connor se bediende, Elaine, wat in die opstal gewerk het. Sy was 'n baie skraal jong meisie, weer ouer as Morris, maar jonger as Adam. Sy het die slegste werk van almal gehad, het Morris gedink.

O'Connor het haar weggehou van die seuns en enige gesprekke wat hulle mag gehad het, geminimaliseer. Sy moes hom hand en voet bedien, seker maak dat hy nooit honger ly nie, die huis skoonmaak en sy kamerpot in die kleinhuisie gaan uitgooi wanneer O'Connor dit klaar gebruik het. Sy het in 'n baie klein kamertjie agter die huis gewoon en was dus die hele tyd in hierdie afskuwelike persoon se teenwoordigheid en Morris was seker dat haar lewe baie moeilik was. Daar was van haar verwag om die hele tyd vir hom rond te hardloop en sy moes vier-en-twintig uur per dag aan elkeen van sy verwagtinge voldoen, maar sy kon nie van hom af wegkom nie, sy onvoorspelbare buie, slegte reuk en onredelike eise, waarvan Morris oortuig was dat daar baie was. Wat het haar egter daar gehou? Sy was nie 'n gevangene nie; sy kon enige tyd loop. Dit kon tog sekerlik nie die geld wees nie?

Adam het Morris op 'n keer vertel dat hy daarin geslaag het om bietjie met Elaine te gesels naby die kleinhuisie, terwyl O'Connor sy dronkenskap lê en afslaap het. Die lewe onder O'Connor se dak was inderdaad hel. Hy het baie hard gesnork en haar snags wakker gehou; gereeld goed omgestamp wat sy natuurlik onmiddellik moes opruim. Adam het gedink dit was snaaks om van sy baas se privaatlewe te hoor, maar Morris was ontsteld dat iemand 'n mooi meisie so wreed kon behandel.

Morris het aangedraf op die wielspoor-paadjie sonder om sy tempo te verander. Vir 'n oomblik het sy oë op O'Connor gerus, maar hy het weggekyk toe hy agterkom dat O'Connor stip na hom staar.

"Hier gaan ons alweer," het Morris gedink. "Ek kan voel dit gaan 'n mislike dag wees."

Hy was reg, maar hy het nie geweet hóé sleg die dag sou uidraai nie. "Kom hier, jou armsalige idioot!" het O'Connor geskreeu toe Morris binne hoorafstand is. "Jy is alweer laat! Hoeveel keer moet ek jou sê om nooit laat te wees nie?"

"Jy is die idioot! Ek is vroeg!" het Morris gedink, maar net hardop gesê: "Ek is jammer, meneer." Hy het homself afgevra hoekom hy nie sy gedagtes hardop sê nie, maar die tirade het so vinnig gekom dat hy nie tyd gehad het om te dink nie.

"Moenie jammer sê vir my nie, jou bogsnuiter! Jy is nie jammer nie, né?" Morris het sy mond oopgemaak om iets te sê ter verdediging, maar O'Connor het hom kortgeknip: "Jy is net soos al die ander – onbeskofte, ongedissiplineerde klein seuntjie! Hoe durf jy my weer vir betaling vra! Ek het jou al soveel keer gestraf omdat jy laat was sedert jy hier begin werk het, dat jy mý geld skuld!" het O'Connor hard geskree en met sy wysvinger teen sy bors gedruk om te beklemtoon dat hy na homself verwys.

"Ai tog," het Morris gedink, "hy het alweer gedrink en die hele nag oor die geld gesit en broei. Nou is hy regtig in 'n vieslike bui." Morris het gedink dat dit beter sou wees om net saam te stem en hom sodoende te probeer paai. "Ek is jammer, meneer, u is reg. Dit was verkeerd van my."

"Verdomp reg, dit wás verkeerd. Moet my nooit weer vra nie, verstaan jy?" Noudat O'Connor gevoel het dat hy heeltemal beheer het oor Morris, het hy van woede begin bewe. "Dink jy ek is onnosel? Ek weet wat jy my skuld en op hierdie oomblik is dit baie. Ek gaan jou straf sodat jy presies weet waar jy met my staan, jou onverantwoordelike, lelike kind."

Morris het sy wenkbroue van verbasing gelig. Waarvandaan het 'lelik' gekom? Wat het sy voorkoms hiermee te doen? Dit het diep binne seergemaak. Die tirade het 'n volle vyf minute aangehou voordat O'Connor se bui uiteindelik uitgewoed het en hy skynbaar uit vloekwoorde geraak het, het hy vir Morris varkhokke toe gejaag om vir 'n week lank daar skoon te maak. Die oomblik wat Morris buite sig- en hoorafstand was van hierdie afskuwelike verskoning vir die mensdom, het hy opgehou hardloop en oorgeslaan na 'n draf, woedend met homself omdat hy toegelaat het dat iemand só met hom praat. Maar O'Connor was fisies 'n groot man en – hoewel dit meestal vet was – sou hy Morris waarskynlik steeds skade kon aandoen as hy hom uitgedaag het. Die feit dat Morris kort was, het voorkom dat hy enigsins 'n kans sou kon staan teen die bullebak.

Die pad varkhokke toe het hom verby die stalle gevat waar Adam besig was om die perde te voer.

"Morris," het Adam geroep. "Jy lyk ongelukkig. Wat het gebeur? Het die baas jou kop afgebyt?" het hy ligweg geterg.

"Bliksem!" was al wat Morris kon sê. "Wie dink hy is hy?"

"Wat het gebeur?" Adam het die besem neergesit en hom gedraai om Morris in die oë te kyk, alle tekens van ligsinnigheid skielik weg.

"Idioot," het Morris herhaal. "Ek het hom gisteraand weer gevra wanneer hy my gaan betaal. Hy dink ek het geen reg om hom te vra nie, so vandag het hy sy humeur met my verloor. Ek bedoel, ek is al drie maande nie betaal nie! Wanneer laas is jý betaal, Adam?"

"Ummm...." het Adam gesê en opgekyk na die wolke, "min of meer dieselfde as jy. Maar jy het pere, kêrel; ek sal nooit die moed hê om hom te vra nie."

"Maar hoekom? Jy het die reg om betaal te word. Jy werk baie hard. Hy skuld jou die geld, so hoekom dink jy jy kan hom nie vra vir wat jou regmatig toekom nie?"

"Wel, ek reken ek wil hom nie ontstel nie."

"Wat?" het Morris ontplof. "Jy wil hom nie ontstel nie? Hy is in elk geval nooit gelukkig nie! Watse verskil maak dit hoe ontsteld hy is?"

"Ek weet nie," het Adam eenvoudig gesê terwyl hy sy kop krap. "Dit maak dit net 'n makliker dag as hy in 'n slegte bui eerder as 'n verskriklike bui."

"Ek haat die idioot," het Morris gesê, terwyl hy probeer het om homself te kalmeer. Toe lag hy: "In elk geval, ek is gestraf; ek moet met die varke werk vir 'n week, so, vir 'n week sal ek hom nie sien nie."

"Kan ek jou bietjie raad gee, my vriend," het Adam met 'n glimlag gesê. "As jy strafdiens doen, kan jy jou nuwe skoene verwed dat hy hier sál wees om te kyk dat jy jou werk doen. Jy moet maar daai hokke goed skoonmaak of hy gaan jou as 'n mop gebruik om dit te doen." Adam het gelag vir sy eie vergelyking.

"O ja..." het Morris gemompel.

"Ek maak nie 'n grap nie." Adam het vir 'n oomblik ernstig geword, toe weer gelag. "Ek het dit met my eie oë gesien. Dit was só snaaks. Maar glo my, jy wil nie die baas omkrap nie."

"Weet jy wat?" het Morris gesê terwyl hy omgedraai het om na die varkhok te stap, "ek is seker dat al maak ek daai hokke hóé skoon, hy nog steeds fout sal vind. So wat help dit om te probeer?"

"Dis waar," het Adam ingestem, en, nadat hy sy besem opgetel het, het hy voortgegaan om die perde te versorg, terwyl hy saggies vir homself gegiggel het.

Vir meer as vier ure lank het Morris die hokke skoongemaak. Hy was moeg en vuil. Trouens, hy was walglik. Hoewel hy gewoond geraak het aan die reuk, het die nat koue aan sy liggaam en sy gees geknaag. Die afjak daardie oggend het hom gepla en hy was baie mismoedig. Die woorde wat gesê is en gebeure het deur sy gedagtes bly herhaal. Hy kon aan 'n honderd antwoorde dink wat hy kón gegee en móés gegee het, maar uiteindelik nie het nie.

"Hoekom bly ek hier en bly ek werk vir hierdie idioot?" het hy homself afgevra. Die enigste rede was dat hy die geld nodig gehad het. Dit was van die uiterste belang dat hy sy familie moes help. Hy sou noodgedwonge moes bly werk vir hierdie intimiderende, ellendige, stinkende bullebak. "Nie meer nie," het hy besluit. Hy sou weggaan aan die einde van die dag en nooit weer terugkom nie. Hy sou ander werk soek. Dit sou sekerlik nie só moeilik wees nie?

"Morris Langbourne?" het iemand agter hom geroep en dit het hom so groot laat skrik dat hy amper sy hark laat val het. Hy het opgekyk, nog steeds gebukkend met die hark in sy hande. Agter hom was drie polisiebeamptes in uniform, hulle bene effens uitmekaar en arms gevou, baie amptelik. Onrusbarend het elkeen van hulle 'n knuppel in die regterhand gehad.

"O hel…" het Morris stilweg gereageer, 'n miljoen gedagtes het sy kop binnegestroom; dit het gevoel of sy ontbyt afsak in sy lyf en amper ontsnap. "Wat de hel het O'Connor nou in die mou gevoer?" het hy gedink.

Morris het regop gekom en van die anderkant van die hok na die polisiebeamptes gestaar. Hulle sou beslis nie hulle skoene vuilmaak in die varkhok nie, so hulle het net bly staan. "Ja, meneer. Ek is Morris Langbourne."

"Kom hier, mnr. Langbourne, ons moet met jou praat."

Morris het stadig met die hark in sy hand na die polisiebeamptes begin stap. Hy was nog nooit as 'mnr. Langbourne' aangespreek nie en hy was verward. Hy kon nie glo dat O'Connor die polisie sou ontbied oor 'n uitskel nie. Wat sou hy later daardie aand vir sy pa sê? Dat O'Connor die polisie op hom gesit het? Dinge het sleg en baie vernederend gelyk. Hy het geensins onbeskof teenoor die ou man gereageer óf teëgepraat nie. Wat het aangegaan?

Toe Morris by die polisiemanne kom, het die een in die middel – duidelik die senior in die groep – sy arm na hom uitgestrek met sy handpalm na buite en vir Morris beduie om te stop.

"Sit die hark neer, jongman," het hy beveel.

Morris het gedoen soos hy aangesê is en terwyl hy na die drie wetstoepassers staar, het hy sy wang met sy hempmou afgevee.

"Wat het vanoggend by mnr. O'Connor se skuur gebeur?" het die senior konstabel gevra.

"Mnr. O'Connor was kwaad vir my, meneer," het Morris geantwoord.

"Hoekom?" het hy eenvoudig gevra.

"Hy het gesê ek was laat vir werk."

"En was jy?"

"Nee, meneer, ek was eintlik 'n bietjie vroeg. Maar mnr. O'Connor was kwaad omdat ek hom gisteraand vir my loon gevra het."

"En hoekom sou hy daaroor kwaad wees?" het die kortste van die drie polisiemanne gevra.

"Wel, omdat hy my al vir meer as drie maande nie betaal het nie en ek het gewonder wanneer hy my sou betaal. Hy het vir my gesê ek het geen reg om hom vir my loon te vra nie en het baie kwaad geraak," het Morris verduidelik terwyl hy sy woorde baie versigtig kies. "Hoekom?" het hy gevra.

Die senior konstabel het sy vraag geïgnoreer. "En toe raak jy kwaad vir hom, nie waar nie?"

"Nee, meneer," het Morris vinnig geantwoord. "Ek het verskoning gevra, maar hy het besluit om my te straf deur my te stuur om die varkhokke skoon te maak vir 'n week."

"En waarnatoe is jy toe jy weg is by mnr. O'Connor?"

"Ek het hierheen gekom, meneer." Morris was aan die bekommerd raak oor die rigting van die gesprek en die tipe vrae wat hulle vra. Hy wou hulle vra wat die probleem was, maar het besluit dat dit dalk die beste sou wees om hulle nie te bevraagteken nie.

"En waarheen nog?"

"Nêrens. Ek het reguit hierheen gekom en ek is van toe af hier en ek het my werk gedoen, soos ek beveel is om te doen."

Die polisiemanne na mekaar gekyk, die een het gegrimlag en dit het Morris senuweeagtig gemaak. Die hoofkonstabel het weer vir Morris gekyk en sy asem diep ingetrek. "So jy het reguit hierheen gekom, sê jy." Hy het 'n oomblik gehuiwer terwyl hy na die varkhok kyk. "Het iemand jou hier gesien, of werk jy alleen?"

Morris het vinnig oor sy skouer geloer om te sien waarna die polisieman kyk, maar daar was niks ongewoons om te sien nie. "Ek is heeltemal alleen hier, meneer. Toe die Baas klaar op my geskree het, het hy my hierheen verjaag. Ek het Adam oppad hierheen gesien – Adam werk vandag met die perde," het hy gesê en na die stalle beduie. "Daar is tans net drie van ons wat op die plaas werk, meneer. Ek, Adam en Elaine wat in die huis werk. Sy is die baas se bediende."

"Ja, ons het reeds met Elaine gepraat," het die derde polisieman bygevoeg.

"So jy het direk hierheen gekom en was nêrens anders nie? Jy lieg nie nou vir my nie, knaap?" het die eerste polisieman gesê.

"Nee, meneer!" het Morris uitgeroep.

"As jy vir my lieg, gaan jy in groot moeilikheid kom; jy weet dit, nie waar nie, seun?"

Morris was skielik op sy senuwees en sy hande het so begin bewe dat hy hulle onder sy oksels ingevou het om dit weg te steek. Noudat hy nie beweeg het nie, het die koue weer aan hom begin knaag en hy was nie seker of dit die rukwind was wat kouer geword het of sy moed wat hom begin begewe het nie. Hy was bang. "Ek lieg nie, meneer. Ek belowe."

"Haat jy mnr. O'Connor?" het die hoof konstabel ysig gevra.

"Is dit 'n strikvraag?" het Morris gewonder. Almal het die ou man gehaat. Hy was nie seker hoe om dit te antwoord nie. Die waarheid, het Morris besluit. "Ek haat hom nie, meneer. Hy is 'n baie streng baas en hy verwag baie werk van ons, maar ek haat hom nie. Hoekom?"

"Selfs al het hy jou al, wat, vir drie maande nie betaal nie?"

"Ek hou nie daarvan dat ek nie betaal word nie. Ek moet my familie help onderhou en ek kan dit nie sonder geld doen nie. Al wat ek vir mnr. O'Connor gevra het, is of hy my sou betaal. Dit was net 'n vraag, meneer. Ek wou hom nie ontstel nie. Ek is baie jammer dat ek dit gedoen het."

"So jy hou nie van hom nie, seun?" het die hulle herhaal, hierdie keer meer 'n stelling as 'n vraag.

Hy het na sy kollegas gekyk en effens met sy kop geknik. Amper gelyk het hulle vorentoe getree, Morris se arm gegryp en yskoue boeie om sy polse geklamp. Morris het in ongeloof na die staalboeie gestaar terwyl hulle die sleutel draai om dit te sluit.

"Wat...?" het Morris probeer vra, maar sy woorde het hom in die steek gelaat.

"Ek arresteer jou vir die moord op Douglas O'Connor."

Die drie polisiemanne het Morris sonder 'n verdere woord na die opstal gelei. Morris was stomgeslaan; hy het nie geweet wát om te sê nie. Die adrenalien het deur hom gebruis en hy het skielik nie meer die koue wind gevoel nie. Hy was bang en sy verstand het vasgeslaan.

Toe hulle nader aan die opstal kom, het Morris vir Adam en Elaine op 'n ou stukkende houtkrat sien sit en naby hulle het 'n vierde polisieman gestaan. Almal was stil en het probeer om hulself teen die koue te beskerm. Naby die opstal het die ander twee opgestaan en – sonder om weg te kyk van Morris af – stadig aangestap na waar die polisieman gestaan het.

Dis toe dat Morris die massiewe liggaam van mnr. O'Connor by die ingang van die groot skuur sien lê, amper op dieselfde plek waar hy hom laas gesien het. Die besef dat hy in die moeilikheid was het tot Morris deurgedring en hy het homself gemaan om reguit te dink en versigtig te wees. Toe hulle by die ander stop, het Morris vir die eerste keer in sy lewe 'n dooie mens gesien. Dit was inderdaad O'Connor. Hy het op sy rug gelê, sy kop skuins en sy oë glaserig asof hulle na iets in die verte instaar. Morris wou nie kyk nie, maar hy kon sy blik van die aaklige toneel af wegskeur nie.

O'Connor het nie sy keps opgehad nie en bo-op was sy kop ingeduik – so groot soos 'n muntstuk – en 'n groot druppel droë bloed het vasgekoek in sy hare. Dit het amper gelyk of hy daar gelê en slaap het, maar sy oë was oop en glaserig.

"Reg!" het die vierde polisieman gesê en almal se aandag van die dooie O'Connor afgelei. Morris het vinnig van die kentekens op sy uniform afgelei dat hý eintlik in bevel was. Hy het duidelik die drie juniors gestuur om hóm te gaan haal – of hom te arresteer, soos hulle gesê het. Morris het in stilte gestaan, vas in sy boeie en die vreeslike toneel voor hom. Hy wou huil. Hy het sy ma en pa nodig gehad, maar geweet hy sou nie hulp uit daardie oord kry nie. Hy was alleen. Heeltemal. Die gevoel van eensaamheid en vrees was byna oorweldigend.

"Jy moet Morris Langbourne wees, seun?" het hy Morris gevra. Morris het na die polisieman gestaar en toe na O'Connor. Die sersant het weer gepraat en hierdie keer was daar 'n skerper toon in sy stem. "Praat! Is jy Morris Langbourne?"

"Ja, ja, meneer, ek is." Morris het sy kalmte herwin. Hy het besef hy was diep in die moeilikheid.

"So, wat het hier gebeur, seun?"

"Ek weet nie, meneer." Hy het 'n oomblik geaarsel om sy antwoord te formuleer. "Ek het mnr. O'Connor vanoggend ontmoet en hy het op my geskree omdat ek laat was en omdat ek hom gister gevra het wanneer ek betaal sou word en toe het hy my gestraf en na die varkhokke gestuur. Ek weet nie wie dít gedoen het nie. Ek belowe, meneer," het hy sy antwoord afgerammel.

"Is dit wat hy jou vertel het?" het hy die konstabel wat vir Morris gearresteer het, gevra.

"Ja, sersant," het hy geantwoord en sy kop geknik. "Hy het gesê hy het daardie man daar," hy het na Adam beduie, "oppad ontmoet, maar was nie weer hier nie."

"Is dit waar, Adam?" het die sersant gevra en na Adam gekyk.

"Ja, sersant. Morris het vroeër vanoggend verby die stalle gekom, waar ek sedert ongeveer vyfuur vanmôre was. Hy het vir my vertel dat mnr. O'Connor baie kwaad is vir hom."

"O'Connor was baie kwaad vir hom?" het die sersant dreigend gesê. "Ek sien. En jy was ook nie sedertdien hier nie?"

"Nee, meneer. Soos ek u gesê het, ek was by die stalle toe Elaine histeries daar aangekom het en vir my gesê het dat O'Connor," Adam het sy keel skoongemaak en homself gekorrigeer, "menéér O'Connor hier op die grond lê en dood gelyk het. Dit is toe dat ek opgehardloop het om die moord by die stasie te rapporteer, meneer."

Die sersant het sy aandag na Elaine gewend. "So, het jy die argument gehoor wat vanoggend plaasgevind het? Jy was in die opstal daar oorkant, nie waar nie?"

"O ja, meneer. Ek het mnr. O'Connor hoor skree en raas. Hy was woedend vir hierdie jong man. Het hom allerhande name en woorde genoem wat ek nog nooit gehoor het nie en ook nie kan herhaal nie," het sy uitgeblaker.

"Wat het daarna gebeur?"

"Wel, die Baas het hom na die stalle gestuur en ek het vir Morris sien weghardloop. Toe die Baas tevrede is dat Morris, hier, al goed oppad was, het die Baas vir my gesê om vir hom tee te maak, wat ek toe gedoen het. Toe die tee reg is, het ek uitgekom om vir die Baas te sê die tee is gereed en ek het hom hier dood gekry." Sy het weer na die liggaam gekyk.

"So!" Die sersant het van Adam na Elaine gekyk, homself regop getrek en sodoende probeer om baie professioneel te lyk. "Sou dit billik wees om te sê dat hierdie jong man hier, ná sy dispuut met die oorledene, kon teruggesluip het, hom met 'n hamer – of soortgelyke voorwerp – oor die kop geslaan en toe ongesiens na die varkhokke teruggegaan het?"

Elaine en Adam het in stilte gestaan en hulle antwoorde op hierdie vraag oorweeg. Hulle het na mekaar gekyk, toe na Morris, toe na O'Connor se liggaam en toe weer na mekaar.

Adam het diep asemgehaal en na die sersant gekyk. "Wel, dit is moontlik, dink ek, maar ek twyfel of hy so iets sou doen."

Die vrees het om Morris se hart begin klamp. Hoe kón hy dit sê? Adam het hom nou in die moeilikheid gedompel. Sy verstand het in rat gekom.

"En wat van jou, meisie? Dink jy hy kon dit gedoen het?"

"Wel, mnr. O'Connor was regtig kwaad en beledigend. Ek weet nie."

"Dit is nie die vraag nie, jonge dame. Kon hierdie jong man teruggesluip en mnr. O'Connor doodgemaak het sonder dat jy dit opgemerk het?" Die sersant het nou baie prikkelbaar geklink.

"Wel, ek weet nie. Wel, ja, natuurlik sou hy kon," het sy gestotter, terwyl sy apologeties na Morris loer.

"Ek sien," het die sersant beskuldigend gesê; na sy kollegas gekyk om met 'n effense kopknik ondersteuning vir sy teorie te kry.

"Meneer!" het Morris vinnig gesê. Hy moes nou iets doen, want hy het gevoel dat hy sommer hier en nou onder verhoor staan. "Asseblief, mag ek iets sê?"

"Natuurlik, maar wees gewaarsku, wat jy ook al sê, kan later in die hof teen jou gebruik word. Jy het vyf getuies hier wat later teen jou kan getuig."

"Sersant," het Morris kalmer voortgegaan. "Die laaste keer dat iemand my gesien het, was Adam, by die stalle. Adam kan dit bevestig, nie waar nie?"

Adam het geknik. "Gaan aan," het die sersant gesê.

"En Elaine het gesê sy het gesien hoe ek na die stalle toe hardloop, of liewer, varkhokke toe, wat naby die stalle is."

"Dis korrek." Die sersant het sy arms gevou en vir Morris dopgehou.

"Kan ons by Elaine bevestig waar sy my laas gesien het?" het Morris die sersant gevra.

Voordat hy kon vra, het Elaine vrywillig die inligting gedeel. "Daar oorkant, meneer," het sy gesê en in die rigting van die stalle beduie. "Sien u daardie klomp groen bome wat naby die voet van daardie heuwel uitsteek? Wel, toe hy daardie bome bereik het, kon ek hom nie meer sien nie. Die stalle is net verby daardie bome."

Morris het skielik moed geskep en sy stem het sy selfvertroue herwin. Elaine het hom pas gehelp om sy onskuld te bewys en hom vry te maak, of so het hy gedink. Hy het voortgegaan: "Wel, dan beteken dit dat Elaine die laaste persoon was wat my teenwoordigheid enige plek kan bevestig, behalwe Adam, natuurlik. Die laaste keer dat sy my gesien het, was by daardie bome," het Morris gesê en met albei hande beduie as gevolg van die boeie.

"Ja, ek sal daarmee saamstem," het die sersant ernstig gesê.

"Nou wil ek vir Elaine vra hoe lank ná sy my daar gesien het, die Baas haar gevra het om vir hom tee te maak?"

"O," het Elaine geantwoord, "dit was onmiddellik daarna."

"En hoe lank het dit jou geneem om die tee te maak?" het Morris vinnig gevra. Die sersant en sy kollegas het van die een na die ander gekyk sodat hulle oë nou op Elaine gevestig was.

"O, omtrent 'n minuut, dink ek. Die ketel is die hele tyd op die vuur. Mnr. O'Connor hou van sy tee..." sy het haarself reggehelp, "... het dadelik van sy tee gehou. Hy was nie 'n baie geduldige man nie."

Morris en die sersant het mekaar in die oë gekyk. Morris het na die bome gekyk, net soos die sersant, en toe kyk hulle weer vir mekaar.

"Meneer," het Morris met respek gesê, "ek is baie kort. Mnr. O'Connor hier is 'n baie lang en groot man. Ek sou nie bo-op sy kop met 'n hamer of ander wapen kon bykom nie. En ek sou verseker nie van daai bome af en weer terug in minder as 'n minuut kon hardloop nie. Ek sou dit nooit kon doen nie, meneer."

Almal het stilweg gestaan om dit wat gesê is in te neem. Na omtrent 'n ewigheid, het die hoofkonstabel na die bome gekyk en versigtig gesê: "Jy weet, baas, ek dink die seun het 'n punt beet."

Nog 'n doodse stilte het gevolg, maar toe het die sersant skielik verstyf. "Nee!" het hy skielik gesê. "Nee, ek weet wat hier aan die gang is. Julle drie is almal kop in een mus. Julle beskerm mekaar. Arresteer hulle almal, onmiddellik!" het hy na die konstabels geblaf.

In 'n oogwink is Elaine en Adam geboei en hulle het ook, stomgeslaan, na die blink koue staal om hul polse gestaan en staar. Die konstabels het ook verward gelyk.

"Nee," het die sersant voortgegaan, koud en berekenend. "Nee, ek dink julle probeer mekaar beskerm. Elkeen van julle het 'n motief om ou O'Connor dood te maak. Nie een van julle het van hom gehou nie, daarvan is ek seker. Ek wed jong Langbourne hier is nie die enigste een wat nié betaal is vir die laaste drie maande nie. Is ek reg?" het hy gevra. Adam en Elaine het net na hul boeie gestaar. "Ek dink dit was alles 'n baie slinkse plan."

Adam het begin beswaar maak om sy onskuld te bepleit en Elaine het begin huil terwyl sy haar kop heen en weer geskud. Morris het besef dat die klein brokkie hoop om sy onskuld te bewys, pas verdwyn het as gevolg van 'n vasberade polisieman wat iemand aan die pen wou laat ry, maak nie saak wie nie. Hy het in die grys, bewolkte lug opgekyk en 'n gebedjie opgestuur vir 'n uitkoms en skielik het sy Here hom geantwoord. Hy kon sy oë nie glo nie. Hy het oopmond boontoe gestaar.

Vir 'n oomblik het hy probeer sin maak van wat hy gesien het en toe het hy skielik die kloutjie by die oor gebring. "Kyk!" het hy opgewonde uitgeroep en met albei geboeide hande na die hemel beduie. "Kyk!"

Die groepie het sy blik gevolg en hulle oë het halfpad teen die kant van die skuur vasgesteek waar die solder was. Die deur van die solder was nie vasgemaak nie en het liggies in die wind geswaai. Halfpad teen die deur op was 'n grendel en aan die grendel het O'Connor se vaal keps gehang.

Hulle het in stilte na die patetiese keps aan die grendel gestaar en toe – op die regte oomblik, asof 'n teken van die Here – het 'n sterk rukwind die deur met 'n harde slag laat toeklap. Toe, met 'n eienaardige, bonatuurlike kraak, het dit saggies weer oopgegaan asof dit gewillig in die wind wou swaai. En tog, selfs nadat dit so hard deur die rukwind toegeklap het, het O'Connor se keps nog steeds aan die grendel gehang.

"Dit is 'n hoed," het een van die junior konstabels gesê, as 'n vraag bedoel, maar dit het as 'n verwarde stelling uitgekom.

"Ja," het die sersant ingestem. "Dit lyk soos O'Connor se hoed. En kyk, konstabel, O'Connor het sy hoed opgehad ten tye van die moord. Let op die groef in sy hare." Dit was baie duidelik dat O'Connor wél sy hoed opgehad het, want die merke was nog steeds in sy vuil hare.

"Wat maak dit daarbo?" het die meer senior konstabel verward gevra.

"Hoe sou ek weet?" het die sersant kortaf geblaf en streng vir hom gegluur. "Wag hier by die gevangenes; ek gaan op."

Die sersant het versigtig oor O'Connor se lyk getrap en die skuur binnegegaan. 'n Kort rukkie later was hy in die opening van die solderdeur en hy het afgekyk na sy kollegas en die gevangenes. Hy kon nie die keps bykom nie, want die deur was wyd oop, so hy het aan die skarniere vasgehou en probeer om die swaar deur met sy vingers toe te trek. Hy het nog probeer toe 'n skielike windvlaag die swaaiende deur skep en dit toeruk. Weer eens het dit met 'n oorverdowende slag toegeklap en die sersant het so geskrik dat hy agtertoe gesteier het, oor sy eie stewels gestruikel en met 'n dowwe slag op die hooibestrooide vloer beland het.

"Verdomp!" het hy onwillekeurig uitgeroep.

"Alles reg daarbo?" het die hoofkonstabel geskree.

Die sersant het homself reggeruk, opgestaan en die hooi en vuilgoed van sy agterstewe afgestof. "Hierdie deur is verdomp lewensgevaarlik!" Hy het weer by die ingang verskyn en wesenlik geskok gelyk. "Ek is byna dood! Daardie deur moet 'n ton weeg!" Hy het weer aan die skarniere vasgehou en probeer om die deur toe te maak. Hierdie keer het dit saggies nadergekom en toe hy die rand van die deur bykom, het hy hom toegemaak en aan die onderste deel van die kosyn gegrendel.

Eers nou kon hy die keps wat nog aan die grendel vasgesit het met relatiewe veiligheid bestudeer. Die ystergrendel het 'n knop gehad wat mens sou kon vashou om dit toe te druk en sluit. Hierdie knop was kegelvormig met 'n punt aan die een kant en plat aan die onderkant waar dit vas was aan 'n korterige stang. Daar was 'n gat in O'Connor se keps en dié het nou aan die kegelvormige knop vasgesit, amper soos die weerhaak van 'n vishoek in 'n vis se bek. Binne-in die keps en aan die grendel was 'n bietjie bloed en 'n klossie hare. Die gebeure het vir hom begin lyk na 'n tragiese ongeluk. Ou O'Connor moes bo in die solder gewees het en probeer het om die deur toe te maak toe 'n rukwind die deur skielik toewaai en omdat hy gebukkend gestaan het, het die deur hom op die kop getref. Natuurlik, het die sersant bespiegel, O'Connor moes omgeval het en het op die grond buite die skuur beland.

Ja, het die sersant by homself gedink, 'n noodlottige ongeluk. Hy was trots op sy afleidingsvermoë en dit sou beslis sy waarde by die Aanklagkantoor beklemtoon. Nog meer motivering vir sy bevordering, het hy gedink. Die sersant was op die punt om die keps los te trek, maar het daarteen besluit. Hy het die geleentheid om sy vaardighede as polisieman te dramatiseer, met beide hande aangegryp. Hy het opgestaan, homself weer afgestof en toe versigtig afgeklouter het na die wagtende groepie.

"Konstabel Fenwick!" het die sersant met soveel gesag as wat hy kon bemeester, uitgeroep.

"Sersant!" het konstabel Fenwick geantwoord en amper verras op aandag gespring.

"Ek is van mening dat hierdie nie 'n moord is nie, maar 'n baie tragiese, noodlottige ongeluk. Maar voordat ek dit egter as 'n ongeluk kan verklaar, sal hierdie drie beskuldigdes onder arres bly totdat ek seker is dat my afleidings korrek is," het hy in sy beste woordeskat met 'n diep Ierse aksent verklaar. Hy het vir 'n oomblik gehuiwer sodat sy woorde by die groepie kon insink. Die feit dat hy "ek" en "my" beklemtoon het, het Morris nie ontgaan nie en dit was duidelik dat hy aandag en lof gesoek het. Morris het 'n eiesoortige vermoë gehad om te verstaan wat mense se sterkpunte én tekortkominge was. Hy het daar en dan besluit om die sersant te prys wanneer die geleentheid hom voordoen, maar vir nou het hy steeds geïntimideerd gevoel en hy was nog bekommerd oor hierdie man se behoefte aan mag en gesag.

"Konstabel Fairweather," het hy voortgegaan, "maak gou en ontbied dr. Williams. Ek het hom nóú hier nodig vir sy geleerde opinie aangaande O'Connor se kopwond. Gaan dan na die lyksbesorger en sê vir hom ek benodig hom hier so gou as moontlik om O'Connor se liggaam te verwyder. Beweeg. Weg met jou!" het hy beveel.

"Sersant!" het Fairweather gehoorsaam uitgeroep en na die fiets gehardloop wat teen die skuur aangeleun het.

Die sersant het langs O'Connor se kop gekniel en die wond noukeurig bekyk, terwyl hy af en toe na die solderdeur opgekyk het. Toe staan hy op en paradeer om die liggaam, terwyl hy so amptelik en belangrik as moontlik probeer lyk. Morris het nou die kans gevat om die man te vlei.

"Verskoon my, meneer," het hy beleefd gevra.

"Wat is dit, seun?" was die streng antwoord.

"Ek het geen baadjie nie. Ek was aan die werk toe ek gearresteer is en ek is yskoud. Met respek, meneer, mag ek daardie kombers oor my skouers gooi terwyl ons vir die dokter wag?" het Morris skugter gevra en met albei hande beduie na waar 'n perdekombers oor 'n heining gehang het.

Die sersant het na die kombers gekyk en toe weer na Morris. "Nou maar goed," het hy ingestem. "Fenwick, doen ons 'n guns en gaan haal daai kombers vir die beskuldigde." Hy het Morris nog steeds soos 'n verdagte behandel en dit het Morris ontstel, want dit was onnodig. Fenwick het lui-lui gestap om die kombers te gaan haal.

"Dankie, meneer," het Morris dankbaar geantwoord. "Ek bewonder u speurvernuf, meneer. Ek sou nooit uitgewerk het dat dit 'n ongeluk was nie."

"Waarvan praat jy, seun?" het die sersant gesê met sy volle aandag skielik op Morris.

Morris het nie 'n vraag as antwoord verwag nie en is onverhoeds betrap. Hy moes vinnig dink. "Ek het gehoop om eendag 'n polisieman te word, maar ongelukkig is ek nie slim genoeg nie. Ek bewonder u vaardighede, meneer." Vir 'n oomblik het dit gelyk asof dit gewerk het. Die sersant se mond het vinnig geglimlag en toe het hy voortgegaan om die toneel met oordrewe plegtigheid en seremonie te 'ondersoek'.

"Baie jare se ervaring in die hantering van die kriminele verstand. Baie jare se ervaring," het hy hard genoeg gesê sodat almal dit kon hoor, maar hy het gemaak asof hy met homself praat. En niks meer gesê totdat Dokter Williams opgedaag het nie.

Na 'n oor en weer geskerts en nadat hy die dokter op die 'misdaadtoneel' rondgewys het en hulle fluisterend elke belangrikheid óf onbenulligheid opgemerk het, het die sersant uiteindelik hardop begin praat sodat almal kon hoor. "Ek is van mening dat dit 'n ongeluk was, dokter. Wat sou u professionele mening wees?"

Dr. Williams, 'n lang man met 'n dik bos donker hare, glad geskeer en deftig geklee in duursame klere, het by O'Connor se kop gekniel en 'n klein takkie uit sy hare verwyder. "Voordat ek my nederige mening oor hierdie saak gee, wil ek 'n vinnige toets doen om te verseker dat ek die korrekte aanname maak." Hy het baie intelligent geklink en hierdie skielike vertraging in die besluit tussen moord of ongeluk het die sersant geïrriteer. "Ek wil graag die keps van daar bo af hê, as u nie omgee nie, sersant Garnet."

"A-ha…," het Morris gedink, "die sersant het uiteindelik 'n naam."

"Beslis, dokter," het sersant Garnet ingestem en die dokter na die solder begelei.

Die dokter het versigtig die keps van die knop verwyder en toe 'n metaalinstrument uit sy sak gehaal wat hy langs die knop gehou het om die lengte te meet. Hy het toe sy duimnael by die meting van die diepte geplaas en teruggekom na O'Connor se liggaam. Die groep polisiemanne en gevangenes het vol verwagting gewag.

Weer het hy by O'Connor se kop gekniel en nadat hy die metaalvoorwerp in die wond gesteek het, het hy versigtig die diepte van die impak gemeet. Toe het hy sy tas oopgemaak en 'n tangetjie uitgehaal waarmee hy versigtig 'n paar stukkies hare van binne-in die pet verwyder het. Sy gehoor het hom met verwondering aangestaar. Dr. Williams het toe die keps op O'Connor se kop gesit, die gat in die keps met die steekwond in sy kop afgemeet en toe die keps daar gelaat. Uiteindelik het hy met sy hande die lyk begin bevoel; sy arms en bene gebuig, gedruk, gedraai en getrek.

Uiteindelik het Dr. Williams opgestaan en sersant Garnet aangespreek. "Dit blyk vir my dat die knop aan die soldeur se deur wél die voorwerp is wat mnr. O'Connor se skedel deurboor het. Die gat in sy skedel is die korrekte grootte, asook die diepte en posisie van die wond aan sy kop." Hy het na die solderdeur opgekyk. "As ons aanneem dat hy toe van daar tot hier geval het," het hy voortgegaan en weer afgekyk na O'Connor toe, "wat hoogs waarskynlik is, dan moet aanvaar word dat hy dalk 'n been of twee gebreek het toe hy die grond tref. Ek kan bevestig dat sy regterarm gebreek is, asook sy nek.

"Dit is dus my professionele mening," en hy het op daardie punt dramaties gehuiwer terwyl hy na hulle gekyk het, "dat die oorledene per ongeluk op die kop getref is toe die rukwind die solderdeur losgeruk het en met die krag daarvan het die knop aan die grendel sy skedel deurboor." Morris en Adam het gelyktydig 'n sug en 'n kreun van pure verligting gegee.

"Verder," het hy voortgegaan, "sy ander beserings is wat ek sou verwag het om te vind op 'n man van sy grootte wat van daardie hoogte geval het. Ek is dus tevrede, bo alle redelike twyfel, dat dit bloot 'n noodlottige ongeluk was en nie 'n moord nie."

"Welgedaan, dokter!" het Garnet uitgeroep. "Presies wat ek gedink het," het hy trots gesê. "Ek verklaar hierdie tragiese voorval dus 'n ongeluk. Fenwick, laat asseblief die gevangenes vry. Oftewel," het hy homself gekorrigeer met 'n vals glimlag, "die verdágtes."

Fenwick en die ander konstabels se sleutels het gerammel terwyl hulle die boeie waarmee hulle die onskuldige personeel genadeloos gevange gehou het, oopsluit. Die skok van wat met hulle gebeur het, sou sekerlik eers later die aand werklik insink. Op daardie oomblik was hulle egter net jubelend dat hulle onskuldig bevind is en vrygelaat kon word.

"Dr. Williams," het sersant Garnet gesê terwyl hy hom na die vooraanstaande dokter gedraai het, "mag ek u vra om asseblief 'n verslag op te stel oor u bevindinge sodat ek dit saam met my verslag kan liasseer?"

"Natuurlik," het die dokter geantwoord, "ongelukkig sal ek nie tyd hê om dit vandag te doen nie, maar ek kan dit môre by die aanklagkantoor aflaai, as dit aanvaarbaar sal wees?"

"Sekerlik," het Garnet ingestem, terwyl hy belangriker probeer klink het as wat hy regtig was. "Ek sal my verslag nie voor môre óf op die vroegste oormôre aan die Kroon oorhandig nie, so vat jou tyd."

"Goed so. Dan groet ek u, tot weersiens."

Terwyl Garnet die dokter groet, het die lyksbesorger met sy wa aangekom. Die groep het almal toegekyk hoe hy O'Connor se liggaam in 'n eenvoudige houtkis neerlê en toe roep hy hulle hulp in om die kis op die wa te lig. Terwyl die wa wegry het, het sersant Garnet sy konstabels ontslaan en na Morris, Adam en Elaine omgedraai.

"Nou, wat julle drie betref," het hy hulle een vir een bestudeer, "uit my perspektief lyk dit of julle almal 'n bietjie van 'n probleem het, nie waar nie?"

"Ek dink nie ons gaan die geld kry ons toekom nie, meneer," het Adam moedeloos opgemerk.

"O, dis erger as dit, seun," het sersant Garnet weer met 'n grimlag gesê. "Nie net is julle loon daarmee heen nie, maar julle het ook julle werk verloor. Sien, ek het mnr. O'Connor redelik goed geken. Ons het af en toe 'n paar sopies saam by O'Malley's gedrink."

Morris se aandag was skielik geprikkel. "So dís hoekom hy hierdie voorval 'n moord wou maak," het hy gedink, "dank Vader die dokter het die waarheid opgeklaar, of ek sou sekerlik aan die pen moes ry daarvoor." Hulle moes goeie vriende gewees het.

"O'Connor het geen familie gehad nie," het die sersant voortgegaan. "Hy was die laaste afstammeling van sy familie en hy het geen kinders gehad nie – wel, nie waarvan ek óf hy bewus was nie," het hy gegiggel oor sy poging tot 'n flou grappie. "Soos ek sê, daar is niemand om hier oor te neem nie en daarom niemand om julle in diens te neem nie en niemand om julle te betaal nie. Verstaan julle?" Die drie het in algehele stilte gestaan en die wrede wending wat hul lot pas geneem het, geabsorbeer.

"So wat gaan met die plaas en die diere en die aartappeloes gebeur?" het Adam gevra.

"Wel, dit is 'n interessante vraag, meneer Adam. Sy boedel, wat die huis, die grond en enigiets anders van belang wat hy besit het, sal onder die jurisdiksie van die howe – oftewel die Kroon – val. Hulle sal dit waarskynlik opveil en aan die hoogste bieër verkoop. Wie ook al die grond koop, mág julle dalk in diens neem, maar hierdie dinge vat tyd en dit kan maklik 'n jaar of drie wees voordat enige besluit geneem word, verstaan?"

"Wat van die perde en die varke?" Adam het volgehou. Morris het hierdie gesprek baie interessant gevind.

"Aah...," het Garnet gesug. "Inderdaad, wat van die plaasdiere? Wel, ons kan hulle nie net hier los om van honger dood te gaan nie, of hoe? Laat ek sien..." Hy het weggedwaal en sy amptelike keps verwyder om sy bles kop te krap. "Ek het 'n plan. Ken jy Salmon Creek Farm omtrent tien myl van hier af?" Het hy vir Adam gevra.

Adam het die verte ingestaar, verby die plaashek. "Is dit die plaas naby die gewelfde klipbrug oor die Dodderrivier?"

"Ja, my vriend, dis die een!" het hy met 'n groot glimlag gesê. "Sien, daai plaas behoort aan my broer, mnr. Paul Garnet, Esquire." Die sersant het die woord 'esquire' beklemtoon om seker te maak dat almal goed verstaan dat sy broer die plaas en eiendom besit. "Hoekom neem jy nie die perde na hom toe nie? Hy sal hulle versorg. Hy kan hulle goed gebruik totdat die Kroon besluit wat om met hulle te doen. Trouens, my broer sal jou waarskynlik 'n muntstuk of twee gee vir jou moeite."

Adam het geglimlag. "Dit klink na 'n uitstekende idee, meneer. Ek sal dit dadelik doen."

"O, en wanneer jy hom sien, sê vir hom groete, en noem dit ook vir hom dat daar 'n paar varke hier is waarna hy kan omsien – met my toestemming natuurlik. Hy sal hulle met sy wa moet kom haal."

Die besef het by Morris opgekom dat hierdie polisieman net na sy broer wou omsien. "Dis duidelik wat hier aan die gang is," het hy gedink terwyl hy sommer nóg meer 'n gly in die man kry.

"Perfek, meneer," het Adam gesê asof hy vas geglo het dat Garnet se broer hom sou aanstel én betaal. "Ek sal dadelik wegspring."

"Nou, wat jou aanbetref, Morris, nie waar nie?"

"Ja, meneer," het Morris geantwoord, "Morris Langbourne."

"Wel, ongelukkig is daar niks wat ek vir jou kan voorstel nie, so, ek reken jy moet maar jou baadjie gaan haal en huis toe gaan. Jy kan môre ander werk soek, reg?"

"Ja, meneer." Morris het hartseer geklink, maar hy was baie dankbaar vir hierdie advies.

"En wat jou aan betref, juffrou," hy het na Elaine gekyk en sy arms gevou, "wat moet ons met jou doen?" Hy het sy kop geskud en nadenkend gelyk. "Waar woon jy?"

"Hier, meneer," het sy vinnig geantwoord. "Ek woon hier. My ouerhuis was ongeveer 20 myl noord van Dublin."

"My aarde, maar jy is ver van die huis af! Ek sê jou wat, sal jy omgee om hier te bly en vir drie of vier dae na die huis omsien, totdat 'n verteenwoordiger van die hof hier kan kom oorneem? Daarna kan jy óf 'n ander werk soek, óf huis toe gaan."

"Ek het geen geld nie, meneer. Hoe kan ek huis toe gaan?" Die sarkasme in haar stem, was hoorbaar. "Sal iemand my betaal om hier te bly totdat hierdie hof-man kom?"

"Dit is iets wat jy met die hof se verteenwoordiger sal moet bespreek," het die sersant besluit en die probleem aan iemand anders afgesmeer. "Dit mag egter gebeur dat die verteenwoordiger wil hê jy moet langer bly, in welke geval jy deur die hof betaal sal word."

"O, goed dan," het Elaine sonder oortuiging geantwoord.

"Reg so, dan is dit dit," het sersant Garnet met 'n groot glimlag afgesluit en hom na sy fiets gedraai. Hy het gestop, teruggekyk na hulle en gesê: "Julle is baie gelukkig dat ek julle nie skuldig bevind het aan moord nie. Baie gelukkig inderdaad. Verstaan julle?"

Al drie het met groot energie hulle koppe geknik.

Die drie jongmense het hom agterna gestaar terwyl hy wegry op sy fiets.

"Ek gaan stalle toe om die perde te gaan haal," het Adam aangekondig. "Ek wil nie ná donker daar aankom nie. Ek is seker ons sal mekaar weer in die dorp sien."

"Sterkte," het Elaine hom tot siens gewaai.

"Ja, sterkte," het Morris herhaal terwyl hy ook vir Adam tot siens gewaai het.

"Moenie bekommerd wees nie, julle twee," het Adam gesê toe hy in die rigting van die stalle begin stap. "Dinge sal regkom; dit doen altyd." En toe kies hy op 'n drafstap koers in die rigting van die stalle.

Elaine en Morris het alleen agtergebly, hulle gemoedere so misrabel en grys soos die lug bo hulle koppe.

Dit het liggies begin motreën en Elaine het die stilte verbreek.

"Kom, Morris, jy het 'n slegte dag gehad. Kom binne, dan maak ek vir jou 'n koppie warm tee maak voordat jy gaan. As jy nie vinnig warm word nie, gaan jy vrek siek word."

"Wat, binne die huis?"

"Hoekom nie? Die Baas is dood," het sy gesê en haar skouers opgehaal. "Wie gaan weet? Dit lyk in elk geval of ek vir nou baas is in dié huis." Sy het gelag toe sy die ironie besef en toe omgedraai en die huis binnegestap.

"Goed dan," het Morris huiwerig ingestem en toe skalks rondgekyk asof hy wou seker maak dat niemand hom sien nie.

Elaine het by die voordeur ingestap en in die donkerte verdwyn. Soos Morris naderkom het hy die huis bestudeer. Al die venster- en deurrame was skeef en die dak was al besig om in te sak van ouderdom. Dit was 'n ou houthuis en die hout was 'n diep donkergrys soos die onweerswolke in die lug. Hy het dit nog nooit voorheen opgemerk nie, maar ná die gebeure van daardie oggend het alles morbied gelyk. Alles het wanhopig gelyk. Hy het sy eerste dooie mens gesien en hy is vir die moord daarvan gearresteer. Toe is hy is deur 'n polisieman met 'n vervolgingswaan ondervra en hy moes toekyk hoe sy enigste ondersteuners óók gearresteer word. Hy moes noodgedwonge lank in die yskoue wind en motreën staan met net sy hemp aan en om alles te kroon het hy sy werk verloor nadat hy vir drie maande gratis gewerk het. Hy was verbaas dat hy nie in trane wou uitbars nie, maar dat sy emosies nou in woede verander het. Omdat die hele dag so surrealisties was, het hy sy woede beheer wat hom net nóg meer verward gemaak het oor hoe hy veronderstel was om te voel.

Morris was huiwerig om die huis binne te gaan. Dit was iets wat iemand in Ierland, in sy omstandighede, nooit gedoen het nie. Hy was bang – dís wat dit was – en hy het gewonder of hy nie maar net moet huis toe gaan en alles agter hom laat nie. Hy was op die punt om om te draai toe hy Elaine se stem gedemp uit die donker binnehuis hoor.

"Maak gou, Morris, jy laat die koue in."

Hy het weer gesug en 'n laaste keer oor sy skouer gekyk om seker te maak niemand hou hom dop nie en toe huiwerig binnegestap en die deur toegemaak. Dit was nie so donker binne as wat dit van buite gelyk het nie, maar dit wás somber. 'n Kort gang het van die voordeur af na die leefarea van die huis gelei. Aan beide kante van die gang was 'n deur. Terwyl Morris by die oop deure verbygestap het, het hy ingekyk. Die kamer aan die regterkant was duidelik die Baas se slaapkamer. Daar was 'n lendelam bed wat óf vervang óf herstel moes word met 'n laaikas, waarvan sommige van die laaie oop was; vuil ou klere het onnet by die laaie uitgehang asof hulle wou probeer ontsnap. Die kamer aan die linkerkant was 'n stoorkamer, of dalk 'n spens, wat hoofsaaklik droë kos en speserye saam met 'n paar stukke gereedskap bevat het.

Toe Morris die hoofleefarea instap, was Elaine by die vuur besig om water in 'n koperketel te kook. Die leefarea was nie so groot nie en hy het nog 'n oop deur agter haar opgemerk. In die kamer agter daardie deur was 'n selfs kleiner bed, maar dit was netjies opgemaak. Hy het aangeneem dat dit Elaine se slaapkamer was. Dit was piepklein, nie groter as 'n hangkas nie. In die middel van die leefarea was 'n stewige kombuistafel en drie wankelrige houtstoeltjies. Regs was 'n donker inham met 'n groot lessenaar en 'n stoel. Op die lessenaar was 'n kandelaar van swart smee-yster waar vier dooie, halfgebrande kerse op aandag gestaan het. Morris het aangeneem dat dit die baas se kantoor was, want dit het baie 'amptelik' gelyk. Maar wat uiteindelik Morris se volle aandag getrek het, was die biblioteek wat twee mure beslaan het, vol van 'n verskeidenheid boeke.

Elaine het eers vir Morris raakgesien toe sy gereed maak om die stomende brousel in twee emalje bekers te gooi. "Komaan, kom in, moenie bang wees nie," het sy geglimlag. "Sit daar." Sy het na een van die stoele by die kombuistafel beduie.

Morris het vorentoe gekom, maar hy kon nie sy oë van die boeke af hou nie. Hy het gaan sit en was bewus dat dit taamlik warm was binne. Hy het die perdekombers wat nog oor sy skouers gehang het, afgeskud. Die warmte van die kombuisvuur was baie welkom.

"Dit voel snaaks om hier te sit en dit voel baie vreemd om tee in die Baas se huis te drink. Ek voel bietjie ongemaklik, juffrou."

"Ek is seker dit is, maar moenie jou daaroor bekommer nie, jongman. Die boelie is dood en hy sal nooit weet nie, of hoe?" het sy gegiggel.

"Jy het ook nie van hom gehou nie?" het Morris gevra.

"Ek het hom gehaat. Hy was 'n ploert en 'n vark. Dis die beste nuus dat hy nie meer met ons is nie, sê ek." Sy het tee in twee groot emaljebekers gegooi met melk en vyf of ses opgehoopte teelepels suiker in elkeen; toe roer sy dit met 'n gebuigde en ingeduikte teelepel. Toe sy klaar was het sy na die tafel gestap, een beker voor Morris neergesit en op die stoel oorkant hom gaan sit. "Drink, dit sal jou warm maak."

"Dankie, juffrou." Morris het die beker opgetel en 'n slukkie geneem. Hy het gegril.

"Is dit te warm vir jou? Pasop, jong."

"Dis wonderlik, dankie, juffrou," het hy gesê. "Dis 'n bietjie warm en baie soet. Dankie." Hy het 'n groter sluk geneem en luidkeels gesluk.

"Jy's nie gewoond aan suiker nie, né?" het sy gegiggel.

"Nee, ons is te arm om suiker te koop. Maar dit is lekker, dankie." Morris was baie dankbaar vir die tee en die soetigheid. Dit het deur sy are gebrand en hom baie beter laat voel.

"Wel, dit is op die Baas," het Elaine weer met 'n glimlag gesê en haar beker in die rigting van die leë slaapkamer naby die voordeur opgelig asof sy waardering vir die oorlede man se vrygewigheid toon.

"Wat gaan jy nou doen, juffrou?"

"Ek weet nie. Ek sal hier bly vir solank die kos hou, wat volgens my so drie of vier dae sal wees. As die regeringsmense dan nie opgedaag het nie, sal ek my goed moet pak en weggaan. Ek moet geld verdien. Ek kan nie op vars lug leef nie, jy weet."

"Ek weet. Ek is eintlik nog kwaad dat hy ons vir só lank sonder betaling laat werk het. As ek 'n baas was sou ek dit nooit aan my personeel doen nie. Dit is verskriklik wreed. Hy kon ten minste eerlik wees en sê as sy geld klaar was. Dan sou ons ander werk kon gaan soek by iemand wat ons wél betaal." Morris het opgekyk en in Elaine se oë instemming gesoek.

"Soos ek gesê het, jong, hy was 'n lae luis wat net aan homself kon dink. Ek stort geen trane oor hom nie."

"Nou dat ek daaraan dink, ek moes dit gesien kom het. Hy het altyd op my geskree as ek iets verkeerd gedoen het en dan sê hy hy vat dit van my loon af. Weet jy dat hy tot gesê het ék skuld hóm geld!"

"Mag dit vir jou 'n goeie les wees in die toekoms, Morris."

Hulle het 'n rukkie in stilte die welkome tee gedrink. Morris het in die kamer rondgekyk en elke detail bestudeer. Sy blik het uiteindelik op die biblioteek boeke in die kantoor gaan rus. "Hy het baie boeke gehad," het Morris hardop opgemerk.

"Kan jy lees?" het Elaine gevra.

"Ja," het Morris gemaklik erken. "My pa het ons geleer lees. Hy is 'n goeie onderwyser. Ek geniet dit om te lees."

"Jy's baie gelukkig. Baie mense hier rond kan nie lees of skryf nie. Ek wens ek kon," het sy hartseer bygevoeg.

"Leer lees is baie maklik, juffrou. Dis net soos om 'n ander taal te leer praat. Ek ken al drie tale," het Morris sonder om te dink gesê en hy was dadelik spyt. Hy het homself innerlik gevloek dat hy dit laat uitglip het. Hy kon Engels, Pools en Hebreeus praat, hoewel nie goed nie. "Gee jy om as ek na die boeke kyk?" Morris het vinnig die onderwerp verander.

"O nee, jy kan nie daar ingaan nie, daardie kamer is verbode, selfs vir my." Toe lag sy hardop. "Liewe aarde, die boelie is dood. Luister na my! Help jouself." Sy het na die biblioteek beduie en harder gelag.

Morris het teruggeglimlag, toe stadig opgestaan en die kantoorarea binnegeloop. "Dis 'n bietjie donker hier binne, het jy dalk 'n vuurhoutjie vir hierdie kerse?" het hy gevra en na die kandelaar gewys.

"Hier!" het sy geroep terwyl sy in haar voorskoot se sak grawe en gooi vir hom 'n boksie vuurhoutjies. Morris het dit met gemak gevang. "Ek sal nie saamkom nie, as jy nie omgee nie. Ek het een keer en hy het my amper doodgeslaan."

"Hy het jou geslaan?" het Morris verbaas gevra.

"O ja. Soos ek gesê het, hy was 'n gemene boelie. Jy het geen idee hoe sleg hy kon wees nie."

"Wat het jou laat bly? Hoekom het jy nie weggegaan nie?"

"O, die geld, dink ek. En ook, as ek dinge reg gedoen het, het hy my uitgelos. Boonop het ek geen familie of vriende in die omgewing nie."

"Jy's mal, juffrou," was al wat Morris kon sê. Hy het die vier kerse aangesteek, wat die kamer effens verlig het en toe die boeke op die rakke bestudeer. Hulle was in geen werklike orde nie; 'n mengelmoes onderwerpe. Nie die skrywers óf die titels was in alfabetiese volgorde nie. Die enigste greintjie orde wat hy kon opmerk, was dat die groter boeke op die onderste rakke was en hoe hoër hy gekyk het, hoe kleiner was die boeke.

"So, wat sien jy? Lyk dit interessant?" het Elaine gevra.

"Nee, dit lyk soos 'n mengelmoes van onderwerpe. Hierdie een," het hy gesê en na 'n boek op ooghoogte gewys, "gaan oor varkboerdery. Hierdie een gaan oor een of ander militêre weermag; ek het nog nooit van hierdie land gehoor nie. O, hierdie een is 'n storie oor 'n hond. Ek ken dié storie," het Morris opgewonde uitgeroep, opgestrek en die boek van die rak afgehaal.

"Lees asseblief vir my 'n stukkie daarvan," het Elaine gevra van agter die teekoppie, wat sy tussen haar handpalms vasgehou het om haar hande warm te maak.

Morris het na die omslag gekyk. Dit was 'n hardeband boek en op die omslag was 'n oulike illustrasie van 'n skaaphond wat skape op 'n heuwel oppas. Hy het in die Baas se stoel gaan sit en die kandelaar nadergetrek sodat hy die woorde beter kon sien. Hy het oopgemaak op bladsy een en begin lees. Elaine het aan elke woord gehang; dit was wonderlik dat iemand nét vir haar 'n storie lees en Morris het maklik en goed gelees. Sy het skielik besef dat hy eintlik baie slim was vir sy ouderdom.

Halfpad deur die eerste hoofstuk toe Morris omblaai, het hy skielik geaarsel.

"Is daar fout?" het Elaine gevra, nuuskierig oor hoekom hy gestop het.

"O, jammer, ek het net my plek verloor." Voor hom – tussen die bladsye – was 'n een-pondnoot. Geld. 'n Hele pond! Morris het die boek effens gekantel sodat Elaine nie die teks óf die geld kon sien nie en hy het aangegaan met lees, maar nou het hy verskeie kere geaarsel en moes homself gereeld herhaal soos sy aandag van die woorde in die boek na die een-pondnoot gedwaal het. Hy het net daar besluit om hierdie noot te hou. Hy was vasbeslote om ten minste iéts saam te neem; O'Connor het hom immers baie geskuld en nie net in geld nie!

Hy het na Elaine opgekyk om verskoning te vra vir die onreëlmatige lees en gesien hoe sy besig was om met haar mou te peuter. Met een beweging het Morris die noot uit die boek na sy broeksak verskuif. Hy het nou effektief gesteel en sy hart het in sy keel geklop; hy kon die koel sweet in sy oksels voel. Elaine het niks vreemd opgemerk nie, so, Morris het keel skoongemaak, diep asemgehaal en verder gelees, 'n bietjie verward deur sy gedrag wat so anders was as sy normale self, maar terselfdertyd stilweg ingenome met sy ontdekking. Toe hy weer omblaai was daar – tot sy algehele verbasing – nog 'n een-pondnoot wat vir hom gewag het. Opgewonde en deurmekaar oor die onverwagse skatte, het Morris besef dat selfs 'n nie-leser sy vermoëns aan die swak kant sou vind.

"Ek is jammer, juffrou," het Morris vir homself verskoning gemaak, "dis vir my moeilik om gelyktydig te lees en te praat. Dit is nogal ingewikkeld; my brein raak moeg."

"O, dit maak nie saak nie, man," het Elaine met 'n glimlag gesê. "Dit was lekker om te luister na wat jy vir my gelees het. In elk geval, hierdie tee gaan regdeur my. Ek moet gou 'n draai gaan loop," het sy geglimlag, opgestaan en 'n woltrui aangetrek. "Bly hier en lees vir jouself. Ek sal vir jou nog warm tee maak wanneer ek terugkom, as jy wil."

"O ja, asseblief. Die tee wat jy gemaak het, was die beste wat ek nog ooit geproe het," het Morris vleiend gesê.

"Ek sal nie lank wees nie," het sy gesê en geglimlag oor sy kompliment. Dit het haar laat goed voel dat iemand haar vriendelikheid en moederinstinkte waardeer. Sy het dit 'n ewigheid laas ondervind. Sy het van hierdie seun gehou, al het hy dringend 'n bad nodig gehad.

Die oomblik toe sy uit is, druk Morris haastig die tweede noot in sy sak en blaai na die volgende bladsy toe. Daar was nog 'n noot! Hy was baie opgewonde. Maar in plaas daarvan om die derde noot sondermeer te gryp, het hy die bladsye bietjie gebuig en met sy duim oor dit getrek. Hy het 'n ligte briesie oor sy gesig en deurmekaar kuif gevoel. Daar, tussen die waas van bladsye wat voor sy oë verbyvlieg, kon hy die een-pondnote sien. Daar was baie. Morris se hart het gebokspring. Hy het die boek aan sy omslag opgetel en geskud; al die kontant wat tussen die bladsye vasgevang was, het op die tafel neergefladder. Sy vingers het begin bewe. Hy het nog nooit soveel een-pondnote gesien nie. Baie versigtig het hy die boek neergesit, die note opgetel, dit netjies en vinnig opgevou en in sy sak gesit, terwyl hy die hele tyd die deur dophou in afwagtig van Elaine se terugkeer. Toe hy die kontant veilig in sy broeksak het, het hy die boek weer opgetel en gemaak of hy lees. Dit was egter nou nie meer moontlik nie. Sy gedagtes was op die klein fortuin wat hy pas ontdek het. Was dit genoeg om te vergoed vir die drie maande wat hy nie betaal is nie? Was dit meer? Sekerlik was dit meer! Sy gedagtes was baie deurmekaar.

Skielik het sy gedagtes gestop. Terwyl hy die boek in sy hande vasgehou het asof hy lees, het hy asof onder hipnose, met nikssiende oë na die bladsye gestaar, sonder om te beweeg. "Wat de hel doen al hierdie geld in dié boek?" het hy homself afgevra. Hy het sy blik uit die diepte van die boek geruk en opgekyk na die honderde boeke op die rakke aan die twee mure. Stilweg het hy na hulle gestaar terwyl die ratte in sy verstand gegly het. Selfs sy hart het gevoel asof dit wou ophou klop sodat hy helderder kon dink.

"Dink jy hierdie boef het sy geld in al dié boeke weggesteek?" het Morris stadig, hardop vir homself gesê.

Soos 'n perd wat met 'n dun latjie oor die kruis geslaan is, het Morris uit die stoel gevlieg en na die venster gehardloop wat na die buitekamer uitkyk. Elaine het pas die benoude geboutjie binnegegaan en die deur agter haar toegemaak. Morris het teruggehardloop na die biblioteek en die boek wat langs die een gestaan het wat hy vroeër gekies het, uitgehaal. Met bewende hande het hy die bladsye met sy duim gefladder en die waas van bladsye dopgehou soos hulle verbygevlieg het. Maar sy moed het gesak, want daar was niks anders as woorde op die bladsye nie. Hy het die boek teruggesit en die volgende een uitgehaal. Weer niks nie. Hy het 'n derde boek uitgehaal, en bingo, die swart en wit bladsye was gevul met 'n menigte pers-groen een-pondnote. Morris se hart het weer 'n sprong gemaak; hy het 'n geheime skat ontdek. 'n Fortuin!

Sonder om 'n oomblik te huiwer het Morris die boek oor die lessenaar uitgeskud en die skatte uit die bladsye vrygelaat. Hy het nie eens die kontant bymekaargemaak nie, maar eerder besluit om kosbare tyd te spaar en die volgende skatbelaaide boek te vind. Nadat hy die leë boek terug in sy plek op die rak geskuif het, het hy teruggehardloop venster toe. Dit was steeds veilig; Elaine was nog steeds in die kleinhuisie. Hy het teruggehardloop en deur die volgende boek gegaan, en die volgende. Elke derde of vierde boek het die skatte bevat waarna hy gesoek het, en, nadat hy elke boek van sy banknote verlos het, het hy teruggehardloop na die venster en om te kyk of Elaine al oppad was. Na die sesde boek het Elaine tevoorskyn gekom en rustig begin aanstap na die opstal.

Morris het teruggehardloop na die lessenaar en al die een-pondnote daarop bymekaar gemaak. Hy was paniekbevange en sy vingers het erg gebewe. Soveel so dat hy gesukkel het om die note op een hopie te kry. Hy het verwag dat Elaine enige oomblik die voordeur sou oopmaak en as hy die deur hoor kraak het hy geweet dat hy net 'n paar sekondes sou hê om kalm te word voor Elaine by die kamer instap. Hy het desperaat probeer om die kontant netjies op te vou en in sy broeksakke te prop. Dit het na 'n ewigheid gevoel, maar toe hy uiteindelik al die note in sy sak het, het Elaine die voordeur oopgemaak. Hy het die boek wat hy oorspronklik vir haar gelees het, gegryp en homself herwin terwyl hy maak of hy met groot konsentrasie lees.

"Geniet jy die boek, jong Morris?" het sy gevra toe sy ligvoets by die kamer instap.

"Ja, dankie. Baie," het Morris geantwoord en het 'n vriendelike glimlag uitgeforseer.

"My genade, jy sweet. Is dit te warm hier binne? Sal ek 'n venster oopmaak?" Morris het skielik besef dat hy van senuwees gesweet het en die vog op sy klere het hom afgekoel.

"Uh," het Morris gestamel; hy was byna sprakeloos. "Uh, nee, ek is reg, dankie. Ek dink ek is net gewoond daaraan om buite in die koue te wees en ek is nog besig om aan te pas by die warmte van hierdie heerlike vuur. Ek sal nou-nou reg wees," het hy gesê en in die geheim gehoop dat sy nie 'n venster oopmaak nie, want dan het hy sekerlik verkluim.

"Goed," het sy gesê en sy verduideliking aanvaar. "Wel, laat ek vir jou 'n koppie tee maak. Trouens, terwyl ek daaraan dink, hoe klink beesbredie vir jou?"

"Beesbredie!" het Morris uitgeroep, regop gesit en opreg geglimlag oor die vooruitsig.

"Ek het so gedink," het Elaine geglimlag. "Wanneer laas het jy 'n vol maag gehad?"

"O, lanklaas, juffrou," het Morris erken.

"Ek het oorskiet van gisteraand; ek sal dit vir ons opwarm."

Morris kon sy geluk nie glo nie. Hierdie dag het met elke oomblik net beter geword. Maar hy was in 'n dilemma – hy wou daar bly om Elaine se aandag en vriendskap te geniet, maar hy wou ook iewers heengaan om die fortuin wat hy pas ontdek het, weg te steek. Hy wou die geld tel, dit in sy hande voel, daaraan raak sodat dit 'n werklikheid kon word. Skielik kry hy hy 'n idee.

"Juffrou, terwyl u die kos warm maak, sal u omgee as ek varkhokke toe gaan om my baadjie te gaan haal? Die polisie wou my nie toelaat om dit te doen nie; hulle het my net geboei en hierheen gebring. Ek sal dit ook later nodig kry wanneer ek huistoe gaan en as ek sonder dit by die huis aankom, sal my vader woedend wees."

Die gedagte dat iemand vir hierdie lieflike seun sou kwaad word het haar ontstel. Haar oë het gerek van afgryse toe Morris die moeilikheid noem waarin hy sou beland, sonder dat sy geweet het dat Reuben nooit 'n vinger sou lig om sy seun seer te maak nie.

"Natuurlik, seun. Gaan doen dit. Teen die tyd wat jy terugkom is die kos warm en dan eet ons dit saam met 'n lekker warm koppie tee." Sy het geglimlag soos 'n liefdevolle omgee-moeder.

Morris het regtig van haar begin hou. Hoe sy ooit vir O'Connor kon gewerk het en vir soveel jare gebly het, het sy verstand te bowe gegaan. Sy was nogal spesiaal, het hy gedink.

Toe hy opstaan om te gaan het hy skielik besef dat sy sakke uitbult. Hy het hom ook voorgestel dat die geld op die vloer sou val en skree: "Hy steel ons, hy steel ons!" Hoe sou hy dít aan Elaine verduidelik? Vrees het begin oorneem en hy kon die sweet op sy voorkop voel vorm. Morris het desperaat rondgekyk en die perdekombers raakgesien. Hy het dit gegryp en oor sy skouers gegooi, seker gemaak dit bedek sy sakke en toe het hy baie haastig en met sy beste glimlag na die deur gestap. "Ek sal so gou as moontlik terug wees," het hy gesê en byna begin hardloop.

"Vat jou tyd, seun, ek gaan nêrens heen nie," het sy gelag.

Morris het met moeite na die varkhokke gehardloop. Hy het die kombers vasgehou en voortdurend sy hande in sy sakke gesteek om seker te maak die geld bly waar dit is. Hy was doodbang dat dit sou uitval. Hy was ook bang dat Elaine snuf in die neus sou kry. Hy het homself gemaan om kalm te word, maar dit was nie maklik nie.

Sy baadjie was waar hy dit gelos het. Die varke het genadiglik geen belangstelling in hom getoon nie en die plek het 'n godsverlatenheid gehad. Morris het sy baadjie opgetel en dit aangetrek. Hy het rondgekyk en niemand gesien nie. Skielik het hy gewonder of daar enigsins lewe naby hom was, want hy het ineens geïsoleerd en kwesbaar gevoel; sy laaste ervaring op hierdie plek was toe hulle hom gearresteer het. 'n Rilling het onwillekeurig langs sy ruggraat afgehardloop en hy het die drang gevoel om homself te verlig. Sy blaas was verseker baie vol. Hy het agter 'n struik van ongeveer sy eie hoogte gestap en begin piepie, terwyl hy voortdurend rond en oor sy skouer gekyk het om seker te maak daar is niemand anders nie. Nadat hy besluit het dat hy goed beskut was en 'n goeie verskoning het om daar te wees – hy het selfs bewyse agtergelaat sodat enigeen kon sien wat hy daar gedoen het, vir ingeval 'n korrupte polisieman sou rondsnuffel – het hy versigtig die geld uit sy broeksakke gehaal en die note eweredig verdeel tussen al die sakke in sy baadjie. Hoewel hy besluit het dat hy nie nou die geld sou tel nie, was hy oortuig dat hy oor 'n klein fortuin beskik. Teen die tyd wat hy homself verlig het, was hy ook klaar met die verplasing van die geld. Sy baadjie se twee sakke het nou wel effens gebult en as iemand nader ondersoek sou instel, sou hulle beslis die bewyse kry van sy skandelike daad.

Op die grond naby die varkhok het 'n stuk papier gelê wat oorspronklik deel was van die verpakking vir die varke se voer. Morris het dit opgetel en twee stukke afgeskeur wat hy toe om die kontant gevou het en so seker maak dat die geld nou goed versteek was. "Ditsem," het hy gedink en stadig teruggedraf opstal toe, sonder om eers een keer terug te kyk na die varkhok. Hy wou hierdie plek nooit weer sien nie, maar hy wou wel môre terugkom om na verdere skatte te soek in die bladsye van al daardie boeke. Hy sou 'n plan moes beraam en terwyl hy gedraf het, het dit sy gedagtes besig gehou.

Toe Morris oor die drumpel van die opstal stap, het die welkome aroma van 'n heerlike beesbredie hom begroet. Sy mond het begin kwyl. Hy het nie besef hoe honger hy was nie. Bloomy het haar bes probeer om na die familie om te sien, maar kon eenvoudig nie 'n maaltyd met soveel geur kook nie. Maar – moet hy bysê – sy het nie soveel bestanddele en speserye gehad om mee te werk nie.

"Liewe hemel!" het Morris met die grootste glimlag nóg uitgeroep, "dit ruik heerlik."

"Ag, dankie, jongman," het Elaine gestraal. Sy het vir hom 'n groot porsie opgedien en hulle het saam geëet. Al was hy nog 'n jong tiener, het sy sy geselskap geniet. Morris, aan die ander kant, kon nie help om kort-kort in die rigting van die boekrak te loer wanneer sy wegkyk nie. Hy het gewonder hoeveel skatte daar versteek was en hoeveel dit werd was.

"Elaine?" het Morris so soet as moontlik gevra terwyl hy haar vir die eerste keer op haar naam noem.

"Ja, seun?" het sy geantwoord terwyl sy die laaste bietjie sous uit haar bord in haar mond skep. 'n Blerts sous het op die hoek van haar dun lippe vasgesit en hy kon vir 'n oomblik nie anders as om daarna te staar nie. Sy moes dit agtergekom het, want sy het haar mond met die agterkant van haar hand afgevee, sodat Morris noodgedwonge weer moes konsentreer.

"My broer, Dawid, hou meer van lees as ek. Hy sal die Baas se versameling boeke fassinerend vind. Sal jy omgee as ek môre vir Dawid bring om hom die biblioteek te wys en nog boeke te lees voordat die regering se mense kom en dit dalk wegneem?"

Elaine het na die boeke gekyk. "Natuurlik, hoekom nie, jong Morris. Dis beter as jy plesier daaruit kry as een of ander regeringsamptenaar," het sy gesê. Haar oë het geblink. "En ek sal jou geselskap vir nog 'n dag geniet. Liewe hemel, toe die Baas hier was, was my dae vreeslik, en wanneer hy weg was, was dit eensaam. En ek sal graag jou broer wil ontmoet. Ja, dit sal baie lekker wees."

Morris het die res van die middag saam met Elaine gekuier en sodoende hul vriendskap versterk sodat sy nie dalk van plan sou verander oor sy terugkeer die volgende dag nie. Hy het haar oor haarself uitgevra, waar sy grootgeword het, waarheen sy gereis het, haar familie, en enigiets anders waaraan hy kon dink om haar te laat praat sodat sy sou dink hy stel belang in haar lewe, wat hy eintlik wél gedoen het, het hy besluit. Sy het dit opgevreet vir soetkoek. Twee keer het hy daarin geslaag om terug te dwaal na die kantoorarea en het 'n boek uit sy rusplek gehaal onder die voorwendsel dat hy belangstel in die titel. Dan het hy deur die boek geblaai en dit weer op die rak teruggesit op die mees ontspanne en nonchalante manier moontlik. Terwyl hy dit gedoen het, het sy senuwees aan 'n rafel gehang, maar hy het hard probeer om kalm te bly. Na die derde boek het hy begin ontspan en op 'n meer natuurlike manier beweeg. Van die sewe boeke wat hy geïnspekteer het, het twee geld tussen die bladsye versteek gehad. Sy hart het elke keer gebokspring wanneer hy blouerige note voor sy oë sien flits. Versigtig het hy 'n nota in sy gedagtes gemaak van die titels van die boeke met die versteekte skatte en – so natuurlik as moontlik – het hy die boek teruggeskuif in die rak.

Toe die lig begin vervaag, het hy geweet dit moet min of meer die tyd wees wat hy gewoonlik huis toe sou gaan en Morris het vir Elaine gegroet. Sy was jammer om hom te sien gaan, aangesien hy so 'n welkome onderbreking in haar jammerlike lewe was. Al was hy nog so jonk, het hy haar belangrik en interessant laat voel. Sy het dit nodig gehad. Nadat sy vir Morris 'n rukkie dopgehou het soos hy wegdraf verby die bome wat aan die grens van die plaas groei, het sy omgedraai en stadig weer by die voordeur ingestap om wat sy hoop haar laaste nag alleen in die opstal sou wees, deur te bring. Sy het besef sy sou binnekort weer moes trek, want daar was geen rede om so lank vir iets te wag in hierdie godverlate plek nie. Sy was nie gelukkig met hoe haar lewe verloop het tot dusver nie, maar 'n liggie van hoop het in haar donker hart aangegaan.

HOOFSTUK 6
Die Geheim

Morris het aangedraf na die wankelrige plaashekke waar die plaaspad die stowwerige paadjie wat na die dorp lei, ontmoet het. Hy het teruggekyk oor sy skouer en gesien hoe Elaine terugstap opstal toe. Onmiddellik het hy sy hande in sy sakke gesteek om seker te maak die note veilig versteek was en toe het hy sy pas versnel en begin hardloop. Hy het gehoop om Dawid oppad huistoe te ontmoet terwyl hý huistoe draf, maar hulle tydsberekening was vandag verkeerd en hy het hom nie gesien nie. So vinnig as wat hy kon het Morris huistoe gehardloop. Al die kalm, versigtige denke en beheer wat hy noodgedwonge die dag moes uitoefen, het hom verlaat en hy was haastig om by die huis te kom.

Teen die tyd wat hy daar aankom, het Morris gehyg na asem. Hy het baie vinniger en harder gehardloop as wat hy besef het en toe hy by die voordeur van sy pa se huis inbars, het hy Bloomy so laat skrik dat sy sommer gegil het.

"Morris!" het sy geraas. "Kalmeer, broer, ek het amper die aandete met pot en al laat val!"

Die hele gesin was tuis, Dawid ook, en almal het verbaas na Morris gestaar.

"Ek… ek…" het Morris gestotter; hy kon nie die woorde vind wat hy nodig gehad het nie. Hy het baklei teen sy warboel emosies en wat hy moes sê, maar hy het nie geweet watter woorde om te gebruik nie, of wat om te sê nie. Sy wêreld het hom oorweldig!

"Kalmeer, seun," het Reuben met 'n ferm, dog rustige stem gesê, "kalmeer. Wat het gebeur?"

"Ek... ons... ek..."

Reuben het besef dat iets groot verkeerd was. Hy het vinnig opgestaan, na Morris geloop en toe sy arm ferm om Morris se skouers gesit. Hy het hom na 'n stoel gelei en by die kombuistafel laat sit. "Alles reg, seun, kalmeer. Kom sit. Helena," hy het na haar gekyk en liggies met sy kop geknik, "gee asseblief vir Morris 'n kommetjie water."

Helena het 'n blikbeker met water gevul uit die emaljekan op die tafel, en dit vir Morris aangegee."Hier, drink dit," het sy beveel. Morris het gehoorsaam en die koue vloeistof met groot slukke afgesluk. Eers toe het hy gesien dat sy broers om hom saamgedrom het en hulle hom aanstaar asof hy nie daar hoort nie.

"Vader," het hy uitgebars, "meneer O'Connor is vandag op die plaas dood en die polisie het gekom en my gearresteer omdat hulle gedink het ék het dit gedoen."

Vir 'n kort oomblik was daar verstomde stilte terwyl almal in die familie die woorde wat Morris pas gesê het, probeer verstaan, maar toe breek almal gelyk die stilte en begin hom luidrugtig met vrae peper.

Reuben het beheer geneem; hy het sy hande in die lug gehou om vir hulle te beduie om te stop. "Stil almal, stil!" het hy hard en ferm op stilte aangedring. Hulle het dadelik gehoorsaam. Toe kalmte uiteindelik herstel is in die klein huisie, het Reuben voortgegaan.

"Morris," sy stem was kalm, "waarvan praat jy?"

Morris het diep asemgehaal en hulle so goed as wat hy kon van die dag se gebeure vertel. Toe hy by die deel kom waar sersant Garnett beveel het dat die ander twee polisiemanne hom moet arresteer, het Reuben hom in die rede geval.

"Dit is waansin! Ek kan nie glo wat jy my vertel nie, Morris. Praat jy die waarheid, my seun?"

"Ja, ja, Vader," het Morris opgewonde verklaar. "Wat egter nog meer ongelooflik is, Vader, is dat ons Here God in die hemel oor my gewaak het en Hy het gekom om my van hierdie verskriklike polisiemanne te red."

"Hoe so?" het Reuben skepties gevra.

"Dit was toe ek opgekyk het na die hemel om tot God te bid vir Sy hulp, en siedaar, aan die grendel van die boonste deur van die skuur sien ek meneer O'Connor se keps hang."

"Sy keps?" het Bloomy gevra, nou heeltemal verward.

"Ja, kan jy nie sien nie? Nadat hy op my geskree het omdat ek laat was en ek weg is varkhokke toe vir my straf, het mnr. O'Connor boontoe gegaan om die solderdeur toe te maak, want dit was winderig en die wind het die deur aanhoudend toegeklap. Hy moes afgebuk het om iets van die vloer af op te tel, of iets, toe die rukwind die deur toeslaan en die grendel hom op die kop tref en sy skedel deurboor. Ek dink hy is onmiddellik dood," het Morris bygevoeg. "En toe, omdat die deur hom so hard getref en doodgemaak het, het sy keps aan die metaalgrendel bly vassit. O'Connor het vorentoe geval, uit die solder tot onder op die grond. As ek nie na die hemel opgekyk het om God om hulp te vra nie, sou niemand van ons dit gesien het nie. Wie weet vir hoe lank ek in die tjoekie sou sit? En dalk sou hulle my al vir moord gehang het voordat iemand óóit daai keps ontdek het waar hy vasgesit het."

'n Rilling het teen Reuben se ruggraat afgeloop toe hy daaraan dink.

"So u sien, Vader, ons Here God Almagtig het oor my gewaak," het Morris afgesluit en na die plafon opgekyk, terwyl hy gehoop het dat die Here wél sy dankbaarheid en verwondering kon hoor.

"Morris," Reuben het die hele vertelling eers laat insink en na 'n oomblik se stilte, het hy gesê, "inderdaad, die Here God Almagtig het vandag vir jou gesorg. Ons sal môre na die sinagoge gaan om die Rabbi te sien en dan kan ons dank bring aan die Almagtige."

Vir die res van die aand is Morris deur sy nuuskierige familie onder kruisverhoor geneem. Hulle het nog nooit tevore soveel opwinding en drama ervaar nie en hy was die middelpunt van aandag. Reuben het stilweg geluister waar hy op sy bed gesit en bid het, en dankbaar dankie gesê het vir die lewe van sy seun en sy familie. Dit was al laat toe Bloomy eers met die slaaptyd rituele begin het. Aanvanklik het die slaap maar moeilik gekom – behalwe vir die twee jongste broers – maar ten einde laaste was almal rustig.

Almal, behalwe Morris. Hy het op sy bed gesit en wag om die reëlmatige asemhaling rondom hom te hoor. Toe hy doodseker was dat almal wérklik al slaap, het hy stilletjies na Dawid se bed gegaan en hom hard gestamp om hom wakker te maak. Soos gewoonlik het Dawid stadig wakker geword en 'n rukkie geneem om te registreer dat Morris langs hom was.

"Ek wil met jou praat, Dawid," het Morris gefluister.

"Wat is dit?" het hy lomerig geantwoord terwyl hy sukkel om wakker te word.

"Daar is iets wat ek vir niemand vanaand vertel het nie en ek gaan jou nou vertel, maar jy moet belowe dat jy dit vir geen ander siel sal vertel nie."

"Ek belowe," het Dawid in die donkerte gefluister, nou wawyd wakker.

"Nadat hulle die kis weggevat het en die polisie weg is, het Elaine my ingenooi in die huis om vir my warm tee te maak."

"Jy het in sy huis ingegaan?" het Dawid hardop gevra en skielik regop gesit op sy matras.

"Sssj...!" het Morris gemaan. "Ja, dit was koud en ek was nat, so sy het my ingenooi om warm te word. Maar dit is nie wat ek jou wil vertel nie. Ek het ontdek waar die Baas al sy geld weggesteek het."

Daar was 'n doodse stilte waar Dawid in die donkerte gesit het. "Ek dog hy het niks geld nie," het hy gefluister.

"Dís die vreemdste ding. Hy het vir almal gesê hy het niks geld nie en hy het sy personeel nie behoorlik betaal nie – kyk na my, geen betaling vir drie maande nie, net beloftes dat hy my sóú betaal sodra die geld vir die oeste inkom. Hy was 'n leuenaar. Hy was 'n boelie!" het Morris woedend deur sy tande gesis.

"Waar het hy dit weggesteek?"

"Hy het honderde boeke op 'n boekrak en hy het sy geld tussen die bladsye van sommiges weggesteek."

Vir 'n oomblik was Dawid nie seker of die dag se gebeure Morris se verstand aangetas het nie, maar hy het versigtig besluit om sy broer te glo – hy was beslís nie 'n gek nie.

"Is jy ernstig?" het hy gevra.

"Ja, hier, voel." Morris het uitgereik, Dawid se hand in die donkerte gevind en toe 'n homp note in sy broer hand gedruk.

"Wat is dít?" het Dawid gevra.

"Geld! Een-pond note!" het hy opgewonde gefluister.

Dawid het die note gevoel en sy vingers oor dit laat gly. Hy het dit selfs na sy neus toe gebring en daaraan geruik. As dit waar is wat Morris hom vertel, het hy op daardie oomblik baie kontant in sy hande vasgehou.

"Wag 'n bietjie, is dit regte geld?" Dawid het meer bevestiging nodig gehad.

"Ja, en baie daarvan."

"Jy het dit uit sy huis gesteel?" Dawid was verward deur alles wat hy skielik moes verstaan.

Morris het die geld teruggeneem. "Nee," het hy hardkoppig geantwoord, "ek glo nie ek het dit gesteel nie."

"Natuurlik het jy, maar ek blameer jou nie."

"Nee, en laat ek jou vertel hoekom. Die polisieman het vir my gesê dat die baas geen familie, geen kinders, niemand gehad het nie; hy was die laaste in die lyn van sy familie. Sodra sy dood by die Sterftekantoor, wat iewers in Dublin is, dink ek, geregistreer is, word dit die eiendom van die regering omdat daar niemand is om sy besittings aan na te laat nie. En in elk geval, selfs al het hy wél familie gehad, gee ek nie om nie, hy skuld my die geld, en ek vat dit."

"Wel, in daardie geval, as hy geen familie het nie, reken ek jy is dalk reg," het Dawid toegegee. Hy het 'n baie kenmerkende manier van praat gehad en selfs vanuit die donker het hy gesaghebbend en ouer as sy jare geklink. Morris self het gedink hy is baie slim en het sy mening gerespekteer.

"Soos ek dit verstaan, op hierdie oomblik, is O'Connor dood, so hy besit nie die geld of enigiets wat hy het nie. Hy is dóód," het Morris beklemtoon. "Die polisiemanne het nog nie die verslag van sy dood ingedien nie, wat ek dink hulle môre of oormôre sal doen. Ek het sersant Garnet en dr. Williams daaroor hoor praat, so, totdat hulle dit doen, is hy amptelik nie dood nie, daarom behoort sy eiendom, insluitend die geld, nou aan niemand nie, nie eers die regering nie."

Dawid was vir 'n oomblik stil. "Dit maak sin."

"So ek het die geld 'gevind', ek het dit nie gesteel nie. En hulle sê mos 'optelgoed is hougoed', nie waar nie?"

"Ja, dis waar," moes Dawid erken. "Ek het ook al gehoor van 'salig is die besitters'." Hy het in die donker geglimlag, al kon Morris hom nie sien nie.

"En in elk geval, O'Connor het my so baie geld geskuld en hy was 'n dief, 'n liegbek en 'n bullebak, so ek voel nie sleg dat ek sy geld 'opgetel' het nie."

"Iets sê nóg vir my dat jy die geld gesteel het, maar hoe jy dit nou stel, maak ook vir my sin."

"Nee, ek stem nie met jou saam nie. Die Here het sy hand vandag oor my gehou en hoekom sou Hy my dan in die rigting van daardie geld lei en my wys hoe om dit te vind? Ek dink nie ek steel nie. Die geld behoort nou aan niemand nie."

"Ek kán 'n teen-argument instel, maar ek weet nie hoe nie en ek glo nie ek wil nie. Goed, broer, ek verstaan nou jou punt. Ek is gemaklik daarmee dat – op hierdie oomblik – die geld behoort aan wie dit ook al vind."

"Maar Dawid, daar is nóg geld daar. Baie. Ek het dit met my eie oë gesien."

"So hoekom het jy dit nie gevat nie?" het Dawid gevra.

"Want Elaine was daar en ek wou nie hê sy moes sien nie. As sy my ontdekking gesien het, sou sy alles gevat het. Sy is ouer as ek en... wel, ek weet net sy sou nie die geld met iemand wou deel nie. Ek het 'n plan om na meer te soek, maar ek het jou hulp nodig. Ons moet môreoggend teruggaan."

"Wag 'n bietjie; ek moet môreoggend na die smeltery gaan!" het Dawid beswaar gemaak.

"Nee, jy gaan nie môre terug werk toe nie en as hierdie plan van my werk, sal jy nooit weer soontoe hoef te gaan nie." Morris was vasberade, daaroor was daar geen twyfel nie.

"Goed dan, wat is jou plan?" het Dawid ingegee, sonder om verder te argumenteer.

"Ons gaan soveel van O'Connor se geld as moontlik kry en dan gaan ek en jy na die suide van Afrika, soos ons vantevore gepraat het. Ons moet hier wegkom en 'n nuwe lewe vir onsself maak. Ons sal nêrens kom as ons hier by Vader bly nie. Ons sal óf van die koue en honger óf albei sterf. Vader het die wil verloor om vir ons te voorsien. Hy spandeer heeltemal te veel tyd in die sinagoge om te bid vir werk. Hy sal nooit só werk kry nie. Die tyd het aangebreek, broer. Ons gaan oor 'n dag of twee vertrek."

"Wat?" het Dawid verbaas hardop gesê, maar sy woorde vinnig gesmoor deur sy hande oor sy mond te sit.

"Dis nou of nooit. Kom jy saam?" het Morris gevra.

"Wel, ja, natuurlik." het Dawid onmiddellik ingestem, sonder om te besef dat Morris grootliks nou sy toekoms vir hom besluit het.

"So, hier is my plan. Ons kyk môre hoeveel geld ons kan kry. Ons het net een dag. Sodra hulle sy dood by die regering registreer, voel ek dat ons nie meer geld sal kan vat nie, want dan sou dit regtig steel wees. Nie dat ek veel omgee nie," het Morris bygevoeg. "Sodra ons die geld getel het, sal ek weet hoe om uit hierdie aaklige plek te ontsnap. Ek dink ons sal oor twee dae hier vertrek."

Dawid het 'n oomblik daaroor nagedink en besluit dat Morris reg was. Nóú was beslis die regte tyd. "Goed dan," het hy ingestem. "Kom ons doen dit. Wat wil jy hê moet ek môre doen?"

"Dit is baie eenvoudig," het Morris ernstig gefluister. "Ek het vir Elaine gesê dat jy daarvan hou om te lees, wat mos waar is?"

"Ja." Dawid was desperaat om enigiets anders as godsdienstige boeke te lees.

"Ek het vir haar gevra of ons môre soontoe kan gaan om van die Baas se boeke te lees voordat die regering sy goed kom haal. Sy was baie bly oor die voorstel. Die arme meisie is baie eensaam en ek dink sy sal ons geselskap geniet. Maar terwyl ons die boeke lees, sal een van ons haar aandag moet aflei sodat ons die geld in ons sakke kan steek."

"Is jy seker dit sal werk?"

"Ja," het Morris vinnig gesê. "Dit móét werk. In elk geval, sy is 'n wonderlike kok en dalk nooi sy ons selfs vir ete; sy is baie goedhartig en sy het al baie swaargekry in haar lewe. Jy sal van haar hou. Miskien kan jy haar vra om jou rond te wys op die plaas terwyl ek soveel geld as moontlik kry."

"Hoeveel geld ís daar?"

"Ek het geen idee nie, maar ek dink daar is honderde ponde in daai boeke versteek."

"Honderde?" het Dawid byna hard uitgeroep. "Is jy seker?"

"Nee, ek is nie seker nie. Ek het net nog drie of vier boeke met geld daarin gesien, maar ek kon nie na al die boeke kyk sonder om Elaine agterdogtig te maak nie. Daarom moet ons 'n manier kry om haar uit die huis te kry, weg van die boeke af."

"Wat 'n bose boelie," het Dawid stilweg gesê. "Doodgerus om armoede en swaarkry te pleit en betaal nie sy personeel nie? Bose boelie. Ek is met jou, Morris, kom ons gaan en 'vind' soveel as wat ons kan."

"Reg," het Morris koelweg gesê. "Kry nou slaap. Ek sal jou môreoggend oppad soontoe meer vertel. Jy kan net vir Vader sê jy gaan werk soos gewoonlik en ek sal vir hom sê ek gaan saam om te kyk of ek ook dalk werk by die smeltery kan kry."

Daarmee het Morris in die donkerte verdwyn en op sy matras gaan lê. Dit was ure voordat enige van die twee broers in die gemak en warmte van hulle komberse, diep en rustig kon asemhaal.

HOOFSTUK 7
Geheime Skatte

Morris en Dawid het voor die res van die gesin wakker geword; hulle opgewondenheid oor wat die nuwe dag sou bring, sou hulle nie in langer in die bed kon hou nie. Morris het sy baadjiesakke die vorige aand leeggemaak en die geld onder sy matras weggesteek. Voordat hy gaan slaap het, het hy die note in die donker getel en hy het £28 gehad, veel meer as wat hy in die drie maande wat hy nie betaal is nie, sou kon verdien het.

Voor hy aan die slaap kon raak, het sy kop deurmekaar gehardloop met planne oor hoe hulle soveel moontlik van die geld uit O'Connor se biblioteek kom kry, en dan hoe hy en Dawid Ierland sou verruil vir die suide van daardie geheimsinnige, donker kontinent. Hy was tergelyketyd gevul met vrees en opgewondenheid. In die vroeë oggendure het hy wakker geword met al daardie gedagtes en gevoelens, maar die opgewondenheid het die oorhand begin kry. Die twee broers het snoesig onder hul komberse bly lê en van tyd tot tyd na mekaar geloer, wagtend vir nóg beweging in die huishouding voordat hulle kon opstaan. Dit was koud en hulle was tevrede om nog 'n rukkie lank in die bed te bly lê. Uiteindelik het hulle tog vir Bloomy gehoor toe sy die pot vol water maak en die vuur begin stook. Hulle het egter eers opgestaan toe hulle die vlamme in die herd hoor knetter en toe die leefarea binnegegaan, en met hul rûe na die vuur gestaan soos hulle dikwels gedoen het.

"Môre, seuns," het Bloomy teneergedruk gesê. Toe hulle groet was dit meer 'n grom as woorde en hulle het Bloomy in stilte dopgehou terwyl sy in die kombuis rondvroetel. Hulle kon reeds die ontbyt voorspel, die gewone bitter tee met 'n paar koue oorskiet aartappels. Morris het skielik skaam gevoel oor hy nie vir die familie voorsien het nie, want in die harwar van die vorige dag het hy vergeet om aartappels van die plaas af te smokkel.

Reuben het ingekom en aan tafel gaan sit en terwyl hy gewag het dat die water in die ketel kook, het hy sy gesin soos altyd gegroet.

"So, wat gaan ons vandag met jou doen, Morris?" het Reuben gemymer.

"Ek sal saam met Dawid na die smeltery gaan, Vader. Ek kan daar hoor of hulle vir my werk het."

Dawid het vinnig bygevoeg: "Ek sal met my toesighouer praat en kyk of hy vir Morris kan help."

"Dis 'n baie goeie idee," het Bloomy met haar rug na die seuns toe gesê terwyl sy die warm tee in vier blikbekers gooi en aan hulle uitdeel. Die warm vloeistof was welkom. Die koue aartappels nie soveel nie, maar dit hét gehelp om die hol kol in hul mae – wat voortdurend geknaag het – te vul. Morris was nie besonder honger na die heerlike maaltyd waarmee hy die vorige dag bederf is nie, maar was te skaam om sy gesin daarvan te vertel.

Die seuns het hulle werksklere gaan aantrek. Morris het skoon klere nodig gehad, want die vuilis van die varkhokke die vorige dag het sy broekspype besmeer, en sy hemp het dringend 'n was nodig gehad. Morris het na Dawid se kant van die kamer aangestap. "Dra klere met soveel sakke as wat jy kan," het hy stilletjies gefluister.

Net toe hulle gereed is om te vertrek, kry Morris skielik 'n idee. "Vader, dit is baie koud vandag, en ek gaan waarskynlik die meeste van die dag in 'n ry staan. My baadjie is nie so warm nie, sal u omgee as ek u groot jas leen, net vir vandag?"

"Natuurlik, my seun," het Reuben uitgeroep. "Hoekom het ek nie daaraan gedink nie? Hier." Hy het na sy kant van die kamer waar sy bed was, gegaan en sy jas van die tou wat eers tydelik, maar nou 'n permanente hangplek was, afgehaak. Dit was 'n swart woljas; swaar en warm. Dit was te goed vir Morris, maar hy het die ekstra sakke vandag nodig gehad. "Kyk mooi daarna, Morris, dit was 'n geskenk van julle liewe moeder, Esther."

"Natuurlik, Vader. Moenie bekommerd wees nie," het Morris

teruggeglimlag. Hy het geweet sy vader het groot sentimentele waarde aan die jas geheg. Hy het die jas aangetrek en dit het gemaklik en veilig aan sy skouers gehang. Omdat Morris nogal kort was het dit ver onder sy knieë gehang, maar dit het hom nie gepla nie. Hy het beslis nie in hierdie jas gepas nie, veral omdat sy hemp en baadjie al so gehawend en vodde was. Reuben het na sy seun gekyk en hulle lewenstandaard in Pole onthou; die dae toe hulle geld gehad het en die gesin goeie klere kon dra en altyd netjies gelyk het wanneer hulle by die deur uitgestap het. Jare van ontbering het sy gesin van hierdie aansien beroof.

"Dankie, Vader, dit is baie gemaklik," het Morris gestraal. Hy was baie beïndruk met die gemak en warmte wat dit verskaf het en dit het hom belangrik laat voel. Hy het sy hande in die sakke gesteek en was baie ingenome oor hoe diep hulle was. Terwyl hy omdraai om uit die huis te stap, het hy al die ander sakke nagegaan, selfs aan die binnekant van die jas. Hy was baie tevrede met wat hy ontdek het.

Terwyl hulle padlangs na O'Connor se ou huis stap, het Dawid vir Morris gefluister. Daar was niemand naby hulle om die gesprek af te luister nie, maar dit het gevoel asof dit 'n fluisterstem noodsaak.

"Dit was 'n slim idee, om Vader se jas te leen. Hoeveel geld dink jy gaan jy in daardie boeke kry? Sekerlik nie genoeg om ál ons sakke te vul nie?"

"Wie weet? Daar is baie boeke daar."

"Dit maak my eintlik nou bang, broer."

"Moenie jouself ontstel nie. Dit is nou of nooit. Daar mag min geld oor wees, óf daar mag nog baie wees. Ek dink ek het reeds genoeg om vir twee kaartjies op 'n skip Afrika toe te betaal, maar ons sal geld nodig hê om te oorleef wanneer ons land. Ons móét hierdie kans nou vat, Dawid. Ons sal nooit weer so 'n geleentheid kry nie."

"Jy's dapper, Morris," het Dawid gesê. "Ek weet nie waar jy dit vandaan kry nie."

"Beslis nie van Vader af nie!" het Morris sarkasties verklaar.

"Morris! Moenie minagtend wees nie," het Dawid sy broer berispe, hoewel hy self maar ook so gevoel het. Dit was beter om maar net die onderwerp te verander. "So, wat presies gaan ons doen wanneer ons by die huis kom?"

"As ons daar kom, sal ek jou aan Elaine voorstel. Wanneer jy die boeke sien, toon belangstelling. Ons het 'n stelsel nodig om deur die boeke te soek sodat ek en jy nie dieselfde boeke oor en oor deurkyk nie. Ek stel voor: tel 'n boek op en blaai daardeur. As jy geld daarin kry, sit dit terug op die rak, maar onderstebo. Elaine kan nie lees nie, so sy sal nie agterkom nie."

"'n Slim idee, broer," het Dawid met 'n glimlag saamgestem. Sy broer se vernuftigheid het hom voortdurend verbaas. "Maar wat as die titel van die boek vertikaal geskryf is, nie horisontaal nie?"

"Dínk, Dawid!" Morris het skeef na hom gekyk. Toe Dawid nie antwoord nie, het hy voortgegaan. "Al die boeke wat regop staan met vertikale titels, se letters sal na links wys, so as jy die boek omdraai, sal die titel se letters na regs wys."

Dawid het vir 'n sekonde daaroor gedink voordat 'n liggie aangegaan het. "Jy is reg, ek het nooit daaraan gedink nie. Ja, ek verstaan," het hy gesê.

"Nou en dan, as daar nie geld in 'n boek is nie, vat jou tyd om 'n stukkie te lees, net om vir Elaine te demonstreer dat jy wél in léés belangstel. As ons net deur die boeke blaai gaan sy agterdogtig raak en dít wil ons nie hê nie. As ons kan, moet een van ons haar uit die huis kry," het Morris voortgegaan, maar Dawid het hom onderbreek.

"Dan keer ons terug na die onderstebo boeke, skud die geld uit en steek dit in ons sakke. Goeie idee, Morris. Ek hou daarvan. Maar hoe gaan ons haar uit die huis kry?"

"Dit gaan die moeilike deel wees. Ek sal dit aan jou oorlaat. Een manier is om haar te vra dat sy jou rondwys op die plaas – die skure en so aan. Sy sal seker nie omgee om dit te doen nie. Vra haar om jou te wys wat met O'Connor gebeur het. Kyk of jy haar kan kry om jou die varkhokke te wys. Dit sal wonderlik wees as jy dit regkry, want hulle is ver van die huis af en dan kan ek onverpoosd werk sonder dat julle te gou terug is. Trouens, as sy jou die stalle kan wys, behoort ek genoeg tyd te hê om deur al die boeke op een slag te kom. Daar ís baie boeke, maar nie só baie nie."

"Nou maar goed. En jy sê sy is gaaf?"

"Ja, ek hou van haar. Sy het ook 'n moeilike lewe gehad, nes ons. Miskien selfs moeiliker. Wys haar dat jy omgee deur aan haar aandag te skenk; laat haar bietjie belangrik en geliefd voel. Ek is seker sy sal van jou hou. Onthou, almal hou daarvan om spesiaal te voel." Morris het na hom opgekyk en geglimlag. "Gelukkig hou die meisies in elk geval van jou."

"Ag, Morris!" het Dawid skielik skaam gekry, maar hy moes erken dat hy nog nooit 'n probleem gehad om met meisies te praat nie, en het hulle geselskap nogal geniet. "Hoe oud is sy?" het hy nuuskierig gevra.

"'n Bietjie ouer as jy. Maar los dit nou, ons is hier. Ontspan net en geniet die dag. En onthou, wanneer jy en Elaine van buite af inkom, begin hoes of maak 'n geluid om my te waarsku dat julle naby is, sodat ek vinnig die 'optelgoed' kan wegsteek." Hulle het deur die hekke geloop oppad plaashuis toe. "Oja, nog iets, as jy binne in die huis is en my help, moet jy eers die geld uitgooi op die lessenaar, maar maar moenie dit onmiddellik in jou sak druk nie. Dis vinniger as jy deur soveel boeke as moontlik werk en dan al die geld op een slag bymekaar maak."

"Ek kan sien die onpraktiese gebruike by die sigaretfabriek het jou geleer om jou tyd verstandig te gebruik, broer."

Morris het nie geantwoord nie. Hy het net in die rigting van die plaashuis gekyk vir tekens van lewe. 'n Dun straaltjie rook het uit die skoorsteen ontsnap. "Reg, dis tyd om aan die werk te spring, Dawid."

Elaine het gesukkel om haar opgewondenheid weg te steek teenoor hierdie twee mooi en goedgemanierde seuns wat by haar kom kuier het. Haar blydskap was selfs meer omdat sy vir ewig vry was van O'Connor se nukke en grille. Dit het vir haar gevoel asof haar lewe 'n ommeswaai gemaak het. Sy het hulle ingenooi na Morris se klop en hulle na die eenvoudige kombuistafel gelei waar sy vir hulle tee ingeskink het. Dawid het nie dadelik gaan sit nie, maar het na die rand van die kantoor gestap sonder om in te gaan sodat dit nie lyk asof hy voor op die wa was nie en het met skynbare groot belangstelling na al die literatuur op die rakke gekyk.

"Sien?" het Morris met 'n breë glimlag vir Elaine gesê, "Dawid is mal oor boeke. Ons kry nie baie gelees nie, want ons gesin is so arm. Ek het jou gesê hy sal baie in hierdie biblioteek belangstel."

"O, jy is baie welkom om te lees wat jy ook al wil," het sy vir Dawid aangemoedig.

"Dankie vir jou goedhartigheid, Elaine. Dit is soos 'n droom wat vir my waar word," het hy geantwoord. Elaine se waarderende glimlag het Morris nie ontgaan nie.

Dawid het teruggekom na die kombuistafel en 'n sluk tee gevat. Die soetheid het hom tussen die oë getref, want hy nie gewoond was aan suiker nie. "Sjoe!" het Dawid met 'n breë glimlag uitgeroep. "Hierdie tee is fantasties!"

"Ek het gedink jy sal iets soets in jou tee geniet."

"Ek het nog nooit suiker in my tee gehad nie, nooit nie. Dit is wonderlik. Dankie, Elaine." Dawid het baie vir haar geglimlag en haar gereeld op die regte oomblikke gekomplimenteer. Elaine het die vleiery opgeslurp. Uiteindelik kon hy kon sy begerigheid om in die biblioteek rond te snuffel nie meer bedwing nie en hy het haar beleefd gevra of hy maar na die boeke kon kyk.

"Natuurlik, Dawid," het Elaine geglimlag en Morris het vinnig die gesprek oorgeneem om Dawid ruimte te gee om die potensiële skatte te probeer ontgin.

"Elaine, waar het jy leer kook?"

"O, ek het vir baie jare by my ouma gebly nadat my ma oorlede is, en sy was 'n voortreflike kok."

Morris het die gesprek aan die gang gehou en Elaine uitgevra oor haar verlede en haar familie, en toe die gesprek in die rigting van O'Connor gestuur oor en hoe aaklig hy was. Hoewel hy die hele tyd haar aandag gehou het, het hy af en toe na Dawid geloer, om te sien hoe hy boeke van die rak afhaal, deur hulle blaai en dit dan terugsit asof die onderwerp nie sy belangstelling geprikkel het nie. Morris het opgemerk dat hy die derde boek onderstebo teruggeplaas het, en toe 'n vierde, en 'n vyfde. Hy het effens in sy tee gestik en druppels tee op die tafelblad gespoeg.

"Ek is jammer, Elaine," het Morris verskonend gesê terwyl hy na 'n lap soek om die druppels tee skoon te vee. "Dis in die verkeerde gat af." Dawid het na hom gekyk en sy wenkbrou gelig. 'n Ondeunde glimlag het om die hoeke van sy mond gespeel.

Elaine het 'n ou vadoek van die kant van die houtstoof gelig en die tafel afgevee. "Jou lawwe ding," het sy met 'n glimlag gesê. "Drink stadiger, of jy gaan jou bek verbrand!"

Dawid het met 'n oop boek in sy hand na die tafel teruggestap en gaan sit. "Hierdie is 'n baie interessante boek," het hy verklaar.

"Hoe so?" het Elaine gevra en al haar aandag op Dawid gerig.

"Dit gaan oor Seereg. Dis wette wat betrekking het op skeepvaart en seereise, nie net vir mense nie, maar ook vir vrag. Het jy geweet dat as jy 'n verlate vaartuig op see vind wat nie geanker is nie, jy dit as jou eie kan opeis?"

"Ek het dit nie geweet nie!" het Morris en Elaine saam uitgeroep.

"Wel, dit sê so hier," het Dawid voortgegaan. Elaine het baie geïnteresseerd gelyk, maar Morris het geraai dat sy veel meer in Dawid as die boek belanggestel het. Hy het homself rustig van die tafel verskoon sonder om hulle gesprek te onderbreek en na die biblioteek geloop om die soektog na die geheime skatte voort te sit.

En daar wás skatte! Menige boek het hy onderstebo op die rak teruggesit en na 'n rukkie het hy teruggekeer na die tafel toe met 'n boek wat vir hom vaagweg interessant gelyk het, dan het hy die gesprek by Dawid oorgeneem en Dawid het teruggegaan biblioteek toe om die soektog voort te sit waar Morris opgehou het. Na twee koppies tee elk, het Dawid na die tweede stel rakke beweeg – die halfpad-punt in hulle soektog. Hy het weer met 'n boek in die hand by hulle aangesluit sodat Morris die soektog kon hervat.

"Elaine?" het Dawid gevra, terwyl hy die boek in sy hand toemaak. "Morris het my alles vertel van wat gister gebeur het, maar ek vind dit 'n bietjie moeilik om te volg. Hy was so opgewonde toe hy gister by die huis gekom het."

"O, maar hy het alle rede gehad om te wees, nie waar nie, Morris?" het sy geantwoord. Morris het van agter sy boek in die kantoor geknik.

"Kan ek jou vra om my te wys waar dit gebeur het?" het Dawid weer gevra. "Ek wil my oë bietjie rus; hulle is nou moeg gelees."

"Vir seker!" het Elaine met hernude opgewondenheid ingestem. "Kom!"

"Gee julle om as ek hier bly en nog lees?" het Morris gevra, terwyl hy goed weet wat die antwoord sou wees.

"Natuurlik, jong. Lees soveel as wat jy wil."

Toe Morris die voordeur hoor toe gaan, het hy oorgegaan tot aksie. Daar was ten minste 20 onderstebo boeke op die rak. Hy het hulle een vir een gegryp en die geld uit hulle gevangenskap geskud. Meestal het die note vryelik en maklik uitgekom, maar uit sommige boeke het hulle 'n bietjie aanmoediging nodig gehad. Dit het Morris vertraag en hom senuweeagtig gemaak.

Hy het gestadig gewerk, sy ore gespits vir 'n hoes of roep, of enige teken dat hy net oomblikke het om die geld bymekaar te maak en dan weer te sit en maak of hy lees.

Die tyd het verbygetik en Morris het nog meer angstig en senuweeagtig geword; koue sweet het weer oor hom uitgeslaan. Hy het goed gevorder, en daar was nog geen teken van Dawid en Elaine nie.

Hy doen 'n goeie werk om haar besig te hou, het hy gedink en net aangegaan. Mettertyd het hy besef dat daar te veel geld op die tafel was; hy sou dit nou moes bymekaar maak anders sou dit te lank vat as hy skielik moes opruim wanneer hy hulle hoor terugkeer. Die sweet het op sy voorkop uitgeslaan in groot druppels en hy het van strategie verander; die hoop note bymekaar gemaak, dit toe in klein bondels gelyk gemaak en dit in sy pa se jas sakke gestop, binnesakke eerste. Gelukkig het dit vinnig gegaan, en hy kon dus gou die taak hervat om verder deur die boeke op die rakke te soek terwyl hy seker maak dat hy die omgekeerde boeke korrek terugsit.

Uiteindelik was daar nie meer onderstebo boeke oor nie en hy het die geld wat op die tafel gelê het, bymekaar gemaak; die note versigtig gevou en in sy sakke gesteek. Toe hy daarmee klaar was, het hy teruggekeer om deur die bladsye van die ander boeke te blaai wat hulle nog nie geïnspekteer het nie en die geld daaruit ook te kry. Hoe laer hy met die rakke afgegaan het, hoe minder boeke met O'Connor se weggesteekte geld was daar. En toe kom hy by die onderste rak. Skielik het die vaagheid van blou en groen note rooi en pienk geword! Vyf-pond note! Morris se hart het gebokspring. Hy kon sy oë nie glo nie. In net één boek was daar 'n fortuin weggesteek! Met hernude energie en byna onbeheerbare bewende hande, het Morris deur die oorblywende boeke naby die vloer gesoek en weer die waardevolle boeke met hul titels onderstebo teruggesit. Toe hy daarmee klaar was, het hy venster toe gehardloop om te kyk of hy vir Dawid of Elaine gewaar. Hy het hulle nêrens gesien nie en vinnig teruggehardloop boekrak toe en die geld uit die boeke geskud. Hy het eers die groter note gebêre vir ingeval hy onderbreek word.

Die volgende twintig minute het soos 'n ewigheid gevoel, maar hy het sy taak voltooi en al die geld wat hy het, was veilig in sy pa se jassakke. Hy het die baadjie oor die rugleuning van O'Connor se stoel gehang en gedink dat hy vir Dawid 'n groot 'dankie' skuld vir sy goeie werk. Morris het geweet dat hulle goed as 'n span werk; dikwels sou hulle weet wat die ander dink nog voordat hulle iets gesê het. Hy het 'n vadoek gegryp en sy voorkop afgevee. Toe keer hy terug na die kantoor en maak 'n boek oop om te maak of hy die hele tyd nog sit en lees, terwyl hy die geleentheid vat om sy senuwees te probeer kalmeer.

Net betyds, het hy gedink toe hy Dawid en Elaine laggend en geselsend hoor terugkom huis toe. Dit het Morris tevrede laat glimlag omdat hulle die tyd saam geniet het en onbewustelik het hy meer ontspan. Dawid het gehoes soos hulle afgespreek het en byna 'n minuut later het hy hulle die voordeur hoor oopmaak, terwyl hulle opgewonde praat en lag.

"Hallo, Morris!" het Elaine geroep toe sy binnekom. Sy was in 'n baie vrolike bui.

"Hallo, Elaine," het Morris geroep en geglimlag.

Dawid het agter haar verskyn en Morris gegroet. "Ons het heerlik gestap op die plaas. Jy het gebrou met die varkhokke wat jy moes skoonmaak, hulle is walglik!" het Dawid met sy broer gespot.

"Ag Dawid, jy is so snaaks." Elaine het gelag en sy arm gedruk. Morris het hierdie liefderyke aanraking opgemerk en gedink dat daar dalk 'n bietjie meer as vriendskap tussen hulle aan die ontwikkel was. "Julle seuns moet honger wees, want ék is beslis. Kom ons kyk wat ek vir julle kan opdis."

"Elaine is die beste kok in die hele wêreld, Dawid," het Morris bygevoeg, sommer skielik ook in 'n baie gelukkige bui.

"Morris het gister gesê jy is 'n goeie kok," het Dawid vertroulik vir Elaine gesê.

"Wag tot julle sien wat ek gisteraand gemaak het," het Elaine geesdriftig gesê en na die klein stoorkamer oorkant O'Connor se slaapkamer in die gang, gedraf.

Morris het Dawid eenkant toe getrek. "Ek het dit gedoen, dankie. Dis klaar." Hy het dringend gefluister, terwyl hy na die boekrakke beduie het. "Ek het dit alles in Vader se jas gesit." Dawid het net geknik en gedraai om Elaine te volg, wat met 'n groot ysterpot met 'n deksel op, verskyn het. Net die aanskoue van die pot het die seuns in afwagting laat kwyl.

"Heerlike hoenderbredie, my gunsteling! Ek sal gou die aartappels kook en die bredie opwarm, dan kan ons so oor 'n uur eet."

Die maaltyd was ongelooflik. Die seuns het nog nooit sulke heerlike aromas ervaar nie. Terwyl hulle na ete om die tafel gesit het, het hulle vriendskap en laggende grappies voortgeduur totdat dit begin skemer word het.

"Elaine, ons moet nou huis toe gaan," het Morris die vrolikheid onderbreek.

"Ai toggie," het sy gesug. "Baie dankie dat julle gekom het, seuns. Sien ek julle weer môre?"

"Ek weet nie," het Morris getwyfel; terselfdertyd het Dawid gesê, "Ek kan nie sien hoekom nié."

"Ons sal moet sien wat môre gebeur," het Morris ontwykend gesê. "Ek wil nie hier wees as die regering kom nie. Hulle krap my om. Veral na dit wat ek moes deurmaak met O'Connor se dood. En ek moet ook begin werk soek."

"Ek verstaan, hartjie. Maar Dawid, jy weet jy sal altyd hier welkom wees."

"Dankie, Elaine." Dawid het gestraal en sy oë het saam met sy lippe geglimlag.

Morris het sy hande op die tafel geplant en probeer belangrik lyk. "Elaine, ek het sedert gister baie tyd gehad om oor dinge te dink. Jy is 'n lieflike mens en ons albei hou baie van jou. Ek weet nie wat jy alles moes verduur onder daardie monster se bewind nie, maar ek kan raai dit was nie 'n gelukkige tyd vir jou nie, so ek wil jou help, en ek het 'n idee waaroor ek wil hê jy moet dink."

Elaine het ernstig gelyk en Morris het gedog hy sien 'n traan in haar oë. "Wat probeer jy sê, jong Morris?"

"Het O'Connor ooit vriende na die opstal toe gebring?"

"Nee, terwyl ek hier was nie. Ek het nog nooit van sy vriende gesien nie. Om eerlik te wees, ek is nie eens seker of hy enige vriende gehad het nie," het sy gepeins.

"Wel, volgens my mening, as O'Connor geen vriende gehad het nie, en die polisie het gesê hy het geen familie nie, dan sal hierdie huis en die plaas deur die regering geneem en op 'n veiling verkoop word." Hy het na Dawid gekyk. "Is dit hoe jy dit ook verstaan, Dawid?"

"Ja, ek dink dit werk so. Hulle het vir my gesê een van die bestuurders by die smeltery het 'n plaas op 'n veiling gekoop nadat iemand gesterf het. Hy het nie veel vir die plaas betaal nie, so hy het opgehou werk by die smeltery en 'n boer geword. Ek is nie heeltemal seker hoe dit werk nie, maar ek dink jy is reg, Morris."

"So," Morris het 'n oomblik dramaties gestop, "kom ons aanvaar dat dit sal gebeur, en ons aanvaar ook dat niemand ooit hierdie huishouding betree het nie, en daarom weet niemand wat hier binne is nie," hy het gestop en Dawid in die oë gekyk om sy punt te maak. "Dan sal een of ander vreemdeling uiteindelik dié plek kan besit vir baie minder as wat dit werd is."

"Wat probeer jy sê, broer?"

"Wel, hoekom kan Elaine nie die plek kry nie? Ek bedoel, sy het gely onder daardie afskuwelike man vir – wat – vier jaar, Elaine?"

Daar was stilte behalwe vir die geknetter van gloeiende kole in die kaggel. "Ja, vier ellendige jare," het sy eenvoudig beaam.

"Wel, ek dink ons moet jou hier help, of wat dink jy, Dawid?"

Dawid het verskrik gelyk. Wat was in Morris se kop? Hoeveel geld het hy ontdek, en hoeveel sou hy vir haar gee om die plek te koop? Was hy besig om kop te verloor? Het die geld hom al soveel beïnvloed? Hy het verstom na Morris gestaar.

"Hier is my idee," het Morris voortgegaan, klaarblyklik onbewus van sy broer se innerlike onrustigheid. Hy het opgestaan, teruggestap na die kantoor en die lessenaar se enigste laai oopgemaak. Daar was 'n boksie vuurhoutjies, 'n halwe kers, 'n effens geroeste sakmes, en 'n smerige sakdoek wat al baie gebruik is, wat Morris laat gril het.

"Waarna soek jy?" het Elaine gevra.

"Pen en papier," het Morris geantwoord.

"Ek twyfel of jy so iets in hierdie huis sal kry," het Elaine gesê. "Hy het nooit iets neergeskryf nie."

"So gedink," het Morris geglimlag. "Ek dink nie hy het geweet hoe om te lees óf te skryf nie."

"Hy kon lees," het Elaine hom reggehelp. "Hy het dikwels sy boeke gelees."

"Ek bedoel, ek het nie gedink hy kon skrýf nie," het Morris homself vinnig gewysig, terwyl hy die woord 'skryf' beklemtoon. "Ek wou regtig 'n pen en 'n stuk papier hê."

"Ek het 'n pen," het Dawid versigtig gesê. Hy het 'n vulpen wat Reuben hom op ouderdom dertien vir sy bar mitzvah gegee het, uit sy binnesak gehaal; dit was 'n geskenk wat na aan sy hart was.

"Uitstekend, broer!" het Morris uitgeroep. Hy het toe na die boeke op die rak gekyk en een uitgekies. Toe hy dit oopmaak op die laaste bladsy, het hy geglimlag. Die bladsy was leeg.

"Om hemelsnaam. Wat dóén jy, Morris?" Dawid het al meer onrustig geraak.

Morris het nie geantwoord nie. Hy het teruggeloop lessenaar toe en die sakmes uit die laai gehaal. Dit het twee lemme gehad, een groter as die ander. Die groot lem was stomp van gereelde gebruik, seker vir meer as net papier sny, maar die kleiner lem was skaars gebruik en vlymskerp.

Morris het die boek neergesit en die laaste bladsy van die boek met chirurgiese kundigheid verwyder. Dit was 'n netjiese en reguit snit, en hy was baie ingenome met sy vernuftigheid.

"En siedaar!" het Morris triomfanklik gesê terwyl hy die leë bladsy in die lug hou. "'n Stuk papier!" het hy trots voortgegaan.

Dawid en Elaine het hom woordeloos aangestaar. Hulle het nie geweet wát om vir hom te sê nie. Hulle het verward na mekaar gekyk, en weer vir Morris. Morris het na die kombuistafel gekom en weer sy plek ingeneem, terwyl hy die stuk papier versigtig voor Dawid neersit.

"Broer Dawid," het hy met oordrewe prag en praal gesê, "jou vaardigheid as skrywer is baie goed. Skryf asseblief 'n brief namens meneer Douglas O'Connor aan hierdie lieflike dame, Elaine... wat is jou van, Elaine?"

"Witton," het sy, nog steeds verward, geantwoord.

"Aan Elaine Witton," het hy herhaal, "en verklaar dat: omdat sy so 'n lojale en getroue werker was, en omdat hy geen nabye familie het nie, hy sy plaas en opstal nalaat in geval hy ontydig heengaan."

Vir 'n hele ruk het hulle in doodse stilte gesit, die kaggel se geknetter was die enigste ding wat 'n geluid gemaak het. Uiteindelik, tot Morris se verligting, het Dawid die stilte verbreek. "Is jy gek?"

"Miskien. Maar sê jý vir my: wat het ons om te verloor? Jy het nou niks nie," het hy gesê, terwyl hy na Elaine gekyk het. "Ek wed my beste paar skoene dat niemand hierdie brief eers sal bevraagteken nie. En ás hulle dit doen het jy niks verloor nie. Ons kan dit net so wel probeer."

"Dis onwettig," het Dawid droogweg gesê.

"Dis die moeite werd om dit te waag, nie waar nie?"

Elaine se antwoord het die broers geskok. "Doen dit," het sy ernstig gesê. "Dit sal O'Connor se verdiende loon wees – ás dit werk."

"Goed!" het Morris met 'n groot glimlag verklaar. "Dawid, skryf nou mooi en versigtig met geen spelfoute nie. En dateer dit terug na elf maande gelede."

Wie dit mag aangaan

Ek, Douglas O'Connor, van die plaas Broken Bridge in die Gemeente van Dublin, Ierland,

Verklaar hiermee dat in die geval van my heengaan, ek my plaas, soos hierbo aangedui, insluitend die plaashuis en alle eiendom daarin, nalaat aan

Mejuffrou Elaine Witton
Aangesien sy 'n baie lojale en getroue werker en metgesel vir my was.
Respekteer asseblief my laaste wens.
Geteken:
Getuie: Getuie:
Datum: 14 Desember 1889

"Daarsy," het Dawid aangekondig toe hy klaar geskryf het. "Jy is óf slimmer as wat ek gedink het, óf baie dom."

"Ek is beslís nie dom nie," het Morris geantwoord, bietjie in die gesig gevat oor sy broer se aanmerking. "Skribbel nou iets daar waar dit sê 'Getuie' wat lyk soos een van daardie amptelike handtekeninge wat jy op dokumente en briewe sien."

Dawid het 'n oomblik na Morris gekyk, en na 'n oefenlopie of twee op sy handpalm, het hy dit op die dokument herhaal. Morris het die dokument by hom gevat en ook 'n onbeduidende handtekening vir die tweede getuie uitgekrap.

Weer het Dawid die stilte verbreek. "Nou goed, slimkop, weet jy hoe O'Connor se handtekening lyk?"

"Nee, ek weet nie hoe sy handtekening lyk nie," het Morris gesê en toe die bladsy op die tafel vasgedruk, die pen gehou waar O'Connor sou moes teken, en gesê: "maar ek wed jou my beste paar skoene dat sy handtekening so sou lyk..."

Hy het die pen stewig vasgehou, hard gedruk, en 'n kronkelende 'X' getrek. Toe hy opkyk van die dokument af, het hulle almal uitgebars van die lag.

HOOFSTUK 8
'n Tyd om te gaan

Toe die broers by die plaashek uitstap en regs draai op die nat, modderige grondpad huistoe, het Dawid saggies maar hoorbaar vir Morris gefluister, terwyl hy oor sy skouer kyk om seker te maak daar is niemand wat hom kon hoor nie.

"Is jy mal? Wat het jou besiel om daai dokument te vervals?"

"Ek wil haar help, Dawid. Kan jy dan nie sien dat sy ook 'n geleentheid verdien op 'n nuwe lewe nie? Ek wil ten minste probéér om haar daardie kans te gee."

"Maar nou oortree jy rêrig die wet. Boeta, as jy gevang word, gaan jy tronk toe, dis verseker!"

"Wie gaan ons vang? Sy sal ons nooit verklap nie; ons het haar net probeer help, en daarom is sy dankbaar vir ons besorgdheid. En hoe sal hulle ons ooit verbind aan daai gekrabbel op die papier? Ontspan. Voel dit nie goed om te weet dat ons dalk iemand gehelp het nie?"

"Ek moet erken: ek voel wél goed – so op 'n manier," het Dawid ingestem.

"Luister, al wat ek wou doen is om iemand 'n kans te gee. Die hemel weet ons het ook so 'n geleentheid nodig gehad. Ek voel goed daaroor. As sy die plaas kry, dan is dit wonderlik en ek sal goed voel dat dit ons was wat haar gehelp het om 'n nuwe lewe te begin. Indien nie, dan is dit nie omdat ons nié probeer het nie. Hoe dit ook al sy, dit is nou in haar besluit om haar lewe se koers te bepaal. Ek het probeer en ek was nou my hande in onskuld."

"Wel, as daar enige nagevolge is, het ek niks daarmee te doen nie. Verstaan jy?"

"Dis billik, my broer. Hoe ook al." Morris het weer oor sy skouer gekyk. "Hier, steek hierdie weg in jou sak," het Morris beveel, terwyl hy in sy pa se effens-te-groot baadjie indelf en 'n bondel een-pond note uithaal om dit vinnig aan Dawid te oorhandig.

Dawid het die geld gevat en terwyl hy senuweeagtig oor sy skouer loer, het hy die kontant diep in een van sy sakke gedruk. "Liewe genade, Morris!" het hy hard en angstig gefluister. "Wat het jy daar ontdek?" Die onderwerp van Elaine se welstand het soos mis voor die son verdwyn.

"Hier! Sit hierdie in 'n ander sak," het Morris nonchalant voortgegaan, terwyl hy 'n tweede bondel geld aan sy broer oorhandig het – net so groot soos die eerste.

"Morris!" was al wat Dawid kon uitkry terwyl hy sukkel om die tweede bondel banknote weg te steek.

"Maak gou! En hou op om soos 'n krimineel oor jou skouer te kyk!" het Morris hom berispe.

"Liewe hemel, wat's al dié? Hoeveel is dit werd?"

"Ek weet nie; ons kan dit later tel. Hier, ek het nog. Daar's te veel in my sakke; ons moet dit verdeel vir ingeval een van ons beroof word." Morris het altyd vooruit gedink, 'n tipiese eienskap wat sy broer bewonder het.

"Hoeveel is daar?" het Dawid weer gevra, terwyl hy angstig nog 'n sak volmaak.

"Baie. Ek het dit reggekry om deur al die boeke te soek. Ek het alles gevat; daar is nie 'n sent oor in daai huis nie. Dankie dat jy Elaine so lank besig gehou het. Wat het julle aangevang?" het hy met 'n skalkse glimlag gevra en vinnig na Dawid gekyk.

"Ag, nie veel nie," het Dawid bewustelik gebloos. "Sy het my net rondgewys op die plaas, dis al."

"Natuurlik. Wel, ek is bly jy het dit geniet," het Morris met 'n glimlag gesê, sonder om na sy broer te kyk. Dawid wou nog iets sê, maar het besluit dat dit dalk beter was om stil te bly.

"Ek moet jou nog geld gee. Is jy gereed?" het Morris gevra, terwyl hy rustig draai en agter hulle in die pad afkyk.

Dawid het ook oor sy skouer gekyk. "Gaan voort." Nog 'n haastige oorhandiging het plaasgevind. "Ek wonder hoeveel daar is," het Dawid weer gewonder.

"Ek skat daar is 'n paar honderd," het Morris bespiegel. "Daardie idioot was skatryk. Bliksem!" het hy uitgespoeg. "Hoe kón hy dit aan sy personeel – aan mý – doen? Jy weet, omdat net ek en jy weet hoe ryk hy was toe hy dood is, sal die waarheid nooit uitkom nie. Dit maak my kwaad."

"Vergeet daarvan, broer. Reg of verkeerd, óns het nou sy rykdom."

"Is jy reg om na die suide van Afrika te vertrek?" het Morris sy broer gevra, wat half verlore gelyk het in verwondering oor al die rykdom wat in sy sakke versteek was.

"Wanneer?" was Dawid se vinnige antwoord.

"Môre."

"Môre?" het hy uitgeroep. "Wat van Vader?"

"Los hom vir my. Ons vertrek môre," het Morris gerus geantwoord.

HOOFSTUK 9
Afrika 1891

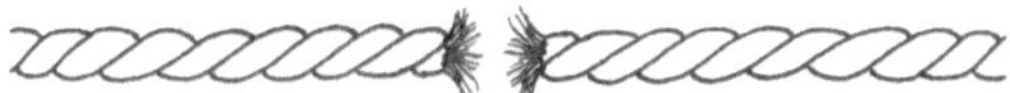

Dawid het aan die bakboordkant van die skip gestaan en die verte ingestaar terwyl hy aan die reling vashou. Die vroeë oggendbriesie was vars. Hy kon die buitelyne van lae heuwels met wolke bo hulle uitmaak. Die uitsig was nou al vir etlike dae dieselfde en hy was angstig om weer sy voete op vaste grond te sit. Dit het gevoel of hulle al 'n ewigheid die kuslyn volg en tog het dit nie gevoel of hulle enigsins nader aan hulle bestemming was nie. Hy was uiters gefrustreerd.

Die eerste week aan boord van die skip was verskriklik. Hulle het onverwags siek geword en naderhand gedink hulle gaan dood, maar uiteindelik het hulle gewoond geraak aan die skip se beweging en het hulle die reis begin geniet. Dit was egter lank terug en hy het tred verloor met watter dag of week dit was. Gedurende die maande op see het hulle afwisselend storms en absolute kalmte beleef en toe hulle om die Kaap die Goeie Hoop vaar, het hulle gedink hulle gaan vergaan in die wilde, goddeloos sadistiese golwe wat die skip genadeloos getref het. Vandag was die see kalm, en – alhoewel die reis nou goed was – het hy genoeg gehad. Dawid moes weer op vaste grond kom.

Morris en Dawid het die ledige middae op die skip verwyl deur met hul mede-passasiers te gesels en hulle het veral vriende gemaak met dié wat al voorheen aan die suidelike punt van Afrika was. Dit was nie net om soveel moontlik inligting in te samel nie, maar ook om die ure om te kry terwyl dit gevoel het of die lang dae hulle murg en been uitmergel. Die meeste passasiers het baie inligting gehad om te deel oor wat om te verwag, en waarvoor om op te let; nie net met die diere, insekte en reptiele nie, maar ook die inheemse mense. Die broers se aptyt vir inligting was onversadigbaar. Die prentjie van die 'Donker Vasteland' het vir hulle begin oopgaan en baie daarvan was onrusbarend en ontstellend. Een van die passasiers, 'n ervare jagter en ontdekkingsreisiger uit die noorde van Londen wat vir die derde keer na Afrika teruggekeer het, het veral hulle belangstelling geprikkel. Sy naam was Anthony Robinson. Hy was 'n groot, aantreklike man met 'n wilde bos swart hare; hy was moeilik om mis te kyk. Hy het 'n ferm, hoekige kakebeen gehad en sy liggaamsbou het hom bo enige skare laat uitstaan. Die dames op die skip het aanhoudend probeer om sy aandag te trek en dit het die broers geïrriteer, want dit het gewoonlik hulle gesprekke met hom onderbreek. Hulle het hom darem so nou en dan alleen op die dek gekry en dan het hulle hom gepeper met vrae oor Afrika. Anthony het hul geselskap én hul entoesiasme vir sy stories geniet, so hy het hulle vermaak met sy baie verhale en genoeg ernstige waarskuwings, raad en voorstelle, dikwels met 'n ondeunde glimlag en 'n stout glinstering in sy oë.

"Goeiemôre, Dawid," het Anthony van agter Dawid gesê. "Ek vertrou jy het lekker geslaap?"

"Goeiemôre, Meneer Robinson," het Dawid met 'n vriendelike glimlag geantwoord terwyl hy omdraai om hom te groet. "Inderdaad, besonder goed, dankie, meneer. Wat van u?"

"Ongelukkig nie, jammer om te sê," het Anthony mismoedig geantwoord. "Daai Belgiese vrou het my weer die meeste van die nag wakker gehou," het hy met 'n selfvoldane glimlag gesê terwyl hy vir Dawid knipoog.

Dawid het soms nie mooi geweet hoe om hom verstaan nie, en hy het beslis nie geweet hoe om op sy opmerking te reageer nie. Anthony het besef hy het hom onkant gevang, en het daarom vriendelik voortgegaan: "Nie ver meer nie. Sien jy daardie berg daar met die dubbelpiek?" Hy het na die verte beduie. "'n Xhosa-hoofman het sy dorpie in die vallei daaronder. Ek was al een keer daar om olifante te jag. Ons is net een dag van Port Elizabeth af." Hy het die woord 'Xhosa' met 'n snaakse klikklank uitgespreek wat Dawid altyd vermaak het.

"Net 'n dag? Ag, dankie tog," het Dawid verlig uitgeroep. "Ek het genoeg gehad van hierdie skip."

"Ag, wel, hierdie keer was dit vir my 'n goeie reis. Die weer was nie te sleg nie, en die dames was merkwaardig en..." hy het 'n oomblik gehuiwer "...baie tegemoetkomend."

Dawid het geweet hy is besig om hom te terg, en hy was weer eens onseker hoe om te antwoord. "O, dis baie goed, Meneer Robinson, dis goed om te hoor." Hy was onmiddellik spyt oor sy antwoord.

"Luister, jongman," sê Anthony. "Onthou die dinge wat ek vir jou en jou broer vertel het, veral oor hoe om die inheemse mense te behandel en te respekteer. Behandel hulle reg en hulle sal jou reg behandel. Moenie daar ingaan en dink jy is beter as hulle nie, hoor? Dit sal jou ondergang wees. Onthou, jy is nou in húlle wêreld, hulle is nie in joune nie."

"Ek sal onthou, meneer," het Dawid belowe, "en ons albei waardeer opreg wat u vir ons op hierdie reis geleer het. Ek hoop ons sal u weer êrens daar sien." Hy het beduie na die heuwels en donkergroen van die Afrika-kontinent wat so aanloklik naby gelê het.

"Dit is 'n massiewe vasteland, Dawid, met baie min mense, maar die kanse dat ons mekaar sal raakloop – glo dit of nie – is 'n werklikheid. Ja, ek is seker ons paaie sal weer êrens in die toekoms kruis. En wanneer dit gebeur, hoop ek om te hoor dat julle uitsonderlik goed hier aangepas het." Anthony het breed geglimlag en die letsels op sy linkerwang – 'n herinnering van een of ander geheimsinnige roofdier wat hom een donker nag aangeval het – het sy ruwe plooie beklemtoon. Dawid was seker dat hy die storie van hoe hy teen die dier geveg het, vreeslik vergroot het, maar hy was nie regtig seker nie.

Dit was toe dat 'n tenger jong dame van Duitsland met golwende blonde hare en seegroen oë by hulle aansluit. "Goeiemôre, Meneer Robinson," het sy met 'n pragtige glimlag en 'n diep Duitse aksent gesê, terwyl sy Dawid heeltemal ignoreer.

"Aah, goeiemôre aan u, Mevrou Oppenheimer. U lyk absoluut pragtig vanoggend, soos altyd. Ek hoop u het rustig geslaap," het Anthony geantwoord en sy ken uitgedruk terwyl sy oë en tande skitterend in die oggendson glim.

"O ja, inderdaad. My arme man het egter nie gisteraand so goed gevaar nie. Moes iets gewees het wat hy geëet het. Maar hy slaap darem nou rustig."

"Ek is jammer om dit te hoor," het hy geantwoord hy, toe sy arm om haar perdebymiddeltjie gesit en haar weggelei op die dek. "Verskoon my, Dawid," het hy met 'n knip van sy oog oor sy skouer gesê.

Dawid het gebloos en besluit om terug te gaan kajuit toe om Morris wakker te maak met die fantastiese nuus dat hulle bestemming net een dag ver was.

Port Elizabeth, vernoem na die vrou van die waarnemende Goewerneur van die Kaapkolonie in 1820, was 'n miernes van bedrywigheid; mense het bevele in vreemde tale geskree; uit alle rigtings het mense op die ongeorganiseerde skeepswerf geloop met sakke en bokse, of bloot net van plek tot plek. Morris en Dawid, wat nie gewoond was aan soveel mense nie, het op die dek gestaan en die pandemonium in verwondering dopgehou. Hulle gretigheid om van die skip af te kom was nou skielik 'n huiwering, want dan sou hulle die veiligheid van die skip moes verlaat en sonder die vriende wat hulle aan boord gemaak het, die vreemde moes aandurf.

"Kyk al daardie mense," het Morris vir Dawid gefluister. "Hulle het bruin velle!"

"Dit is so vreemd. Het jy al ooit bruin mense gesien?"

"Nee." Morris het in ongeloof bly staar. "Ek bedoel, hulle het gesê daar was swart mense in Afrika, maar ek het dít nie verwag nie." Hy het na die toneel voor hulle beduie. "Hulle is so bruin, en daar is so baie van hulle. En daai mans is halfkaal! Kyk, daar is honderde van hulle. Daardie man daar; hy is amper swart!" Morris het gewys na 'n man wat 'n baal van een of ander soort verbruikersmiddel – wat groter was as hyself – dra.

"Kyk sy spiere!" Dawid het geskok geklink. "Hy's 'n klein reus! Morris, wat het ons aangevang?" Twyfel het Dawid oorweldig en hy was skielik bang.

Morris was nie juis gerusstellend nie. "Ek weet nie," het hy gesê. Hy was ook bang, en verward. Die toekoms was skielik vreesaanjaend. Hy het nie geweet wát om te doen nie en wou beslis nie die bekendheid van die skip, wat vir byna drie maande hul tuiste was, verlaat nie. Die besluit oor wat hulle moes doen, was skielik uit hulle hande toe die Kaptein – 'n kort man met 'n netjiese baard – agter hulle verskyn en sy stewige hande ferm op hulle skouers sit. Hulle het albei geskrik.

"Wel, ons is nou hier, menere. Tyd om af te klim!"

"J...ja meneer. Dankie dat u ons veilig hierheen gebring het," het Morris gestotter. Hy het nie geweet wat om anders te sê nie.

"Julle was albei uitsonderlike passasiers," het die Kaptein gelag. Hy kon hulle onsekerheid aanvoel. "Is hier iemand om julle te ontmoet?

Familie miskien?"

"Nee, meneer, ons ken niemand in Afrika nie," het Morris erken.

"Goed dan, het julle iewers waar julle vanaand kan bly?"

"Nee, meneer." Morris het mismoedig gelyk.

"Wel," het die Kaptein gesug, "gaan na Whitesweg – dis net daar op, op die hoek van Belmont Terrace, ek dink dis die naam. Julle sal 'n groot wit gebou sien, genaamd 'The Grand Hotel'. As hulle enige openinge het, beveel ek aan dat julle daar bly vir 'n nag of twee net totdat julle bietjie julle voete gevind het. Dis nie goedkoop nie, maar ek dink julle sal dit geniet, want dit ís julle eerste keer in Afrika en so aan. Sluit julle tasse toe; daar is baie diewe in en om die hawe, en dan kan julle begin werk soek. Moenie tyd mors nie, hoor?"

"Ja, meneer, dankie," het 'n baie senuweeagtige Dawid geantwoord.

Hulle het 'n volle minuut in stilte gestaan nadat die Kaptein weggestap het om bevele uit te deel aan 'n paar bruin mans wat op die skip geklim en die vragruim binnegegaan het.

Morris het diep asem gehaal. "Kom, broer, ons kan nie vir ewig hier bly nie." Elkeen het 'n bonkige swart reiskis gehad, met hulle lewensbesittings daarin toegesluit – as tieners, was dit nie veel nie. Die kiste was egter redelik swaar omdat elke spasie binne-in met sigaretpapier gevul was – met komplimente van wyle Douglas O'Connor. Daar was ook sewe primitiewe apparate om sigarette mee te maak wat hulle uit was gevorm en in yster gegiet het toe Dawid by die smeltery gewerk het.

Die Langbourne-broers het met die loopbrug afgeloop en vir die eerste keer hulle voete op die bodem van Afrika gesit. Instinktief het hulle 'n bietjie na links getree om die loopplank oop te hou en het gaan stilstaan op 'n kaal stuk sanderige grond. Dawid het sy trommel neergesit, en toe vir Morris gehelp om syne ook neer te sit. Hy het sy voet hard op die grond gestamp.

"Nie net is ons weer op vaste grond nie, Morris, ons is nou op 'n nuwe vasteland. Afrika," het hy aangekondig; geamuseerd deur wat hy pas gesê het. "Is dit 'n historiese dag vir ons?"

"Is dit 'n historiese dag vir die Langbourne-familie?" het Morris terug geknipoog. Met die vaste grond weer onder hulle voete, het hulle selfvertroue begin terugkeer en 'n versigtige opgewondenheid het stadig in hulle begin opwel.

"Kom ons gaan!" het Morris vol vertroue verklaar, al was hy maar nog steeds baie onseker oor waarin hulle hulself begewe het.

Alhoewel hulle albei kort seuns was, was Dawid langer as Morris en het hy die voortou geneem. Die broers het uit plek uit gelyk op die skeepswerf. Voordat hulle uit Southampton na Afrika gevaar het, het Morris wyslik gevoel dat dit nodig was om van hulle geld te gebruik om beter klere te koop – pakke, dasse, onderbaadjies en nuwerwetse leer Brogue-skoene, sowel as 'n modieuse swart vilthoed vir elkeen. Daar was 'n kort argument tussen die twee, want Dawid het gevoel dat dit 'n mors van geld was en dat sulke luukse en onpraktiese klere in Afrika onnodig was, maar hy het die argument netjies verloor, want Morris het hom herinner dat die aankope hulle ma se goedkeuring sou wegdra. Sy het hulle grootgemaak om netjies aan te trek, hulself goed te versorg en nog belangriker, om beleefd te wees.

"Julle sal altyd goed doen as julle goed versorg is, my seuns," het Esther hulle herinner terwyl hulle een aand by haar op die bed gesit het, 'n paar dae voor sy dood is. "Onthou wat ek julle geleer het. Onthou om vriendelik te wees teenoor mense, en om hulle te respekteer, maak nie saak hóé ryk of arm hulle mag wees nie. Trek altyd behoorlik aan en moenie vergeet om jou hare te kam nie, Dawid. Mense hou van goed versorgde mense wat ordentlik praat en optree. Maak altyd 'n goeie eerste indruk en dan handhaaf julle daardie indruk. Moet dit nooit vergeet nie." Die broers het 'n voorgevoel gehad dat sy naby haar einde op aarde was, maar hulle wou dit nie aanvaar nie en het die gedagte eenkant toe geskuif.

Toe hulle in Londen aankom op pad na Southampton – vanwaar hulle gehoor het die skepe na Afrika vertrek – het Morris voor 'n deftige mans klerewinkel gestop. "As ons 'n besigheid in Afrika gaan begin, moet ons ten minste lyk na sakemanne," het Morris verduidelik. "As ons só geklee daar aankom," het hy beduie na Dawid se verslete en slegpassende broek en flenterse baadjie, "wie sal ons vertrou? Nee, ons moet 'n goeie indruk maak reg aan die begin. Hoe sou jy aan iemand in gesag, 'n polisieman, of bankbestuurder, of 'n ander sakeman, verduidelik hoe ons aan soveel geld gekom het as ons gevra word? Het jy al daaraan gedink?" Dawid het nie.

"As ons ten minste lýk of ons ryk is," het Morris voortgegaan, "kan ons die geld verduidelik asof ons 'n ryk pa of iets het."

Dit het vir Dawid volkome sin gemaak, en hy het trouens gehou daarvan om mooi aan te trek, in klere wat hom pas en hom gemaklik laat voel. Nog meer belangrik, klere wat warm was. Geld vir nuwe klere was beslis nie die probleem nie. Maar om 'n winkelier te probeer oorreed om aan hulle klere te verkoop terwyl hulle soos swerwers lyk wat die winkel binnegekom het – sonder om hul finansiële stand te bevraagteken... dít was die moeilike deel. Dit het noukeurige beplanning geverg, met besoeke aan verskeie winkels, om een of twee items op 'n slag te koop, gepaardgaande met 'n paar wit leuens oor hul pa wat hulle Londen toe gestuur het met geld om ordentlik te lyk vir sy besigheid waarin hulle sou gaan werk. Uiteindelik het hulle baie modern en deftig gelyk, veral Dawid, wie – as gevolg van sy lengte meer belangrik en grasieus voorgekom het. Op die skip het hulle opgemerk hoe die hoër klas hulleself gedra, hoe hulle sosialiseer, hoe hulle aan 'n tafel gesit en die eetgerei hanteer het, sowel as ander fyner maniere wat deftige mense natuurlik doen, soos om hul hoede te lig om te groet wanneer 'n dame of 'n ouer persoon verbystap; om dames eerste by 'n deur te laat ingaan, en om op te staan wanneer 'n dame aan tafel by hulle sou aansluit. Dit was alles baie vreemd vir hulle, maar hulle het alles ingeneem, en hierdie nuwe 'deftige' leefwyse begin geniet.

Nou was dít iets van die verlede en hulle was uiteindelik in Afrika. Die Grand Hotel was nie moeilik om te vind nie, en dit was so luuks en weelderig soos die Kaptein belowe het. Die seuns was skielik verlig dat hulle die geld aan ordentlike klere spandeer het voordat hulle Londen verlaat het. Die duur tapyt het hul voetstappe op die gepoleerde houtvloer gedemp, en oral teen die mure het gemonteerde trofeë van diere gehang wat jagters geskiet het. Na slegs drie treë in die voorportaal van die hotel, het die broers skielik vasgesteek en in absolute verbasing na alles rondom hulle gestaar. Baie van die trofeë op die mure het wrede en dodelike horings gehad wat die seuns nie net met vrees gevul het nie, maar ook met 'n vae opwinding. Hulle het doodstil in die voorportaal bly staan met monde wat oophang en die skouspel voor hulle ingeneem. Morris het 'n baie vreemde dier opgemerk wat soos 'n perd of pakmuil gelyk het, maar dit was swart met wit strepe. Hy het gedink dit was vreemd dat iemand dit nodig geag het om 'n perd te verf. Die dier het pragtige oë en wimpers gehad en dit het gevoel asof hy elke beweging van die seuns dophou.

Dawid het keel skoongemaak en Morris aangepor. Daar was 'n dame agter die ontvangs toonbank, en sy het na die seuns gestaan en staar.

"Julle eerste keer in Afrika?" het sy skielik met 'n heserige stem gesê. "Ek het daardie kyk al baie kere gesien."

Hierdie keer het Morris keel skoongemaak. "Ja, Mevrou. Ons soek verblyf. Ons het pas aangekom uit Ierland."

"Nou kom. Moenie bang wees nie. Daai diere sal julle nie byt nie," het sy vir haar eie grappie gegiggel. "So, wie is julle tweetjies, jongman?"

"Ons is die Langbourne-broers, Mevrou," het Morris geantwoord en albei het hul hoede gelig. "Hoeveel kos dit om hier te bly?" het hy in dieselfde asem gevra terwyl hy aanstap na die toonbank toe.

"Vyf sjielings per kamer per nag," was haar streng antwoord.

Morris het in sy sak gegrawe en 'n paar silwer muntstukke op sy handpalm vir haar aangebied. Hy wou nie hê dat sy die pondnote in sy baadjiesak sien nie. Hy het die muntstukke op die toonbank neergesit en voor hy hulle nog kon tel, het sy oorgeleun, vyf sjielings uitgesoek, en dit vinnig in 'n laai gebêre.

"Julle het genoeg vir vier nagte," het sy gesê, en in die rigting van die oorblywende muntstukke op die toonbank geknik. "Wil julle vir vier nagte bly?"

Morris het na Dawid gekyk, en hy het liggies teruggeknik. "Ja, dankie, Mevrou. Vier nagte sal reg wees."

"Ek is Mevrou Bunting," het sy haarself voorgestel, oorgestrek en met gretigheid die res van die muntstukke opgeraap. Sy het dit getel, en toe twee kleiner muntstukke vir Morris teruggegee. "Welkom by die Grand Hotel, seuns," het Mevrou Bunting hulle met 'n geel-tand-glimlag verwelkom, die resultaat van 'n leeftyd se nikotien.

Mevrou Bunting, wat duidelik die bestuurder was in beheer van gasteverhoudinge, was in haar vyftigs, maar haar vel het nie so goed gevaar in die Afrika-son nie. Haar vel was soos leer en plooierig. Maar sy het onmiddellik van die twee jong seuns gehou en hulle na hul kamer geneem en gewys waar die gemeenskaplike badkamer onder in die gang was. Sy het vir hulle die streng reëls van die hotel voorgesê, insluitend hoeveel water hulle kon gebruik en hoe laat die ligte afgeskakel moes word. Daar was baie reëls, maar vir Morris en Dawid, was dit luuks, en sekuriteit! Hulle vrese en angste van vroeër oor Afrika het begin verdwyn.

Toe hulle uiteindelik alleen was, het hulle die koffers oopgemaak en die kontant begin verwyder wat hulle tussen klere en bladsye van boeke versteek het – 'n truuk wat hulle by wyle Douglas O'Connor geleer het. Hulle het die kamer gefynkam vir wegsteekplekke en oral geld in soveel moontlike krakies en gleuwe versteek. Hulle het aangeneem dat – as iemand hulle wou besteel – die logiese plek om te soek hulle koffers sou wees. So, hulle het die kontant onder die mat, agter die wasbak, bo-op die kas en oral anders onopvallend weggesteek. Dawid het selfs 'n gaping aan die buitekant van die vensterraam gevind waarin 'n koevert met kontant goed versteek kon word, en dit het Morris baie tevrede gestel. Toe hulle uiteindelik klaar was en tevrede was dat alles goed versteek was, het hulle besluit om die geheime van die stad Port Elizabeth te gaan verken. Hulle het weer deur die ontvangsarea uitgegaan en vir 'n wyle gestop om na die opgestopte diere teen die mure te kyk. Hulle het nog nooit so iets gesien nie, en het die fasinerende diere met belangstelling bestudeer. Uiteindelik kon Dawid sy nuuskierigheid nie meer beteuel nie en hy het Mevrou Bunting se nadergeroep.

"Verskoon my, Mevrou, hoekom is hierdie perd met swart strepe geverf?"

Die bestuurderes het uitgebars van die lag, haar rook-longe het dit laat klink soos 'n diep hyg geluid. "Dit, seun, is 'n sebra. Dis eenvoudig hoe hulle lyk!" Sy het weer begin lag, tot haar hyg-lag in 'n hoesbui verander het. "Jy is snaaks," het sy kortasem die woorde uitgepers.

Dawid was baie verleë, en haar hygende gelag het nie die situasie verbeter nie. Morris het hom te hulp gesnel. "Wel, dankie dat u dit aan ons verduidelik het, Mevrou. Maar ons moet nou gaan om werk te begin soek."

"Nouja toe, laat julle weg wees. Trouens, gaan na die apteker in die Hoofstraat, en gaan stel julle voor aan die eienaar, Meneer Johannes Smit; hy's gereeld hier. Sê vir hom ek het julle gestuur. Hy is 'n lojale kliënt van ons. Nét gister het hy vir my vertel dat hy seuns soek om hom na sy nuwe perseel te help trek. Hy is 'n baie suksesvolle sakeman, weet julle," het sy gesê en haar wenkbrou gelig asof hulle dit wel 'moes' weet.

"Sowaar, baie dankie, Mevrou. Dit is baie vriendelik van u," het Morris in sy mees beleefde Engels geantwoord, hoewel sy Ierse aksent duidelik deurgeskemer het. Die broers het die gemak van die hotel verlaat en hul ontdekkingsreis van Port Elizabeth begin.

HOOFSTUK 10
Port Elizabeth

Mnr. Smit was 'n baie lang en skraal man, onberispelik aangetrek, maar met sy diep Afrikaanse aksent, byna onmoontlik vir die twee Ierse seuns om te verstaan. Die eienaar van die apteek het van hulle gehou en hulle het hard en beleefd probeer om die gesprek aan die gang te hou. Hy het hulle noukeurig vertel oor die belangrikheid om kliënte met respek te behandel, en indien hulle nie in staat was om te help nie, hoe om iets anders voor te stel sodat die persoon nie met leë hande uit die winkel gaan nie. Ongelukkig het hy 'n baie kort humeur gehad en kon hy skielik uitbars in 'n woordevloed in Afrikaans wat g'n mens kon verstaan nie. Dit was uitsluitlik op sy swart personeel gemik en meeste mense – insluitend die broers – was maar versigtig vir hom.

Dit was nou reeds 'n maand sedert die Langbourne-seuns in Suid-Afrika aangekom het en hulle het uiteindelik verblyf gevind in 'n klein huisie wat aan 'n middeljarige dame in haar laat veertigs behoort het. Sy het haar man in 'n mynongeluk verloor. Sonja Du Plessis moes in haar jonger dae 'n baie aantreklike vrou gewees het, maar die trauma van haar man se dood, gepaardgaande met te veel son en sigarette, het haar ouer laat lyk as wat sy was. Haar gesig was geplooi en haar hare het al begin grys word, wat haar nóg ouer laat lyk het. Maar sy was nogtans 'n aantreklike vrou en baie vriendelik teenoor die seuns. Sy het haar eie lewe gelei en meeste van die tyd uit hul pad gebly, maar het tóg hul seldsame geselskap geniet, want dit het op 'n manier 'n leemte in haar lewe gevul. Morris en Dawid het 'n kamer aan die agterkant van die huis gedeel; die huur was goedkoop en het kos ingesluit – heerlike en gesonde kos.

Dit was 'n besondere warm aand toe die seuns met die stowwerige pad huistoe gestap het. Die son was besig om te sak; die lug was 'n skouspel van oranje en goudgeel naby die horison, vermeng in wonderlike skakerings van diepblou en donkerpers. Dit was asof hulle na die wêreld gekyk het vanuit die binnekant van 'n kosbare edelsteen.

"Het jy al ooit so 'n mooi hemel soos hierdie een gesien?" het Dawid gevra en na die sonsondergang beduie.

"Ek het nooit geweet dat die lug en wolke van kleur kan verander nie – ek het nooit eers gedink hulle hét kleur nie! Dit is voorwaar 'n wonderlike land."

Die seuns het in die kort, wilde gras op die rand van die grondpad gaan staan, en na die majestueuse natuurverskynsel wat voor hulle ontvou het, gestaar.

"Ek kan nog steeds nie glo ons is regtig hier nie, Morris," het Dawid opgemerk. "Ons lewens is nou so anders."

"Ja, ek dink dikwels terug aan hoe ons mekaar oppad huistoe ontmoet het in Ierland; hoe ons gehardloop het om warm te bly én om so vinnig as moontlik uit die koue te kom."

"Ons was koud, nat en altyd honger. Dit voel soos 'n leeftyd gelede, en tog is dit nie, nie waar nie?"

"Nee," het Morris dromerig geantwoord. "En tog voel dit wél soos 'n leeftyd gelede," het hy herhaal.

Hulle het in stilte gestaan en gekyk hoe die lug donkerder word, die kleur helderder en die wolke het in dun slierte gedryf om die effek nog meer hemels te laat lyk. Dit was asof Morris skielik uit sy vervoering skrik en sy gedagtes onmiddellik van rat verwissel.

"Kom ons vier dit vanaand, my broer," het Morris voorgestel en die vreedsame oomblik verbreek. "Kom ons gaan na die Grand Hotel en groet mevrou Bunting en eet 'n lieflike maaltyd."

"Dis 'n uitstekende idee, Broer Morris!" het Dawid uitgeroep. Hy het probeer om deftig te klink, maar sy stem was té opgewonde.

"Ons gaan nou huistoe, trek ons beste klere aan, en dan kan ons later ons Here God Almagtig bedank dat Hy ons ongedeerd hierheen gebring het, en hierdie wonderlike lewe vir ons voorberei het."

"Ek stem saam," het Dawid beaam en hulle het vinnig na Sonja se huis gegaan om aan te trek voordat hulle na die Grand Hotel kon gaan, waar dit vir die deftige mense van die dorp met weelde en aansien gewag het.

Dit was hierdie besoek aan die Grand wat die broers se lewens onverwags in 'n nuwe rigting gestuur het. Toe hulle die hotel binnestap, het hulle gevoel asof hulle daar hoort; dit was bekend. Dit was die eerste keer dat hulle terug was sedert hulle 'n maand tevore verhuis het, en die verwelkoming was oorweldigend. Die ietwat muwwe reuk van die matte en die gemonteerde dieretrofeë aan die mure het hulle eerste getref. Toe hulle verby die hotel se biblioteek – net regs van die ontvangstoonbank – loop het die klam aroma van die verouderde boeke bygedra tot die vernaamheid van die gebou. Party van die swart personeel het hulle raakgesien en met hartlike glimlagte en 'n knik van die kop verwelkom. Gedurende die vier dae wat hulle in die Grand Hotel gewoon het, het hulle vriende gemaak met van die personeel. Hulle het hul name onthou, oor en weer geskerts en hulle gebombardeer met vrae oor Afrika. Dit was duidelik dat hulle 'n indruk gemaak het.

Daardie aand was daar 'n opwindende gedruis wat uit die eetkamer en kroegarea gekom het. Die dreuning van mansstemme is periodiek onderbreek deur uitbundige lagbuie. Die broers het die stil verwelkoming van die personeel beantwoord en in die rigting van die eetsaal geloop. Binne was ongeveer dertig deftige mans, party in groepe by die kroeg waar hulle aan whiskey of bier teug onder Koningin Victoria se portret, ander was besig om 'n heerlike maaltyd te geniet. Die plek was vol; daar was nie 'n enkele sitplek oop nie. Die tafels was gedek met die beste silwer en kristalglase soos dit die gebruik in die hotel was, geskik vir die deftigste kliënte in aandklere. Toe die twee broers in die hotel tuis gegaan het, het hulle die eetsaal nooit só vol gesien nie.

Die geraas het stiller geword toe hulle binnegaan en baie oë het gedraai om hulle te bestudeer, maar gou weer het die gesprekke hervat en die dreuning het ononderbroke voortgegaan. Die vertrek was flambojant; die kerse se lig sag en kerswas het rustig teen gietysterkandelare afgedrup. Omtrent almal in die vertrek het gerook en die sigare en sigarette se rook het die kamer gevul met 'n indrukwekkende, dog ontspanne atmosfeer.

"Ek hoop mnr. Smit is nie vanaand hier nie," het Dawid opgemerk terwyl hulle na die kroegtoonbank loop en al die nuwe gesigte rondom hulle inneem.

"Ek stem saam," het Morris met 'n glimlag geantwoord. "Dit sou interessant wees." Hy het gewonder hoe sy baas sou reageer as hy saam met sy twee nederige werknemers sou moes eet en drink in hierdie vername vesting, verál omdat hulle so elegant aangetrek was soos die res van die besoekers, indien nie beter nie.

Die kroegman agter die toonbank was 'n groot swart man, geklee in 'n spierwit uniform, gestysel en gestryk, in byna-militêre styl. Hulle het hom van voorheen herken en sy naam onthou.

"Goeie aand, Shadreck. Hoe gaan dit met jou vandag?" het Dawid gevra.

"Goeie aand, Meneer," het Shadreck met 'n groot spierwit glimlag geantwoord. Sy spierwit tande het skerp gekontrasteer met die donker kleur van sy gesig. "Mag ek vir u 'n drankie skink, Meneer?"

"Ja, asseblief, Shadreck. Ek en my broer wil graag 'n bier hê, asseblief." Dawid het vir Morris bestel, want Morris het in stilte na die gesigte om hom gekyk en geluister na die gesprekke rondom hom. "Wat was die naam van die bier wat ons laas keer gehad het, die een wat hulle in Kaapstad vervaardig?"

"Dit is Lion Lager, Meneer," het Shadreck met 'n stralende glimlag geantwoord. "Ons noem dit 'n 'Nommer 17', Meneer, want as jy die etiket onderstebo lees, staan daar 'NOI7'."

"Wel, verdomp, kyk nou daar, Morris!" het Dawid uitgeroep, en daarmee sy broer se aandag getrek.

Morris het 'n leë bottel bier wat op die toonbank staan gevat en dit onderstebo gedraai, 'n oorblywende druppel het op die houtvloer geval. Hy het die omgekeerde woord 'LION' amusant gevind en die bottel teruggesit op die toonbank terwyl hy skeef glimlag. Op daardie oomblik het 'n man geklee in 'n ligte grys tweed-pak nadergestap.

"Ek wonder dikwels wie op aarde daaraan gedink het om 'n bieretiket onderstebo te lees en 'n woord daaruit te maak," het hy in 'n diep Engelse aksent opgemerk en sy hand na Morris uitgesteek. "My naam is Ivan Thomson."

Die Langbourne-broers het hand geskud en hulself voorgestel. Ivan was 'n spoorwegingenieur wat moes toesig hou oor die ontwikkeling van die spoorweglyn in die suidelike deel van die vasteland. Die broers het vinnig uitgevind dat hy 'n oorvloed plaaslike kennis gehad het en nie skaam was om te daaroor praat nie, so hulle het die inligting wat hy vryelik gedeel het, opgeslurp.

"Hoeveel spoorlyne ís daar in hier in die suide van Afrika?" het Morris gevra.

"O, ons het duisende myle se spoorlyne, en dit brei die hele tyd uit. Ons het al Kaapstad met Port Elizabeth verbind, en ons werk nou noorde toe. Trouens, ongeveer vyf jaar gelede is daar goud op die Witwatersrand gevind, en daar is 'n reeds 'n ongelooflike goudstormloop. Daar stroom letterlik duisende mense soontoe. Dit is 'n malhuis. Die plek is reeds groter as Kaapstad en daar is nog geen spoornetwerk nie."

"Ek sal ver weg van daai plek wil bly," het Dawid opgemerk. "Hoe ver is dié dorp van hier af?"

"O, dit is nie 'n dorp nie, ou maat, dit is 'n meer soos 'n streek of 'n gebied. Op die oomblik is die naaste nedersetting 'n kamp. Ferreira se Kamp, of so iets dergeliks, maar moenie 'n fout maak nie, daar sal binnekort 'n dorp moet wees. Daar is 'n nedersetting naby wat hulle Johannesburg noem. Dis ongeveer 600 myl van hier af. Maar ons het alreeds 'n langer spoorweglyn wat van Kaapstad na Mafeking gaan, en dit is ongeveer 800 myl," het hy gespog.

"My wêreld, dit ís 'n lang pad," het Morris gemymer. "Wat is by Mafeking?"

"Niks!" het Ivan gelag. "Ek was al daar. Dis maar net waar die spoorlyn stop, dis al."

"Wel, dit is waansin," het Dawid verbaas opgemerk. "Waarom 'n spoorlyn 800 myl na nêrens bou?"

"Goeie vraag, my vriend," het Ivan met 'n groot glimlag gesê. "Jy sien, dis – soos die kraai vlieg – 'n reguit lyn vanaf Kaapstad noordwaarts, en dit is so ver as wat hulle die verdomde lyn gebou het. So eenvoudig soos dit. Nietemin, dit dien wel 'n baie belangrike doel, want dit gaan via Kimberley, en dit, my liewe seun, is waar hulle diamante ontdek het. Baie diamante," het hy met 'n lig van sy wenkbrou gesê en sy glimlag het verbreed. Selfs Dawid het begin glimlag toe hy aan daardie rykdom dink.

"Diamante? En goud? Dit klink na 'n ryk land."

"O ja, dit is inderdaad, maar jy moet jou moue oprol en daarvoor werk. Mense sterf gereeld, nie net in mynongelukke nie, maar ook van siektes of wilde diere. Dit is uitmergelend. Goeie geld, ás jy oorleef, maar woeste toestande."

Morris het opgemerk dat hulle glase leeg was en om te verseker dat Ivan verder praat, het hy besluit om vir hom nog 'n drankie te koop.

"Meneer Thomson," het Morris hom onderbreek.

"Ivan," het hy vinnig reggestel.

"Dankie, Ivan," het Morris die hoflikheid erken. "Laat my toe om vir jou 'n Nommer 17 te koop," het hy met 'n glimlag aangebied.

"Baie vriendelik van u, meneer, dankie."

Dawid het na Shadreck gedraai wat gereed gestaan het. "Nog drie Nommer 17s, en 'n pakkie sigarette, asseblief." Hy en Morris het laas 'n sigaret gehad toe hulle bietjie tabak by die sigaretfabriek in Manchester gegaps het. Die gemoedelike geselskap en die atmosfeer in die vertrek van mense wat vrolik en ontspanne gesels het, gepaardgaande met die alkohol en nikotien in die kamer, het hom aangemoedig om geld te spandeer op hierdie klein luuksheid. Hy het ook gevoel dat dit die regte ding was om te doen, want almal in die geselskap het gerook.

Shadreck het met drie biere teruggekom en dit op die toonbank geplaas. "Ek is jammer, Meneer, maar ons het nie meer sigarette nie," het hy verskoning gevra.

"Julle het nie meer nie?"

"Ja, Meneer. Ons het lankal nie meer sigarette nie, Meneer."

"Nou maar goed, Shadreck, vergeet daarvan," het Dawid gesê terwyl hy die biere uitdeel.

"Daar is op die oomblik 'n tekort aan sigarette," het Ivan opgemerk terwyl hy in sy baadjiesak grawe en 'n pakkie tabak en sigaretpapier uithaal, en toe vir die broers aanbied. Hulle het dit waarderend aanvaar en vir hulle elkeen 'n sigaret gerol. "Sigarette word gewoonlik op die skepe uit Brittanje gebring," het Ivan voortgegaan, "maar die reis is lank en die meeste van die tyd word die voorraad op die skepe verkoop en sodoende kom hulle nooit hier aan nie. Daar ís tabak boere hier rond – so daar ís 'n oorvloed – maar jy moet jou eie rol. Die goeie nuus is dat 'n Amerikaanse maatskappy pas in Kaapstad aangekom het en hulle is besig om 'n sigaretfabriek op te rig."

Dit het Morris se aandag getrek. "Regtig?"

"Ja, ek het hulle verlede week in Kaapstad gesien hoe hulle hul nuwe toerusting by die dokke aflaai. Blykbaar kan hul masjiene massas sigarette op een slag produseer. Terloops, ek woon in Kaapstad; ek is net hierdie week hier vir besigheid. Die kratte was as die 'American Tobacco Company' gemerk, en ek was so nuuskierig dat ek begin vrae vra het. Dis maar net hoe ek ek is," het hy met 'n skalkse glimlag gesê terwyl hy aan sy sigaret gesuig het.

"Hoe lank voordat hulle kan begin sigarette maak?" het Morris gevra, met 'n bietjie kommer in sy stem.

"O, ek weet nie, ou kêrel. Seker ten minste nog 'n jaar, en dan miskien nóg 'n jaar voordat hulle tot by Port Elizabeth kan aflewer."

Dit het Morris en Dawid geskok. Hulle het gehoop om 'n sigaret besigheid in Afrika te begin, en nou het dit gelyk asof 'n internasionale tabakmaatskappy hulle planne in die wiele gaan ry. Dit was inderdaad slegte nuus.

Morris het vinnig die gesprek in 'n ander rigting gestuur. "So, Ivan, watse besigheid het jou Port Elizabeth toe gebring?"

"Daar is môre 'n groot spoorweg bedryfsvergadering hier, alles te doen met die uitbreiding van die spoorweë, en ek moet my professionele mening gee oor sommige van die sake wat bespreek gaan word. Amper almal wat vanaand hier is is van die spoorweë. Ons het van heinde en verre gekom vir hierdie vergadering."

"Waaroor praat hulle?"

"Ek weet nie, ek is net aangesê om hier te wees. Dit klink of dit môre 'n baie belangrike dag gaan wees."

"Ek is nuuskierig," het Dawid gesê. "Hoekom sou hulle 'n spoorlyn noord bou wat nêrens heen gaan nie, en dit vir 800 myl?"

"Na Mafeking, bedoel jy?"

Dawid het geknik.

"Wel, liewe seun, dit is inderdaad 'n interessante vraag, en die antwoord is selfs meer interessant." Ivan het 'n lang sluk van sy bier geneem en nader aan die broers geskuif. Met 'n gedempte stem het hy gesê: "Sien jy daardie groot man in die grys jas met ligte bos hare, wat daar oorkant in die hoek sit en met daardie twee offisiere praat?" Hy het met sy kop in die rigting van drie manne wat diep in gesprek was, beduie; die twee het duidelik hoë range in die weermag gehad want daar was koper-insignia op hul epaulette.

"Ja," het Morris geknik.

"Wel, julle is baie gelukkig om nou hier teenwoordig te wees – jy sien hom nie dikwels nie. Onthou sy gesig," het hy met 'n wetende knik gesê. "Daardie man is Cecil John Rhodes. Al van hom gehoor?"

"Nee," het Morris en Dawid byna gelyk gesê.

"Genade, julle het nog nie van Cecil Rhodes gehoor nie? Julle moet nuut hier wees!"

"Wel, nog net een maand," het Dawid homself verdedig.

"Seuns, laat ek julle 'n bietjie iets oor hom vertel. Hy is waarskynlik die rykste man in die wêreld op die oomblik. Hy is 'n dinamiese sakeman. 'n Waaghals, 'n baie invloedryke persoon en hy is tans die Eerste Minister van die Kaapkolonie!"

Morris en Dawid het met groot oë, monde wat oophang in ongeloof, na mnr. Rhodes gestaar. Na 'n oomblik se stilte, het Morris gepraat. "Sowaar? Hý, die Eerste Minister?"

"Van die Kaap? Ja, inderdaad, seun. As ek moet raai, sou ek sê hy is hier om môre 'n baie belangrike verklaring te maak."

"Wel, kan jy glo," het Dawid eerbiedig gesê.

"Hy besit so te sê al die Kimberley diamantmyne, so dit was hy wat die spoorlyn van Kaapstad na Kimberley georganiseer het. Maar hoekom hy die spoorweglyn verder aan na Mafeking gebou het? Wel, daar is so baie aan die gang in die noorde, in 'n plek genaamd Zambezië – alhoewel sommige van die plaaslike mense daar geneig is om te verwys na 'Rhodesië', vernoem na Cecil John Rhodes. Dit is 'n area tussen die Limpopo en die Zambeziriviere wat uit twee kleiner lande bestaan, Matabeleland en Mashonaland. Hulle glo daar is baie goud en diamante daar en hulle wil maklike toegang tot Zambezië hê. Die probleem is: die grond nét noord van die Limpoporivier is in besit en word beheer deur die Ndebele-stam. Hierdie land staan bekend as Matabeleland en word regeer deur koning Lobengula." Die broers het aan Ivan se lippe gehang. Met hulle aandag ononderbroke op hom, het hy voortgegaan.

"Ongeveer twee of drie jaar gelede het mnr. Rhodes daar 'n maatskappy gestig genaamd die British South Africa Company, of die BSAC, en daardie maatskappy het 'n Handves van Brittanje om in Matabeleland te werk. Hy het met koning Lobengula onderhandel en 'n ooreenkoms aangegaan dat hulle die goud en diamante en wat hulle ook al mag vind, kan ontgin.

"Mafeking is op die mees direkte noordelike roete van Kaapstad na 'n plek genaamd KoBulawayo, wat 'n Europese nedersetting iewers in die middel van die Ndebele-koninkryk is. Ek was nie nog daar nie, en ek is ook nie haastig om ooit soontoe te gaan nie, moet ek nou eerlik met julle wees."

"Hoekom nie?" het Morris hom vinnig in die rede geval.

"Die Ndebele-stam is 'n wrede klomp. Gebore krygers. Hulle is afstammelinge van 'n baie brutale stam in Zoeloeland, die Zoeloes om presies te wees. Nee, ek sal ver van hulle af wegbly as ek julle was. So," hy het 'n sluk van sy bier geneem en voortgegaan, "Ek het twee en twee bymekaar getel, en ek is van mening dat mnr. Rhodes die Mafeking-lyn wil uitbrei na KoBulawayo, en ek dink dit is hoekom ons almal na hierdie vergadering ontbied is." Ivan het sy lessie met 'n glimlag, 'n knik, en nog 'n lang teug van sy bier beëindig.

Die broers was lank stil. Morris het vinnig na Dawid gekyk en verklaar, "Wel, Ivan, dit is vir my duidelik dat ons gedurende een bier meer oor Afrika by jou geleer het as die hele maand wat ons al hier is. Stem jy saam, Dawid?" Dawid het instemmend geknik.

Ivan het baie ingenome met sy nuwe vriende én homself gelyk. "Menere," het Ivan vir die broers gesê, "ek het 'n tafel vir vier bespreek ná daai groep daar oorkant klaar is." Hy het na 'n tafel in die middel van die vertrek beduie waar vier deftige, redelik gesette mans met wit hare gesit het. "Ek het gehoor een van die groep onwel is en nie by ons sal aansluit nie. As julle wil, sal ek die Maître D' vra om plan te maak vir nog 'n sitplek om dit 'n tafel vir vyf te maak. Sal julle by ons aansluit?"

Die broers is nog nooit tevore as 'menere' aangespreek nie en hulle het 'n baie goeie gevoel oor hierdie plek gehad. Boonop het hulle regtig van hul nuwe vriend gehou. In sy beste Engels, het Dawid geantwoord, "Ons voel geëerd en ons aanvaar met groot genoë u vriendelike uitnodiging."

Terwyl hulle huistoe stap na die luukse ete het hulle opgewonde gesels oor alles wat hulle daardie aand wysgeraak het. Dit was volmaan, en die hele dorp was in 'n spookagtige grys waas gehul. Om hulle was daar geen straatligte nie, maar hulle het dit nie nodig gehad nie, want in Afrika onder die volmaan was die lig genoeg om redelik duidelik te sien waar jy loop – dit was net nog iets wat hierdie jong manne gefassineer het.

"Ek is bekommerd dat daar 'n Amerikaanse tabakmaatskappy in Kaapstad aangekom het," het Morris gesê.

"Ja, ek het ook daaraan gedink," het Dawid ingestem.

"Ons moet so gou as moontlik begin om sigarette te maak. Daar is nie tyd om te mors nie," het Morris dringend voortgegaan.

"Maar waar gaan ons tabak vind? Ons het genoeg papier gekoop om sigarette vir 'n jaar te maak, maar ek het gehoop dat ons hier tabak sou kon vind."

"Wel, dit is een van my bekommernisse, Dawid. Ons het soveel sigaretpapier dat sodra hierdie Amerikaners begin met hulle massaproduksie, ons gaan sit met papier wat ons nie kan verkoop nie. Die meeste van ons koffers is gevul met sigaretpapier. Ons het baie gewaag met die sigarette; ons sal dit onmiddellik vir ons moet laat werk. Dadelik."

"Ek stem saam, Morris, maar ons het tabak nodig. Ons het die masjiene wat ons in Ierland gemaak het, en die gom is nie 'n probleem nie – ons maak dit maklik van meel en melk, maar ons het tabak nodig."

"Dit is jou werk môre."

"Wat? My werk?" het Dawid verbaas gevra.

"Ja, môre gaan jy dorp toe en vind uit waar die naaste tabakboer is. As jy 'n gids moet kry, soek 'n iemand inheems, enigiemand wat jou soontoe kan lei. Gebruik van die geld wat ons het; ek gee nie om nie, kry net tabak."

"En wat gaan jý doen, Morris?"

"Ek gaan werk en sal mnr. Smit besig hou. Ek sal vir hom sê jy voel nie lekker nie. Tot ons weet dat ons sigarette kan maak én verkoop, kan ons nie bekostig om ons werk te verloor nie."

Dawid was tevrede met hierdie reëling, al het hy nie regtig daarvan gehou om vir mnr. Smit óf by die apteek te werk nie. "Goed, broer, maar dis 'n groot verantwoordelikheid op my skouers."

Morris het geweet hy moes hom 'n bietjie paai. "As enigeen van ons in hierdie taak kan slaag, sal dit beslis jy wees."

Dawid was nie heeltemal seker hoe om op Morris se woorde te reageer nie en hy het 'n gevoel gehad dat Morris iets in die mou voer. Hy het egter besluit om Morris se voorstel te aanvaar. Een ding was seker, hulle moes tabak vind en vinnig.

Hulle was reeds by die tuinhekkie van hulle verblyf. 'n Lantern het op die stoep gebrand om hulle tuis te verwelkom. Dawid het by die hek gaan staan en omgedraai om terug te kyk in die pad wat hulle pas gestap het.

"En nou, Dawid?" het Morris gevra.

"Ons was so diep in gesprek dat ons vergeet het om op die uitkyk te wees vir roofdiere."

"Jy is reg. Ons was gelukkig. Ek het gehoor 'n trop leeus het verlede week hier langs gestap."

"Ons was dom," het Dawid gesê.

Hulle het kortstondig bly staan en na die grondpad gestaar. Toe het hulle omgedraai en na die lang paadjie wat na die opstal lei, gekyk; na al die onversorgde struike en oorgroeide gras langs die kante. Hul losieshuishoudster was nie 'n wafferse tuinier nie. Skielik het koue rillings teen hulle rugrate afgeharloop terwyl hul verbeeldings met hulle op hol gaan oor wat in die bosse tussen hulle en die veiligheid van die voordeur kon skuil en hulle het rats weggespring en in die rigting van die stoep en die olielantern gehardloop. Sonder om eers 'n poging aan te wend om stil te wees, het hulle mekaar uit die pad probeer stamp, by die trappe op; die voordeur oopgeboender en dit hard en vinnig agter hulle laat toeklap en toe het hulle in stilte daar bly staan.

"Is alles reg?" het Sonja Du Plessis ietwat bekommerd uit haar slaapkamer geroep.

Morris en Dawid het na mekaar gekyk en toe hulle besef hoe simpel hulle was, onbeheersd begin lag.

Dawid het die volgende oggend vroeg al op die kaai gestaan, geklee 'n grys broek met kruisbande. Hy het 'n ligte, wit langmouhemp aangehad; die moue tot by sy elmboë opgerol. Sedert hulle uit Engeland weg is, het hy nog 'n paar duim gegroei, met die gevolg dat sy broek so bietjie korter was as wat hy sou wou hê; sy wit sokkies het van onder die omgeslaande pype uitgesteek. Sy bruin skoene was geskaaf en verweer, maar hy wou nie sy beste uitrustings op hierdie feitesending verrinneweer nie. Hy was egter nog steeds té deftig aangetrek vir die kaai.

Hy het met sy hande op sy heupe gaan staan en die aktiwiteite op die kaai dopgehou. Mense het rondbeweeg, maar hy het geen idee gehad wat hulle doen of waarheen hulle oppad was nie; dit het vir hom gelyk asof almal redelik besig was. Daar was nie 'n skip in hawe nie, so niemand het swaar gedra nie. Die meeste van die mense was swart, met baie min mense van Europese oorsprong, en nie 'n vrou in sig nie. Trouens, hy het al opgelet dat vroue skaars was – maak nie saak watter ras nie.

Dawid het gewonder waar hy moes begin met sy navrae oor waar om tabak aan te koop. Hy was seker dat as hy een van die swart mense sou vra, hulle hom nie sou verstaan nie, en boonop kon hy húlle taal ook nie verstaan nie. Dalk moes hy by die hawe se kantore inloer en iemand soek wat Engels praat. As hy nie regkom nie, kon hy altyd by die Grand Hotel 'n draai maak. Hy was oortuig daarvan dat hy iemand daar sou kry wat kon help.

Die plek was alreeds baie handig en hulle het al interessante mense daar ontmoet wat potensiële vriende sou kon word. Almal was buitengewoon vriendelik en het belanggestel in waar hulle vandaan kom en wat hulle planne was in Afrika. Dawid was net spyt dat hy en Morris nie onmiddellik hulle besigheidsplan in werking gestel het nie. Hoewel dit gerusstellend was dat hulle 'n inkomste gehad het, was hulle dalk oorhaastig om die eerste beste werk te vat wat hulle kon kry.

In 'n lendelam houthut wat klaarblyklik van skeepskratte en geroeste spykers aanmekaar getimmer was, het hy 'n baie interessante man ontmoet. Sy naam was Danie Coetsee van Kopenhagen, en hy was 'n bietjie ouer as Dawid. Hy was 'n lang, lenige kêrel met swart hare, 'n welige snor, 'n skraal gesig. Sy glimlag was vriendelik; sy klere effens te groot sodat hy selfs skraler gelyk het as wat hy was. Hy was 'n skeepsbeampte vir Weil & Co. Verskaffing en Verskeping. Die vriendskap het van die begin af goed afgeskop.

"So, hoe lank is jy al hier?" vra Danie, altyd nuuskierig om meer oor ander te leer.

"Nog net 'n maand. Ek en my broer werk vir mnr. Smit by die apteek. En jy?"

"Ek is nou al twee jaar hier. Maar ek is moeg vir hierdie plek, ek moet weg."

"Waarheen sou jy gaan?"

"Ek dink daaraan om noord te gaan na waar hulle goud gevind het. Dit lyk asof daar tans 'n redelike stormloop aan die gang is. Almal praat daaroor."

"Ja, ek het daarvan gehoor," sê Dawid. "Maar ek het ook gehoor dis 'n harde lewe, en baie mense verloor alles wat hulle het."

"Dit is korrek; dit is nie maklik daar bo nie, maar ek wil nie goud myn nie. Nee, ek wil my eie besigheid begin en vír die mense werk wat munt geslaan het uit goud."

"Hoe?"

"Bankdienste, boekhou, lenings, enigiets wat met geld, administrasie en daardie soort ding te doen het. Hulle sê geld maak geld, en daar is baie geld in die noorde. Miskien sal ek selfs my eie kantoor oopmaak, noudat die baas hier vir my gewys het hoe om dit te doen."

"Van verskaffing gepraat; ek soek tabak om te koop. Weet jy waar?"

"Natuurlik, by die Algemene Handelaar kry, of enige van die hotelle in die dorp."

"Nee," het Dawid vinnig gesê, "ek bedoel ek wil 'n sak vol by 'n boer koop. Ek en my broer wil sigarette maak om te verkoop. Ons soek blaartabak, nie gesnyde tabak nie."

"Werklik?" Danie se belangstelling in sy nuwe vriend was geprikkel. "Dit behoort 'n goeie besigheid in hierdie dorp te wees."

"Wel, dis wat ons gedoen het toe ons in Manchester gebly het. Toe ons hier aangekom het, het ons gedink dat ons sou aanhou doen wat ons die beste ken."

"Jy gaan sigaretpapier nodig hê, en jy sal dit uit Engeland moet invoer. Ek kan dit vir jou reël, maar dit sal omtrent vier tot ses maande vat om hier uit te kom."

Dawid het eers hieroor nagedink voordat hy geantwoord het. Hy het gevoel dat hulle genoeg papier gehad het om hulle besig te hou vir 'n jaar, maar wou nie hê Danie moes dit weet nie. "Wel, ons het eintlik genoeg gebring om ons ongeveer ses maande te hou," het hy vaagweg geantwoord. "Ek dink ons sal kan begin en kyk hoe dit gaan, en as ons nog nodig het, kan ons – met ses maande speling – 'n bestelling by jou plaas."

"Ja, dit klink goed. Ek sou egter raai dat jy dit vroeër gaan nodig hê as wat jy dink, want almal hier rook!" het hy gelag. "Ek dink jy en jou broer gaan goed doen."

"Dankie vir jou vertroue in ons, Danie. Enige idee waar ons tabak by 'n plaas sal kan koop?"

"Daar is 'n boerdery-gebied in die binneland genaamd Patensie. Dit is min of meer drie dae se stap van hier af, of miskien twee dae te perd."

"Verbou hulle tabak daar?" het Dawid hom aangemoedig.

"Ja, 'n boer genaamd Van Tonder. Hy verbou 'n bietjie, dis nie 'n groot ding vir hom nie. Moeilike ou kêrel. Baie veeleisend en praat nie baie Engels nie, of miskien doen hy, maar hy maak asof hy nie kan nie. Ek het hom nog net twee keer ontmoet."

"Goed dan, miskien sal ek soontoe gaan en kyk wat ek by hom kan koop. Wat my by my volgende dilemma bring: hoe weet ek waar dit is?"

"Gaan jy stap of met 'n perd?"

"Ha!" het Dawid uitgeroep. "Ek het nie 'n perd nie. Ek weet nie eers hoe om een te ry nie. Nee, ek sal stap. Hoe vriendelik is die swart mense teenoor ons soort daar buite?"

"Wel, die goeie ding is dat alles kalm en onder beheer is in die Kaap. Die inboorlinge hier is eintlik baie gaaf en vriendelik. Noord van die Limpopo-rivier is dit gespanne, so ek sal my nie haas om soontoe te gaan nie, maar dis oor 'n duisend myl ver en ek twyfel of jy ooit dáár sal uitkom," het hy gelag. "Eintlik is jou probleme nie die inboorlinge nie, maar om by die Patensie-gebied uit te kom. Nie net moet jy daarheen stap nie, maar jy moet dit ook vind. En dít gaan moeilik wees. Boonop is die vraag, as jy enige tabak koop, hoe de hel gaan jy die goed terugdra?"

"O aarde, ek het nooit daaraan gedink nie," het Dawid erken, en het begin om 'n bietjie oorweldig te voel deur die beplanning wat nodig was net om die dorp te verlaat.

"En ek wil jou nie nog meer bekommer nie, maar jy moet daaraan dink om voorrade vir ten minste 'n week saam te vat, en 'n tent of iets om in te slaap, want daar is níks tussen hier en daar nie. En jy het kennis oor die bos nodig. Die diere in die veld is redelik blêrrie gevaarlik!"

Dawid was skielik beangs. Dit was verstommend dat die boere werklik die veld ingegaan het, 'n huis opgerig het en wonderbaarlik ook nog begin boer het! "Daardie boer, wat was sy naam?"

"Piet van Tonder," het Danie hom herinner.

"Ja, van Tonder, kom hy ooit dorp toe?"

"Een of twee keer per jaar, miskien, as jy gelukkig is."

"Jy maak nie my lewe maklik nie, Danie," het Dawid gefrustreerd gekla, maar hy het tog daarin geslaag om 'n vriendelike lag uit te forseer.

"My liewe vriend, moenie moed verloor nie. Ek het 'n uitkoms."

Dawid het Danie Coetsee reguit in die oë gekyk. "Ja?"

"Kom saam met my." Hy het Dawid na buite die verskoning van 'n houtgebou gelei en oor die kaai getuur. Hulle was effens hoër en het 'n goeie uitsig oor die hele hawe gehad. Danie het duidelik na iemand gesoek terwyl hy na die mense op die kaai staar.

"Daar!" het hy uitgeroep. "Sien jy daardie swartman wat op daardie vat sit, die goed geboude een sonder 'n hemp?"

Dawid het die gespierde man onmiddellik herken as die man wat hulle gesien het toe hulle nog op die skip was. "Ja, ek sien hom."

"Hy werk nie spesifiek vir iemand nie. Hy sit elke dag daar en wag vir 'n skip om in te kom en dan word hy deur die skip se kaptein gehuur vir handearbeid terwyl die skip in die hawe is. Ek het hom al 'n paar keer gebruik."

Danie het sy hande na sy mond gelig en skril gefluit. Ongeveer twintig swart mans het in hulle rigting opgekyk, wat Danie genoodsaak het om na die groot man te beduie. Die man het stadig opgestaan en in hul rigting gestaar. Danie het weer in sy rigting beduie, en hierdie keer meer dringend vir hom gewys om nader te kom. Die man het onmiddellik gereageer en teen die helling begin uithardloop na waar hulle gestaan het.

"Hierdie man sal jou na Patensie en terug lei, en hy sal jou ook help om alles wat jy koop, te dra."

"Maar..." het Dawid begin, maar skielik het hy nie geweet wat om te sê nie, alles het so vinnig gebeur. Die groot man was skielik by hulle.

"Goeie môre, Nguni," het Danie vir hom gesê.

"Goeie môre, Baas Coetsee," het Nguni geantwoord, sy stem 'n diep bariton.

"Ek sien jy lyk vandag goed en sterk," het Danie voortgegaan.

"Ja, Baas Coetsee, ek is goed en sterk, soos u kan sien."

"Ek hoop jou beeste is so goed en sterk soos jy, en dat jou vrouens vir jou nog baie kinders bring," het Danie voortgegaan. Dawid het begin wonder waarheen hierdie gesprek gelei het.

Nguni het sy kop in respek laat sak. "Ek het drie meer beeste sedert ons mekaar laas ontmoet het, Baas, en ek het nog een kind, 'n dogter."

"Dit is vir my 'n plesier om te hoor, Nguni." Danie het effens gedraai om Dawid in die gesig te staar. "Nguni, dit is my vriend, Baas Langbourne. Hy het van baie ver af gekom."

Nguni het Dawid in die gesig gekyk. "Ek sien u, Baas Langbourne." Hy kon die naam nie behoorlik uitspreek nie, dit het uitgekom as 'Randorn'.

Danie het vinnig en hees gefluister, ten spyte van die feit dat Nguni hom duidelik kon hoor: "Sê vir Nguni jy sien hom en vra hom oor sy familie – sy kinders."

Dawid het senuweeagtig na Nguni en toe Danie gekyk, redelik onseker oor wat hy moes sê. "Ek... ek sien u, Nguni. Hoeveel kinders het u?"

"Ek het ses kinders, Baas Randorn," het hy met 'n glimlag geantwoord. "Ek het drie van vrou nommer een, en twee van vrou nommer twee, en nou een van vrou nommer drie."

"Jy het drie vrouens?" het Dawid 'n bietjie harder uitgeroep as wat hy moes. Nguni het geglimlag. Hy het geweet dat hierdie Europese mense van die veraf lande net een vrou op 'n slag geneem het.

"Ek sien daar is op die oomblik geen werk nie, Nguni," het Danie hulle in die rede geval.

"Nie vandag nie, Baas Coetsee, maar ek hoor dat daar môre dalk 'n skip van ver af kom."

"Nguni, Baas Langbourne wil na Patensie reis," het Danie na die weste beduie. "Ken jy daardie plek?"

Nguni het geknik. "Ek was al voorheen daar, Baas."

"Mooi!" hy was tevrede met Nguni se antwoord. "Nguni, sal jy vir Baas Langbourne môre soontoe kan neem? Hy het nie 'n perd nie, so julle sal moet stap. Hy sal jou betaal vir jou hulp." Hy het na Dawid gekyk wat in instemmend geknik het.

"Ek kan dit doen," het Nguni 'n spierwit glimlag geflits.

"Uitstekend," het Danie met goedkeuring gesê. "Hy wil 'n tabak by die boere gaan koop." Hy het na Dawid gedraai. "Hoeveel verwag jy om te koop?"

Dawid het met sy hande 'n onsigbare hoop op die grond gevorm van ongeveer 'n jaart breed by 'n jaart diep, en so hoog soos sy middellyf. "Ongeveer soveel."

"Is dit al? Jy gaan vir 'n week in die bos stap vir so 'n klein hopie tabak?"

Dawid het nuuskierig na Danie gekyk. Dit sou genoeg wees om die dorp vir ongeveer ses maande te voorsien!

"O, ten minste vier hope so hoog!" het hy gesê, wetende dat dit veels te veel sou wees en waarskynlik meer as wat hulle kon bekostig, maar hy wou homself nie voor sy nuwe vriend en sy eerste werknemer in die verleentheid bring nie.

"Uitstekend! Nguni, versamel asseblief genoeg arbeid om daardie hoeveelheid tabak te dra," Danie het na 'n onsigbare hoop blare op die grond voor hom beduie, net soos Dawid, en toe vier vingers vir Nguni opgehou. "Vier keer, verstaan jy?" Hy het klem gelê op die nommer vier.

"Ek verstaan, Baas Coetsee," het Nguni geantwoord, steeds glimlaggend. "Ons kan hier ontmoet, môre met sonsopkoms. Goed?"

"Môre?" het Dawid uitgeroep.

"Ja, Baas," het Nguni met 'n selfs groter glimlag geantwoord.

"Geen beter tyd as nóú nie, of hoe, ou vriend?" het Danie Dawid amper berispe.

"Natuurlik, ek stem saam," het Dawid toegegee.

"Goed. Dankie, Nguni. Jy kan gaan, en gee asseblief my beste wense aan jou vroue en kinders van my af," het Danie afgesluit en Nguni weggestuur.

"Dankie, Baas." Nguni het begin wegloop, maar 'n oomblik gehuiwer. "Baas Coetsee?"

"Wat, Nguni?"

"Die pad is baie maklik vir my, maar vir die nuwe baas is dit moeilik. Vra asseblief vir Baas Randorn om sy dorpskoene agter te laat. Dié skoene," het hy gesê en na Dawid se skoene beduie, "hulle gaan baie huil."

"Goed, Nguni, ek sal vir hom sê."

Met daardie versekering het Nguni vertrek om van sy stam te vind vir hulp met die volgende dag se reis.

Danie het skielik vir Dawid reguit aangekyk. "Ek moet vir jou 'n bietjie raad gee, my vriend. Eerstens, wanneer jy die leier van jou groep môre aanspreek, vat jou tyd om hom te groet en vra hom uit oor homself. Jy het gesien dat ek Nguni se gesondheid en familie bespreek het voordat ek tot die punt gekom het. Moet nooit reguit begin besigheid praat of bevele en opdragte uitdeel nie. Baie mense hier doen dit en dit maak mense krapperig en opstandig. Daar is regtig geen rede daarvoor nie. Die kultuur is om eers dinge wat in hul lewens saakmaak te bespreek, soos hul beeste, hul gewasse, hul familie, daai soort dinge. Doen dit elke keer as jou spanleier vir 'n lang ruk nie gesien het nie. Dit bevestig ook Nguni se leierskap in die groep en dit maak sý lewe makliker as jy hom vra om iets vir jou te doen en hy dan iemand aanstel om aan jou versoek te voldoen. Jy bou respek met jou span deur die leier. Jou woord is wet, maar respekteer álles."

"Dankie vir die raad, Danie. Dit is alles 'n bietjie nuut vir my, ek's bevrees," het Dawid erken.

"Ja, ek besef dit. Ek sien gereeld rowwe, stoere kêrels hier kom en probeer om die held te speel. Hulle kom nie baie ver in die lewe nie. Trouens, hulle raak so gefrustreerd met die maniere van Afrika dat hulle hulself oorgee aan drank en in kroeë en bordele beland en 'n ellendige lewe lei. Dis te sê as hulle nie met 'n assegaai in die rug in 'n sloot ontdek word nie, of hulle sterf aan een of ander vreemde en pynlike siekte wat 'n tradisionele geneser – of toordokter, soos hulle soms genoem word – oor hulle laat kom het."

Dawid het verskrik gelyk, maar Danie het voortgegaan, "Tóg, dié wat die reëls volg, wat hulle respek betoon en nederig bly in hierdie vreemde land, doen goed. En, net so tussen ons twee, hulle sal in vrede met ander leef en self gelukkig wees. Ek kan sien jy is 'n slim kêrel, Dawid, en daarom vertel ek jou dit."

"Wat is 'n toordokter?" het Dawid senuweeagtig gevra.

"Wel, dit is mense wat geeste, kruie, dieredele en vreemde konkoksies en drankies gebruik om hul medemens gesond te maak, maar hulle kan ook towerspreuke oor mense werp en veroorsaak dat hulle van die mees aaklige kwale sterf. Blykbaar kan hulle die toekoms voorspel en kommunikeer met die geeste van dooies. Dis beter dat jy ver van hulle af wegbly. Hulle is redelik skrikwekkend en het enorme mag en gesag oor die mense van Afrika."

"Danie, dit is alles so fassinerend. Ek wil hê dat jy my broer Morris moet ontmoet. Ons kan so baie by jou leer."

"Hemel, ek kan jou net die basiese beginsels gee; jy moet maar jou eie ontdekkings maak en self leer oor hierdie plek. Ek het geen ambisie om dit ver te waag uit die veiligheid van die dorp nie. Ek is g'n held nie, maar as jy die bos wil ingaan, sal jy vinnig en goed moet leer. Wat ek vir jou vertel is wat ek by ander mense geleer het in die kort tydjie wat ek nou al hier woon. Maar ek sal beslis graag jou broer wil ontmoet. Wat sê jy ons ontmoet vanaand vir aandete by die Grand, voor jy môre vertrek?"

"Uitstekende idee!" het Dawid onmiddellik ingestem.

"Ons ontmoet in die kroeg by die Grand om sesuur. My laaste stukkie raad aan jou is dat jy die res van die middag gebruik om na die Algemene Handelaar in die hoofstraat te gaan en vir jouself 'n paar gemaklike stapstewels te koop. Daar is 'n hele paar gevaarlike slange in die bosse en stewels sal jou darem 'n bietjie beskerming gee."

"O, my Here God Almagtig," was al wat Dawid kon uitkry, terwyl sy mond bietjie oopgehang het.

Danie het hartlik gelag. "Ek sal jou van die ander dodelike gediertes tydens aandete vertel, soos krokodille en spinnekoppe." Hy het 'n genot geput uit Dawid se vreesbevange uitdrukking. "O, en kry vir jou 'n goeie hoed, 'n bietjie beddegoed, en nog belangriker, koop vir jouself 'n geweer en koeëls."

"Ek begin 'n baie slegte gevoel hieroor kry." Dawid het baie senuweeagtig gelyk.

"Moenie bekommerd wees nie, my vriend, alles sal reg uitwerk. Luister net na my raad. Gaan jy nou en dan sien ek julle op die kop sesuur by die Grand Hotel." Danie het omgedraai en teruggeloop na sy hut toe, terwyl hy stilletjies giggel. Dawid het hom agterna gestaar, vasgevang in 'n warboel emosies – 'n kombinasie van vrees en angs, maar tog ook opgewondenheid.

Dawid het weggedraf in die rigting van die apteek en na agterkant van die gebou gegaan. Hy het Morris gekry waar hy by 'n kleinerige lessenaar syfers in 'n register inskryf. Dit was nie besonders warm nie, maar Dawid was nogtans natgesweet, nie net van angstigheid oor alles wat hy saam met Danie ondervind het nie, maar ook die vinnige hardloopsessie.

"Morris!" het Dawid uitasem gesê en Morris het verras opgekyk.

"Wat is verkeerd?"

"Waar is Smit?" het Dawid gevra en senuweeagtig rondgekyk.

"Hy is binne besig met 'n kliënt. Wat's fout? Het jy tabak gekry?"

"Morris, jy het geen idee na watse land ons heen gekom het nie! Géén idee nie! Ons is veilig hier in die dorp, maar daar buite is dit absoluut dodelik! Dit is waansin!"

"Waarvan praat jy, Dawid? Wat het jy ontdek?" Morris het sy pen neergesit en na Dawid gestaar. Hy was bekommerd oor Dawid, want hy het hom nog nooit so ontsteld gesien nie.

"Ek het iemand ontmoet, 'n baie gawe man, mnr. Danie Coetsee. Terloops, hy wil jou ontmoet, ons kry hom vanaand sesuur by die Grand vir ete. Hy sê daar is 'n area na die weste – ongeveer drie dae se stap van hier af – waar hulle met tabak boer. Om daar te kom, moet ons stap." Dawid het vinnig gepraat, wat Morris kopskuddend na hom laat staar het.

"Stop, stop, rustig, broer," het hy probeer om sy broer te kalmeer. "Haal diep asem en dan vertel jy my stadig. Waar het jy hierdie mnr. Coetsee ontmoet?"

"Vergeet van Danie!" Dit het 'n bietjie harder uitgekom as wat Dawid bedoel het, en hy het vinnig rondgekyk om te sien of iemand hom gehoor het. Hy het homself gekorrigeer en sagter gesê: "Jy sal hom vanaand ontmoet. Ons vertrek môreoggend na die gebied waar hulle die tabak verbou."

"Wat?" Morris het sy hande in die lug opgesteek asof hy Dawid wou afweer. "Wat bedoel jy met môre? Wat bedoel jy met 'ons'? Wat van mnr. Smit?" Hy het in die rigting van die agterdeur van die apteek beduie.

"Ek en jy gaan môre die bosse in, en – mag ek jou maar inlig – ons is glad nie gereed daarvoor nie. Ons het behoorlike klere, beddegoed, skoene, kos nodig en ons moet 'n paar gewere koop!"

"Is jy mal, Dawid? Ek gaan niks van die aard doen nie."

"Ons moet, Morris, dit is Afrika. Ons het hierheen gekom, en ons moet begin voorberei om hier te leef. Gaan sê vir mnr. Smit ons sal vir ten minste 'n week nie kom werk nie."

"Dawid, ek dink die son het jou kop aangetas. Wat het jy gedrink?"

"Gaan sê vir hom, Morris, vinnig, ons kan nie tyd mors nie. Daar is baie om te doen en die oggend is al amper verby. Ons vertrek môre."

"Kyk, selfs al koop ons gewere en klere en al die ander dinge, kán ons nie môre gaan nie..."

Dawid het hom in die rede geval. "O ja, ons kan! En ons gáán! Ek het alreeds 'n Xhosa-man as gids gekry, en hy is besig om 'n span manne bymekaar te maak om ons goed te dra. Ons vertrek môreoggend op die kop sesuur."

Morris het in stilte gesit en met 'n vae uitdrukking na sy broer gestaar, terwyl hy probeer het om sin te maak wat gebeur het in die kort tydjie sedert sonopkoms. Hulle lewens het skielik 'n baie skerp wending geneem. Dawid het intussen na sy broer gestaan en gestaar terwyl hy sy asemhaling onder beheer probeer bring het. Die ongemaklike stilte is verbreek toe mnr. Smit vanaf die agterdeur na Morris roep.

"Meneer Langbourne, kom asseblief hier en help mevrou Blackburn."

Morris het vlugtig oor sy skouer na mnr. Smit gekyk, en toe terug na Dawid met 'n diep frons tussen sy oë. Hy het opgestaan en na mnr. Smit gestap. "Ek is jammer, meneer, maar ek kan nie. Ons moet dringend vertrek."

Dawid het begin glimlag. Hul lewens sou nooit weer dieselfde wees nie.

Die broers het vinnig teruggestap huistoe om geld te gaan haal – wat hulle agter 'n prentraam weggesteek het – en Dawid het vir Morris alles vertel wat daardie oggend gebeur het. Hy het vinnig gepraat, en Morris het hom met vrae gebombardeer. Toe hulle by die Algemene Handelaar instap, was Morris ten volle ingelig. Die Algemene Handelaar het nie juis baie voorraad gehad nie en wat daar was, was deurmekaar en sonder enige orde, wat die broers gefrustreer het, want hulle was haastig. Hulle het elkeen 'n paar stewels aangepas en gekoop. Die winkelassistent het hulle met groot genot verseker dat hulle bestand sou wees teen die meeste dodelike slange in die bos, behalwe kobras. Volgens hom het kobras gewoonlik kniehoogte gemik. Morris en Dawid het vir 'n oomblik in ongeloof na mekaar gekyk, en toe aangegaan asof hulle hierdie stukkie raad nie gehoor het nie.

Uitgevat in kakiebroeke, wit hemde en elkeen 'n wye-rand hoed van katoen, het hulle nou meer gelyk asof hulle in Afrika hoort. Die volgende item op die agenda was om 'n geweer te koop. Dit was maklik, daar was 'n winkel met gewere op die hoek langs die apteek. Die eienaar van die winkel het voorgestel dat hulle 'n Martini-Henry koop, want dit was gewild onder soldate, want hulle kon óf jag vir vleis óf as beskerming gebruik teen strooptogte van leeus of lastige bulolifante.

Hoewel hulle opgewonde was, was hulle tóg besig om senuweeagtig te word oor die moontlike dodelike bedreigings wat hulle daagliks op hul avontuur kon teëkom. Die man het hulle geleer hoe om die wapen te laai en hoe om te skiet, en – meer belangrik –hoe om dit skoon te maak. Morris het gevoel dat die winkeleienaar soveel moontlik geld uit hulle wou maak, en was gevolglik gekant teen die aankoop van 'n skoonmaakstel, maar Dawid het gevoel dit was 'n goeie idee en het sy aanbeveling aanvaar. Uiteindelik sou dit die regte besluit te wees. Hulle het hulle aankope afgesluit met 'n boks ammunisie en 'n leer skouerband.

Toe is hulle huistoe om hulle nuwe aankope te gaan bêre en daarna is hulle terug apteek toe om 'n paar basiese noodhulp-items by mnr. Smit aan te koop. Hy het hulle teësinnig voorsien met die voorraad wat hulle wou hê. Uiteindelik het hulle na die Algemene Handelaar teruggegaan om die nodige kosvoorraad en 'n paar waterbottels te koop, wat hulle vergeet het met hul eerste besoek. Die son het al begin sak, en hulle het half gehardloop, half gestap, terug huistoe om te gaan verklee sodat hulle nie laat sal wees vir hulle afspraak met Danie Coetsee by die Grand Hotel nie.

"Vandag se oefening het ons 'n aardige sommetjie gekos," het Morris gesê toe hulle nader aan die Grand kom. "Hoeveel sigarette sal ons moet verkoop voor ons daai koste verhaal, dink jy?"

"Duisende," het Dawid sonder veel belangstelling geantwoord, want hy was seker dat hulle het nét die basiese noodsaaklikhede aangekoop het. "Ons moet dit eerder sien as koste om die besigheid te begin."

"Ja, ek weet, maar ek is ongelukkig met daardie man by die

geweerwinkel. Ek dink hy het ons 'n gat in die kop gepraat. Ek gaan hom presies vertel wat ek van hom dink as ek hom weer sien."

"Hy het ons verseker 'n gat in die kop gepraat, maar wat weet ons van gewere?"

"Ook waar. Maar ek het nog 'n vraag vir jou; wie gaan skiet as ons moet? Ons het nog nooit in ons lewens 'n geweer afgevuur nie."

"Ek sal dit doen, Morris. Dit kan regtig nie só moeilik wees nie."

"Jy weet nie eers hoe om 'n geweer te rig nie! Gaan jy vir kos jag? Ons beskerm teen moorddadige leeus? Ek twyfel, Dawid."

"Ek kan vinniger hardloop as jy, broer, so hou jy net by!" het Dawid gelag. Morris was nie beïndruk nie.

Morris was egter baie in sy skik toe hy vir Danie ontmoet. Hy het dadelik van sy goeie maniere en warm glimlag gehou en hy was vir Morris hom 'n groot bron van inligting. Sy humor was reg in Morris se kraal, en die broers het die beste aand van hul lewens gehad.

Die lag was hartlik, die kos heerlik en vullend, en die diens van die kelners onberispelik. Hulle het nie meer soos jong seuns gevoel nie, maar soos jong mans wat op die vooraand van die avontuur van 'n leeftyd gestaan het. Morris het gevoel hy kon baie maklik gewoond raak aan hierdie leefstyl. Hy het dit geniet; dit was ver verwyder van sy lewe in Ierland, en hy het die weelde, intelligente gesprekke met oorgawe aanvaar. Boonop is hy as 'n gelyke behandel – iemand belangrik. Hy kon sien en aanvoel dat Dawid dieselfde gevoel het. Hy was ontspanne en nie skaam om by te dra tot 'n gesprek nie. Hy het geluister en geleer, en mense rondom hom ook belangrik en spesiaal laat voel. Hy het ook van Dawid gehou. Hy was iemand waarop hy kon staatmaak en het sy manier van dinge doen verstaan. Dawid het baie meer geduld as hy met ander mense gehad, en hy het dit bewonder. Natuurlik was daar tye wanneer Dawid hom regtig geïrriteer het, hom soms bevraagteken het, en soms met hom gestry het, maar oor die algemeen was hy baie gelukkig dat hulle twee saamgekom het Afrika toe. Nog belangriker, hy het Dawid met sy hele hart vertrou, en vir Morris was vertroue in iemand van uiterste belang. Dit was álles.

Nog 'n saak van uiterste belang, het hy daardie aand ontdek, was dat dit geld – en baie daarvan – sou vat om 'n weelderige leefstyl te handhaaf. Morris was vasberade om alles in sy vermoë te doen om baie geld te maak.

HOOFSTUK 11
Patensie

Die son was nét besig om op te kom oor die Indiese oseaan toe Morris en Dawid om sesuur die skeepswerf binnestap. Hulle was geklee in hul nuwe khaki-drag met wit hemde en elkeen het 'n klein sakkie oor die skouer gedra. Hoewel hulle dieselfde klere aangehad het, soos broers, het hulle tog nie na mekaar gelyk nie. Morris was baie korter as Dawid, en met die Martini-Henry oor sy regterskouer het hý meer gespierd en atleties voorgekom. Die vroeëmore sonlig het op die geweerloop geglim terwyl hulle na 'n groep van twaalf Xhosa-mans aangestap het waar hulle buite die Weil & Co. Verskaffing en Verskeping se hut gestaan en wag het.

"Ek het nie soveel mans verwag nie," het Morris verward gesê toe hulle nader aan die groep kom.

"Ek ook nie," het Dawid amper gefluister.

Nguni, met sy onmiskenbare glimlag, het voor die groep mans gestaan en geduldig gewag vir die broers om te arriveer. 'n Ligte kombers was losweg oor sy skouers gedrapeer en het tot amper by sy voete gehang. Dit was meestal 'n beige kleur met 'n kleurvolle patroon om die rand geweef. Die ander mans was soortgelyk aangetrek, maar elkeen het sy eie kleur en patroon gehad. Dit was hoogswaarskynlik dat hulle vrouens met groot trots die weefwerk gedoen het. Die broers was egter geskok om te sien dat elke man 'n lang spies by hom gehad het, sommiges het ook 'n korter stok met 'n balvormige knop aan die een kant, gedra.

"Ek sien jou, Nguni," het Dawid begin, soos Danie hom geleer het. "Ek vertrou dat jy goed gerus het saam met jou drie vrouens?" Hy het nie gedink die verwysing na sy drie vrouens was nodig nie, maar die gebruik was nog steeds 'n vreemdheid vir hom.

"Ek sien jou, Baas Randorn. Ek is goed uitgerus," het Nguni geantwoord.

"Nguni, dit is my broer, Morris. Jy kan my Dawid noem sodat ons nie verwar word nie."

Nguni het dit met 'n stadige knik aanvaar en na Morris gekyk. "Ek sien jou, Baas Morris."

Morris het die groet beantwoord soos dit blykbaar die gebruik was. Hy het sy hand uitgesteek en hand geskud met hom in hul tradisionele handdruk, wat bestaan het uit 'n normale greep, wat oorgaan om mekaar se hande te koppel, en dan weer terug na die standaard handdruk – dit was Danie wat hulle die vorige aand tydens aandete só geleer het. Nguni was merkbaar tevrede met hierdie gebaar van so 'n jong man. Morris het waargeneem dat Nguni se hande grof en vol eelte was en gewonder wat Nguni van sy sagte en ongewerkte hande moes gedink het.

"Hierdie mans, ek het hulle vir u gekies," het Nguni na die groep agter hom beduie. "As u tevrede is, kan ons vertrek. As u ontevrede is, sal ek ander kry."

"Het ons soveel mans nodig?" het Morris vir Dawid gevra.

Nguni het aanstoot geneem, en Dawid het die vlugtige uitdrukking van kommer op sy gesig opgemerk.

"O ja," het Dawid vinnig gesê. "Die pad is lank en verraderlik, en hierdie mans sal ons beskerm én die tabak dra wat ons soek." Hy het doelbewus en stadig gepraat sodat Nguni nie kon misverstaan nie. Morris het ook skielik besef wat Dawid besig was om te doen.

"Ek sien. Ek het dit nie besef nie," het Morris homself vinnig gekorrigeer. "Dan sien ek dat jou keuse van manskappe goed is. Hulle is sterk en jonk en lyk gereed om 'n groot leër te kan beveg. Daarom is ek gelukkig. Jy het goed gekies."

Nguni was ingenome met die woorde en sy breë glimlag het dit bevestig. Hy het onmiddellik bevele begin blaf, en van die jong mans het hulle gehaas om die broers se sakke te dra. 'n Ander, effens langer en ouer man, het probeer om Dawid se geweer van sy skouer af te trek. Dawid het instinktief weerstand gebied, maar toe hy besef die man gaan nie nee as 'n antwoord aanvaar nie, het hy dit senuweeagtig laat gaan, sy oë groot en ontsteld.

"Hierdie," het Nguni vir Dawid aangespreek en na die man met die geweer beduie, "is jou geweerdraer. As jy jou geweer wil hê, moet jy hom roep. Sy naam is Sonwabo. Dit beteken 'gelukkige een'."

Dawid was beide tevrede én verlig. Dit was een minder ding om te dra op hulle weeklange tog. "Wel, dan is ek gelukkig daarmee," het hy onoortuig en senuweeagtig gesê, terwyl hy vlugtig na Morris kyk. "Wel, Nguni, dan moet ons in die pad val. Neem jy die leiding."

Die groep jong mans, gelei deur die gespierde Nguni, het weswaarts begin loop, met die warmte van die opkomende son op hul rûe. Morris en Dawid het stilweg agter Nguni ingeval, gehoorsaam gevolg deur die res van die mans, met Sonwabo wat trots die ander gelei het met die kosbare Martini-Henry in sy sorg. Sonder enige bespreking of argument het die rangorde van gesag in plek geval.

Aanvanklik het hulle 'n grondpad uit die dorp gevolg en verby baksteenhuise geloop, sommiges was lank terug witgekalk en hulle kon spatsels rooi sien aan die onderkant waar die terracotta-kleur van die stene begin deurslaan het. Binne 'n halfuur het die grondpad en wonings uitgedun en die grondpad was net breed genoeg vir een man om in te loop. Net voor hulle gestop het vir hulle laatoggend blaaskans, het die paadjie tot 'n voetpad van platgetrapte gras versleg.

Soms het die groep in stilte verby bokke geloop wat gestaan en wei het, hulle koppe het gelig en stilweg het hulle die optog dopgehou, net hul ore en sterte het af en toe geruk, voordat hulle belangstelling verloor en aangehou het om te wei. 'n Ander keer het die groep verby 'n trop kleinerige, bruin bokke geloop wat eers bewegingloos gestaan en hulle vir 'n ruk lank dopgehou het, voordat hulle die bosse ingevlug het vir veiligheid en kamoeflering. Dit het gelyk of party net vir die pret hardloop; hulle het swierlik deur die lug geseil, met geboë rûe, voordat hulle weer – amper in stadige aksie – op die grond land en dan weer so vinnig as moontlik verder hardloop. Dawid kon hom verkyk aan hierdie bokke.

Daar was diere van alle groottes, vorms en kleure. Sommiges het gevaarlike horings gehad, soortgelyk aan dié wat teen die mure van die Grand Hotel gemonteer is. Dawid en Morris was aanvanklik onrustig en hulle het verwag dat die diere sonder meer op hulle sou afstorm en hulle met hulle horings deurboor, maar hulle span draers was op hul gemak en rustig, en boonop het die diere vinnig weggespring elke keer as die mans naby hulle kom. Dawid het by homself gedink om op 'n stadium met Nguni oor die diere van die bos te praat sodat hy soveel moontlik oor hulle kon leer.

Toe die son direk bokant hulle koppe was, het Nguni 'n groot boom uitgesoek vir skaduwee en het 'n paar vinnige bevele aan sy span geblaf. Diegene met sakke en voorrade, het dit in die skaduwee neergesit en langs hulle gaan sit, terwyl die ander met leë hande, begin het om hout bymekaar te maak; hulle het 'n vuur gemaak en water opgesit om te kook. Sonwabo het naby die broers bly staan met die geweer trots oor sy linkerskouer. Die manne het amper militêr voorgekom, hulle was so goed gedissiplineerd. Morris en Dawid het hulle stilweg staan en bewonder. Dawid was nog steeds bietjie oorbluf dat hý dit alles gereël het, maar hy het tóg besef dat hy dit nooit sou kon regkry sonder Nguni nie.

Toe Nguni as hul leier tevrede was dat alles volgens plan verloop, het hy na die broers geloop en na die boom beduie.

"Sit daar," het hy eenvoudig gesê, en die broers het onmiddellik gehoorsaam, net soos die res van die groep. Dit was duidelik dat Nguni in beheer was.

"Ek begin blase op my voete kry," het Morris saggies vir Dawid gesê.

"Ek ook," het Dawid geantwoord. "Ons kan nie toelaat dat hulle té erg word nie, anders gaan daar moeilikheid kom. Ek het gedink dit sou dalk gebeur. Hier," hy het sy hand in sy broeksak gesteek en 'n pak pleisters uitgehaal wat hy by mnr. Smit se apteek gekoop het. "Trek jou stewels uit en sit dit oor jou blase."

Terwyl die seuns hul voete versorg het, het Nguni en sy span swart tee voorberei en dit onder mekaar verdeel. Die broers se tee is bedien in die nuwe emaljebekers wat hulle die vorige dag by die Algemene Handerlaar gekoop het, terwyl die res van die span uit iets gedrink het wat soos gedroogde en verharde pampoenskille gelyk het, hoewel dit meer soos pampoendoppe was. Morris het 'n slukkie tee gevat en ietwat teruggedeins toe die warm metaal en die kookwater aan sy lippe raak.

"Eina! Dis verdomp warm!" het hy uitgeroep. "Pasop, Dawid," het hy gewaarsku, terwyl hy sy mond met die agterkant van sy hand vryf.

Dawid het van sy pienk tone af opgekyk en net na Morris gestaar. Hy het sy beker opgetel, liggies oor die oppervlak van die tee geblaas, en genot geput uit die rimpels wat teen die rand spoel. Toe het hy die emalje beker teen sy lippe gehou en ook met 'n uitroep van pyn weggeruk, wat hom tee op sy hemp laat mors het.

"Ek het jou gesê om te pasop!" het Morris geraas.

"Dis baie warm!" het Dawid gekla, terwyl hy sy lippe gevryf het.

"Ek geniet nie hierdie uitstappie nie, Dawid," het Morris gemor. "My tone is hel seer, my lippe is verbrand, en alles anders tussenin pyn."

Dawid het nie geglimlag nie. "Dit bekommer my dat ons nog net 'n halwe dag geloop het, en daar is nog 'n hele week oor."

Hulle het binne 'n halfuur weer begin loop en toe die son begin sak in die weste, het Nguni die groep tot stilstand gebring op 'n droë, sanderige rivierwal. Voorbereidings is getref om kos te kook wat hoofsaaklik bestaan het uit gemaalde mieliemeel met wilde groente en 'n bietjie taaierige vleis met 'n dun, amper waterige en redelik soutlose sous.

Al was die aandete redelik smaakloos, het hulle almal saam geëet en vir die broers was dit baie gesellig. In Ierland was hulle gewoond aan Bloomy se geurlose kos, so hulle het nie regtig omgegee nie. Nadat hulle in stilte geëet het, het die seuns naby die vuur teen die boomstam gerus en geluister na die mans wat in gedempte stemtone met mekaar praat. Hulle kon die taal nie verstaan nie, maar die rustige gesels, met 'n lag nou en dan, was ontspannend na so 'n lang dag. Hulle was dankbaar dat hulle voete kon rus en het gewaak daarteen om te kla, al was hulle redelik in pyn. Die sand was sag, koel en vertroostend en hulle het uitgesien na hul eerste nag onder die sterrehemel van Afrika se bosse.

Morris was al besig om in te sluimer toe Nguni uit die groep opstaan en na hulle toe loop. Hy het op sy een knie voor hulle gekniel. Die seuns het gespanne regop gesit; hulle was nie seker of hulle ook moet kniel, of wát om te doen nie. Hulle spiere was egter so moeg dat hulle albei net bly sit het.

"Baas Dawid, Baas Morris," het Nguni hulle gegroet.

"Ja, Nguni," het Dawid geantwoord; hy het 'n baie belangrike gesprek verwag.

"Ons sal môre vertrek wanneer die son ons groet. Maar êrens langs die pad, Baas Dawid, sal jy vir ons 'n dier moet skiet sodat ons iets vars vir die pot het."

Dawid het na Morris gekyk vir ondersteuning. Morris het vinnig geantwoord, in Dawid se rigting met 'n hees fluisterstem, al was Nguni binne hoorafstand.

"Dawid, ek het hieroor nagedink. My voete is verdomp seer; ek het blase op elke toon. Is daar 'n kans dat ons môre hier kan bly en probeer om reg te kom voordat ons weer vertrek? Ek bedoel, ons het nie juis 'n sperdatum nie, en ek is seker daarvan ons sal beter vorder wanneer ek meer gesond is."

"Ek hoor jou, broer, en ek moet saamstem; my voete is ook gekarnuffel."

"Ek wil ook voorstel dat ons môre die dag afvat om te leer hoe om daai verdomde geweer te skiet en probeer om 'n dier van hier af te jag. Ons weet nie eens hóé om te skiet nie, of hoe?"

Dawid het na Nguni gedraai. "My broer is reg. Ons Europeërs het baie sagte voete. Ons is nie so sterk soos jy nie, Nguni," het hy gesê, terwyl hy uit respek weer vir Nguni op sy naam aanspreek. "Ek stel voor dat ons môre hier bly – as jy saamstem – om ons kindervoete kans te gee om 'n bietjie te herstel. Intussen kan ek en jy dalk kyk of ons diere kan opspoor, en kan ons ook oefen om hierdie Martini-Henry te skiet."

"Dit is goed," het Nguni met gesag gesê. "Ons is op 'n goeie plek om nog 'n dag te bly. Daar is water hier, en baie diere sal môre by die rivier kom drink. Jy kan een van baie naby af doodmaak. Ons sal wag totdat julle gesond is."

"Uitstekend," het Dawid saamgestem, terwyl Morris 'n verligte dankie gemompel het. "Nog iets, Nguni, ons wil graag jou taal leer. Sal jy ons leer?"

"Ek sal jou leer." Hy was baie ingenome met hul besluit; sy gesig het gestraal omdat hulle wou leer én hulle vereenselwig met sy leefwyse. "Ons manne sal vannag beurte maak om wag te hou vir leeus en ander diere. Julle moet nou slaap." En daarmee het Nguni opgestaan en teruggegaan na die groep om hulle in te lig oor die volgende dag se planne.

"Wie gaan leer om daardie geweer te gebruik?" het Dawid gegrom. "Het jy gehoor? Daar's leeus in die omtrek."

"Ek sal môre leer," het Morris met 'n sug gesê terwyl hy sy kop op sy slaapsak laat rus.

"Dan is dit dalk al te laat," het Dawid gemompel en ook gaan lê.

Die volgende oggend is hulle begroet met 'n vars koelte in die lug. Hulle het wakker geword met die reuk van rook en stadig regop gesit en na die wêreld rondom hulle gekyk, terwyl hulle hul gehawende lywe ondersoek het. Morris se voete en knieë was seer, terwyl Dawid se rug stram was en sy heupe het gepyn, maar hy was seker dat dit eerder was van die ongemaklike slaap die vorige aand. Dawid se linkeroog was ook redelik geswel waar iets hom aan die ooglid gebyt het. Hulle het nie hardop gekla nie, maar was tog baie dankbaar dat hulle die dag daar sou kon rus en herstel.

Ontbyt het bestaan uit 'n beker van gloeiende warm swart tee, en 'n bespreking met Nguni oor hoe die dag sou verloop. Morris sou eers moes leer hoe om met hul nuwe Martini-Henry te skiet. Hulle het besluit om 'n dooie tak as teiken te gebruik wat hulle in die droë rivierbed – nie ver daarvandaan nie – sou neersit. Een van die manne is gestuur om die stuk hout daar te gaan neersit. Met sy terugkeer het Sonwabo die geweer aan Morris oorhandig en hy het die wapen vir 'n geruime tyd bestudeer; hefbome gedruk en getrek, dit teen sy skouer gehou en probeer verstaan hoe om die visiere aan die twee punte van die loop in lyn te bring, soos die man wat die geweer aan hulle verkoop het, verduidelik het.

Met Dawid en Nguni se hulp het hy uitgewerk hoe om die wapen te laai en toe na die rivierwal gestap en na die teiken gekyk. Die stuk hout het vreemd en uit plek uit gelyk in die skoon sanderige rivierbed, wat effens onder hulle was. Die res van die groep manne het by hulle aangesluit en nuuskierig om hulle saamgedrom.

"Kom nou, Morris," het Dawid aangemoedig. "Moenie bang wees nie."

"Ek's nie bang nie!" het Morris verontwaardig teruggekap.

"Wel, doen dit dan."

Morris het die geweer opgelig en teenaan sy skouer gehou; die punt van die loop het doelloos in die rigting van die rivier geswaai. "Ek kan nie die visiere in lyn bring nie," het Morris gekla. "Trouens, ek kan nie eers die visiere sien nie!" Hy het die geweer laat sak; sy arms was aan die moeg word.

"Kom nou, boetie," het Dawid ongeduldig gesê. "Kyk, maak een oog toe en loer na hierdie 'V'-vormige groef, maak seker hierdie pennetjie is in die middel en mik in die rigting van die teiken."

"Ek probeer," het Morris gefrustreerd gesê, besig om sy humeur te begin verloor. "Dé, probeer jy."

"Nee, ek skiet nie daai ding nie."

"Wel, bly dan stil," het Morris geantwoord.

Morris het 'n paar keer probeer mik, maar moes gereeld die wapen neersit, want sy arms was nie gewoond om so 'n swaar gewig té lank in een posisie te hou nie. Teen hierdie tyd het die groep om hulle nader gekom; almal het advies gehad en probeer help; hulle het gedemp in hulle klakkerige taal gemompel, en hoewel Morris nie kon verstaan wat hulle sê nie, het hy 'n baie goeie idee gehad. Uiteindelik het hy dit reggekry om die twee visiere in lyn te bring en Dawid was verlig toe hy hierdie klein prestasie aangekondig.

"Goed so, skiet nou die teiken!" het Dawid hom weer aangemoedig.

Op daardie oomblik het Nguni sy hand in die lug gehou, almal het ophou praat en gekyk na waar hy na die oorkant van die sanderige rivier beduie. 'n Doodse stilte het oor hulle gedaal. 'n Trop wildsbokke het rustig oor die sanderige rivierbed geloop; hulle het die lug gesnuif, op hulle hoede vir gevaar. Nguni het met 'n tipe gebaretaal op die loop van die Martini-Henry getik en na die wildsbokke beduie. Morris het besef dat Nguni wou hê hy moet in die diere se rigting mik en probeer om een dood te skiet. Skielik was hy nie seker of hy so 'n pragtige deel van die natuur wou doodmaak nie, maar hy het ook besef dat hulle kos nodig het.

Morris het die geweer versigtig gelig en dit in die rigting van die wildsbokke gerig. Hy het die naaste een uitgekies en gemik, adrenalien het deur sy hele lyf gebruis. Die stilte was gelaai met afwagting vir die skoot om te klap, maar niks het gebeur nie.

"Vervlaks!" het Morris in 'n hees fluisterstem gesê, terwyl hy die wapen laat sak. "Hy haak vas."

"Wat bedoel jy 'haak vas'?" het Dawid dringend teruggefluister, hy kon skaars sy frustrasie beteuel. "Die ding is splinternuut!"

"Die sneller wil nie werk nie! Ek weet nie hoekom nie."

Dawid het oor Morris se skouer na die sneller geloer. "Miskien is dit omdat jy die snellerbeuel probeer trek, nie die sneller nie," het hy desperaat gesug.

Morris het gekyk waar sy vinger was en toe eers gesien dat dit nie eers op die sneller was nie. "Jy's reg, jammer," het Morris verleë verskoning gevra.

"Liewe aarde, Morris, daai wildsbokke gaan nie die hele dag vir jou wag nie." Dawid was baie gefrustreerd, en die steekpyne in sy tone het nie sy bui gehelp nie. "Jy kan net sowel oorloop en hulle met die geweer oor die kop slaan," het hy sarkasties gemompel.

"Goed, goed, kalmeer." Morris het die geweer weer gelig en aangelê.

Ten spyte van al die rumoer, het die wildsbokke nog steeds gestaan en die lug gesnuif sonder om weg te hardloop. Hy het versigtig gemik en die sneller getrek.

Wat volgende gebeur het, was nogal iets om te aanskou. Die koeël het met 'n donderende slag en 'n skielike terugskop ontplof en Morris in 'n bol wit rook gehul. Omdat hy nie van beter geweet het nie, het hy nie die kolf styf genoeg teen sy skouer gedruk nie en het dit teen sy skouer en sleutelbeen vasgeslaan, hom terselfdertyd op die kakebeen getref, wat sy effens oop mond laat toeklap en twee van sy tande gesplinter het. Ongelukkig vir hom was die punt van sy tong ook tussen sy tande vasgevang.

Nóg erger, sy voete was te naby aan mekaar en hy is agteroor geslinger, waar hy teen 'n groepie jong Xhosa-mans gebots het. Hy het die vuurwapen soos 'n warm patat laat los en bene in die lug hard op sy boude geval, sy momentum het hom laat bollemakiesie slaan en hy het soos 'n stommerik met sy gesig in die sand bly lê. Vier van die elf draers het – danksy Morris – in 'n hoop op die grond beland; die oorblywende sewe het soos waansinniges, skreeuend die bosse ingehardloop, met Dawid kort op hulle hakke.

Die enigste een wat staande gebly het, was Nguni, wat oopmond en met groot oë na die toneel in afgryse gestaar het. Sy manne was oor die sand versprei, Morris het op sy maag gelê – moontlik dood – en die ander helfte van die mans was iewers in die bosse.

En toe was daar stilte, met net 'n skril geloei in almal se ore. Die verbrande buskruit het na vrot eiers gestink en in die lug bly hang; wat bygedra het tot almal se verwarring. Morris het stadig sy kop opgelig, en starend grond toe gekyk met 'n verstomde uitdrukking op sy gesig. Nguni het in sy rigting getuur, en, toe hy besef Morris lewe nog, het hy dit snaaks begin vind. Hy het begin giggel; terwyl hy – ter wille van sy gehawende baas – met moeite probeer het om dit te onderdruk, maar dit het nét te veel geraak en hy het skielik en onbeheersd uitgebars van die lag. Hy het plat op die grond gaan sit; die lagtrane het oor sy wange gestroom. Morris het ook begin lag, hoewel hy baie vinnig begin verleë voel het. Die manne wat om hom gelê het, het by die laggende koor aangesluit en een vir een het die ander – Dawid ingesluit – uit die bosse verskyn.

Toe hulle uiteindelik weer bedaar het, het Morris beheer oor die situasie geneem. Sy mond het gebloei en dit was pynlik, en sy skouer was ook gekneus en seer. Trouens, hy kon skaars sy arm beweeg, en terwyl hy sy regterskouer met sy linkerhand vashou, het hy in 'n sirkel geloop en sy arm versigtig gedraai soos 'n eenlem windpomp.

Dawid het die geweer opgetel en dit bestudeer. Die ding was vuil en daar was sand en gemors binne-in die werkende dele, maar dit het ongeskonde gelyk. Hy het die toneel bekyk en oorgestap na Morris toe.

"Jy't misgeskiet," het hy droogweg gesê.

Dit was baie duidelik dat hierdie twee jong Ierse Jode geen benul gehad het van jag en oorlewing in die bosse van Afrika nie, maar dit was duideliker dat hulle bitter vinnig sou moes leer. Morris het botweg geweier om weer aan die Martini-Henry te raak. Hy het skielik 'n diepgewortelde vrees én respek vir die dodelike krag van die vuurwapen gehad en hy het voorgestel dat as hulle vleis vir aandete wou hê, Nguni sy manne moes beveel om sélf te gaan en 'n dier met hul spiese en knopstokke dood te maak. Hulle het later geleer dat hierdie stokke 'knopkieries' genoem word. Dit wou blyk dat Nguni toe reeds 'n jaggeselskap uitgestuur het, want hy het maar min geloof gehad het in die vermoëns van hierdie twee jong mans om die nodige vleis te verskaf, én, hy was honger.

Dawid het besef dat die Martini-Henry 'n noodsaaklikheid was vir oorlewing teen roofdiere, en bowenal het dit hulle 'n hele paar pennies uit die sak gejaag. Nadat hy uitgewerk het presies wát met Morris gebeur het, het hy besef dat sy broer nie gereed was vir die impak van die skoot en die terugskop van die geweer nie; daarom het hy nie die wapen korrek vasgehou nie. Maar nie 'n greintjie verduideliking kon Morris oortuig om weer te probeer skiet nie. Hy wou huistoe gaan, maar vir Dawid was dit nie 'n opsie nie. Diep bekommerd oor hul veiligheid, het Dawid opgehou om Morris te probeer oortuig en besluit om die gevreesde vuurwapen self af te vuur.

Nadat hy dit so noukeurig as moontlik skoongemaak het, het hy vir die volgende uur geoefen om te mik, die wapen vas te hou en droog te vuur. Uiteindelik het hy die geweer gelaai terwyl Nguni langs hom sit en hom stilweg dophou, maar toe hy die geweer na sy skouer oplig, het Nguni die hasepad gekies en op 'n veilige afstand gaan staan. Almal anders het Nguni se voorbeeld gevolg en Dawid het opvallend alleen agtergebly.

Dawid het die geweer stewig en styf in die kromming van sy skouer gedruk, met sy bene bietjie uitmekaar – sy linkerbeen effens voor die regter – afwagtend op die terugskop – en ingeleun teen die kolf. Met sy linkerhand het hy die hout om die loop vasgeklem en 'n vinnige gebedjie opgestuur. Hy het die visiere in lyn gebring en die loop van die wapen versigtig in die rigting van die droë boomtak – wat nog altyd in die rivierbedding lê – gerig. Toe hy die teiken oplyn met die visier, het Dawid die sneller getrek en onwillekeurig sommer sy oë toegeknyp.

Die terugskop was voelbaar, maar toe Dawid sy oë oopmaak, het hy nog steeds regop gestaan, en die geweer het steeds in die rigting van die rivier gewys. Die skop teen sy skouer was nie só erg nie; hy was nie in enige pyn nie, en – sover as wat hy kon vasstel – het hy nie gebloei nie. Sy ore het geloei, maar deur die doofheid en die skreegeluid in sy ore, het hy 'n dreuning agter hom gehoor. Hy het omgedraai om te sien wat dit was. Almal het hom toegejuig, hande geklap en gejubel.

Morris het nader gestap en hom op die skouer geklap. "Jy't misgeskiet," het hy met 'n glimlag gesê, "maar nie té ver nie!" Hy was baie trots op sy broer; maar bygesê, hy was altyd.

In daardie oomblik het Dawid hulle respek gekry en het hy stil-stil hulle leier geword. Hulle het gedink hy was baie dapper omdat hy sy eie vrees so oorkom het.

Vir aandete daardie aand was daar vleis van 'n piepklein wildsbokkie met horings so dik soos 'n man se pinkie. Dit was 'n mooi diertjie wat een van die manne met 'n spies doodgemaak het en hoewel die seuns seker was dat hy 'n naam gehad het, het hulle nie geweet watter spesie dit was nie. Die vleis was sag en heerlik. Na aandete het Nguni weer by die seuns op een knie kom kniel. Wat hy aan Morris en Dawid oorhandig het, het gelyk soos 'n handvol fyngemaakte nat blare en kruie.

"Sit dit op julle voete, Baas," het hy saggies aangemoedig. "Dit sal die pyn regmaak." Morris en Dawid het hom bedank, en het Nguni se voorstel gevolg. Die brousel was koel en strelend op hulle kaal, vernielde voete. Hulle het hulle komberse oopgerol en was binne 'n paar minute vas aan die slaap.

Gedurende volgende dae het Dawid aangehou oefen om te skiet – hy het homself beperk tot vyf rondtes per dag om ammunisie te spaar – en soos die tyd verloop het, het hy só verbeter dat almal gerus was dat hy hulle van kos sou kon voorsien én hulle beskerm. Dawid was oortuig dat Nguni en sy manne meer as bekwaam was om die groep sonder hom te beskerm, want dit wás hulle terrein wat hulle soos hulle handpalms geken het, maar hy was tóg baie trots op homself dat hulle hom gesien het as voorsiener én beskermer.

Uiteindelik, die oggend van die vierde dag, het hulle die kamp opgepak en met hul tog voortgegaan. Die paadjie het soos 'n voetpad vir diere gelyk eerder as 'n wesenlike bospad en Morris het begin twyfel aan Nguni se sin vir rigting en begin wonder of hy regtig geweet het waarheen hulle oppad was. Hy het sy pas versnel en langs Nguni ingeval.

"Nguni, hoe ver is dit na hierdie plek waarheen ons op pad is?"

"Dis naby, naby," het Nguni met 'n glimlag geantwoord, terwyl hy in die verte voor hom uit beduie.

Morris het aangeneem dat dit regtig naby moes wees omdat hy die woord 'naby' twee keer gesê het. "Naby?" het hy weer gevra, en het ook besef dat afstandmeting waarskynlik nie deel van die Xhosa-woordeskat was nie.

"Ja, Baas. Naby, naby. Baie naby nou."

Tevrede dat hulle uiteindelik naby hulle bestemming was, het Morris stadiger geloop tot by Dawid en hom die bemoedigende nuus gegee. Teen etenstyd was hulle egter steeds besig om deur die droë, knie-hoë gras en krapperige bosse te stap. Morris het 'n bosluis op sy arm opgetel, wat hy in afsku afgetrek het, en sy frustrasies het begin verander in teleurstelling en woede, en dit het nie gehelp dat Dawid hom ook begin irriteer het nie.

"Ek dog jy sê Nguni het gesê ons is amper daar?"

"Dis wat hy gesê het," het Morris gegrom. "Ek wonder of hy verdwaal het."

"Ek wonder of hy gelieg het toe hy gesê het hy was al voorheen daar, sodat hy werk kon kry?" het Dawid gemor, terwyl 'n gevoel van wanhoop hom begin oorval het.

"Ek gaan weer bietjie met hom gesels," het Morris besluit en weer begin vinniger loop. Maar op daardie oomblik het Nguni die groep tot stilstand geroep en sy gewone bevele begin uitdeel. Dit was vir die seuns 'n aanduiding dat dit middagete was en tyd om te rus. Toe hulle bekers kokende tee aan hulle bedien is, en hulle dankie gesê het, het Morris weer vir Nguni aangespreek.

"Nguni, jy het gesê ons is naby Patensie, maar ons is nog nie daar nie."

"Ja, Baas, ons is baie naby nou. Naby, naby."

"Maar jy het dit vroeg vanoggend vir my gesê, en dis nou al middag."

"Ja," het hy trots gesê.

"Ek verstaan nie. In my taal beteken 'naby', wel, náby." Morris het begin gefrustreerd raak. Nguni het hom net met 'n groot glimlag aangekyk.

Dawid het iets anders probeer. "Nguni, sal ons daar wees as die son daar is?" het hy gevra, terwyl hy beduie het na waar hy gedink het die son omstreeks tweeuur die middag sou wees. "Of dalk wanneer die son daar is?" het Dawid voortgegaan en na die horison beduie.

"Ons sal daar wees wanneer die son daar is!" het Nguni hom met 'n glimlag verseker en in dieselfde rigting beduie.

"Vandag?" het Morris ingegryp, net om seker te maak.

"Ja, Baas." Nguni het geknik, steeds glimlaggend.

"En jy wás al voorheen daar?" het hy bygevoeg.

"Ja, Baas." Nog 'n knik.

"So jy't nie verdwaal nie, Nguni?" het Dawid aangedring.

"Ja, Baas," het Ngunit teruggeglimlag.

Morris en Dawid het verbouereerd na mekaar gekyk.

Toe het Morris net sy skouers opgetrek. "Goed, dankie, Nguni. Gaan drink maar jou tee en dan gaan ons aan," het hy met 'n waai van sy hand gesê.

"Ek is nie seker of ek weet hoe om met hierdie mense te kommunikeer nie," het Morris stilweg gesê.

"Ja, dis moeilik, maar ek dink ons moet baie dankbaar wees dat Nguni darem so bietjie Engels kan praat. Ek wonder of naby 'ver' beteken in hierdie land?"

Nguni was reg. Toe die son begin sak, het die pad wat hulle gevolg het ander spore begin kruis, en hoe verder hulle geloop het, het hulle nóg paadjies begin kruis, en die pad wat hulle gevolg het, het effens verbreed. Hulle kon tekens sien dat meer mense die roete gebruik het en kon ook die groewe van wa-spore of een of ander mensgemaakte vervoer sien. Net voor skemer, het hulle afgekom op 'n gebou wat soos 'n verlate skuur gelyk het, saamgeflans met verweerde houttakke en 'n laslappie grasdak van gras en strooi.

"Ons is hier," het Nguni met trots en 'n stralende gesig aangekondig. Hy het dadelik sy manne beveel om kamp op te slaan en 'n vuur aan te steek.

Die broers het bewegingloos bly staan; hulle het net na die skuur en die bosse om hulle gestaar, dronkgeslaan dat hulle letterlik hul marathon-stap in die middel van absoluut nêrens beëindig het. Daar was geen strate, huise of enige teken van lewe behalwe vir die vervalle skuur nie. Nog erger, daar was nie 'n greintjie tabak of 'n oes van enige aard te siene nie.

"Nguni!" het Morris na hom geroep. Nguni het aangehardloop gekom en toe bly staan en glimlag soos 'n klein seuntjie wat 'n groot mylpaal bereik het. "Nguni?" Morris was byna sonder woorde. Hy het sy arms gelig en rondom hom beduie. "Nguni, wat bedoel jy 'ons is hier'? Hier is níks nie."

"Dit is laat, Baas. Almal is huistoe. Daar sal môre mense hier wees."

"Huistoe gegaan? Sommige mense?"

"Daar is statte hier, net agter daardie heuwel, én aan die ander kant van die rivier."

"Daar is 'n rivier?" het Dawid gevra, nog steeds in skok die verlatenheid om hom.

"Ja, agter daardie bome." Nguni het na 'n digte bos bome gewys min of meer 'n honderd treë van hulle af.

"So wie het hier gewoon?" het Morris gevra en na die verlate skuur gewys.

"Dit is die Polisie-buitepos."

"Polisie? Is daar polisie hiér?" het Morris gesê, meer 'n stelling as 'n vraag. "So waar is hulle?"

"Miskien op patrollie, Baas."

"Patrollie?" Morris het vir Dawid gekyk. "Patrollie? Hulle is dalk op Patrollie. Nguni, hoe ver gaan hulle op patrollie?"

"Ek weet nie, Baas. Maar nie ver nie; naby, naby."

Morris het gesug. "Dis 'n ongelooflike land dié. Dit kan maande wees voordat ons weer enige beskawing sien. Naby, naby? Dit kan net sowel in die volgende land wees." Beide Dawid én Nguni was bewus dat Morris besig was om sy humeur te begin verloor.

"Kalmeer, broer," het Dawid saggies gemaan. "Nguni, waar kry ons die tabakplase?"

"Ek sal môre vir die mense in die stat vra," het Nguni vinnig geantwoord. "Ons kan nie nou na die mense toe gaan nie, want dis besig om donker te word. Die leeus en hiënas gaan begin jag. Ons sal moet kamp opslaan en 'n vuur maak. Maar ons sal hulle môre kry. Verseker, Baas."

"Nou's dit hiënas? Wat op aarde is 'n hiëna?" het Morris gemor, sy hande in die lug gegooi en weggestap. "Sonwabo! Jy bly baie naby aan my met daardie geweer!" het hy aangedring.

Hulle het daardie nag baie onrustig geslaap. Daar was intimiderende klanke wat die seuns nog nooit vantevore gehoor het nie. Hoewel hulle nuuskierig was oor die grom, blaf en huilgeluide, het die senuweeagtige geskuifel van die manne elke keer as 'n sekere klank gehoor kon word, hulle wakker gehou. Die kampvuur was ook warmer en groter as tevore. Almal was waaksaam en op hulle senuwees, niemand was gespaar nie. 'n Gevoel van vrees het oor die hele kamp gehang.

Toe die gloed van die sonsopkoms die lug begin verlig, het die geluid van stemme vir Morris en Dawid uit hul sluimer geruk. 'n Groep swart mans met spiese en boerderygereedskap, het die kamp genader en met Nguni gepraat, wat deur die gebruiklike groet tradisie gegaan het; hy het saggies met hol hande geklap, effens gebuig en gepraat met 'n hoorbare gedreun van stemme in hul eie taal, met af en toe 'n sagte gelag of gegiggel.

Nguni het homself van die besoekers geskei en oorgeloop Morris en Dawid toe. "Ek sien jou, Baas Morris. Ek sien jou, Baas Dawid."

"Ons sien jou ook, Nguni. Ons sien jy het besoekers."

"Ja, Baas. Hulle werk op die plaas van die man wat jy soek met tabak."

Die seuns was oorstelp om hierdie brokkie goeie nuus te hoor – die eerste in sowat 'n week. "Dit ís goeie nuus, Nguni," het Dawid met 'n breë glimlag gesê. "Hoe ver is hierdie plaas?"

"Dis naby, naby, Baas," het Nguni met 'n groot glimlag gesê. Morris het sy oë gerol. "Ons staan nou op die plaas."

"O!" Dawid was verbaas en het na Morris gekyk met 'n geligte wenkbrou. "So, kan hulle ons na die eienaar neem?"

"Ja, Baas. Hulle kan ons nou soontoe vat."

"Wel, kom ons gaan."

Piet van Tonder se huis was eenvoudig, maar groot met 'n Hollandse gewel tussen groot skaduryke bome. Hy het daar gebly saam met sy vrou, vier jong seuns en babadogtertjie. Hy was 'n gesette man met swart hare en 'n welige baard. Hennie was stewig gebou en het gelyk asof sy standvastig kon wees onder alle omstandighede. Haar bruin hare was in 'n stywe bolla vasgetrek, en sy het 'n lospassende blommetjiesrok aangehad. Die opstal het gerieflik en gevestig gelyk en daar was nie veel van 'n tuin nie, net drie stukkende waens in verskillende stadiums van verval wat op die erf rondgelê het. Die nuus van hul koms moes hulle vooruitgegaan het, want mnr. en mev. van Tonder het op die stoep van die huis gestaan en hulle op 'n afstand dopgehou.

Toe hulle die denkbeeldige rand van die tuin bereik, het Nguni en sy manne gestop sodat Morris en Dawid alleen nader kon gaan. Van Tonder, met 'n geweer in die buiging van sy arm, het bo-aan die drie trappe wat na die stoep lei gestaan, met sy bene effens uitmekaar, sy bors uitgestoot, terwyl hy hulle met 'n streng blik uit die hoogte aangekyk het, asof hy daarmee vir hulle wou wys dat hý baas was op hierdie plaas. Die seuns het senuweeagtig tot 'n paar meter van die trappe af geloop voordat Morris gestop het en die formidabele boer aangespreek het.

"Goeie môre, meneer. My naam is Morris Langbourne, en dit is my broer, Dawid Langbourne."

"Goeie môre," het van Tonder in Afrikaans geantwoord. Morris het aangeneem dit beteken 'good morning', en aangesien van Tonder onwillig was om homself voor te stel, het Morris voortgegaan in Engels, die enigste taal wat hy geken het. "Ons het onlangs uit Ierland hier aangekom," het Morris gesê, terwyl hy hoop dat die onvoorspelbare boer sou verstaan dat hy nét Engels kon praat. "Ons wil tabak koop en 'n man met wie ons in Port Elizabeth bevriend geraak het, mnr. Danie Coetsee, het voorgestel dat ons hierheen moet kom om met mnr. Piet van Tonder kennis te maak."

Hulle was nie seker of dit Danie se naam, die aanhoor van sy eie naam of die gedagte dat hy van sy tabak kon verkoop nie, maar mnr. van Tonder se houding het skielik verander; hy het breed geglimlag, wat geelbevlekte tande – waarvan een ontbreek het – ontbloot het, en sy oë het begin blink.

"Julle het die regte persoon gevind," het hy in Engels met 'n sterk Afrikaanse aksent geantwoord. "Julle moet moeg wees van jul reis. Kom, kom." Hy het vir hulle beduie om by hom aan te sluit.

"Baie dankie, meneer. Ons is baie bly dat ons u gevind het," het Morris gesê, die opregte verligting hoorbaar in sy stem.

"Hennie!" het van Tonder kortaf na sy vrou geroep. "Bring kos vir ons gaste. Maak gou!" Hy het toe oor hul koppe na die groep mans wat by die tuingrens gestaan het, geroep, in 'n inheemse taal wat Morris nie verstaan het nie. "My manne sal na julle manne omsien," het hy gesê. "Nouja toe, kom in, kom in."

Die binnekant van die Van Tonder-opstal was ruim en gemeubileer met 'n gerieflike rusbank, met geblomde material oorgetrek, en twee bypassende enkelsitplek stoele. Die skilderye teen die mure was van potte met heldergeel, rooi en oranje blomme en vrugte, met fyn porselein-ornamente van vroue in lang, vloeiende rokke en spoggerige hoede op rakke en van die vensterbanke. Hennie was duidelik 'n bekwame huisvrou en baie trots op haar huis, en die seuns was oortuig dat sy die plaas knap sou kon bestuur wanneer haar man op trek gegaan het, wat hulle seker was hy wel gedoen het.

Piet van Tonder het die seuns na die kombuis gelei en vir hulle beduie om by die hout kombuistafel te gaan sit. Hy het die gesprek begin deur die seuns 'n bietjie oor hulleself en Ierland uit te vra, terwyl Hennie besig was om 'n wonderlike ontbyt van eiers, spek, worsies en 'n dik, sappige biefstuk voor te berei. Die geure het die seuns se monde laat water en hulle het skielik besef dat hulle rasend honger was. Hulle moes hulle aandag gedurig terugdwing na die gesprek, al wou hulle met lang oë na die potte en panne op die stoof staar.

"So, sê vir my, wat gaan julle met my tabak in Port Elizabeth doen?" het van Tonder vir Morris na die werklikheid teruggeruk.

"Toe ons in Manchester gewoon het, het ons in 'n sigaretfabriek gewerk en geleer hoe om sigarette te rol, so ons wil hier daarmee voortgaan."

"Het julle 'n fabriek?"

"Nee, nog nie, meneer, maar ons het die gereedskap saamgebring so ons is gereed om te begin. Ons moet net 'n boer vind by wie ons tabak kan koop."

"So julle het die hele pad van Port Elizabeth af gestap om my te ontmoet?"

"Ja, meneer," het Dawid bevestig.

"Julle is óf baie dapper, baie vasberade, óf baie dom," het van Tonder opgemerk, en 'n growwe laggie gegee.

"Toe ons uit Port Elizabeth weg is, was ons baie vasberade," het Morris ernstig gesê, "maar nou besef ek ons was regtig baie dom."

Hierop het Hennie saggies hardop gegiggel terwyl sy iets in 'n pot op die stoof geroer het, maar Piet het skielik waaksaam geraak. "Hoe so?" het hy gevra.

"Wel," Morris het asem geskep, "ons het geen idee gehad waar om u te vind nie, en het staatgemaak op 'n swart man wat ons nét die vorige dag ontmoet het. Daar is geen padtekens of aanduidings om u opstal te vind nie, so ons moes al ons vertroue plaas in 'n man wat gesê het hy was al een keer vantevore hier. Ons het nie, en verstaan steeds nie, die maniere van die bosse van Afrika en die diere wat 'n bedreiging vir ons sou wees nie, maar toe ons vertrek het, het ons nie gedink dis 'n groot probleem nie. En ons het nie eers geweet hoe om 'n geweer te skiet nie..."

Van Tonder het hom skerp in die rede geval. "Julle het hierheen gekom sonder 'n geweer of enige vorm van beskerming, óf 'n manier om te jag?"

"O, ons het wél 'n geweer, maar ons het nooit geleer hoe om dit te gebruik voordat ons vertrek het nie, en ons het ook nie daarmee geoefen nie, so, ek veronderstel ons kon net sowel nié een gehad het nie."

Van Tonder het iets in Afrikaans gemompel wat Morris nie verstaan het nie, maar hy was oortuig dat dit 'n paar vloekwoorde ingesluit het. "Julle is gelukkig dat julle nie 'n trop leeus, of 'n luiperd, of 'n pak hiënas teëgekom het nie. Julle was gek, seun. Moet dit nooit weer doen nie."

"Ja, ons besef dit nou, mnr. Van Tonder," het Dawid erken. "Die probleem is ons moet nog terugreis, en dít bekommer my. Ek het gehoop dat voordat ons vertrek, u my sou kon leer hoe om reguit te skiet."

Net toe het mev. Van Tonder 'n bord heerlike kos voor elkeen neergesit. Mnr. Van Tonder het aangedring dat hulle bid om dankie te sê vir die kos, wat hy in Hollands gedoen het, en toe het hulle almal weggeval, en hulle het min gepraat totdat hulle klaar was.

Die seuns het mev. Van Tonder hartlik bedank. Toe die onderwerp van honger aangeroer is, het mev. Van Tonder hulle oor hulle swaarkry in Ierland uitgevra. Morris en Dawid het die moeilike tye onthou, maar ook hoe hulle pa en suster alles binne hulle vermoë gedoen het om vir die familie te voorsien, terwyl die twee van hulle vir lang ure in die grys koue moes werk om genoeg geld te probeer verdien om die familie aan die lewe te hou. Hulle beproewinge het die Van Tonders se hartsnare geroer, veral vir Hennie van Tonder. Dawid het gesien hoe sy in 'n stadium stilletjies 'n traan uit die hoek van haar oog wegpik.

"Hennie, hierdie jong mans moet dors wees. Maak koffie. Vinnig!" het Piet skielik skerp vir sy vrou beveel.

Dit het die seuns weer verbaas oor hoe kortaf hy met haar gepraat het, sonder om eers asseblief of dankie te sê. Dawid was nog meer verbaas dat sy net aangegaan het, sonder om hom teë te praat.

"Manne," het van Tonder voortgegaan, "julle is gelukkig. Ek moet môre na Port Elizabeth toe reis. So julle is baie gelukkig om my hier te kry. Bly die nag hier as my gaste. Hennie sal een van die kinders se kamers vir julle regmaak."

"Ek bedank u vir u gasvryheid, meneer, maar ons is gelukkig om vanaand onder die sterre te slaap..." het Morris begin.

"Nee!" Van Tonder het sy hande in protes gelig. "Julle bly hier," het hy stompweg gesê. "As ons klaar koffie gedrink het, kan ons na my skure toe gaan, dan kan julle die tabak kies wat julle benodig. Vanmiddag sal ek julle leer hoe om daai geweer te gebruik, en môre vertrek ons saam terug Port Elizabeth toe. Tydens ons reis sal ek julle leer oor die bos en die diere en slange en ander gevaarlike dinge wat daar buite wag om julle dood te maak."

Morris en Dawid na mekaar in ongeloof gekyk. Hulle het woorde probeer vind om hulle dankbaarheid uit te druk, maar kon net 'n paar woorde uitkry.

"Man, as ek julle alleen terugstuur Port Elizabeth toe teken julle waarskynlik julle eie doodsvonnis, julle geluk gaan nie vir ewig hou nie, en dan moet ék daarmee saamleef," het van Tonder gelag. "Nee, ek sal julle soveel as moontlik in hierdie drie dae leer, so julle moet maar mooi luister, seuns."

"Mnr. Van Tonder, ek weet nie hoe om u te bedank nie," was Morris sprakeloos.

"Gee my net 'n goeie prys vir my tabak," het hy met 'n glimlag geantwoord.

Die tabakskure was eenvoudige houtskure wat gelyk het asof hulle in die volgende storm sou kon omwaai; hulle was beslis nie so stewig gebou soos O'Connor se skure destyds in Dublin nie, het Morris gedink. Om die skure te sien, het O'Connor en Elaine herroep en het gelei tot herinneringe aan sy ouers, Reuben en Esther, en sy broers en susters, Bloomy, Louis, Harry en Sarah, en dit het hom laat leeg voel en vol heimwee gemaak. Dit was vlietende emosies, want toe die reuk van die gedroogde tabak in sy neusvleuels kom sit, was sy aandag weer gefokus, en hy en Dawid het begin om ongeveer 'n honderd pond se goue blare uit te soek. Dit was nie 'n groot hoeveelheid tabak vir die boer nie, maar in die Langbourne broers se oë en gedagtes was dit enorm.

Die onderhandelinge het maklik verloop, want toe Van Tonder sy prys noem, het hulle dit baie redelik gevind. Toe het Dawid 'n paar ure saam met die gesoute boskenner-boer spandeer om te leer hoe om die geweer vas te hou, te mik, te skiet en hoe om die wapen skoon te maak, en die belangrikste, alles oor veiligheid. Van Tonder het vir die seuns grusame stories vertel van skote wat per ongeluk afgevuur is en hoe dit byna nooit 'n goeie uitkoms gehad het nie.

Toe die son agter die horison verdwyn en die nag-insekte skielik wakker word met hul kore van nagtelike paringsliedjies, het die mans op die stoep van die opstal gesit en soet tee gedrink wat Hennie pligsgetrou voorsien het terwyl sy besig was in die kombuis. Sy was besig om nog 'n heerlike maaltyd voor te berei en die seuns het byna begin kwyl van al die geure wat na hulle toe gedryf het op die soel aandbriesie. Piet van Tonder, op sy gemak noudat sy dagtaak verrig was, het fantastiese stories begin vertel van die bos en die diere, en 'n hele paar ongelooflike ervarings wat hy al ondervind het in die twaalf jaar op die plaas. Toe die aandete gereed was, het hulle vir Van Tonder na die kombuistafel toe gevolg en nadat hy weer sy Danksegging in Hollands gedoen het, het hulle begin eet. Dit was moontlik die beste maaltyd wat die seuns al ooit geëet het. Wat hulle verstom het, was wat Hennie selfs so ver van die beskawing kon opdis. Afgesien van die sappige beesvleis en die perfek-gekookte groente, was die sous uitstaande. En na die maaltyd het sy 'n tradisionele Afrikaanse nagereg bedien wat sy Melktert genoem het. Die krummelrige kors het soos 'n beskuitjie gelyk, en dit was gevul met 'n romerige vla-agtige sous wat soos jellie gestol het. Die seuns het ál hulle wilskrag ingespan om nie vir 'n tweede porsie te vra nie.

Ná die maaltyd het die kinders bed toe gegaan en hulle het beleefd 'Goeie Nag' gesê in Afrikaans, voor die mans na die stoep teruggekeer het om die laaste ure van die aand te geniet, en om na te dink oor alles wat hulle daardie dag beleef het.

Die klank van dromme het van ver af opgeklink en Dawid het daaroor uitgevra.

"Dit kom van die stat af, o, so drie myl weg. Dit is waar julle manne is. My manne sal goed na hulle omsien. Hulle dans saam met die dromme; partykeer die hele nag lank. Hulle het waarskynlik 'n bok geslag en sal hulle bier met die manne deel."

"Bier? Hier?" het Dawid gevra.

"Ou maat, jy wil nie hulle bier drink nie. Dit is nie soos die bier wat ek en jy ken nie – nie dat ek self aan bier raak nie," het hy vinnig bygevoeg, terwyl hy senuweeagtig oor sy skouer loer om te sien waar Hennie was. "Nee, hulle bier is 'n dik, sopagtige spulletjie, gegis, nogal bitter en walglik. Maar dit bevat baie alkohol, en hulle drink dit by die emmers vol," het hy met afsku vir hulle vertel. "Julle sal waarskynlik sien dat hulle nie té goed lyk môre oggend nie. Nietemin, ons vertrek môre en as hulle nie kan byhou nie, is dit nie my skuld nie, maar hulle sal nie wil agterbly nie. Nee, hulle sal byhou," het hy met 'n grimlaggie gesê.

Vir die seuns was dit duidelik dat Van Tonder nie juis verdraagsaam was met enigiemand nie – insluitend sy vrou – en tóg het dit gelyk of dit die enigste persoon was vir wie hy lugtig was.

"Ons het 'n groot dag môre, seuns. Dis bedtyd," het Piet van Tonder die aand beëindig.

Die seuns het ten minste drie dae se smerigheid van hul lywe afgewas in 'n ru, maar praktiese buitebad voor hulle bed toe gegaan het. Dit was die eerste keer in baie dae dat hulle op 'n matras met lakens geslaap het. Hulle was binne 'n minuut vas aan die slaap.

Die volgende dag, na 'n groot, versterkende ontbyt, opgedis deur Hennie van Tonder, wat aromatiese, varsgebakte brood ingesluit het – iets wat die seuns nog nooit tevore geproe het nie – het hulle vertrek vir die drie dae lange terugtog na Port Elizabeth. Die tabak was in goiingsakke gebundel en ses van Nguni se manne het dit op hul koppe gedra. Heel agter het een van Piet se manne 'n perd gelei. Piet het onderneem om saam met die seuns te stap tot in Port Elizabeth, maar hy sou dan te perd terugkeer plaas toe. Hy het 'n span van agt manne gehad wat die voorrade sou dra wat hy in die dorp sou aankoop.

Terwyl hulle oos gereis het, het Piet het onophoudelik met die seuns gepraat. Hy het hulle vertel van die bome en die giftige slange ín die bome – soos die boomslang – en 'n luislang wat so groot was dat dit 'n man heel kon insluk. Hy het gepraat oor die grasvelde en die slange daarin wat hul dag deeglik sou kon bederf, soos die kobra, pofadder en verskeie ander adders. Wanneer hy 'n bok gesien het, het hy gestop en interessante staaltjies oor hulle vertel. Die draers het aangehou stap en dan het hy en die seuns agterna geloop en hulle weer ingehaal.

Op een stadium het hy skielik gestop en vir die seuns beduie om naby hom te kom staan. Hy het na die bosse aan hul regterkant gewys en toe op een knie gekniel. Die seuns het sy voorbeeld gevolg. "Sien julle daai dier daar oorkant, tussen daardie twee bome?" het hy gevra en na twee groter bome so honderd treë voor hulle gewys.

"Nee," het Morris gesê, "ek sien nie 'n dier nie."

"Kyk mooi. Hy is goed gekamoefleer. Dis 'n elandbul. Hy's die grootste van alle wildsbokke."

Dawid het stip na die bosse gestaar, maar kon niks sien nie. "Ek kan niks sien nie. Waar?"

"Goed, laat ek julle nou iets vertel. Moenie 'n dier soek nie, soek beweging. Vinnige, skerp beweging."

Toe die eland se ore roer het die seuns het hom onmiddellik gesien. "O my genade, ek sien hom, en ek het die hele tyd reguit vir hom gekyk!" het Dawid in 'n fluisterstem uitgeroep. Die eland was massief en het doodstil onder die bome in die songevlekte skaduwee gestaan.

"Hy is yslik!" het Morris in verwondering gesê. Die dier het geduldig na hulle gestaar, en kort-kort sy oor of stert laat flikker.

"'n Mens skiet nie een van hulle vir die pot nie. Weet julle hoekom?" het Piet vir Morris gevra.

"Die vleis smaak sleg?" het Morris geraai.

"Nee, dis eintlik baie lekker vleis. Nee, so 'n groot eland kan meer as 'n honderd mense kos gee. So, tensy jy 'n span van meer as honderd mense het, is dit 'n vermorsing van vleis, en daarom 'n vermorsing van so 'n pragtige dier."

Dawid het na die kort gedraaide horings op die eland se kop gekyk. "Is hulle gevaarlik?"

"Nee, jy sal nooit 'n probleem met 'n wildsbok hê nie. Hulle sal weghardloop voordat julle naby hulle kom. Maar as jy 'n wildsbok skiet en hom wond, wees baie versigtig voor julle nader gaan, want daai horings kan jou karnuffel as hy nog lewe in hom het."

Op daardie oomblik het die eland – wat aangeneem het dat die groepie mans nie 'n bedreiging was nie – stadig en rustig begin wegloop. Piet het skielik sy hand omhoog gehou en hulle genoop om stil te bly. Kort, skerp kermagtige geluide na hulle regterkant het sy oor gevang. Dit het amper soos 'n gelag geklink. "Hoor julle dit?" het hy weer gevra. Die seuns het geknik. "Dit is 'n trop sebras. Ek dink hulle is oppad hiernatoe."

"Is hulle gevaarlik?" het Morris weer gevra.

Piet het weer gelag. "Julle seuns weet niks nie, né? Hulle is dodeliker as leeus!" het hy geterg. "Nee, hulle is soos perde, en baie bang vir ons. Kom ons gaan soek hulle."

Die mans het opgestaan en stilweg in die rigting van die geluid van die spelende sebras gestap. Dit was nie lank nie, en hulle het weer gekniel. Die seuns het die sebras herken van die gemonteerde jagtrofeë teen die mure by die Grand Hotel. In lewende lywe – in hul geheel – was hulle pragtig. Dawid het besluit dat dit die mooiste dier was wat hy nog ooit gesien het en het hom oor God se skepping verwonder.

"Hulle is pragtig," het Morris Dawid se gedagtes hardop gesê.

"Ja, hulle is," het Piet saamgestem. "Sien julle daardie vul, die babatjie?" het hy gevra, en na die agterkant van die trop beduie. "Kyk hoe lank is sy bene. Hy moet nog in sy bene ingroei. Sien julle?"

"Ja," het Dawid gesê, en gekyk hoe die vulletjie lomp na sy ma toe hardloop.

"Hoekom dink julle word hy gebore met bene wat te lank is?"

"Ek weet nie," het Morris gesê, verbaas. Hy was verstom dat Piet so iets sou raaksien, want hý het beslis nie.

"Wel, as ek moet eerlik wees, ek weet ook nie, maar ek dink dit moet vir verdediging wees teen roofdiere."

"Omdat hulle saam met die trop kan hardloop en kan bybly?"

"Ja, miskien. Maar ek het ook 'n ander teorie. Kom ons verbeel ons ons is leeus en ons is op soek na die kleinste en swakste dier om te eet. Kyk wat gebeur wanneer die vul tussen die trop loop."

Juis op daardie oomblik het die vul tussen die volwassenes ingeloop en verdwyn. "Sien julle dit? Ons is omtrent op dieselfde hoogte as 'n leeu se kop. En dít is wat hy sien," het hy gesê en na die trop gewys wat stadig oor die oop veld gestap het. "Julle kan nie die vul sien nie, want die onderkant van sy maag is dieselfde hoogte as die volwassene se mae. Hy lyk soos 'n volwassene wanneer hy in die trop is."

Dawid het sy kop in verwondering geskud. "Is die natuur nie wonderlik nie? Hoe op aarde het jy dit uitgewerk?"

"Ek's al lank in die bos. Maar ek weet nie of dit die rede is nie, dis net iets wat vir mý sin maak. Kyk daar oorkant; sien julle daai bobbejane in daardie boom?"

Die seuns het geknik. "Ek vertrou hulle nie. Hulle is slinks. Bly so ver weg van hulle af as wat julle kan. Hulle sal julle kos steel as hulle die kans kry en hulle kan baie aggressief wees. Wag totdat julle een sien gaap en julle sal sien dat sy tande groter is as 'n leeu se tande."

"Regtig? Vreemde gedierte," het Morris verbaas opgemerk.

"Ja, en daar is verskillende soorte ape hier. Ek hou nie van een van hulle nie. Hulle mis," het hy gesê en na sy agterstewe beduie. "Dit ruik nét soos 'n mens s'n." Hy het gelag. "Komaan; ons moet die manne inhaal."

Morris en Dawid was dol daaroor om na Piet te luister en Piet het homself gate uit geniet om sy kennis met hulle te deel. Hy kon steeds nie glo dat hulle nog nooit van iets so eenvoudig soos 'n bobbejaan gehoor het nie. Hy het geleer dat die enigste diere waarvan hulle nog ooit gehoor het, leeus, olifante en tiere was, en tiere kom nie eens in Afrika voor nie. Hulle het regtig absoluut niks van die bos geweet nie. Stadsmense van die agterkant van Europa, het hy gedink. Hulle kennis van die bosse van Afrika – of gebrek daaraan – het hom herhaaldelik geamuseer én gefassineer.

Later daardie middag het hulle kamp opgeslaan vir die nag en Piet en die seuns het 'n draai in die bos geloop om 'n springbok te soek vir die pot. Dit het hom nie lank gevat om 'n trop van ongeveer dertig van hierdie klein wildsbokke te kry nie en hy het sy geweerdraer nader geroep vir sy geweer. Hy het Dawid se geweerdraer ook nader geroep vir sý Martini-Henry.

"Goed," het hy vir Dawid gefluister, "sien jy daardie springbok aan die agterkant van die groep? Ek wil hê jy moet daai een skiet. Ek sal ook mik en as ek sien jy skiet mis of kwes hom, sal ek hom die doodskoot gee."

Skielik was Dawid baie senuweeagtig en 'n bietjie hartseer dat hy op die punt was om sy eerste dier te probeer doodmaak, maar hy het besef dat dit was iets wat hy wel uiteindelik sou moes doen. Hy het geknik en stil die geweer gelaai met 'n koper- en loodkoeël. Hy het opgemerk dat Piet – wie se geweer altyd gelaai was – reeds begin mik het en ook dat Morris skielik op 'n baie veilige afstand staan. Met al die kennis wat Piet vir hom geleer het, het Dawid bly fokus en aangelê, hy het nét agter die niksvermoedende springbok se blad gemik. Die oomblik toe die dier gaan stilstaan, het Dawid saggies die sneller gedruk en die geweer het teruggeskop. Hy het instinktief sy oë toegeknyp, maar byna onmiddellik weer oopgemaak. Hy kon nie deur die rook sien waar hy geskiet het nie, maar kon net die trop wildsbokke in alle windrigtings sien vlug. Hy het agtergekom dat Piet nie geskiet het nie, net sy geweer laat sak het.

"Mooi so, Dawid! Kolskoot! Jy het goed geleer," het hy met 'n sweempie trots vir sy student gesê.

"Het ek?" het Dawid verbaas gesê. "Sjoe." Adrenalien het deur sy are gebruis. Hy is pas ingesout in die jagwêreld. Wat Dawid tóé nie geweet het nie, was dat die Nederlanders – of Boere soos hulle genoem is – histories gesproke uitstekende skutters was. Hulle vaders het hulle van jongs af geleer hoe om akkuraat te skiet, selfs van 'n bewegende perd af, en omdat ammunisie so skaars en duur was, is die jong man gewoonlik 'n goeie les geleer as hy sy teiken gemis het.

Terwyl hulle om die kampvuur gesit het, met vol mae van die springbokvleis én ander lekkernye wat Hennie vir hulle ingepak het, het die gesprek teruggedraai na diere en oorlewing in die bos.

"Sê vir my," het Piet skielik die onderwerp verander soos dit sy gewoonte was, "watse voëls ken julle?"

"Wel," het Dawid vir 'n oomblik gedink, "swartlysters."

"Hulle noem hulle soms kraaie," het Morris bygevoeg.

"Wat nog?"

"Mossies? Hoenders?" het Dawid voortgegaan.

"Hoenders!" het Piet uitgebars van die lag. Dawid het nie die grap verstaan nie. "Hoenders tel nie; hulle is plaasdiere. Ons praat van wilde voëls, man."

"O." Dawid het in die lig van die vuur gebloos. "Wel, ek dink dit is al wat ons ken. Ons het al baie verskillende voëls gesien sedert ons in Port Elizabeth aangekom het, maar ons weet nie wát hulle is nie."

"Moenie vir my sê daar is voëls in Afrika wat jou kan doodmaak nie?" het Morris verbaas gesê.

Piet het weer gelag. "Ja, my goeie vriend, daar "ís in werklikheid een."

"Hoe kan 'n voël 'n man doodmaak? Deur hom met sy snawel in die hart te steek?" Dawid was beslis 'n bietjie sarkasties, want hy het regtig nou nie vir Piet geglo nie.

"Nee, hy kan jou skop en doodtrap," het Piet gelag.

"Nou skiet jy spek," het Dawid senuweeagtig gelag. "'n Voël wat 'n man doodtrap? Onmoontlik!"

"Lag maar, my vriend. Het julle nog nooit van 'n volstruis gehoor nie?"

Hulle het skielik weer stil geword toe die vrees soos 'n mantel oor hulle sak. "Jy spot nie, né? Nee, ons het nog nooit van 'n volstruis gehoor nie," het Morris beken.

"Baie groot voëls, langer as 'n man! Hulle is baie territoriaal. Wanneer julle op húlle domein is, moet julle in julle spore trap en versigtig wees. Die mannetjies is donkerder as die wyfies. Dis altyd so in die voëls- en dierewêreld, net nie vir mense nie." Hy het vir sy eie grappie gelag. "As dit paartyd is, word die mannetjies se skene rooi. So, as julle 'n volstruis sien met rooi bene, doen jouself 'n guns en bly uit sy pad uit, want sy humeur gaan kort wees. Ek hoop ons sien binnekort een. Julle sal verbaas wees oor hoe groot hulle kan word."

"Ek weet nie of ek een wíl sien nie," het Morris gemompel terwyl sy verbeelding op hol gegaan het.

"Ag, moenie bekommerd wees nie, dis buitengewoon dat hulle mense aanval. Jy moet 'n stommerik wees om jouself in so 'n moeilike situasie te dompel. Maar dit gebeur," het van Tonder opgemerk en vir 'n oomblik het dit gelyk of 'n veraf herinnering sy gedagtes binnegedring het.

"Watter ander gevaarlike diere is daar in hierdie omgewing?" het Dawid vir Piet aangehits; hy het al hierdie inligting soos 'n spons opgesuig en wou nie hê dat Piet moet ophou praat nie.

"Die renoster. Het julle al van 'n renoster gehoor?"

"Nee," het die seuns amper gelyk gesê.

"'n Pragtige dier. Baie groot, weeg 'n paar ton, glo ek, en sodra hy begin hardloop, is dit baie moeilik vir hom om te stop. Trouens, hy gaan nie maklik óm hoeke nie, wat 'n bedekte seën kan wees as die ding op jou afstorm. Hy het 'n baie skerp horing op sy neus – soms twee; een agter die ander – en wee jou as jy deur een van húlle bestorm word."

"Is hier baie in dié omgewing?" het Dawid met verwondering gevra.

"O ja, hulle is oral, daar is duisende van hulle. Julle sal beslis van hulle sien voordat ons by die huis kom. Maar moenie bekommer nie, ons sal van hulle af wegbly. Ek het 'n diep respek vir hulle krag én slegte buie! Daar is twee soorte renosters, 'n swartrenoster en 'n witrenoster. Jy kry egter net die swartrenoster in hierdie omgewing. Met die eerste oogopslag lyk hulle dieselfde, en albei is presies dieselfde kleur – grys," het hy weer gelag.

"So hoekom noem hulle hulle 'swart' en 'wit'?"

"O, dis net name wat die Europeërs vir hulle gegee het. Daar is klein verskille – die swartrenoster het 'n haakvormige lip wat hy gebruik om blare en takkies op bosse te soek. Daarmee ruk hy ook die blare van boomtakke af. Die witrenoster is 'n weidier en eet gras, so hy het 'n plat en vierkantige lip."

"Regtig klein verskille." Morris het met die donkerte anderkant die vuur gepraat, terwyl hy in die geheim soek na iets wat hom dalk kon bekruip.

"Kom ek vertel julle 'n snaakse storie oor die renoster." Piet het begin glimlag. "Omdat die swartrenoster tussen bosse wei, sal sy – as 'n roofdier haar bedreig en sy haar baba by haar het – die bosse breek en 'n pad vir die kleinding oopmaak. Jy sal altyd sien die baba hardloop ágter die ma aan. Maar die teenoorgestelde met die witrenoster. Waar sy wei is daar nie bome of bosse nie – net hoë gras – so sy sal haar baba laat vooruit hardloop."

"Sjoe!" Dawid was beïndruk.

"Dís nie die snaakse deel nie. Het julle al 'n swart vrou gesien wat haar baba dra?"

Albei seuns het hul koppe geskud. "Nee, nog nie," het Dawid bevestig, "ons moet eintlik nog 'n swart vrou sien."

"Wel, julle sal binnekort. Die moeders sit hul babas in 'n kombers en maak hulle op hul rûe vas terwyl hulle in die lande werk of water dra. Die kind is baie gemaklik en gelukkig op die ma se rug. Daarenteen sit die Europeërs hul babas in 'n stootwaentjie, en stoot hulle voor hulle uit wanneer hulle gaan stap, nie waar nie?" Die seuns het saam geknik. "En so is dit in die renosterkoninkryk! Die witrenosters vlug met hul babas voor hulle, die swartrenosters vlug met hul babas agter hulle." Daarmee het Piet uitgebars van die lag, terwyl die seuns in absolute verwondering gesit het oor die geheime van die natuur wat in hul lewens begin ontvou het. Alles was vir hulle vreemd, niks soos dié was eers denkbaar in Ierland nie; en wat hulle betref waarskynlik die hele bevolking in Europa.

Na 'n klein huiwering het Piet begin opstaan. "Wel, menere, ons het weer 'n groot dag môre, so dit is tyd om te slaap. Môre moet ons 'n rivier oorsteek – waar ons baie versigtig sal moet wees – en daar is 'n steil heuwel om te oorkom."

"Ag nee," het Morris in wanhoop gesug. "Moenie vir my sê daar is visse in die rivier wat ook 'n man kan doodmaak nie?"

"Nie visse nie, Morris, krokodille en seekoeie."

"Wat op aarde is dit? Is daar níks in hierdie land wat jou nié kan doodmaak nie?" Morris het desperaat geraak.

"Nee, man," het Piet rustig gesê. "Alles kan jou hier in die bosse doodmaak. Teen die tyd dat ons in Port Elizabeth kom, sal julle besef hoe gelukkig julle was om by my plaas uit te kom. Maar moenie bekommerd wees nie; wanneer ons in daar aankom, sal julle ook alles weet wat julle moet weet oor God se land en hoe om aan die lewe te bly. Nou gaan ek slaap, en ek stel voor julle twee doen dieselfde. Die manne sal vanaand beurte maak om wag te hou oor ons. Julle sal veilig wees van wilde diere, tensy julle deur 'n slang of 'n giftige spinnekop gebyt word. Goeie nag, menere." Met hierdie woorde het na die span manne gestap om seker te maak dat die nagwag reëlings getref was.

"Hel," het Dawid gemompel. Vir 'n verandering het Morris nie oor sy taal gekla nie.

Die seuns was fikser en in 'n vrolike luim toe hulle op die derde dag van hul terugreis die dorpsgrense van Port Elizabeth betree. Hulle was selfs bietjie bruiner op hul gesigte en voorarms, en dit het hulle laat goed voel.

Hulle het dit moeilik gevind om afskeid te neem van Piet van Tonder, want hulle het 'n sterk vriendskap met die knorrige boer gevorm, maar hulle het belowe om terug te keer plaas toe vir nog tabak in die toekoms wanneer hulle tabakvoorraad min raak. Hulle was dit eens – veral die Langbourne broers – dat hulle uiters gelukkig was om die reis ná die plaas toe te oorleef. Hulle was dankbaar teenoor Nguni en sy span manne wat hulle veilig daarheen gelei het, en ook dat geluk aan hul kant was.

Hulle het geleer oor die gevare om 'n rivier oor te steek, om te kyk vir die sluheid van 'n krokodil of die aggressiewe blaf van 'n seekoei wat kon gaap met tande wat 'n mens kon verslind; om weg te bly van die Kaapse buffel en die humeurige manlike volstruis, en hoe om kamp op te slaan met die beste moontlike beskerming teen nagtelike roofdiere. Hulle het geleer watter bas, blare en vrugte hulle kon eet, en watter nie, en hoe om water onder die grond te vind. Dawid het geleer hoe om 'n geweer met selfvertroue te hanteer én hoe om goed te skiet, maar Morris het verkies om – na sy skrikwekkende ervaring én verleentheid – van hierdie aktiwiteit af weg te bly. Piet het hulle geleer watter wildsbokke goeie vleis het, en watter diere eerder vermy moet word en gelos word vir die professionele jagters, want 'n onakkurate skoot na die hart of brein kon moeilikheid beteken. Deur na Piet se gewoontes te kyk, het hulle geleer hoe om beter aan te trek vir die bos, en wat hulle moet saambring en wat maar agtergelaat kon word.

Hulle het baie interessante voëlsoorte gesien. Die heuningwyser het die seuns die meeste beïndruk, met sy vermoë om mens na 'n bynes te lok en dan te wag sodat hulle die heuning uit die nes haal. Piet was gesteld daarop dat hulle altyd 'n bietjie heuning vir die voëltjie moet agterlaat om dankie te sê, anders sou die klein voëltjie jou volgende keer sekerlik na 'n luiperd se lêplek lei. Hulle het 'n voël met 'n groot snawel gesien wat die klank van 'n mensbaba nageaap het – Piet het hom 'n neushoringvoël genoem, en 'n swerm voëls met die wisselkleure van groen en blou, met opvallende rooi snawels en bene, en so 'n harde, gelukkige, spraaksamige lied, dat Piet hulle grappenderwys die 'tienerdogters van die voëlwêreld' genoem het.

Toe die groep se paadjies skei, het Piet en sy span in die rigting van die Algemene Handelaar gegaan – en daarna moontlik na Danie Coetsee toe. Die broers het húlle spannetjie na hul huis gevat om die tabak af te laai. Hulle het vir Nguni en sy manne 'n paar muntstukke gegee vir betaling – tot hul vreugde – en nadat hulle weer dankie gesê het, het die seuns die huis binnegegaan om meer as 'n week se vuilheid, stof, en sweet van hul lywe af te was.

"Dit was nogal 'n avontuur, Morris," het Dawid gesê terwyl hy sy stewels van sy vuil voete afgetrek het.

"Inderdaad," het Morris blymoedig saamgestem. "Maar ek is nie haastig om dit gou weer te herhaal nie. Ek moet erken dat dit 'n pragtige land is en ek sal dit wel ééndag weer wil doen."

"Wel, ons het beslis baie geleer. Ek wonder gereeld of Vader ons sou glo as ons hom vertel van alles wat ons gesien en sover bereik het."

"Dit sou hom stomslaan, dis verseker. Ék is eerlikwaar nog stomgeslaan."

"Weet jy wat, Morris? Ek voel na 'n heerlike skrop in die bad, en daarna 'n bier en 'n ete by die Grand. Wat sê jy…?"

Morris het hom vinnig in die rede geval: "Wat 'n uitstaande idee!"

HOOFSTUK 12
Handel

Dit was 'n nuwe dag, 'n nuwe onderneming, met hernieude opgewondenheid en hoop. Die seuns was vroeg op en het by die kombuistafel gewag terwyl Sonja Du Plessis vir hulle 'n ontbyt van eiers en spek gemaak het, gevolg deur 'n droë broodkors wat sy vir hulle gewys het hoe om in hulle tee te doop om dit sag te maak voor hulle dit eet.

"Dit word beskuit genoem," het sy trots gesê en een in haar koppie tee gedoop voordat sy 'n hap van die sagte punt af gevat het. "Ek het dit self gemaak. Dis tradisioneel hier, weet julle?"

"Dit is baie lekker, dankie, Mevrou Du Plessis," het Dawid haar gekomplimenteer. Hy het in enige vorm van kos baie geniet.

"Mevrou Du Plessis," het Morris begin, "Ek en Dawid gaan vandag 'n nuwe besigheid begin. Ons werk nie meer by Mnr. Smit se apteek nie."

"O, dit klink baie interessant, Morris." Sy het haar teekoppie neergesit, geïnteresseerd in wat hy te sê gehad het.

"Soos u weet het ons verlede week weswaarts gegaan om tabak by 'n boer te gaan koop. Ek hoop u gee nie om nie, maar ons het die tabak gisteraand op die agterstoep geberg, want ons het nêrens anders gehad om dit te sit nie."

"Dis reg so, ek gee nie om nie," het sy vir hom geglimlag, tevrede dat Morris die ordentlikheid gehad het om haar in te lig en haar toestemming te vra.

"Wel, toe ons in Manchester gewoon het, het ons in 'n sigaretfabriek gewerk en geleer hoe om regte sigarette te maak, nie soos dié wat jy in koerantpapier rol nie, die mooi soort, in fyn wit papier. Ons het besluit ons wil van nou af sigarette maak, en ons wou graag weet of u sou omgee as ons u agterstoep gebruik om hierdie sigarette te rol."

"Ek kan nie sien nie hoekom nie," het sy stadig gesê. Sy het vlugtig gewonder of sy dalk die huur sou kon opskuif, aangesien hulle geld gaan verdien uit haar agterplaas. Morris was gereed daarvoor.

"Omdat dit 'n besigheidsonderneming is – hoewel ons nie seker is of dit gaan slaag nie – het ons gevoel dat dit gepas sou wees as ons u een of ander vorm van 'n verhoging in die huur kon aanbied," het Morris voortgegaan.

Sonja se oë het begin blink. "Jy weet, dit sal baie welkom wees, Morris."

"Ek het toe gedink, aangesien ons op die oomblik nie 'n inkomste het nie – en dit 'n rukkie kan vat voor ons weer geld verdien – kan ons u dalk met sigarette betaal?"

Sonja het vir 'n oomblik nagedink. "Dit klink vir my na 'n aanvaarbare idee."

"Mag ek voorstel dat ons vir u 'n halfdosyn sigarette per dag gee vir elke dag wat ons hier werk?"

"Ek sal baie gelukkig wees daarmee, Morris. Dankie."

"Uitstekend!" Morris was baie in sy skik. "Ek hou daarvan om met u besigheid te doen, Mevrou Du Plessis."

Hieroor het sy gelag; sy het baie geheg geraak aan hierdie twee Ierse jongelinge. "Seuns, kom ons los die formaliteite. Noem my asseblief Sonja." Nadat hulle hulself van die ontbyttafel verskoon het, het Dawid en Morris na die Algemene Handelaar geloop om 'n mes of 'n skêr te soek om die tabakblare in dun repies te sny. Hulle het op 'n skêr besluit, aangesien daar niks meer geskik was vir die taak nie, en het twee paar gekoop. Hulle het ook 'n klein pakkie meel gekoop sodat hulle 'n soort papiergom kon maak.

"Ek hoop net daai sigaretmakers wat ons gemaak het gaan werk," het Dawid gesê terwyl hulle huis toe loop.

"Hoekom sal dit nie?" het Morris gevra.

"Ek weet nie, Morris. Ons het soveel in hierdie projek belê dat dit 'n ramp sou wees as ons iets misgekyk het. As die gereedskap byvoorbeeld intussen geroes het, gaan dit die papier skeur."

"Wel, dit het nie, want ek het hulle 'n week gelede nagegaan en hulle was perfek," het hy geglimlag.

"Dis goeie nuus. Jy weet, dit was baie slim van jou om vir Mevrou Du Plessis – ek bedoel Sonja – sigarette in plaas van geld aan te bied vir die huur."

"Ek het net gedink dit sal ons niks kos om ses sigarette te maak nie, en ons kan ses in minder as tien minute maak."

"So, die eerste tien minute van die dag sal wees om vir die huur te betaal, en die res van die dag is vir ons sak!" Dawid het gelag vir sy eie redenasie.

"Dis waar, Dawid," het Morris geglimlag, "maar ons moet eers verkoop wat ons maak, voor ons iets het om in ons sakke te sit. Maar ek reken tien minute per dag vir die huur is 'n goeie transaksie."

"Ek dink ons sal ons sigarette sonder te veel moeilikheid verkoop. Ek het 'n goeie gevoel hieroor."

"Ons moet uitvind hoeveel mense vir 'n sigaret sal betaal," het Morris meer ernstig voortgegaan. "Dis jou taak môre. Gaan jy môreoggend dorp toe en vra rond. Dan sal ons 'n prys maak vir ons sigarette. Maar eers moet ons vandag 'n klompie maak sodat ons kan sien hoeveel ons in een dag kan maak en ook sommer watter onverwagte probleme dalk mag opduik."

Morris het 'n leë bruin kartondoos in 'n sloot sien lê toe hulle verbystap. "Gryp daai boks, Dawid. Ons moet die gesnyde tabak in iets sit."

Dawid het nie daaraan gedink nie en het sonder om te huiwer in die sloot gespring en die ou kartondoos opgetel, hoewel Morris se baasspelerige houding hom begin irriteer het. Hulle was uiteindelik gereed om te begin produseer.

Morris het een van die stukke metaalgereedskap wat hulle in Ierland gemaak het versigtig uit sy trommel gehaal en die waspapier oopgevou. Die twee van hulle het 'n rukkie daarna gestaar voordat Dawid dit by hom gevat het.

"Hier, ek sal dit goed skoonmaak. Ons kan nie olie op die sigaretpapier kry nie," het Dawid aangebied.

"Dankie, Dawid. Ek sal begin om die stingels van 'n paar tabakblare af te stroop en dit dan in fyn repies sny. Wanneer jy klaar is met die skoonmaak, kan jy vir ons 'n bietjie gom aanmaak met die meel en melk. Moet dit net nie te dik maak nie."

"Ontspan, ek weet," het Dawid sy broer gerusgestel.

Die seuns het met militêre presisie gewerk. Morris het begin om die tabak te sny, Dawid het die gereedskap skoongemaak en toe in 'n teekoppie 'n bietjie melkwit gom aangemaak. Toe het hulle na die stoep gegaan en elkeen op 'n houtkrat gaan sit wat as stoele gedien het. Hy het van kosbare repies sigaretpapier saamgebring en dit versigtig op die houtvloer uitgelê; hy het 'n gladde klip – wat hy in die oorgroeide tuin ontdek het – as 'n papiergewig gebruik.

In stilte het Dawid die sigaretgereedskap oopgemaak en die klein hefboom teruggetrek, wat die gladde metaalkanaal ontbloot het. Morris het van die fyn gesnyde tabakblare wat hy in die ou kartondoos gesny het, uitmekaar gemaak en 'n klein, afgemete hoeveelheid met sy vingers opgetel; toe het hy dit versigtig in die oop kanaal gesit. Dawid het die hefboom oor die tabak teruggestoot en dit in posisie gehou, terwyl Morris 'n stukkie sigaretpapier onder die gladde klip uitgekies het en dit om die skag van hul handgemaakte gereedskap gedraai het. Hy het toe die gereedskap by Dawid gevat sodat hy alles in plek kon hou terwyl Dawid 'n piepklein stokkie in die koppie met meelgom doop en 'n lyn van die gom oor een van die rande van die papier trek. Hulle het steeds nie 'n woord gesê nie.

Morris het die ander rand van die papier by die lyngom gevoeg en dit in plek gehou. En so het hulle gesit, na hulle eerste sigaret gestaar en gewag vir die gom om droog te word. Dit het te lank gevat.

"Weet jy wat?" het Morris ernstig gesê. "Dit gaan nie werk nie."

"Ek sien," het Dawid sonder emosie gesê. Hy het reeds gesien wat die probleem was. Volgende sou hulle 'n gryparm deur die middel van die gereedskap druk om beide die tabak en die sigaretpapier uit te stoot. Wanneer die sigaret uit was, sou die tabak effens swel en dan sal dit styf teen die papier druk en soos 'n sigaret lyk.

"As ek nou los, gaan alles uit mekaar val. Hierdie gom gaan ten minste tien minute vat om droog te word."

"Ek weet. Ons kan nie tien minute per sigaret spandeer net om dit vas te hou nie."

"Ek het dit nie goedgenoeg deurdink nie," het Morris deur sy tande gegryns terwyl hy die patetiese sigaret bly vashou.

"Daar moet 'n oplossing wees. Kom ons dink vir 'n oomblik hieroor," het Dawid versigtig voorgestel.

Hulle het in stilte op hul houtkratte gesit terwyl hulle na hulle eerste sigaret in Morris se hande gestaar het.

"Ons het iets nodig om die sigaret vas te hou wanneer ons dit uitstoot sodat die gom tyd het om droog te word," het Dawid gesê, meer vir homself as vir Morris.

"Hierdie is 'n groot probleem, Dawid," het Morris gegrom, geïrriteerd omdat hulle projek met die sigarette blyk om te faal nog voor hulle begin het.

"Ek weet, maar daar moet 'n manier wees," het Dawid probeer om Morris – en homself – gerus te stel.

Hulle het net so bly sit met hulle oë onafgebroke op die papier en die gom. Morris het selfs op die sigaret begin blaas om die gom aan te moedig om 'n bietjie vinniger droog te word. Na ongeveer tien minute het Dawid die stilte verbreek.

"Dink jy dit is al droog?"

"Dalk. Kom ons probeer hom uitstoot. Sit jy die gryparm in, dan hou ek dit vas. Wees net versigtig."

Dawid het die gryparm ingesit en die inhoud van die buis stadig aan die ander kant uitgedruk. Die papier het soos beplan saam met die tabak uit die gereedskap gekom. Morris het die beweging toegelaat en versigtig die druk op die nuwe sigaret tussen sy vingers verslap. Na 'n kwellende wag het die sigaret los gekom uit die metaal houer en Morris het dit tussen sy vingers gehou – dit was eenvoudig, maar dit hét darem soos 'n sigaret gelyk. Morris het dit saggies tussen sy duim en wysvinger gerol en teen sy oor gehou om te luister hoe die papier en die tabak klein kraakgeluide maak. Skielik het hy geglimlag.

"Ek dink ons het ons eerste sigaret gemaak, Dawid!" het hy met 'n groot glimlag gesê.

"Laat ek sien," het Dawid gevra en sy hand uitgestrek. Morris het dit met sorg aan hom oorhandig.

"Wees versigtig."

Dawid het die sigaret versigtig by Morris geneem en dit tussen sy vingers gekoester. Hy het dit teen sy oor gehou en na die fyn kraakgeluide geluister voordat hy dit onder sy neus gesit het en diep geruik het. "Dit ruik ook na 'n sigaret!" het hy gelag.

Op daardie oomblik het Sonja op die stoep uitgestap. "Hoe gaan dit met julle sigaretfabriek, seuns?" het sy gevra, wat die broers laat skrik het.

"Ons het sopas ons eerste sigaret gemaak, Sonja." Dawid kon nie sy opgewondenheid en trots terughou nie.

"Uitstekend! Welgedaan, seuns. Mag ek sien?" het sy gevra toe sy die sigaret tussen Dawid se vingers sien.

"Natuurlik, maar wees versigtig, ons weet nie verseker of die gom gaan hou nie," het Morris gewaarsku.

Sonja het die sigaret versigtig gevat en met verwondering na hul beskeie prestasie gekyk. "So," het sy uiteindelik gesê, "wie gaan die eerste een rook?"

"Ek dink Morris moet," het Dawid opgewonde gesê. "Hy's die oudste."

"Wel, hierso." Sonja het die kosbare sigaret aan Morris oorhandig. "Ek neem aan julle het vuurhoutjies?"

Die seuns het gelag. "Nee," het Dawid gesê, "Ons het nooit daaraan gedink om vuurhoutjies te koop nie. Het jy nie dalk..."

"Ja, natuurlik het ek. Ek kom nou." En met dit het die lieflike Mevrou Du Plessis die huis binne gegaan.

"Ek's 'n bietjie bekommerd oor hoe ons hierdie gomprobleem gaan oplos," het Morris gesê, maar Sonja se verskyning met die vuurhoutjies het sy aandag afgelei. Morris het die sigaret tussen sy lippe gesit en 'n vuurhoutjie laat vlam vat. Hy het die vlammetjie rustig laat brand en dit toe teenaan die punt van die sigaret gehou en ingeasem. Dit het lekker gebrand; hy het 'n paar keer aan die sigaret getrek voordat hy dit uit sy mond gehaal en die gloeiende punt bewonder het. Hy het ook 'n paar stukkies los tabak op sy tong uitgepik en uitgespoeg.

"Heerlik," het Morris aangekondig. "Ek glo dit is 'n goeie sigaret. Hier Dawid, wat dink jy?" het hy gevra, en dit aan sy broer oorhandig.

Dawid het aan die sigaret getrek en die rook in sy longe en mond geproe voordat hy uitgeasem het. "Nie sleg nie, sou ek sê," het hy trots verklaar. Die gom het gehou. "Mevrou Du Plessis, proe jy en gee vir ons u mening, asseblief." het hy versoek met soveel praal in sy stem as wat hy kon opdis.

Sonja het die sigaret, wat nou slegs die helfte van sy oorspronklike grootte was, aangevat en diep ingeasem. Sy het ook die geur van die tabak geniet voordat sy uitgeasem en haar uitspraak gegee het. "Ek moet sê, menere, dit ís nogal lekker. Baie geluk."

Die sigaret het nog 'n rondte gedoen en toe dit sy vingers begin brand, het hy die stompie onder sy hak uitgedoof.

"Wel, daar is 'n paar klein probleempies om uit te sorteer, né Dawid?" Hy het met 'n lig van sy wenkbrou in Dawid se rigting gesê. "Maar ek dink ons is in besigheid."

Sonja het haarself verskoon en Morris en Dawid het vir die volgende uur voortgegaan om nog 'n halfdosyn sigarette te maak. Elke keer as Morris die sigaret vasgehou het terwyl die gom droog geword het, het hulle maniere bespreek om hierdie probleem te oorkom. Elke oplossing is met 'n ander probleem begroet. Na 'n lang stilte het Dawid nog 'n idee gekry.

"Wat van... as ons 'n blok hout maak met 'n gaatjie daarin so groot soos 'n sigaret, en wanneer ons die sigaret uitstoot, kan hy daar lê om droog te word, en die volgende sigaret stoot die droë sigaret aan die ander kant uit."

"As die gom uitlek gaan dit vassit aan die hout en dan gaan die sigaret vassteek, en die papier gaan skeur wanneer ons dit uitstoot," was Morris se mening.

"Wat van 'n metaalbuis?"

"Die gom sal ook aan die metaal vassit en ook die papier skeur."

"So," het Dawid met 'n diep frons op sy voorkop gesê terwyl hy bly dink het, "wat as ons 'n metaalbuis het met 'n gleuf – of 'n groef aan die bokant – sodat die lekkende gom aan niks kan raak nie?"

Morris het 'n rukkie nagedink. "Jy het dalk 'n punt beet," het hy gesê, terwyl hy weer sy wenkbrou vir Dawid lig – altyd 'n teken dat hy besig was om aan meer as een onderwerp op een slag te dink as wat hy wou voorgee.

Dawid het aangegaan, met 'n bietjie meer hoop. "Ja, 'n metaalbuis wat 'n rapsie groter is as die sigaret – net 'n klein bietjie – en dan 'n groef oor die hele lengte daarvan. Die sigaret sal maklik in die buis pas en die naat van die papier vashou totdat dit droog word. Dan sal die volgende sigaret dit uitstoot, en die proses herhaal elke keer."

"Dit neem ongeveer tien minute vir die gom om droog te word," het Morris hardop gedink. "Wat as die buis lank genoeg is om ongeveer ses sigarette op 'n slag te vat? Dan kan ons aanhou met sigarette maak sonder om elke keer tien minute te wag. Ons kan die ritme aanpas om seker maak dat ons in tien minute ses sigarette te maak. Dit behoort te werk."

"Dit sál werk!" het Dawid uitgeroep.

"Kom; ons moet 'n winkel of fabriek gaan soek wat metaalbuise en pype verkoop. Ons kan nie tyd mors nie." Morris het van die houtkrat af opgestaan. "Bring die klaargemaakte sigarette saam; ons sal hulle nodig hê om die deursnee van die buis te meet."

"Reg so," het Dawid ingestem terwyl hy hul eerste dag se produksie van ses sigarette opgetel het. "Morris, kom ons gaan hoor by Danie Coetsee. Dit het vir my geklink of hy omtrent alles weet van wat in hierdie dorp aangaan."

Morris het geknik. "Goeie idee, kom ons gaan."

Danie Coetsee was inderdaad die beste persoon om mee te praat. Hy was baie bly om sy twee nuwe vriende te sien en te hoor van hulle suksesvolle tog na Patensie. Hy was verbaas om te ontdek dat Piet van Tonder so besorgd en behulpsaam was teenoor die seuns. Sy eie ondervinding van die man was nog altyd dat hy arrogant, bot en uiters veeleisend was. Hulle het duidelik op 'n goeie voet afgeskop, reg van die begin af. Hy was baie beïndruk en dit was vir hom interessant dat die seuns niks sleg oor hom te sê gehad nie, behalwe dat hy nogal ongeskik was met sy vrou, Hennie.

Danie het die broers na die loodgieterwinkel aan die buitewyke van die dorp gestuur. Hy het so drie maande gelede gesien dat die winkel 'n voorraad metaalpype en buise van 'n skip afgelaai het, en toe stel hy voor dat hulle na 'n metaalvervaardiger een straat verder aan gaan om uit te vind of húlle die groef kan sny – dis nou bygesê as hulle die regte tipe buis in die hande kry.

Die loodgieterverskaffer het 'n paar koperbuise gehad wat omtrent die presiese grootte was wat hulle wou hê, en, nadat hulle een jaart van die pyp gekoop het, het die seuns na die metaalvervaardigers gestap wat sonder te veel moeite vir hulle 'n groef op die lengte van die koperbuis gesny het. Die seuns het die finale produk bewonder. Hoewel hulle dit nie self gemaak het nie, was dit hulle idees en aanwysings wat hierdie noodsaaklike gereedskap moontlik gemaak het. Hulle was nog nooit vantevore so trots op 'n jaart koperpyp nie.

Die rande was 'n bietjie grof – en veels te grof vir die dun papier – so, op voorstel van die bestuurder van die werkswinkel, het hulle teruggegaan na die Algemene Handelaar en 'n vel baie fyn swart skuurpapier gekoop. Teen twee-uur daardie middag het die seuns op die agterstoep gesit en saggies aan die koperbuis geskuur totdat dit so glad soos 'n spieël was. Dit het lieflik in die middagson geblink en hulle opgewondenheid en entoesiasme weerkaats.

"Reg!" het Morris uitgeroep terwyl hy die buis 'n laaste keer afgevee het met die vuil lap. "Kom ons toets dit."

Dawid het die kosbare sigaretgereedskap saam met die tuisgemaakte gom in die teekoppie in hulle kamer gaan haal, terwyl Morris sy aandag gerig het op die klein voorraad gesnyde tabak. Die tabak het wel 'n bietjie uitgedroog, maar dit was nie bros nie en steeds goed genoeg vir 'n sigaret.

Hulle het die ritueel herhaal om die papier en tabak in die gereedskap te laai en 'n fyn lyntjie gom op die een rand van die papier te smeer. Morris het die koperbuis in plek gehou terwyl Dawid die gryparm saggies gedruk en die sigaret in die koperpyp uitgestoot het. Dit het gemaklik ingegaan.

"Uitstekend!" het Morris amper geskree. "Die rand van die papier druk pragtig op die gom, maar raak nie aan die kante van die buis nie."

"Ahh..." het Dawid verlig gesug toe hy besef dat dinge uiteindelik volgens plan begin verloop. "Ek dink dit is..." Morris het hom skielik in die rede geval.

"Vinnig! Nog een, moenie ophou nie," het Morris uitgeroep. "Kom ons kyk hoeveel gaan in die buis pas sonder dat hulle vassit."

Dawid het nie op hom laat wag nie. Hy het vinnig die metode herhaal. Teen die tyd dat Morris die dun lyn gom gesmeer het en die koperbuis reggehou het, was Dawid gereed om die volgende sigaret uit te stoot. Soos beplan, het dit die eerste sigaret laat aanskuif in die pyp. Sonder om 'n woord te sê het Dawid die volgende sigaret reggekry en die proses herhaal. Uiteindelik, na ses sigarette, was die buis vol. Eers toe het Morris die stilte verbreek.

"Hier is die toets, Dawid. Nou moet ons sien of die sewende sigaret die eerste een gaan uitstoot en dan sal ons weet of die gom geheg het."

"Hoe lank dink jy het dit gevat om ses te maak?"

"Ek weet nie, ek het nie gekyk nie. Miskien vyftien minute?" het hy voorgestel.

"Ja, ek dink dit was omtrent so. Goed, hier kom die sewende."

Die laaste sigaret het met 'n bietjie moeite ingegaan, maar dit het wél ingegaan, en toe die eerste sigaret uit die buis gestoot, met 'n bietjie aanmoediging van Morris. Die gom was droog en die sigaret was pragtig. Morris het dit opgetel en daaraan gesnuif, toe saggies tussen sy vingers gerol en naby sy oor gehou om te luister vir die bekende kraakgeluid van die papier en tabak.

"Dis goed, Dawid. One moet waarskynlik 'n bietjie meer tabak daarin sit om dit voller te maak, maar ek dink ons het 'n kwaliteit sigaret."

Dawid het die sigaret by Morris geneem en die ritueel herhaal. "Ek stem saam," het hy gesê, terwyl hy sy kop geknik het. "Ek dink ook ons moet hierdie buis met een sigaretlengte verkort; dis 'n bietjie moeilik om ses op een slag deur te druk."

"Ja, ek het ook so gedink. Kom ons gebruik die tabak wat ons gesny het. Dan stel ek voor ons gaan vanaand na die Grand vir 'n heerlike maaltyd en kyk of iemand ons sigarette sal koop."

"Dis opwindend, Morris." Dawid kon sy vreugde skaars beteuel.

"Ek moet bieg, ek is ook baie opgewonde."

Daardie aand het die Langbourne-broers, uitgevat in hulle beste klere, na die Grand Hotel gestap. Hulle het grys pakke, gemaak van Londen se suiwerste wol, en bypassende onderbaadjies gedra, met konserwatiewe sydasse en hulle leerskoene was blink gepoleer. Hulle het sewe-en-twintig sigarette by hulle gehad en beide van hulle was baie opgewonde.

Die luukse Grand Hotel het hulle verwelkom soos lank-verlore vriende, en die vriendelike ontvangs van die personeel het hulle behoorlik tuis laat voel. Hulle het belangrik en spesiaal – én deel van die gemeenskap gevoel – iets wat hulle nooit in Pole, Engeland óf Ierland ondervind het nie.

Danie het by die kroeg gestaan – soos gewoonlik netjies aangetrek – en hy het hulle nadergewink.

"Naand, Danie," het Morris met 'n stewige handdruk gegroet. "Ek is so bly om jou vanaand hier te sien. Baie dankie vir jou aanbevelings met die loodgieters en die metaalwerkers. Hulle was fantasties!"

"Het julle toe gekry waarna julle gesoek het?" het hy nuuskierig gevra.

"O ja, inderdaad, presies waarna ons gesoek het. Ons moet môre weer na die metaalwerkers toe gaan om 'n aanpassing te maak waar ons 'n klein verkeerde berekening gemaak het, maar dis 'n kleinigheid. Ons is in besigheid. Dawid, wys vir Danie wat ons vandag gemaak het."

Dawid het die papierpakkie op die kroegtoonbank gesit en versigtig die dag se produksie ontbloot.

"Goeie genade!" het Danie verbaas uitgeroep toe hy al die perfek-gemaakte sigarette sien. "Júlle het dit gemaak? Vandag?"

"Ja," het Dawid trots gesê.

"My aarde, kyk net so." Hy het een opgetel en dit deeglik ondersoek, dit tussen sy vingers gedraai, daaraan gesnuif en – soos almal in dié wêreld blykbaar met 'n sigaret doen – het hy dit naby sy oor gehou en tussen sy vingers gerol.

"Asseblief," het Morris gesê, "steek aan en sê vir ons wat jy dink."

"Het jy 'n vuurhoutjie?" het Danie gevra, steeds verbaas oor die klein hopie sigarette op die toonbank.

"O, jammer, ons het nie vuurhoutjies nie. Shadreck?" het Dawid na die kroegman agter die toonbank in sy gestyfde wit uniform geroep. "Kan ons asseblief drie Nommer 17s en 'n boksie vuurhoutjies kry?" het hy geglimlag. Selfs sy oë het geglimlag en dit het Shadreck ook wittand laat glimlag.

Die bier en vuurhoutjies is vinnig bedien en Danie het die sigaret aangesteek, diep ingetrek en die skop van die nikotien geniet. Hy het stadig uitgeasem en 'n los stukkie tabak van sy tong afgepik wat hy na die kroegvloer geskiet het.

"Dit is goeie kwaliteit, menere," het hy tevrede verklaar, terwyl hy albei sy wenkbroue gelig en die brandende punt bestudeer het. "Ek kan my verstout om te sê julle het 'n produk wat die moeite werd is om te verkoop."

"Dankie, Mnr. Coetsee," het Morris gesê, hoewel sy groot glimlag die formaliteit van sy woorde weerspreek het.

"Het julle al uitgewerk vir hoeveel julle dit gaan verkoop?" het Danie gevra.

"Nee, nog nie. Ek het gedink 'n halfpennie vir een, of twee vir 'n pennie."

Danie het weer aan die sigaret getrek en die rook so lank as wat hy kon in sy longe gehou voordat hy die inhoud in die rigting van die plafon geblaas het. "Dit mag dalk 'n bietjie duur wees. Julle mag weerstand teen daardie prys kry. Het julle die helfte daarvan oorweeg, 'n kwartpennie vir een? Of vier vir 'n pennie?"

"Na wat ons deur is om die tabak in die hande te kry – 'n lewensgevaarlike reis en 'n week van swaarkry en amper hongersnood, het ek gedink 'n halfpennie per sigaret was nogal redelik," het Morris ernstig gesê.

"Ja, ek verstaan," het Danie ingestem, "maar ek dink steeds dit is dalk 'n bietjie baie."

"Wel, ons het gedink ons moet van die kliënte vanaand vra wat hulle dink. 'n Soort meningspeiling van die publiek."

"'n Wonderlike idee, Morris," het Danie saamgestem.

Dawid het die leiding geneem en homself voorgestel aan verskeie vreemdelinge wat naby hulle gestaan en die aand geniet het. Hy was meer gemoedelik as Morris en het met gemak gesprekke met vreemdelinge begin. Hy het sigarette aangebied en mense oor hul mening uitgevra oor die geur en kwaliteit daarvan; hy het ook sonder skroom genoem dat hy en sy broer dit hier in Port Elizabeth begin vervaardig het. Net een man het die aanbod van die hand gewys aangesien hy nie gerook het nie, maar almal anders wat hy genader het, het aanvaar, en hulle was baie beïndruk. Oor die algemeen het hulle opgemerk dat hulle bereid sou wees om 'n kwartpennie per sigaret te betaal. Toe hulle vyf sigarette oor het, het Morris en Danie besluit dat dit tyd was om te eet, en het Dawid oorgeroep na die tafel wat hulle uitgekies het.

Die maaltyd van die dag was Hoender á la Koning met vars, gestoomde groente. Die sous was so geurig en smaaklik dat Dawid – hopelik ongesiens – 'n sny vars brood en botter op sy bord gesit het sodat die sous dit deurdrenk het. 'n Brood-en-botterpoeding vir nagereg het die maaltyd afgerond en 'n pot sterk swart koffie het die aand afgesluit.

Terwyl hulle hul koffie drink en stories uit die verlede vertel, het 'n groot, fors man met 'n wilde, ongetemde baard na die trio gestap.

"Verskoon my, menere," het hy saggies onderbreek. Sy voorkoms en bosbaard het byna nie by sy goedversorgde gedrag gepas nie. "My naam is Johannes Kruger. Ek vra om verskoning dat ek u maaltyd onderbreek. Ek het van die kêrels by die kroeg gehoor dat julle drie sigarette gaan produseer."

Danie het hom reggehelp. "Nie ek nie, dis eintlik dié twee broers, Morris en Dawid Langbourne."

"Ek wil nie inbreuk maak of u aand onderbreek nie, maar het gewonder of ek een van u sigarette mag proe. Die manne het genoem dat hulle nogal goed is."

"Sekerlik," het Dawid gesê, opgestaan en sy hand uitgesteek. "My naam is Dawid Langbourne, hierdie is my broer Morris, en dit is ons goeie vriend, Danie Coetsee."

Morris en Danie het opgestaan om Mnr. Kruger se hand te skud en hom genooi om by hulle aan te sluit vir 'n koppie koffie, wat hy beleefd aanvaar het. Dawid het 'n sigaret uit die pakkie gehaal en dit op die tafel voor Mnr. Kruger neergesit, saam met die boksie vuurhoutjies.

"Dit is ons produk. Asseblief, help uself."

Mnr. Kruger het die sigaret opgetel en het deur die ritueel gegaan om dit te bestudeer deur dit tussen sy vingers te rol, dit teen sy oor te hou en toe onder sy neus, en die geur te geniet. Uiteindelik het hy dit aangesteek en die rook in sy longe getrek. Hy het die sigaret van sy lippe weggevat en dit vir 'n oomblik bestudeer, maar in plaas daarvan om 'n los stukkie tabak van sy tong af te pik, het hy dit na sy regterkant op die vloer uitgespoeg . Hy het die gloeiende punt gebestudeer voordat hy die rook in die rigting van die plafon uitgeblaas het. Hy het nog 'n trek gevat en na die seuns gedraai.

"Inderdaad 'n goeie sigaret, en die tabak is vol geur en ryk. U sê u maak dit hier?"

"Ja, meneer," het Morris gesê. "Ons het vandag begin. Hierdie is ons eerste klomp."

"Baie geluk," het hy sonder veel emosie gesê. "Mag ek vra waarvoor u dit gaan verkoop?"

"'n Kwartpennie vir een. Of vier vir 'n pennie," het Morris eenvoudig gesê.

"Nogal duur," het Kruger opgemerk en sy wenkbrou half weetgierig gelig.

"Sover ons weet, maak niemand anders hier sigarette nie. Die vervaardiging is nie 'n maklike taak nie en die tabakboere is 'n week se reis ver. Ons glo dit is 'n billike prys. En die kwaliteit van die tabak is goed, u moet saamstem," het Morris met selfvertroue en oortuiging gesê.

"Dis billik," het Kruger geantwoord terwyl hy 'n laaste trek van die sigaret vat en die stompie in die kleinbordjie dooddruk. "Wat van 'n prys vir groothandel? Ek is 'n winkelier. Hoe baat ek daarby?"

Die seuns het nie hiervoor beplan nie. Dawid het probeer tyd koop om oor die voorstel na te dink deur sy koffiekoppie op te tel om 'n teug te neem. Morris se brein was nog altyd skerper wanneer dit by syfers gekom het.

Sonder om 'n oomblik te huiwer, het Morris verklaar, "Een-derde afslag op die normale verkoopprys, Mnr. Kruger."

"Een-derde," het Mnr. Kruger dit oordink. "Goed, menere, ek wil graag vyfduisend sigarette by julle koop, asseblief."

Dawid het verstik en swart koffie oor die wit tafeldoek uitgespoeg.

Almal het verbaas na hom gekyk terwyl hy hoes en proes en verskonings maak oor koffie wat in die verkeerde gat afgegaan het, terwyl hy sy mond en hande met die wit lapservet afvee.

Morris het na Johannes Kruger gedraai. "Dit is 'n baie aanloklike aanbod, Mnr. Kruger, maar in alle eerlikheid, ons het vandag eers begin om sigarette te produseer, en ek sou dom en oneerlik wees as ek sou sê ek kan u van éénduisend sigarette voorsien, wat nog te sê van výfduisend. Ek sou voorstel dat ons u oor ongeveer drie weke van die volle bestelling sal kan voorsien; ás dit vir u aanvaarbaar is om so lank te wag?"

"Ek waardeer u eerlikheid, Mnr. Langbourne. Inderdaad, ek is gemaklik om drie weke te wag. Ek vertrek môre Kimberley toe en ek keer oor drie weke terug. Kan ek op u staatmaak om my bestelling te vervul voordat ek terugkeer?"

"Tensy daar enige onvoorsiene omstandighede is, gee ek u my woord dat u bestelling vervul sal word, en indien nie, sal ons u ons hele produksie verkoop minus 'n verdere een-tiende afslag."

"Akkoord," het Johannes Kruger die ooreenkoms met 'n glimlag goedgekeur. "Wat betalingsvoorwaardes betref gaan ek u vra – met respek – of ek u na sestig dae vir die goedere betaal?"

"Ons voorwaardes is dertig dae, Mnr. Kruger. Ek sal dankbaar wees as u ons voorwaardes sal eerbiedig."

"Nou goed dan," het Johannes geknik. "Ek glo ons het 'n ooreenkoms, menere." Daarmee het hulle almal opgestaan en blad geskud, wat die eerste transaksie van die Langbourne Broers formeel afgehandel het.

"Vyfduisend sigarette, Morris!" Dawid het gesukkel om sy opgewondenheid te beteuel en sy stem sagter te hou toe hulle by die Grand Hotel uitstap. "Kan jy dit glo?"

"Ongelooflik. Verbysterend, eintlik. Vyfduisend sigarette vir ons eerste transaksie. Op ons eerste dag!" Morris het amper geskree. "Dawid, wat het ons aangevang?"

"Ek kan dit nie glo nie." Dawid het in die lug gespring en probeer om die hout straatnaam 'Whites Road', op die hoek van Belmont Terrace wat hawe toe gewys het, raak te klap, maar het gemis.

"Ons het nou ernstige werk om te doen, Dawid. En ons het net drie weke om ons woord gestand te doen."

"Ja, en ons moet ons woord hou. Reputasie is belangrik."

"Dit is noodsaaklik. Ons gaan sukkel om dit te doen as ons nie dag en nag werk nie. Is dit nie opwindend nie?" Morris wou dit uitskree sodat die hele dorp dit kon hoor. "O, ek het iets vergeet," het Morris so ernstig as wat hy kon gesê, maar nie té goed daarin geslaag nie.

"Wat?" het Dawid met 'n glimlag gevra.

"Ons moet ook 'n ekstra ses sigarette per dag vir ons huur maak."

"Ai, Morris," het Dawid gelag. "Hoe sal ons ooit kan byhou?" het hy sarkasties bygevoeg.

HOOFSTUK 13

Besigheid!

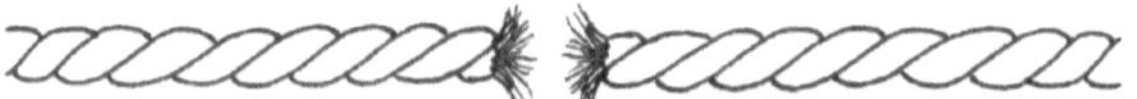

Die seuns het in alle erns aan mnr. Kruger se bestelling begin werk. Vir die eerste drie ure van die dag het hulle probeer om die mees doeltreffende en ekonomiese metodes uit te oefen om hul produksie vaartbelyn te maak. Hulle het aan elke proses geskaaf; en het selfs die gompot verskeie kere geskuif, want dit het blykbaar gehelp. Dit was nie lank nie, toe maak hulle teen 'n bestendige spoed elke minuut 'n sigaret.

Hulle moes elke paar ure ophou werk om nog gom aan te maak óf om nog tabak te sny. Hulle vingers het begin seer word, en hulle rûe het begin pyn van die ure se vooroor sit. Hulle het nou wel nie 'n mislike toesighouer gehad soos in Manchester wat elke beweging van hulle dopgehou het nie, maar hulle het hulself nóg harder gedruk, want hierdie was nou hulle eie besigheid en hulle het 'n groot boete in die gesig gestaar as hulle nie die bestelling kon vul nie.

"Morris, dink jy ons sal vyfduisend kan maak binne drie weke?" het Dawid sy broer senuweeagtig gevra, terwyl 'n sweempie twyfel in hom begin groei het.

"Ek dink dit gaan knap wees, Dawid," het Morris vertroulik gesê.

Vir die res van die dag het hulle in doodse stilte gewerk. Toe dit begin donker word, het Dawid weer die stilte verbreek.

"Morris, ons moet eet. En my rug is af."

"Jy's reg. Ek is ook uitgeput. Kom ons tel hoeveel ons gemaak het en dan gaan soek ons iets om te eet."

Die seuns het hul gereedskap neergesit en die sigarette begin tel wat in die kartondoos gelê het. Toe hulle klaar getel het, het Morris vir Dawid gevra hoeveel hy gehad het.

"Ek het driehonderd en tien."

"En ek het driehonderd en een. Dit maak seshonderd en elf sigarette in een dag. Nie waar nie?"

"Ja," het Dawid ingestem.

"So, binne tien dae sal dit sesduisend wees, né?"

"Ja," het Dawid met 'n breë glimlag ingestem.

"So," het Morris geglimlag, "ons is op dreef én voor skedule. Ons het een-en-twintig dae."

"Ek sê jou," het Dawid gesê met 'n spoggerige nagemaakte Britse aksent, "ek glo ons gaan slaag."

"As die Here wil," het Morris vinnig bygevoeg. "Wat sê jy ons gaan weer na die Grand toe en bederf onsself met 'n heerlike aandete? Ek dink ons verdien 'n blaaskans; vandag was swaar op ons rûe en vingers."

"Ek stem heeltemal saam, broer. Ek is verbaas dat ek so uit oefening is vir hierdie werk, maar ek onthou dis ook hoe dit was toe ons in Manchester begin werk het."

"Én dit was verdomp koud," het Morris gekla. "Kom ons gaan. Ek hoop Danie is daar."

"Ja, hy is 'n goeie man. Ek hou baie van hom," het Dawid saamgestem.

Nadat hulle die dag se voorraad weggepak het, het hulle ses sigarette uitgehou en aan Sonja Du Plessis oorhandig voor hulle uit haar huis vertrek het na die Grand. Sy het dit dankbaar aanvaar en hulle gegroet. Die seuns was in 'n hoë luim. Die lewe was nog nooit so goed nie. Die weer was baie gemaklik, die son het aanhoudend geskyn, en voëls van alle kleure, vorms en grootte het die hele dag vol vreugde gesing. Die mense van die dorp was vriendelik en verwelkomend. Besigheid het goed gelyk en die son het hulle velle gebruin. Daar was geen swaarmoedigheid of hartseer in hulle lewens nie; hulle het die heerlikste kos by die beste hotel in die dorp geëet en verál Morris was bewus van hóé gemaklik hulle lewens was.

Net voor hulle by die Grand aankom het Morris skielik gestop en na Dawid gedraai. "Broer, ek dink gereeld aan Vader."

"Ja, ek ook," het Dawid erken.

"Hy het geen idee of ons nog lewe en of ons dood is nie. Dis nou al omtrent vier of vyf maande sedert hy ons gegroet het. Ek dink ons moet probeer om vir hom 'n brief te stuur sodat die familie kan weet dat ons gesond en gelukkig is."

"Dis 'n goeie idee, Morris. Môre dalk?"

"Ja," het Morris geknik. "Dit sal my pas."

Hulle het vir 'n oomblik stil in die donker gestaan en dink aan hulle familie by die huis, toe stadig omgedraai en die Grand binnegestap.

Hulle het nie soos hulle gewoonte was eers by die kroeg gestop nie, maar direk vir die hoofkelner gevra om vir hulle 'n tafel aan te wys sodat hulle dadelik met die maaltyd van die dag kon begin. Dit was 'n sappige biefstuk met vars geroosterde groente. Soos altyd was die maaltyd uitstekend, en toe hulle klaar geëet het, het Morris sy stoel 'n bietjie teruggeskuif en sy enkels onder die tafel oormekaar gekruis.

"Wat 'n lieflike ete," het hy tevrede gesug en na sy leë bord gekyk. Nog voordat hy verder kon praat, het 'n lang man in 'n tweed-baadjie na hulle toe aangestap gekom.

"Goeienaand, menere. Ek vra om verskoning dat ek julle lastig val, maar ek het gewonder of ek gou met julle mag praat?"

"Natuurlik," het Morris gesê en opgestaan. "My naam is Morris Langbourne, en dit is my broer, Dawid."

Hulle het blad geskud en terwyl Dawid 'n kelner roep om 'n ekstra stoel te bring, het die man homself as Solly Alhadeff voorgestel.

Toe hulle weer sit, het Solly verduidelik dat hy die bestuurder van die Algemene Handelaar in die dorp was en gehoor het dat hulle sigarette maak.

"Dis waar, mnr. Alhadeff, ons doen," het Morris bevestig. "Ons ken u winkel goed; ons het onlangs 'n groot hoeveelheid toerusting by u gekoop."

"Ja, ek is bewus daarvan. Ek het julle in my winkel gesien vanuit my kantoor," het hy amper vertroulik gesê. "Ek het gehoop ons sou kon besigheid doen."

"U wil ons sigarette verkoop?" het Dawid gevra.

"Ja, ek wil, as u daarmee instem."

"Natuurlik, mnr. Alhadeff." Morris het gefrons. "Ons standaardprys is 'n kwartpennie vir een, en as 'n handelaar sal u 'n een-derde afslag ontvang. En ons betalingsvoorwaardes is dertig dae vanaf die datum van aflewering."

"Ek verstaan." Solly het 'n oomblik daaroor gedink. "So, dis vier sigarette vir 'n pennie. Hoe vinnig sal u kan aflewer?"

"A," het Dawid begin. "Soos u moontlik weet, het ons pas begin met die vervaardiging van die sigarette, en ons het reeds 'n baie groot bestelling wat ons tans besig is om te vul. Ek reken ons sal oor so ongeveer tien dae gereed wees om met die volgende bestelling – ú bestelling – te begin."

"Tien dae?" het Solly min of meer vir homself gesê en nagedink oor die inligting. "Nou maar goed, dis darem nie té lank om te wag nie." Hy het meer regop gesit. "Mag ek my bestelling nou by u plaas?"

"Natuurlik," het Morris met 'n glimlag gesê. "Hoeveel wil u bestel?"

"Wel, ek wil nie té veel vat met die eerste bestelling nie, maar ek is redelik oortuig dat hulle goed sal verkoop, so kom maak dit vyfduisend sigarette."

Morris en Dawid het vinnig vir mekaar gekyk. Toe het Morris vir Solly in die oë gekyk. "Mnr. Alhadeff, met graagte, maar ek moet beklemtoon ons eers oor ongeveer tien dae met u bestelling kan begin, en dit sal ten minste 'n week vat – indien nie meer nie – voor ons klaar is."

"Ek verstaan." Solly het 'n bietjie teleurgesteld geklink, maar tóg ook die situasie verstaan.

"Maar, mag ek voorstel dat ons elke dag se produksie aan u lewer totdat ons die bestelling gevul het? Sal dit vir u aanvaarbaar wees?"

"Natuurlik!" Solly was verheug. "Dit sal wonderlik wees."

"En, om enige twyfel te vermy, stem ons ook in dat die dertig dae termyn vir betaling begin die dag wanneer ons die laaste besending aflewer. Stem jy saam, Dawid?" het Morris sy sakevennoot gevra.

"Inderdaad, dit is billik," het Dawid ingestem.

"Wonderlik, menere. Wel, ek sal julle nie langer ophou nie. Dankie dat u u aandete onderbreek het om met my te praat."

Die mans het opgestaan en hand geskud om die saketransaksie én 'n moontlike nuwe vriendskap te verseël voordat Solly Alhadeff sy verlof geneem het. Morris en Dawid het gaan sit en rustig die spyskaart opgetel.

"Wel, kyk nou net." Morris het 'n wenkbrou in Dawid se rigting gelig. "Ek dink ek wil nou nagereg hê."

Nog voordat Dawid kon antwoord, het 'n man in sy vroeë vyftigs, met rooierige hare en 'n bypassende snor, nadergestap.

"Verskoon my, menere. Ek wonder of ek u 'n oomblik mag pla?"

Dawid het vinnig geglimlag voor hulle opgestaan en hulself voorgestel het. Hulle het die rooikop man genooi om by hulle aan te sluit.

"Ek is Howard Cohen. Ek het besighede in Kimberley. Dis waar hulle diamante delf. Ek vertrou u het al van die plek gehoor?"

"Ja, ons het, mnr. Cohen, maar ons was nog nooit daar nie."

"Interessante plek, u moet dit eendag besoek. Ek het vanoggend in Port Elizabeth aangekom en ek is môre oppad terug Kimberley toe. Die manne by die kroeg het vir my gesê dat julle sigarette maak. Is dit waar?"

"Ja, inderdaad; maar, ek hoop hulle het u vertel dat ons eers vandag met produksie begin het?" het Morris gesê.

"Eintlik, nee, dit lyk asof hulle vergeet het om my dit te vertel. Wel, dit beantwoord my volgende vraag."

"En dit is?" het Dawid hom aangepor.

"Ek het gehoop om môre 'n voorraad saam terug te neem. Maar ek neem aan dat u nog nie spaar voorraad het nie."

"Ongelukkig is dit korrek," het Morris gesug. "En ongelukkig het ons so 'n groot bestelling om te vul dat ons moet wag voor ons met 'n volgende bestelling kan begin. Ek glo dat ons binne 'n maand dalk spaar voorraad sal hê om dan bestellings soos u s'n te kan vul. Ongelukkig – omdat dit ons eerste dag is – het ons nie nou daardie luuksheid nie."

"Ek verstaan, menere. Nietemin, ek wil graag 'n bestelling by u plaas wat u na my kan versend wanneer dit gereed is."

"Ek is seker dit kan gereël word. Hoeveel wil u hê?" het Morris gevra.

"Dit hang af van wat u pryse is."

Morris kon homself skop; hy het heeltemal vergeet om eers die prys te bespreek. "Ek vra om verskoning, ons moes dit eerste bespreek het. Ons tarief is 'n kwartpennie per sigaret, of vier vir 'n pennie. Maar as u 'n handelaar is, gee ons een-derde afslag. Dit is u eie keuse om die verkoopprys vas te stel. Omdat u nie van Port Elizabeth af is nie en ons u nie ken nie, is ek bevrees dat ons u nie in hierdie stadium krediet kan gee nie, so, ons terme kan slegs op 'n kontantbasis werk." Hy was nou besig om sy grense te beproef. "As ons egter vind dat saketransaksies met u eerbaar is, kan ons u in die toekoms 'n gunstige termyn aanbied. Miskien…" asof hy nadink het hy vlugtig vir Dawid gekyk. "Miskien, dertig dae vanaf die datum van aflewering van die besending?"

"Ek dink dis billik," het mnr. Cohen ingestem. "Sal u die afslag vir groter bestellings verhoog?"

"Mettertyd, miskien, mnr. Cohen, maar ons het maar pas begin en ek dink ons onderneming moet eers stabiliseer voordat ons sulke tipe besluite kan neem."

"Ook billik," het Cohen herhaal, terwyl hy die gesprek oordink het. "Wel, menere, ek wil graag 'n bestelling by u plaas vir twintigduisend sigarette, asseblief. Wanneer die bestelling voltooi is, sal ek baie dankbaar wees as u vir my 'n telegram sal stuur en ek sal die betaling deur Standard Bank reël, asook die afhaal van die besending." Hy het 'n stuk papier opgespoor en daarop begin skryf met 'n kort potlood wat hy uit sy baadjiesak gegrawe het. "Stuur asseblief die telegram na hierdie adres, vir my aandag. Belangrikste, sluit asseblief u bankbesonderhede in die telegram in."

"Sekerlik, mnr. Cohen," het Morris gesê terwyl hy opstaan. "Ons sien uit daarna om met u besigheid te doen." Hulle het hand geskud en mekaar vaarwel toegeroep, en Dawid het hom 'n veilige reis toegewens.

Die seuns het weer gaan sit en sonder 'n woord weer hulle spyskaarte opgetel en deur die nageregte begin lees.

"Ek dink ek sal vanaand appeltert met vars room geniet, Morris," het Dawid met 'n uitdrukkinglose gesig gesê.

"Ek sal dalk by jou aansluit," het Morris geantwoord toe hy sy spyskaart toemaak en die aandag van een van die kelners trek. Dawid het gesien hoe Morris se wenkbrou lig. Hy wou so hard as wat hy kon skree, maar sy aandag is skielik afgelei toe 'n maer man met 'n hoë stem van agter hulle gestap kom en swaar in die stoel gaan sit wat Howard Cohen pas ontruim het.

"Goeienaand, menere, my naam is Tony Johnson. Ek besit die Algemene Handelaar op die kaai. Ek hoor julle vervaardig sigarette hier in Port Elizabeth?"

Dawid het net na Morris gestaar, sy gesig nog steeds uitdrukkingloos, maar sy mond het so bietjie oopgehang in ongeloof.

"Inderdaad, ons doen," het Morris met selfvertroue geglimlag.

Nadat nog twee mans die twee jong tabakhandelaars genader het met hul bestellings, het die seuns die gemaklike en warm atmosfeer van die Grand Hotel verlaat en regs gedraai in Belmont Terrace na Sonja Du Plessis se huis toe; nou nie net hulle huis nie, maar ook hul fabriek. Hulle het doelgerig en vinnig geloop en toe hulle by die naambord van Whites Road/Belmont Terrace op die hoek verbystap, het Dawid oudergewoonte opgespring en die bord probeer raakklap. Hy het, soos altyd, gemis.

"Sjoe! Wat 'n aandete," het Dawid die stilte verbreek.

"En dís nie 'n grap nie," het Morris ingestem. "Ek kan nie glo wat daar binne gebeur het nie."

"Dink jy ons het genoeg tabak om al hierdie bestellings te doen?"

"O ja, maar dis nie die tabak wat my pla nie. Ons het genoeg om ons omtrent ses maande te hou, en in elk geval, ons kan altyd vir Nguni na van Tonder toe stuur om meer te gaan aankoop as dit moet. Nee, tabak is die minste van ons probleme. Weet jy wat wel moontlik 'n probleem kan wees?" het Morris bekommerd gesê.

"Dat ons nie in staat gaan wees om by te hou nie? Dit pla my baie."

"Nee, nie eers dit nie. Papier. Ons het tien bokse van tienduisend stukke sigaretpapier gekoop. Ons het genoeg papier om honderdduisend sigarette te maak, en ek het gedink ons sou nooit soveel maak nie; trouens, ek het eerlikwaar gedink ons het te veel papier gekoop." Morris het amper met homself gepraat.

"Hoe lank voordat dit klaar is?" het Dawid gevra toe die werklikheid skielik tot hom deurdring. Morris was reg, soos altyd.

"As vanaand 'n aanduiding is, miskien vier maande, dalk ses."

"Vier maande!" het Dawid hard uitgeroep, sonder om om te gee wie hom hoor.

"Miskien minder." Morris was baie bekommerd. "Wel, die saak staan so: ons het honderdduisend sigaretpapiere, korrek?"

"Ja."

"Hoeveel bestellings vir sigarette het ons vanaand gekry?"

Dawid het stil op sy vingers begin tel. "Vier-en-dertig-duisend, plus mnr. Kruger se bestelling van gister, nege-en-dertig-duisend."

"Korrek. Kom ons sê veertigduisend. Dit is amper die helfte van wat ék gedink het ons vir twee of drie jaar gaan nodig hê – en dis maar na twee dae!"

Sonder om hul pas in die donker straat te verbreek, het die broers vlugtig na mekaar gekyk, en die omvang van wat gebeur het, probeer begryp. Dawid het begin lag, maar homself na 'n kort uitbarsting beteuel. Daar was 'n oomblik stilte en toe bars hulle albei uit van die lag.

Dawid het eerste kalm geword. "Ek kan nie glo wat in die laaste twee dae gebeur het nie, Morris."

"Ek ook nie. Môreoggend moet ons twee dinge dringend doen; ons moet 'n voorbeeld van die papier vir Danie gaan wys en uitvind of hy vir ons nog papier deur sy maatskappy kan bestel – wat was die naam nou weer?"

"Weil & Kie. Voorsiening of so iets," het Dawid gesê terwyl hy sy kop krap. Sy gedagtes was in 'n warboel; hy kon nog nie reguit dink na alles wat daardie aand by die Grand gebeur het nie.

"Ja, Weil's, wat ook al. Jou eerste takie môre is om vir Danie te gaan sien en 'n bestelling vir honderd bokse sigaretpapier te plaas."

"Natuurlik, Morris, ek sal dit doen," het hy ingestem. "Honderd bokse? Dit is baie sigarette. Is jy seker?"

"Ja, dit sal ons deurhelp. Dit sal min of meer drie maande vat vir die bestelling om Londen te bereik, dan nog drie maande om terug te kom, met ander woorde, 'n ses-maande retoer reis. Ons sal hopelik die voorraad ontvang voordat ons papier opraak, want ons kan aanvaar dat die bestellings stadiger sal inkom soos die handelaars hulle voorraad uitverkoop. Trouens, vat 'n leë boks vir Danie sodat hy self die etiket kan lees en presies weet wat ons wil hê."

"Goeie idee. Ek maak so."

"Intussen sal ek na die loodgieters se winkel gaan en nog 'n koperbuis kry. Op dié manier kan ons nog een van die sigaretgereedskap gebruik en ons produksie verdubbel."

"Uitstekende idee, Morris." Dawid was beïndruk, maar hy het niks minder van sy broer verwag nie; hy het altyd vooruit gedink.

"Weet jy wat was interessant vanaand?"

"Wat?"

"Mense het geweet waar om ons te kry. Hulle het van nêrens af gekom, en dit was die dag nadat ons vir 'n paar mense ons sigarette gewys het."

"Die mense in hierdie dorp praat, Morris."

"Wel, Broer Dawid," het Morris verklaar toe hulle die opdraende na Sonja se huis begin aanpak, "na ongeveer ses weke in Afrika het ons 'n plek om in te bly, ons het 'n fabriek, en van vandag af het ons 'n baie spoggerige, luukse kantoor."

"Het ons?" het Dawid gevra en gewonder wat sy broer nou in die mou voer.

"Ja. Ek verklaar die eetkamer van die Grand Hotel die amptelike kantoor van die Langbourne Broers. En weet jy wat?"

"Wat?"

"Dit is die spoggerigste eiendom in die dorp, en dit gaan ons nie 'n pennie kos om te huur nie!" het hy gesê en vir homself gelag. "Dit is die beste besigheidstransaksie wat ek nog ooit gesien het!"

Vroeg die volgende oggend, nog voordat Sonja wakker geword het, het die seuns begin werk met die sigarette en eers opgehou toe sy hulle vir ontbyt roep. Na nog 'n heerlike maaltyd het hulle hulself verskoon en Dawid het hawe toe gegaan om vir Danie in die hande te kry. Hy het 'n deksel van een van die bokse vir die sigaretpapiere wat hulle in Londen gekoop het, saamgevat sodat dit duidelik was waar dit gekoop is en wat die inhoud van die oorspronklike boks was.

Intussen het Morris met die koperbuis na die loodgieter gegaan en genoeg koper gekoop om nóg ses buise te maak – sy idee was dat hulle moontlik al sewe die sigaretmakers wat hulle in Ierland gemaak het, in produksie sou moes kry. Toe het hy na die skrootwerker om die draai gegaan en vir hulle opdrag gegee om dit tot die regte lengte te sny en – soos in die oorspronklike buis – dieselfde groef te maak.

Terwyl hulle besig was daarmee, het Morris na Solly se Algemene Handelaar gedraf en vir homself 'n pen en skryfblok met vae lyne op elke bladsy gekoop, asook 'n klein pakkie koeverte. Toe het hy 'n groot boom uitgesoek en in die koel skaduwee gaan sit om 'n brief aan sy familie by die huis te skryf. Dit was 'n kort en saaklike brief. Hy was nie 'n emosionele man nie en het net die nodigste gesê. Hy het sy woorde sorgvuldig gekies en geweet dat Bloomy sy spelling sou nagaan wanneer die brief daar aankom, daarna het hy die papier gevou en in 'n koevert gesit. Morris het die bitter gom gelek; hy het gefrons en sy tong op sy mou afgevee, soos 'n kat wat sy pels lek om 'n slegte smaak van sy tong af te kry. Hy het die koevert aan sy vader, Reuben Jacob Langbourne, geadresseer en dit in sy boonste sak gesit voor hy teruggedraf het na die skrootwerker se perseel toe.

Morris was weer eens beïndruk met die goeie werk en vakmanskap. Hy was baie gelukkig om die bestuurder te betaal en het met die ses nuwe, glinsterende koperbuise hawe toe gestap, terwyl hy elke nou en dan trots na sy uitvinding gekyk het. Hy het gehoop om vir Dawid en Danie daar raak te loop, maar die hoofrede was dat hy by die Poskantoor 'n draai wou maak om sy brief met die volgende skip na Engeland te stuur.

Morris het gedink dat dit nogal duur was om die brief te pos, maar hy het tóg die Posmeester – wat hy as 'n kliënt van die Grand Hotel herken het – betaal, wat gereken het dat hy gelukkig was, aangesien 'n skip daardie selfde oggend Engeland toe sou vertrek mét sy brief. Hy het opreg gehoop dat Danie Dawid se bestelling vir sigaretpapier op dieselfde skip sou kon kry. Toe hy nie vir Danie óf Dawid kry nie, het hy teruggegaan huistoe om aan die bestellings te werk.

Toe Morris op die agterstoep aankom, was Dawid besig om tabakblare van die stingels af te stroop. Hy het reeds 'n klein hopie blare met die skêr gesny en die tweedehandse kartondoos was klaar amper vol.

"Aah. Dankie daarvoor, Dawid."

"Dis net 'n plesier. Ek het vroeg teruggekom en gedag ek sal solank produktief raak. Hoe het dit met jou gegaan? Ek sien jy het sommer 'n paar van daardie koperbuise laat sny," het hy met sy kop beduie na die buise in Morris se hand.

"Ja, ek het gevoel ons moet voorbereid wees op maksimum produksie. Ek weet ook nie hoe lank hulle hierdie tipe buise in voorraad sal hê nie."

"Goed gedink, soos altyd," het Dawid geglimlag terwyl hy aangehou het om blare van die stingels af te trek. "Danie was baie behulpsaam. Daar is 'n skip wat vanoggend na Southampton vertrek, en hy het persoonlik ons bestelling vir papier aan boord geplaas. 'n Verteenwoordiger vir Weil & Kie. Verskaffing sal dit by die skip kom haal wanneer dit in Southampton aankom."

"'n Baie betroubare man. Ek hou van hom. Dankie dat jy dit vir my gedoen het. Ja, ek het gehoor daar vertrek vandag 'n skip, so ek het 'n skryfblok en 'n paar koeverte gekoop en vir Vader 'n vinnige brief geskryf om hom in te lig dat ons wel is."

"Uitstekend. En nou mý dank aan jou," het Dawid geglimlag en homself regop getrek. "Mag ek 'n bladsy uit daardie skryfblok kry? Ek wil aanteken wie ons nuwe kliënte is en hoeveel hulle bestel het, voor ek vergeet wat gisteraand als gebeur het."

"O, natuurlik," het Morris ingestem en nadat hy die koperbuise neergesit het, het hy die skryfbehoeftes vir Dawid aangegee.

Die seuns het toe 'n manier probeer uitwerk om twee sigaretmakers te laat werk deur twee koperbuise te gebruik. Hulle eerste probleem was dat met net een buis dit twee mense nodig gehad om vas te hou en te voer. Met een persoon wat die werk alleen doen, het dit lomp geword. Morris het vir Dawid na die agterste deel van die tuin gestuur – waar 'n vervalle skuur gestaan het – om 'n stuk tou of iets te soek sodat hulle die buise kon vasbind. Dit was nie lank nie toe was hy terug; vaal in die gesig, maar met 'n stuk ou koperdraad in die hand, terwyl hy aanhoudend babbel oor hoe hy amper op 'n slang getrap het – die eerste ooit – en gesweer het om nooit weer sy voete by die skuur te sit nie. Die draad was beter as tou en het die buise stewig aan die stoep se reëling vasgehou. Die volgende probleem was dat die punte van die buise – waar die klaargemaakte sigarette sou uitkom – oor die rand van die stoep gehang het. Met 'n bietjie verbeelding, plan-maak én geluk het hulle daarin geslaag om nóg 'n kartondoos wat hulle langs die pad ontdek het, onderaan die punte van die buise vas te maak. Toe het hulle langs mekaar op die stoep gaan sit en begin sigarette maak.

Die stelsel het goed gewerk, en noudat hulle twee sigaretmakers gehad het, het hul produksie byna verdubbel. Elke keer as 'n sigaret uit die koperbuis geval het en in die boks beland het, was daar 'n sagte, hol klapgeluid óf teen die bodem van die boks óf op die groter-wordende hoop vars sigarette.

'n Bietjie later daardie middag het Dawid 'n nuwe sigaret halfpad in die buis gedruk en skielik gestop. "Morris? Hoor jy dit?"

"Wat?" Morris het opgekyk en verward na die verwaarloosde tuin – wat meer net droë kniehoogte gras was – gestaar.

"Luister. Hoor jy daardie geluid?" het Dawid amper gefluister.

Morris het na Dawid gekyk, nog meer verward. Dawid het die sigaret in die apparaat heeltemal ingedruk en die voltooide sigaret het vooruit die buis in die boks geval. "Daardie geluid? Hoor jy dit?" het Dawid weer gefluister, nou met 'n ernstige uitdrukking op sy gesig.

"Wat daarvan?" Morris was nou vreeslik verward.

"Dis die geluid van geld in die bank," het Dawid gefluister en toe uitgebars van die lag.

Morris kon nie help om saam te lag nie. "Ek dog jy gaan sê daar's 'n leeu wat besig is om ons te bekruip. Verdomp, ek het geskrik."

Die broers het aangehou werk en die sigarette het aangehou om by die koperbuise uit te wip, vasberade om meer te word en vasbeslote om hul verantwoordelikhede na te kom. Dit was vir Dawid opvallend dat die band tussen hom en Morris elke dag sterker geword het en hy kon dit deels toeskryf aan die feit dat hulle alreeds 'n mate van sukses kon sien in wat hulle besig was om te doen. Hy het ook opgelet dat – sonder hul vader se invloed – hulle die vryheid gehad het om te doen wat hulle wou, wanneer hulle wou, en ás hulle wou. Hulle het saam besluite geneem en hul besluite deurgevoer. En, selfs nog meer belangrik, hul besluite het resultate gelewer. Goeie resultate. Hy het tot die gevolgtrekking gekom dat hulle vader se gebrek aan rigting – of wil – om vir die familie te sorg, húlle onderdruk het. Dit het hom ook nie ontgaan dat hulle soms in mekaar se teenwoordigheid gevloek of slegte taal gebruik het nie, en dat hulle dit so aanvaar het. Hulle sou beslis nooit voor 'n dame of in ordentlike geselskap vloek nie, maar so onder mekaar was dit aanvaarbaar, al sou Bloomy dit nooit goedgekeur het nie, en sy sou beslis haar stem dik gemaak het!

Die son het al begin sak agter die bome wat die einde van die dorp gemerk het, en die lug was 'n pragtige oranje en donker rooi fees vir die oog. Dawid het regop gekom, sy seer rug gestrek en hul seëninge van die Here af geniet. Hy het na Morris gekyk, wat nog steeds hard op sy volgende sigaret gefokus het en hy was seker dat hy nie die lieflike amber kleure van hul uitsig gesien het nie. Dit was tipies van Morris om homself heeltemal af te sny wanneer hy besig was met 'n taak, en die wêreld om hom sou vergaan sonder dat hy dit sal agterkom. Hy het skielik tot die besef gekom dat hulle nie een keer daardie dag gestop het vir 'n ruskans nie en dat hulle niks nat óf droog oor hulle lippe gehad het nie. Sy mond was kurkdroog en hy het 'n bietjie duiselig gevoel.

"Morris?" het Dawid die stilte verbreek toe een van Morris se sigarette in die boks aan die anderkant van die stoepreëling plons.

Morris het regop gesit en opgekyk, reg in die beeldskone vertoning wat die aandlug in 'n meesterstuk omskep het. "Sjoe, kyk daar!" Morris het vir die sonsondergang geglimlag.

"Ja, ongelooflik, is dit nie?" het Dawid ingestem, terwyl hy sy rug vashou en rek vir verligting teen die stramheid.

"Ek het nie besef hoe laat dit is nie. Ons het die hele dag gewerk."

"Inderdaad. Ek het gedink voor dit donker word, kan ons tel hoeveel ons gemaak het, en dan kan ons 'kantoor' toe gaan vir 'n bier en iets om te eet." Dawid het geglimlag oor sy verwysing na hul 'kantoor'.

Morris het 'n oomblik nagedink en toe teruggeglimlag. "Goeie idee. Ek is poegaai."

Hulle het die oorblywende gesnyde tabak toegemaak en hul gereedskap binnetoe gedra, hoewel hulle die twee vasgemaakte koperbuise aan die reëling gelos het. Toe het hulle die klaar sigarette bymekaar gemaak en dit in hulle slaapkamer gaan tel. Dit het hulle omtrent 'n uur gevat om te tel, en toe hulle klaar was, het hulle net meer as 'n duisend sigarette gehad.

"Ek het gedink ons sou sestienhonderd sigarette per dag op elke masjien kon doen. Ek's nie seker hoekom ons vandag soveel minder met twee produksielyne gedoen het nie," het Dawid met 'n bietjie irritasie in sy stem gesê.

"Moenie vergeet nie, ons het vandag later begin. Ons moes albei dorp toe om ons verskillende take te verrig. Én toe moes ons weer blare van die stingels afskeur en sny. Dit alles het ons vertraag."

"Ja, jy is reg."

"En nie net dit nie, dit het aanpassing gevat om elkeen ons eie produksielyn te handhaaf. So, ek reken dit het ons vertraag tot omtrent duisend sigarette per dag met twee lyne."

"So twee mense op een lyn sou sesduisend per week maak, terwyl een persoon op een lyn vyfduisend per week sou maak? Vermenigvuldig met twee sou dan tienduisend wees."

"Presies," het Morris geglimlag. "So wat ons nou doen is meer produktief." Na hierdie woorde en met nog baie idees wat in hul koppe draai, het die seuns gewas, hulself meer formeel aangetrek en gereed gemaak om te vertrek na die Grand. Toe hulle verby Sonja se sitkamer stap om vir haar goeienag te sê, het hulle vir haar die ses sigarette gegee soos hulle ooreengekom het en sy het onmiddellik een aangesteek voordat hulle die vertrek verlaat het.

Die aandete by die Grand Hotel was voortreflik en die verwelkoming van die personeel, was soos altyd warm en opreg. Mede-kliënte in die kroeg en eetkamer het hulle erken en praatjies gemaak; hulle het gevoel soos deel van die Port Elizabeth-gemeenskap. En, op dieselfde manier as die vorige aand, het mense hulle na ete genader met die doel om hul kliënte te word. Dawid het die onderhandelings gedoen, terwyl Morris rustig hul name en aankoopvereistes in die skryfblok neergeskryf het. Sy stil houding en ernstige konsentrasie op die papier, het potensiële kliënte maar lugtig gemaak vir hom, maar hulle was baie gemaklik met Dawid.

So het die tradisie vir die Langbourne-broers om besigheid in die Grand te doen in alle erns begin; bedags het hulle sigarette gemaak en saans het hulle dit verkoop.

* * *

Die volgende oggend, ná hulle hul ontbyt in rekordtyd afgesluk het, het die seuns na hulle produksielyne teruggekeer om die moeisame, eentonige maak van sigarette voort te sit. Terwyl hulle gewerk het, het Morris begin besigheid praat; hy was bekommerd dat hulle sigaretpapier sou opraak voordat die nuwe besending kom. Ongelukkig was daar geen manier om daardie kant van die saak te bespoedig nie. Engeland was net té ver.

"Ek dink ook as volgende week se bestellings aanhou inkom teen die huidige tempo, gaan ons nóg 'n bestelling vir sigaretpapier moet plaas nog voordat die eerste bestelling hier is."

"Wel, ek veronderstel dis 'n goeie tipe moeilikheid waarin ons onsself bevind," het Dawid gelag.

"Ja, ek veronderstel so. Nog iets, ons gaan binnekort sonder geld wees. Tot ons betaal word, kan ons nie bekostig om elke aand by die Grand te eet soos ons nou doen nie. En onthou, die eerste betaling gaan eers na dertig dae wees nadat ons klaar is met Mnr. Kruger se bestelling."

"Wat, volgens my berekening, vandag sal wees."

"Ek het 'n idee, Dawid." Morris het regop gesit en die bosse ingestaar. "Mnr. Kruger se vyfduisend sigarette gaan later vandag klaar wees, maar hy kom dit eers oor drie weke haal wanneer hy van Kimberley af terugkom, nie waar nie?"

"Ja."

"So ons gaan eers oor omtrent twee maande vir hierdie lot betaal word. Kom ons skuif Solly Alhadeff se bestelling eerste en lewer dit vandag by hom af; dan beteken dit hy sal ons dertig dae van nou af betaal. Ons kan dieselfde vir Mnr. Johnson doen, en dan kan ons aan die twee Kimberley-bestellings werk nader aan die tyd wat hulle dit nodig het. Op hierdie manier kan ons vroeër, eerder as later, geld in die bank kry. En niemand sal weet nie, en al ons kliënte sal gelukkig wees."

"Uitstekende idee, broer," het Dawid ingestem.

"Wel, kom ons maak hierdie bestelling klaar en dan gaan lewer ons dit vandag af."

Soos hulle beplan het, het dit gebeur. Teen twee uur daardie middag het die seuns vyfduisend sigarette in 'n tweedehandse kartondoos wat hulle die vorige dag ontdek het, gepak en dit by Solly Alhadeff se Algemene Handelaar gaan aflewer. Hy het dit met groot verbasing en blydskap ontvang.

"Ek dag dan julle sê dit gaan tien dae vat om met my bestelling te begin en kyk net, drie dae later is dit hier. Dis wonderlik. My hartlike dank, menere," het Solly oorstelp van vreugde gebabbel, 'n sigaret uit die boks gehaal en dit met 'n vuurhoutjie aangesteek. Hy het ingeasem en met goedkeuring geglimlag.

"Wel, ons wou hê dat u die eerste moes wees om hulle te begin verkoop. Ons hou van die manier waarop u met ons besigheid gedoen het, so nou is u kans om geld te maak én 'n reputasie te hê as Port Elizabeth se eerste sigaretverkoper," het Morris met 'n skynbare onskuldige glimlag gesê terwyl hy openlik die ou man vlei. "Moet vir niemand vertel nie, maar ons het u bestelling bo aan die lys geskuif," het hy van agter sy hand gesê, terwyl hy rondkyk asof hy wou seker maak niemand luister die geheim af nie.

"Ek voel geëerd, seuns, baie dankie."

"Mnr. Alhadeff, soos u weet is ons nuut in die dorp en het ons pas hierdie besigheid begin. Mag ek so voor-op-die-wa wees om u te vra of u vir ons 'n guns sal doen – net hierdie keer – dat u die dertig-dae betalingsvoorwaardes sal ophef en ons vooruit betaal? Net hierdie een keer?"

Solly het gefrons – maar net vir 'n kort oomblik – toe het sy frons verander in 'n groot glimlag. "Ek was eens op 'n tyd in dieselfde posisie, Morris. Inderdaad, ek sal julle met graagte help. Wag hier, dan skryf ek vir julle 'n tjek uit."

"Baie dankie," het die seuns amper saam geantwoord.

"O, ek sal die naam van julle maatskappy nodig hê?"

Morris en Dawid het vir 'n oomblik verstom na mekaar gekyk. Hulle het nie besef dat hulle 'n maatskappy gaan nodig hê waaronder hulle sou moes handeldryf nie.

"Langbourne Brothers?" het Morris gevra, terwyl hy bevraagtekend na Dawid gekyk het.

"Ja," het Dawid geknik, "Langbourne Brothers."

"Nou maar goed. Ek is nou terug."

Nie lank nie, of Solly Alhadeff het weer uit die kantoor gekom, gevolg deur 'n korterige man kort op sy hakke. Die man se gesig was rond en sy rooiblonde hare was deurmekaar, asof hy vergeet het om dit te kam nadat hy daardie oggend uit die bed opgestaan het. Hy was geklee in 'n kakiebroek met 'n wit hemp waarvan die moue halfpad teen sy voorarms opgerol was. Sy bruin skoene en swart leergordel het vir Morris laat dink dat hy nie juis 'n sin vir mode gehad het nie.

"Menere," het Solly aangekondig toe hy naderstap, "mag ek julle voorstel aan my baas en die eienaar van hierdie onderneming, Mnr. Julian Weil. Julle is gelukkig om hom vandag hier te ontmoet, aangesien hy selde in die dorp is."

"Dis 'n eer u te ontmoet, meneer," het Morris hom hartlik gegroet en met hom hand geskud. "Ek is Morris Langbourne, en hierdie is my broer, Dawid."

Dawid het ook sy hand uitgesteek en sy hand ferm geskud.

"Solly het my pas vertel wat julle gedoen het, dat julle ons bestelling bo-aan die lys geskuif het sodat ons die eerste verskaffers van sigarette in Port Elizabeth kan wees."

"Ja, dit is so. Ons hou van die manier waarop Mnr. Alhadeff besigheid gedoen het met ons, en aangesien ons hier woon, was dit 'n logiese besluit om die plaaslike besighede te ondersteun wat óns ondersteun," het Morris verduidelik; maar hy was versigtig om nie hul geldnood te noem nie.

Mnr. Weil het tevrede gelyk met Morris se melding van hoe Solly homself gedurende die besigheidsonderhandelinge hanteer het en die broers het nie Solly se vinnige glimlag gemis toe hulle dit vir sy baas sê nie.

"Ek is bly julle hou van Mnr. Alhadeff," het Julian gesê, nog steeds sonder glimlag, óf veel ander emosie in sy houding. "Ek het baie besighede in die kolonies en dit is belangrik dat ek betroubare en bekwame personeel in diens neem wat na my belange sal omsien. Mnr. Alhadeff is sekerlik 'n man met 'n goeie karakter, en dit blyk my hy het goed gekies toe hy met julle twee begin besigheid doen het. Ek bedank julle vir julle besigheid." Vir die eerste keer het die frons op sy voorkop bietjie verslap, maar die glimlag het steeds sy lippe ontwyk.

"Mnr. Weil," het Dawid vinnig ingegryp, "die verskaffingsmaatskappy op die hawe, Weil & Kie. Verskaffing en Vervoer, is dit ook u maatskappy?"

"Dit is inderdaad so," het hy geantwoord.

"Ons het ook met u maatskappy daar sake gedoen. U man, Danie Coetsee, is 'n wonderlike persoon. Baie knap en uiters kundig."

"Aah... ja. Ek sou verlore wees sonder hom," het Julian ingestem, terwyl hy oor Dawid se skouer die verte ingekyk het en toe haastig word asof iets belangriks hom bygeval het het. "Menere, as julle my sal verskoon, ek het werk om te doen en baie min tyd om dit te voltooi. Ek is bly ek het die geleentheid gekry om julle twee te ontmoet. Weer eens, ek bedank julle vir julle vriendelike belangstelling om met my besigheid te doen." Hy het hand geskud met die seuns en vir die eerste keer het hy geglimlag.

"Dis 'n plesier en 'n eer om u ook te ontmoet, Mnr. Weil," het Morris die gebaar beantwoord.

"Ek het besighede in Kaapstad, Johannesburg, Kimberley en Mafeking. Ek sal vir my bestuurders in daardie dorpe aanbeveel om ook bestellings vir sigarette by julle te plaas."

"En Durban en Oos-Londen!" het Solly met 'n trotse glimlag bygevoeg.

"O, ja, natuurlik, daar ook," het Julian ingedagte gesê. "As julle ooit in daardie omgewing is, soek my asseblief op. Ek is die meeste van die tyd in Mafeking."

Toe die seuns by die Algemene Handelaar uitstap, het hulle 'n tjek vir 3 pond, 12 sjielings en 11 pennies vasgehou. Dit was 'n aansienlike bedrag geld vir hulle. Hulle het geen idee gehad hoe omvattend Julian se besigheid was nie, maar hulle sou binnekort uitvind. Toe hulle die groot skaduryke boom bereik waar Morris die brief aan hulle vader geskryf het, het hulle gestop en Morris het die tjek uit sy sak gehaal. Opgewonde het hulle dit noukeurig bestudeer, opgelet na Solly se flambojante handtekening; die ingewikkelde krulversiering waarop "The Standard Bank" vetgedruk aan die bokant gepryk het, en die som geld wat in woorde én syfers geskryf was sodat daar geen misverstand sou wees oor hoeveel die tjek werd was nie. Dit was 'n beloning vir hulle. Hierdie tjek was hulle heel eerste betaling vir al hulle harde werk in hulle nuwe besigheid – 'n nuwe besigheid wat eintlik al begin het nog voor hulle Ierland verlaat het vir Afrika. Hulle het oor die Atlantiese Oseaan gereis, deur die bosse van Afrika gestap en 'n klein fabriek gebou. Hulle het in aanraking gekom met welgestelde here in 'n gesogte onderneming en onderhandel en besigheid gedoen met beide verskaffers en kliënte.

Morris het een hoek van die Standard Bank-tjek in sy linkerhand vasgevat en vir Dawid gewys om die ander rand ook met sy linkerhand vas te hou. Toe het hy sy regterhand uitgesteek na Dawid toe. Die twee het hand geskud en half verleë vir mekaar geglimlag.

Dit was op daardie oomblik in 1891, in die skaduwee van 'n groot geelhoutboom in die Suid-Afrikaanse dorp Port Elizabeth, dat Morris en Dawid Langbourne amptelik die 'Langbourne Brothers' gestig het.

Vir die res van die dag was daar geen sigaretproduksie op die stoepfabriek nie. In plaas daarvan, het die seuns na die Standard Bank in die hoofstraat gegaan om 'n bankrekening oop te maak sodat hulle hul eerste tjek kon deponeer. Die bestuurder van die bank, 'n kort, stewige Engelsman wat sy hare redelik kaal geknip gehou het, het vir hulle meegedeel dat hy nie 'n rekening kon oopmaak in die naam van 'n maatskappy wat nie bestaan nie, wat die seuns verwar het. Die vriendelike bestuurder, wat 'n bietjie jonger as hul eie vader was, se naam was Jack Shiel. Hy het hulle verwys na 'n regeringsgebou waar hulle die maatskappy kon registreer – vir 'n fooi, natuurlik.

Die papierwerk wat saam met hierdie oefening gepaard gegaan het, was redelik oorweldigend vir die seuns, maar nadat hulle baie vrae gevra het en geteken het waar hulle aangesê is om te doen, het hulle die maatskappy se naam as 'Langbourne Brothers' geregistreer. Die klerk het aangehou om dit af te kort na 'Langbourne Bros.' Albei seuns het begin geïrriteerd raak en volgehou dat hulle die hele woord 'Brothers' geregistreer wou hê, maar die klerk het aangedring dat dit die manier is hoe dinge deesdae gedoen word. Uiteindelik het hulle toegegee en die gebou verlaat, nadat hulle nóg belastings en fooie moes betaal, en toe het hulle na die Standard Bank teruggekeer waar hulle weer vir mnr. Shiel ontmoet het. Hulle het die stuk papier trots aan hom oorhandig, onderteken deur die klerk, wat verklaar dat hulle maatskappy geregistreer was as 'Langbourne Bros.'

Mnr. Shiel het 'n tjekrekening in die naam van hul nuwe maatskappy geopen en die £3.12s.11d in daardie rekening gedeponeer. Toe het hy vir hulle 'n tjekboek uitgereik en aan hulle verduidelik hoe om dit te gebruik. Hy het vir hulle gewys hoe om die waarde in syfers in die reghoekige blok regs van die tjek te skryf, en om die bedrag in woorde op die lyne in te vul, en ook aan hulle die opdrag gegee om nooit 'n fout te maak nie.

"Wat gebeur as ons wél 'n fout maak?" het Dawid gevra.

"Dan moet jy die fout netjies doodtrek en die regstelling so na as moontlik daaraan skryf," het mnr. Shiel verduidelik. "Die regstelling moet dan geparafeer word, soos hierdie." Hy het vir hulle 'n paar voorbeelde te wys. Die seuns het aanvanklik baie opgewonde gevoel oor al hierdie nuwe administratiewe prosedures vir hulle besigheid, maar nou het hulle bietjie senuweeagtig begin voel. Maar, so oorweldigend soos dit aanvanklik gevoel het, het hulle dit albei goed en vinnig gesnap, en Jack was beïndruk met hul vermoëns om in te neem wat hy hulle geleer het.

"O, nog 'n ding," het mnr. Shiel gesê terwyl hy hul nuwe tjekboek aan hulle oorhandig, "as iemand vir julle geld betaal met 'n tjek wat aan een van julle uitgemaak is, moet julle die tjek aan die agterkant teken om dit sodoende na Langbourne Brothers te endosseer."

"So, as dit byvoorbeeld in die naam van Morris Langbourne is," het Morris seker gemaak, "kan ek dit nie sommer in die besigheidsrekening inbetaal nie?"

"Nee. Dis eenvoudig. Julle maatskappy is soos 'n ander persoon. Dit is 'n entiteit in eie reg. Jy mag Morris Langbourne wees, maar hierdie," hy het met sy hand op die tjekboek geklap vir effek, "hierdie is Langbourne Brothers. Nie Morris Langbourne óf Dawid Langbourne nie. En tog besit elkeen van julle 50% van Langbourne Brothers. Verstaan julle?"

"Ja, dankie mnr. Shiel. U het dit baie goed verduidelik," het Morris gesê. "Ek waardeer opreg alles wat u ons vandag gewys het. Dit lyk my ons het nog baie om te leer van besigheid."

"Mnr. Shiel?" het Dawid tussenbeide getree. "Ons is baie nuut in die besigheidswêreld en dit lyk asof u ons baie kan leer. Mag ons u uitnooi om vanaand by ons aan te sluit vir ete by die Grand Hotel, as ons gas, sodat ons verder, in 'n meer ontspanne atmosfeer kan gesels. Ons is bewus dat u 'n besige man is, en ek kan sien die mense wag alreeds buite u deur om u te sien," het hy gesê en met sy hand na die hout- en glasdeur beduie.

"O, hulle kan wag. Ek het 'n gevoel dat julle besigheid baie goed gaan wees vir ons bank. Ek sal verheug wees om by julle aan te sluit vir aandete. Wat sê julle ons ontmoet stiptelik sesuur?"

"Wonderlik!" Dawid het sy hand op sy bobeen geklap, opgewonde oor die geleentheid om meer te leer oor hoe besigheid werk in Afrika, en ewe belangrik, om 'n nuwe vriendskap te koester, want vriende was min in hierdie nuwe land, en hulle was uitgehonger vir geselskap.

Die aandete het goed verloop, en Jack Shiel was baie vrygewig met sy ryke kennis en ondervinding in die bank-, kommersiële en industriële sektore van hierdie nuwe en ontwikkelende land. Hy het ook bietjie vertel van die politieke ontwikkelinge in die Kaapkolonie, en het 'n onlangse vergadering van die huidige Kaapse Eerste Minister, mnr. Cecil Rhodes, genoem, wat die spoorweë regoor suidelike Afrika vinnig uitgebrei het.

"Ons het hom hier gesien, ek dink dit was verlede maand," het Dawid bygevoeg.

"Ja, snaaks genoeg, ek was ook hier. Vreemd dat ons mekaar nie toe al raakgeloop het nie."

"Wel, ons was toe nog baie nuut in die dorp en het niemand geken nie."

"Kan julle glo, by daardie vergadering – wat meestal uit die spoorweë se mense bestaan het – het mnr. Rhodes aangekondig dat sy droom is om die spoorlyn van Kaapstad na Kaïro, in Egipte, uit te brei?"

"Verskoon ons ons gebrek aan kennis van geografie, mnr. Shiel," het Morris verleë gesê, "maar waar is Kaïro?"

Jack het vinnig gelag. "Julle verbaas my regtig. Wanneer ek met julle twee praat, voel dit asof ek met welgestelde ouer mans praat, nie met jong seuns wat pás uit die afgeleë gebiede van Dublin kom nie. Geen aanstoot bedoel nie, menere. Inteendeel, dit is inderdaad 'n kompliment." Die seuns het selfbewus geglimlag. "Kaïro is aan die noordelike punt van Afrika in die noordelikste deel van Egipte. Heel bo, as julle dit so kan voorstel. 'n Spoorlyn na Kaïro sal reistyd en koste na Engeland aansienlik verminder. Baie aansienlik."

"Dit sou uitstekend wees vir besigheid," het Morris nogal opgewonde gesê. "Ons het sopas 'n bestelling vir sigaretpapier by Weil & Kie. Verskaffing geplaas. Die bestelling sal drie maande neem om by Southampton te kom, en dan wie weet hoe lank na Londen, dan die hele pad weer terug hierheen. Dit kan ons weliswaar ses maande vat om 'n hervoorraad van lewensbelangrike voorraad te kry."

"Wel, mag ek dan voorstel dat julle nóg 'n bestelling binne die volgende twee maande by Weil & Kie. plaas, en elke twee maande daarna? Wat julle ook al doen, moenie wag vir julle eerste versending om te arriveer nie. Dit sal finansiële selfmoord beteken."

"Dankie vir die raad," het Morris met 'n geligte wenkbrou en 'n glimlag vir sy bankbestuurder-vriend gesê.

"Moenie asem ophou oor die Kaap-tot-Kaïro-spoorweg nie; dit sal eeue neem om te voltooi, en as julle my eerlike mening wil hê, dit sal nooit gebeur nie."

"O, dis jammer," het Dawid gesê, opreg teleurgesteld.

"Alles is egter nie verlore nie. Mnr. Rhodes het ook sy voorneme aangekondig om 'n telegraaflyn vanaf Kaapstad na Kaïro aan te lê. En dít, menere, is iets om na uit te sien. En dit, glo ek, ís moontlik. Baie moontlik. Ons het reeds 'n goeie netwerk telegraaflyne in die Kolonies, en ek hoor hulle is reeds besig om deur te druk na die lande noord van ons."

"Ons het van daardie lande gehoor. Zambeziland of so iets."

"Zambezia, inderdaad, maar dis die naam vir beide die lande van Matabeleland en Mashonaland saam, maar die koloniste noem dit nou Rhodesië, ter ere van mnr. Cecil John Rhodes. Hy en sy maatskappy, die British South Africa Company, of BSAC, doen groot dinge daar. Myne vir goud en diamante. Daar is baie aktiwiteit op die oomblik."

Die aandete met Jack Shiel was net een van vele wat die seuns in die toekoms saam met hom geniet het. Hulle het gevind dat dit 'n les in besigheid was wat 'n skool hulle nooit sou kon leer nie. Die leermeester was 'n kundige in sy vak; hy het al die tyd in die wêreld gehad om hulle vrae te beantwoord, en dit terdeë geniet om hierdie jong mans alles te leer wat hý geweet het van besigheid, bankwese, finansies, handel, rekeningkunde en baie ander onderwerpe, insluitend vervoer en mynbou. Hierdie byeenkomste tydens aandete met die bankbestuurder was so stimulerend dat Morris en Dawid vir Danie Coetsee ook begin nooi het om by hulle aan te sluit. Danie het ook baie van besigheid geweet, so as Jack en Danie oor 'n onderwerp begin gesels het, het Morris en Dawid teruggesit en alles geabsorbeer; hulle het die inligting ingesuig soos droë sponse wat 'n eeu lank in die Karoo-woestyn gelê het.

Die aandetes het 'n gereelde, weeklikse instelling geword, en soms het Jack 'n gas genooi wat bygedra het tot die 'besigheidsklasse', om vars idees en kennis in die gesprekke in te bring. Dit was nie lank nie, of Morris en Dawid het ook aan die gesprekke begin deelneem en hulle het hul eie idees aangebied. Jack Shiel het hierdie verwikkeling opgemerk en hom verwonder oor die spoed waarmee hierdie jong Ierse seuns geleer het oor handel en nywerheid. Hy het baie vinnig besef dat hulle beslis 'n spesiale aanleg vir besigheid gehad het.

Aan die einde van elke aandete het die manne bladgeskud en afskeid geneem waarna Morris en Dawid by die tafel agtergebly het om nuwe bestellings vir sigarette te ontvang. Die bestellings het bly inkom, nie so groot soos die oorspronklike bestellings nie, maar dit was bestendig. Hulle dae en menigte nagte is verwyl met hul presiese werk by hulle dubbele produksielyn. Teen die tiende week was die papier klaar en moes hulle produksie staak; hulle het 'n honderdduisend sigarette geproduseer. Hulle het nog ongeveer dertigduisend sigarette as spaar voorraad gehad, en hoewel hulle tevrede was met wat hulle gemaak het, was hulle tóg in 'n moeilike posisie, want hulle was bang dat hulle voorraad sou uitverkoop lank voordat die nuwe papier uit Londen aankom. Maar daar was niks wat hulle daaraan kon doen nie; hulle kon die situasie nie vinniger laat verloop nie. Morris het die bankbestuurder se raad ter harte geneem en nog 'n bestelling vir papier geplaas, nie na twee maande soos mnr. Shiel voorgestel het nie, maar na een maand. Tot Dawid se afgryse en met hewige beswaar, het Morris die bestelling verdubbel. Dawid het besef dat hulle nie genoeg geld sou hê om vir al die papier te betaal wanneer dit begin aankom nie, aangesien hulle nie genoeg klaargemaakte sigarette sou hê nie, en vir dié wat hulle wel verkoop het moes hulle nóg dertig dae wag vir hulle betaling.

"Dis wat hulle kontantvloei noem, Morris. Ons gaan eenvoudig nie die geld in die bank hê om vir die voorraad te betaal wanneer dit kom nie," het hy op 'n rustige namiddag gekla terwyl hulle in hul slaapkamer gesit het en hul voorraad sigarette getel het.

"Ons sal 'n plan maak, Dawid. Moenie bekommerd wees nie."

"Ek ís bekommerd, broer. So iets sal ons reputasie ruïneer. Verskaffers sal ophou om aan ons te voorsien. Hulle sal ons nie vertrou dat ons hulle sal betaal nie."

"Dawid, soms moet 'n mens 'n kans vat. Jy sal nooit iewers kom as jy nie bereid is om te waag nie. Die besigheid is daar buite. Ons het 'n kwaliteit produk wat mense wíl hê. Ons is die enigste mense wat sigarette in hierdie land maak."

"Ek weet, Morris," het hy gesug. "Ek wil net nie hê dat dit wat ons reeds opgebou het op die spel geplaas word nie."

"Luister nou mooi na my, Dawid." Morris hom stip aangekyk. "Dink terug aan daai aand toe ons by die Grand was en mnr. Rhodes daar was, daai spoorwegvergadering."

"Ja, ek onthou."

"En ons het met daardie ingenieur-ou gepraat, wat was sy naam, Ivan iets?"

"O ja, Ivan Thomson as ek reg onthou."

"Ja, dis hy. Onthou jy wat hy gesê het oor 'n Amerikaanse

sigaretmaatskappy wat besig is om 'n fabriek in Kaapstad te begin?"

"O ja, noudat jy dit noem, ek onthou so-iets."

"Wel, ek onthou dit duidelik, want dit gaan ons besigheid erg beïnvloed. Meer as erg – dit sal ons uit besigheid sit en ons uit die dorp jaag." Daar was 'n venynigheid in Morris se woorde. "Ons sal nooit met hulle kan meeding wanneer hulle op dreef is nie. Hulle het masjiene wat in groot bokse ingekrat moes word. Watter soort masjinerie dink jy is dit?" Hy het sy hande teatraal in die lug gegooi.

"Ek onthou dit nou, ja. Maar ek het nie die impak daarvan besef nie."

"Wel, dit het tot my deurgedring, Dawid. Dit het my reguit in die gesig getref." Morris het rondgekyk in die vertrek om seker te maak daar was niemand binne hoorafstand nie – nie dat enigiemand sou wees nie. "Ons besigheid het 'n leeftyd van ongeveer een en 'n halwe jaar. Dis al. Sodra hulle met produksie begin, gaan hulle die mark oorstroom met goedkoop sigarette, en baie. Dit gaan verby wees vir ons." Hy het weer oor sy skouer geloer, nou meer vir effek, en na sy broer toe oorgeleun. "Ons moet baie gou baie sigarette maak, en ons moet dit so vinnig as moontlik verkoop. Verstaan jy?"

Dawid het in skok na Morris gestaar; sy broer se desperaatheid het hom verbaas. "Ek het dit nie besef nie, Morris." Hy was verstom dat hulle suksesvolle besigheid 'n beperkte bestaanstyd gehad het, maar ook dat sy broer die skrif so vroeg aan die muur kon sien.

"Wat gaan ons doen?" het Dawid benoud gevra.

"Wat mý meer bekommer, is die dag wanneer ons ons besigheid sal moet sluit, die wins ons gemaak het, opgevreet gaan word deur die papier wat gaan aanhou kom lank nadat ons opgehou het om sigarette te maak, want – om eerlik te wees, ek weet nie hoeveel óf hoe min papier ons moet invoer nie. Ons kan alles verloor." Morris het die krat wat hy as stoel gebruik het, nadergeskuif, en Dawid het op sy krat gekriewel soos een wat rooimiere het. "Hier's my plan. Ons moet soveel as moontlik, so vinnig as moontlik, verkoop om ons verliese te verminder wanneer daardie dag kom."

Morris het vir Dawid aangesê om 'n treinkaartjie na die goudvelde in die noorde te koop, en eenduisend sigarette saam te vat as voorbeelde. Die plek waar goud ontdek is, was in 'n gebied genaamd die Witwatersrand en die dorp se naam was Ferreira's Camp. Ongeveer twee of drieduisend mense was reeds daar vir die goudstormloop, en die algemene konsensus was dat daar binnekort tien keer soveel mynwerkers en prospekteerders sou wees. Dawid se taak was om algemene handelaars en winkels te soek wat hulle sigarette sou wou koop en dan moes hy hulle bestellings te kry. Teen die tyd dat hy terugkom in Port Elizabeth, sou die eerste bestellings papier hopelik al gekom het en dan sou hulle kon begin om daardie bestellings te vul. Daarna moes hy Johannesburg toe gaan, wat 'n redelike groot dorp naby Ferreira's Camp was, en ook probeer om sigarette daar te smous, en indien moontlik, dan na Pretoria, nog 'n dorp nie té ver van Johannesburg af nie. Dit sou hopelik beteken dat – ás die Amerikaanse maatskappy al sy mark van Kaapstad af na Port Elizabeth uitgebrei het, en uiteindelik na die Witwatersrand – dat Langbourne Brothers sy voet klaar in die deur gehad het en sy handelslewe met ten minste 'n ekstra jaar verleng het. Morris het vir Dawid daaraan herinner dat hulle reeds twee kliënte in Kimberley gehad het en hy het aanbeveel dat Dawid nie daar aandoen nie en ook om Kaapstad te mis, aangesien daar geen toekoms sal wees om daar 'n mark te probeer vind nie. Hy wou tóg hê dat hy kortliks in Kaapstad moes aandoen en navraag doen oor hierdie nuwe Amerikaanse sigaretmaatskappy. Morris sou in Port Elizabeth agterbly om te wag vir die papier en om die voorraad wat hulle oorgehad het, te verkoop.

Die telegraaflyn was reeds in werking tussen Port Elizabeth en die Witwatersrand, so Dawid en Morris het ooreengekom om op daardie manier te kommunikeer as dit nodig was.

Die volgende dag was 'n helder en vars oggend, en die seuns het op die platform van die spoorwegstasie gestaan en van mekaar afskeid geneem. Dawid het 'n deftige besigheidspak aangehad wat hy by Solly Alhadeff se Algemene Handelaar gekoop het, met 'n spoggerige, suiwer wolhoed wat hom soos 'n netjiese besigheidsman laat lyk het. Morris het opgemerk dat 'n paar jong dames onderlangs na hierdie aantreklike jong man geloer het, en hy moes glimlag.

"Ek dink nou net aan iets," het Morris skielik gesê. "Wanneer jy vir my 'n telegram stuur, gaan almal by die Poskantoor dit lees; die Posmeester is 'n gereelde kliënt by die Grand Hotel en wie weet vir wie almal hy van ons besigheid sal vertel. Moenie enige vertroulike goed stuur wat ons nie wil hê almal moet lees en verstaan nie. Veral wanneer ons geld bespreek. Kom ons gebruik kodes, soos ons in Manchester gedoen het; ons is mos goed met kodes."

"Goeie idee," het Dawid saamgestem. "Wat sal ons sigarette noem?"

"O, miskien kan ons 'n dierenaam gebruik. Maar vermy 'olifante'. Die Poskantoor hef per letter, so gebruik klein woordjies, soos 'bok' en 'hert' of 'voël'."

"Goed dan, so kom ons noem sigarette 'cats' . In Engels begin albei met die letter 'c'."

"Goed," het Morris geglimlag. "Bokse sigaretpapier? Wat van 'honde'?"

Dawid het 'n vinnige laggie gegee. "Sekerlik, maar waar kom dit vandaan?"

"Jy kry honde wat boksers genoem word." Morris het vir sy eie grap gegiggel. "Tabak? Toe nou, dis jou beurt." Vir die eerste keer in 'n lang tyd het die seuns hulself geniet en saam gelag.

"Wat van 'tiere'? Ek weet 'n mens kry hulle nie in Afrika nie, maar tabakblare lýk soos 'n tier se pels, dieselfde kleure en gestreep.

"Goed, ek gee jou daai een," het Morris gelag.

"Wat van syfers?"

"Ja, dit kan moeilik raak. Ek sê jou wat, kom ons gebruik 'n woord met tien letters wat net ons twee ken en gee elke letter 'n nommer."

"Goed dan…" het Dawid half ongemaklik opgemerk, sy aandag vir 'n oomblik afgelei deur 'n mooi jong dame wat verbygeloop het en skaam vir hom geglimlag het.

Morris het op sy vingers begin tel, toe by agt opgehou en weer begin tel. Hy het weer by agt uitgekom en van frustrasie gegrom.

"Wat doen jy?" het Dawid, taamlik geamuseerd gevra toe hy sy aandag van die jong dame weer na Morris wend.

"Ek probeer aan 'n woord met tien letters dink. En nie 'n maklike woord nie."

"Jy is gek, broer," het Dawid gelag. Maar Morris het nie saamgelag nie; hy het net aangehou met tel. Skielik het die trein se toeter gefluit, en die kondukteur het uitgeroep dat almal aan boord moes gaan.

"Verdomp!" Morris het begin kwaad geword. "Ek móét vir jou 'n woord gee voor jy gaan, anders sal ons nie 'n geheime kode kan maak nie." Hy het aangehou tel, maar Dawid het hom geïgnoreer en gesien hoe die platform vinnig begin leegraak het.

"Ek het hom!" het Morris met 'n glimlag uitgeroep. "Is jy reg? Skryf dit neer."

"Ek hoef dit nie neer te skryf nie." Die fluitjie het weer geblaas, en Dawid het vinnig by die wa ingespring toe hy hoor dat die trein stadig begin beweeg. Vanuit die oop venster van sy kompartement het hy weer vir Morris gekyk, terwyl hy 'n potlood en 'n stukkie bruin papier uit sy sak haal. "Sê maar!" het hy uitgeroep toe die trein met 'n skielike ruk vorentoe begin beweeg.

"LANGBOURNE," het Morris vir hom geroep terwyl hy eers langs die trein stap, en toe begin saamdraf soos die trein begin versnel het. "Gebruik ons van; dit het tien letters! L.A.N.G.B.O.U.R.N.E. Het jy dit? 'L' is gelyk aan 1 en 'E' is gelyk aan '0'."

Dawid het nie nodig gehad om hulle naam neer te skryf nie, maar hy het dit tóg gedoen. "Haai, wag so 'n bietjie," het hy teruggeroep na Morris toe. Die afstand tussen die broers was aan die groter word soos die trein vinniger begin ry het. "Daar's twee 'N'e in Langbourne!"

Morris was desperaat. Hy was nou aan die draf, en die platform was na aan sy einde. Hy moes vinnig dink. Toe tref dit hom eensklaps: "Goed dan, 'black rhino'!"

Dawid het geglimlag, gewaai en met sy kop geknik sodat Morris kon sien hy verstaan. Hy was al verby die einde van die platform.

Van daardie dag af – wanneer die broers in hulle kommunikasies geld bespreek het – het hulle daardie kode gebruik; vir hulle het dit bloot deel van hul besigheidstaal geword.

HOOFSTUK 14
Verhoogde Produksie

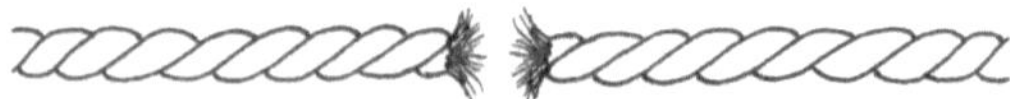

Daar was 'n koue luggie toe Morris by Sonja Du Plessis se huis uitstap en begin aanstap hawe toe. Die wolke het laag gehang en die reën het saggies op die klam aarde neergesif. Dawid was nou al ses weke lank weg, en Morris het nog nie 'n woord van hom gehoor nie. Hy het al begin angstig raak oor die stilte, maar terselfdertyd het hy geweet dat dit sinneloos was om hom te bekommer. Hy het hom nogtans gekwel en het selfs sy broer se geselskap gemis. Sedert Dawid se vertrek was die dae bleek en hartseer en hy het 'n gevoel gehad dat hierdie dag nie veel daarvan sou verskil nie. Maar daar was 'n heerlike verrassing wat vir Morris gewag het, soos hy later sou uitvind.

Die voorraad sigarette het vinnig gekrimp, en omdat hulle al die sigarette klaar gemaak het tot die papier opgeraak het, was Morris verveeld en eensaam. Hy het geleef vir die aande wanneer hy saam met intelligente mense kon kuier en stimulerende gesprekke kon voer. Toe Morris om die hoek na die hawe loop, het hy 'n nuwe skip in die hawe gesien met 'n Nederlandse vlag aan die mas. Sy hart het gesink, die enigste skip wat hy wou sien, was 'n Britse skip. Hulle sou nog twee of drie maande moes wag voordat hulle enigsins kon hoop om die eerste bestelling papier te sien aankom, en dit het hom bedruk gemaak.

Soos dit sy roetine geword het, het hy eerste by die Poskantoor gestop. Die Posmeester het opgekyk, hom dopgehou toe hy inkom en sy dik bril afgehaal.

"Goeiemôre, meneer Langbourne."

"Goeiemôre aan u, meneer," het Morris geantwoord met 'n geforseerde glimlag. Hy was die enigste ander persoon in die vertrek.

"U is gelukkig vandag; ek het 'n telegram vir u," het die Posmeester hom meegedeel, terwyl hy 'n vaal-bruin koevert uit 'n laai aan sy linkerkant gehaal het.

Morris se hart het gebokspring. "Het u?" het hy uitgeroep en vinnig na die toonbank toe gestap. Die Posmeester het die koevert oorhandig en Morris het hom beleefd bedank daarvoor, toe het hy na die regterkant beweeg na 'n hout skryftafel, waar hy die koevert noukeurig bestudeer het. Iemand – heel moontlik die Posmeester self – het daarop geskryf: 'Mnr. Morris Langbourne, Die Grand Hotel, Port Elizabeth.'

"Ek sou later vanoggend 'n boodskapper na die Grand gestuur het om dit af te lewer, maar aangesien u nou hier is..." Die Posmeester se stem het verdwyn terwyl Morris hom per abuis geïgnoreer het. Sy aandag was op daardie stadium elders.

Hy het die koevert versigtig oopgeskeur en die brief oopgevou. Dit was 'n telegram van Dawid, en sy hart het nog vinniger geklop. Daar was baie min woorde, so hy het dit stadig en versigtig gelees.

AAN: MNR MORRIS LANGBOURNE PORT ELIZABETH
DIE GRAND HOTEL
KOOP MEER SLAK PAPIER STOP BENODIG LCO HONDE STOP
KEER VOLGENDE WEEK TERUG STOP DAWID

Morris het die telegram drie keer gelees, en toe staar hy nikssiende by die venster uit, terwyl hy probeer sin maak van wat hy gelees het. Op die toonbank was 'n potlood wat lossies aan die lessenaar vasgemaak was met 'n verslete stuk tou aan die een kant. Morris het dit opgetel en die deurmekaar tou losgeskud voordat hy 'n vorm – wat redelik amptelik gelyk het – uit die houtrakkie wat aan die muur vasgeskroef was, getrek het. Op die agterkant het hy 'LCO' geskryf.

"Dis 240 bokse sigaretpapier," het Morris hardop gesê terwyl hy op sy vingers tel. Hy het toe 240 op die papier geskryf en dit vermenigvuldig met tienduisend, die aantal sigaretpapiere in elke boks. "Dis tweehonderd-en-veertigduisend sigaretpapiere," het hy vir homself gemompel. "Nie sleg nie. Glad nie sleg nie. Goeie werk, broer," het hy vir homself gemompel. Hy het die papier en die telegram opgevou en teruggesit in die koevert, en toe albei in sy baadjiesak gebêre. Toe het hy die Posmeester gegroet en deur die groot deure van die Poskantoor gestap. Sy bui was ligter noudat hy van sy broer gehoor het en hy was ook bly dat Dawid vir hulle goeie besigheid ingewin het.

Hy het slegs sowat vyf treë geloop toe hy skielik stop. "Wag so bietjie," het hy hardop vir homself gesê, "dit maak nie sin nie." Hy het haastig die papiere weer uitgehaal en die nulle getel. Daar was 'n ekstra nul in sy berekening, en iets het nie reg gelyk nie. Hy het teruggeloop na die Poskantoor en terug na die lessenaar met die vuil potlood.

"Is alles reg, meneer Langbourne?" het die Posmeester oor die raam van sy bril gevra. Morris het nie geantwoord nie, net weer sy somme begin maak. Dit het gelyk asof hy dit reg uitgewerk het, maar hy het nie die nommer verstaan nie. "Tweehonderd-en-veertigduisend honderde? Watse soort nommer is dit?" het hy gefrustreerd gemompel.

"Is alles reg, meneer Langbourne?" het die Posmeester met 'n mate van kommer in sy stem herhaal.

"Verskoon my, meneer, vergewe my onkunde," Morris het na die Posmeester se venster gestap, "ek sukkel om hierdie nommer te begryp. Maak dit sin vir u?" Hy het die papier met sy berekeninge oor die toonbank aangegee.

Die Posmeester het na die nommers gekyk wat hy neergeskryf het. '2400000'.

"Dit is..." Hy het aandagtig na die nommers gekyk, en toe die syfers met sy stomp vinger getel. "Hmm... laat ek sien; daar is sewe syfers daar, so ek sou dit lees as... Goeiste, dis 'n groot nommer..." Morris het begin ongeduldig raak; dit het gewoonlik nie lank gevat om sy humeur te verloor nie, maar hy het homself ingehou. "Goed, ek sien dit nou, dit is twee miljoen en vierhonderdduisend," het die Posmeester met 'n triomfantlike glimlag gesê.

"Twee miljoen en vierhonderdduisend. Is u seker?" Morris het flouerig gevoel, en sy bene het begin bewe.

"Ja, die grootste nommer wat ék nog gesien het. Miskien is dit beter as u 'n boekhouer of 'n rekenmeester vind wat dit kan bevestig. Dis 'n groot nommer, meneer Langbourne. Maar moenie my woord daarvoor neem nie."

"Dankie, meneer. Ek sal dit doen."

"Is alles reg, meneer Langbourne? U lyk bleek. Kan ek vir u 'n bietjie water aanbied?"

"O, nee, dankie, meneer. Ek sal regkom."

Morris het hom weer gegroet en die gebou verlaat. Hy is reguit na die Standard Bank toe en het gevra om meneer Shiel te sien. Binne minder as 'n minuut is hy in die bestuurder se kantoor ingeneem, waar Jack hom laat sit het en vir hom 'n koppie vars gebroude koffie aangebied het.

"So, wat kan ek vir jou doen Morris? Jy lyk 'n bietjie bewerig."

"Jack, ek het pas van Dawid gehoor..."

Jack het hom in die rede geval, "O aarde, is alles reg?"

"O ja, jammer, hy is gesond en behoort teen volgende week terug te wees. Ek's bevrees ek het 'n dilemma en ek hoop dat jy my sal kan help."

"Ek kan probeer," het Jack aangebied.

"Dawid het my gevra om sigaretpapier te koop, genoeg om die bestellings wat hy geneem het te vul, en ongelukkig verstaan ek nie die hoeveelheid nie. Dit is 'n bietjie bo my kennis van nommers."

"Wel, dit behoort maklik te wees vir my brein," het Jack gelag. "Ek ís darem 'n bankier. Wat is dit?"

"Hy het my gevra om tweehonderd-en-veertig bokse papier te koop, en elke boks het tienduisend sigaretpapiere in. Hoeveel is dit in individuele papiere?"

"Wel, kom ons kyk," het Jack gesê terwyl hy 'n stuk spierwit papier, waarskynlik ingevoer uit Engeland, en met 'n duur vulpen die syfers in diep donkerblou ink neergeskryf. Toe hy die som voltooi het, het hy na Morris opgekyk en gefrons. Hy het niks gesê nie, net sy kop laat sak en weer die syfers geskryf. Uiteindelik het hy na Morris opgekyk. "Twee miljoen, vierhonderddduisend."

"Twee miljoen, vierhonderddduisend?" het Morris herhaal.

"Ja, inderdaad. Dink jy dit is korrek?"

"Wel, ek moet eerlik wees. Ek vind dit moeilik om te glo."

"En jy is seker hy het gesê tweehonderd-en-veertig bokse?"

Morris het die telegram weer uitgehaal en uitgewerk waarvoor 'LCO' in hul kode gestaan het. Hy het gewonder of Dawid 'n fout gemaak het. "Ja, tweehonderd-en-veertig. Jack, hoeveel mense woon in die Witwatersrand, by die goudvelde?"

"'n Paar maande gelede het hulle gedink daar is omtrent drieduisend mense wat daar myn. Hulle het baie goud gevind, en dit het 'n stormloop veroorsaak, 'n gróót goudstormloop. Iemand het onlangs gesê daar is dalk selfs vyftigduisend mense daar, met moontlik meer as honderdduisend teen die einde van die jaar. Ek hoor dit gaan woes daar in die noorde."

Morris het vir 'n oomblik hieroor gedink, en toe 'n slukkie van sy koffie geneem. "Dawid mag dan dalk reg wees?"

"Ek dink jy moet 'n dringende besoek aan ons goeie vriend Danie Coetsee bring." Jack het sy wenkbrou gelig en vir Morris met sy kop beduie om hom aan te moedig.

"Twee miljoen, vierhonderdduisend?" het Morris asof in 'n dwaal gesê. "Wel, kan jy nou glo..."

Tien minute later het Morris in Danie se kantoor op die kaai gesit, hygend en klam van die sweet na sy maniese half-loop, half-hardloop soontoe.

"Wanneer word die volgende skip verwag, Danie? My geklike broer het meer bestellings gevat as wat ons kan hanteer."

"Dalk so oor 'n week of twee. Julle het die vorige een met twee weke gemis."

"Dit gaan nie werk nie," het Morris byna gegrom. "Nee, dit gaan nie werk nie. Ai tog, hoekom is Afrika so ver van alles af?"

"Kalmeer, my vriend. Dis Afrika."

"Ek weet, ek weet, maar dit gaan net nie werk nie." Hulle het vir 'n kort rukkie in stilte gesit, Danie het gewag vir Morris om te praat, maar hý het net na die vloer gestaar, sy brein besig teen 'n hoë spoed te werk. Trouens, hy was so gefokus op die krisis dat hy nie die bekende figuur, met sy hempsmoue halfpad teen sy voorarms gerol, gesien het toe hy stil in die deuropening aan sy regterkant kom staan het nie.

Danie het na Mnr. Weil, sy baas, gekyk en vir hom oog geknip, om te beduie dat hy die situasie onder beheer het, voordat hy sy aandag na 'n verwarde Morris gewend het. "Kan ek vir jou 'n koppie tee aanbied, Morris?" het hy kalm gevra en Julian Weil het so stil soos hy verskyn het, teruggekeer na sy kantoor.

Morris het hom geïgnoreer; hy was diep in sy eie gedagtes versonke. "Danie, toe ons Afrika toe gekom het, het ons vir 'n paar dae by Wale Baai, of iets soortgelyks, gestop. Heel ver op die suid-wes kus van Afrika."

"Walvisbaai," het Danie reggehelp. "In Duits Suid-Wes Afrika."

"Ja, dis die plek." Morris het sy asem diep ingetrek en homself reggeruk. "Die skip wat twee weke gelede vertrek het, sal sy daar vasmeer oppad na Southampton?"

Danie het geglimlag. "Jy wil hê ek moet 'n bestelling per telegram Walvisbaai toe stuur om die skip te haal? Ja, ek is seker ons kan dit vir jou doen." Danie het hom verwonder aan Morris se vermoë om oplossings in moeilike situasies te vind. "Ek sal jou wel moet laat betaal vir die telegram."

"Doen dit, Danie. Ons kan nie tyd mors nie. Ek gaan vir Dawid klap as ek hom weer sien. Hoe kán hy dit aan my doen?" Morris het skielik besef dat hy om die beurt kwaad én gelukkig was en hy het nie mooi geweet hoe om dit te hanteer nie. Hy moes net wegkom. "Dankie, Danie." Hy het opgespring, vir Danie gegroet en hom uit die kantoor gehaas. Tien treë van die kantoorgebou af, toe hy op die grondpad uitstap, het Danie vanuit die kantoor deur se opening geroep.

"Morris!"

"Wat?" Hy het omgeswaai.

"Wat wil jy hê moet ek bestel?"

Dublin, Ierland

Die yskoue wind het om die vaal houthuisie, wat Reuben en sy familie huis genoem het, geloei. Die sneeu het op die vensterbanke en dak saamgepak. Die huis was doodstil; niemand het gepraat nie; Bloomy het stil gesit en gekyk hoe die vlammetjies onder die ketel aan die boom lek, net om te sien hoe die meedoënlose koue elke poging om die vertrek warm te maak, onderdruk. Reuben het sy Tanakh in die gelerige lig van die enigste olielamp in die vertrek, gelees en die kinders, Louis en Harry, het boeke gelees wat Bloomy by die dorpsbiblioteek uitgeneem het. Helena, Reuben se oorlede vrou se niggie, het na Sarah – wat besig was om in 'n baie dierbare, pragtige driejarige te verander – om te sien. Skielik was daar 'n klop aan die deur en almal het geskrik en nuuskierig vir mekaar gekyk.

"Ek sal gaan," het Bloomy gesê. Sy het vinnig opgestaan en na die deur toe geloop, wat sy op 'n skrefie oopgemaak het.

"Brief vir jou, Juffrou," het die posman gesê, en 'n verfrommelde bruin koevert deur die skrefie gestoot. As gevolg van sy dik wolhandskoene het hy die koevert op die vloer laat val voordat Bloomy dit kon vang.

"Dankie," het sy geroep terwyl sy die deur vinnig toegemaak het, maar nie vinnig genoeg om te keer dat van die sneeuvlokkies die huis binnewaai nie, op die houtvloer beland het en onmiddellik gesmelt het. Sy het die koevert opgetel en na die handskrif op die voorkant gekyk. "Vader!" het sy uitgeroep, skielik vol energie. "Dis van die seuns af. Van Morris en Dawid."

"Bring dit hier, Bloomy, laat ek sien!" Reuben het opgespring en met twee groot treë was hy langs haar. "Laat ek sien," het hy weer opgewonde gesê. Reuben het die koevert uit haar ysige vingers gevat en op die tafel naby die olielamp neergesit. Almal het met groot nuuskierigheid en opgewondenheid nadergekom en na die verweerde koevert gestaar.

"Maak dit oop, Vader," het Harry die betowerende stilte verbreek.

Reuben het die koevert versigtig oopgemaak terwyl hy seker maak dat hy nie die inhoud skeur nie. Hy het een vel gelerige papier met vae lyne, met Morris se onmiskenbare handskrif in potlood, uitgehaal.

"Dis van Morris," het Reuben met 'n glimlag gesê. Almal het nader gekom, hulle opgewondenheid het die vertrek sommer warm gemaak.

"Lees dit vir ons, Vader, asseblief lees dit vir ons," het Louis gejil terwyl hy uitbundig gekriewel het.

Morris Langbourne,
Die Grand Hotel,
Port Elizabeth,
Kaapkolonie
Afrika.

1891

Liewe Vader,

Ek skryf om u te vertel dat ek en Dawid in Port Elizabeth aangekom het en dat ons gesond is. Die reis was lank, ongeveer drie maande. Dit is 'n baie groot land met baie interessante mense en wilde diere en dodelike gediertes.

Ons het besluit om sigarette te maak as 'n besigheidsonderneming, deur die kennis te gebruik wat ons in Manchester geleer het en die manier van besigheid doen soos u ons geleer het. Ons het vir 'n week in die bosse geloop saam met inheemse mense wat spiese gedra het om ons te beskerm, om tabak aan te skaf, en ons het 'n uitstekende leermeester gehad oor hoe om in die Afrika-wildernis te oorleef, en ook hoe om met 'n geweer te skiet vir beskerming en kos.

Ons het 'n fabriek waar ons sigarette maak en het reeds ons eerste kliënte. Ek glo ons besigheid gaan suksesvol wees.

Die weer hier is wonderlik. Die son skyn die hele tyd en dit word glad nie koud nie. As dit reën, is daar donderweer, 'n klank wat ek nog nooit vantevore gehoor het nie. Die dier- en voëllewe is fantasties. Ek het nog nooit soveel kleure gesien soos dié van die diere en voëls nie, en inderdaad ook nie in bome, wolke en sonsondergange nie. Ons het vriende gemaak met baie mense uit ander lande en ons probeer nou om van ons onderneming 'n sukses te maak.

Ons stuur ons liefde vir u en vra dat u ons liefde aan die familie oordra. Ons mis julle almal.

Baie liefde, Morris

n.s.: U kan ons kontak by die adres wat ek bo-aan hierdie brief geskryf het.

Hulle het nog drie keer vir Reuben gevra om die brief te lees, en hy het dit baie gewillig nog drie keer gedoen. Uiteindelik het hy die brief neergesit met 'n breë glimlag. "So, my seuns is besig om suksesvolle sakemanne te word. Ek het hulle goed geleer," het hy met trots verklaar.

"Ek mis hulle, Vader," het Harry gesê. "Hoekom moet hulle so ver woon?"

"Ek is verstom oor wat hulle bereik het," het Bloomy bygevoeg.

"Ten minste is hulle veilig," het Helena gesê. "Al moet hulle die hele tyd 'n geweer dra."

"Ja," het Reuben gesê, terwyl hy die brief opgevou en op die tafel neergesit het vir ingeval iemand dit dalk weer wou lees. "Ons moet die Here God Almagtig bedank dat hulle veilig en gesond is en besig is om 'n nuwe lewe vir hulleself te maak."

"Gaan u vir hulle terugskryf?" het Louis gevra.

"O ja, my seun. Ek sal dit môreoggend doen. Ek sal Poskantoor toe gaan en skryfpapier en 'n seël koop. Hierdie brief het my hart baie bly gemaak."

"Myne ook," het Bloomy bygevoeg. Sy het haar jonger broers baie gemis. Om van hulle te hoor was vir haar baie goeie nuus, amper asof hulle uit die dood uit teruggekom het. Sy het vooroor gestrek en aan die brief geraak; haar vingers vir 'n oomblik daarop laat rus, en haar verbeel dat sy hulle gees en hulle aanraking deur die handskrif op die papier kon voel.

Reuben het haar sagte aanraking dopgehou en geweet wat sy doen.

Trane het in sy oë opgewel.

Toe 'n deurmekaar Morris vir 'n tweede keer binne tien minute by Danie se kantoor uitstap, het nog 'n idee hom binnegeskiet. Sy brein was in snelrat, en soos hy probleme opgelos het, het nuwes hul verskyning gemaak. Hy het Danie gevra of daar 'n smeltery in Port Elizabeth was, en waar dit was. Hy het besef dat selfs met sewe sigaretlyne in aksie, hulle moontlik nooit sou kon byhou met al die bestellings nie. Hy het meer apparaat nodig gehad om mee sigarette te maak en vinnig.

Dit het gelei tot nóg 'n probleem: hulle sou personeel nodig hê om die lyne te werk. Én hulle sou 'n groter stoep of perseel nodig hê om vanaf te werk. Dit sou beteken hulle sou moes huur betaal. Hy het nie van die idee gehou nie. Hulle sou ook meer koperbuise benodig. Die logistieke het begin om 'n probleem te word.

Hy het buite Weil & Kie. Verskaffing gestaan en na die deurmekaar gewoel op die kaai gestaar – nou baie aktief sedert die Hollandse skip in die hawe aangekom het. Hy was verlore in sy bepeinsing en dit het hom gepla dat Dawid dalk 'n fout met die gekodeerde syfers gemaak het; hulle hét immers die kode slegs baie kortliks bespreek terwyl die trein reeds besig was om uit die stasie te vertrek. As Dawid 'n fout gemaak het, sou hulle in die moeilikheid wees. Dan sou hulle genoeg papier hê om vir dekades te hou. Én hulle sou daarvoor moes betaal voordat hulle die voorraad kon verkoop. Dit was 'n dilemma.

"Nee!" het Morris hardop vir homself gesê. "Vertrou jou broer; hy's nie dom nie." Só het hy homself daarop ingestel om die risiko te neem en die probleme wat mag voorlê, reg van voor aan te pak. Op daardie oomblik sien hy vir Nguni uit die ruim van die Hollandse skip kom met 'n reuse baal van een of ander kommoditeit op sy skouers, gebukkend onder die gewig.

"Nguni!" het hy so hard as wat hy kon geskree. Nguni het sy dowwe, veraf roep gehoor en opgekyk in Morris se rigting, wat vir hom gewaai het om nader te kom. Toe het Morris met sy linkerhand na die son gewys en 'n stadige boog gemaak na waar die son ondergaan, en sy hand by die horison gehou in die hoop dat Nguni sou verstaan dat hy hom later die dag wou sien. Nguni het vlugtig sy hand gelig om aan te dui dat hy verstaan, en toe weer sy vrag vasgevat, terwyl hy steeds vir Morris gekyk het. Morris het in die rigting van Sonja du Plessis se huis beduie, maar 'n boog in die beweging gesit om afstand aan te dui, met ander woorde, 'oor die dorpsgeboue'. Nguni het weer beduie dat hy verstaan, toe sy balans gevind en terwyl hy sy pas versnel het, byna teen die smal loopplank afgehardloop. Morris het sy kop geskud en gewonder hoe Nguni dit regkry sonder om homself af te skryf en toe het hy omgedraai en teruggestap na Sonja se huis.

Terug in sy kamer het hy een van die sigaretapparate en 'n koperbuis uitgehaal en vertrek, op soek na die smeltery. Die onderhandelinge daar het goed afgeloop en die eienaar – 'n harde koejawel vanuit Londen met dowwe ewekleurige matroos-tipe anker-tatoeëermerke op sy voorarms – het bevestig dat hy die gereedskap maklik sou kon herhaal. Hy het ook 'n paar klein verstellings voorgestel waarvan Morris gehou het en hy het ingestem dat hy nog dertien vir Morris sou maak sodat hulle aantal apparate dan op twintig sou te staan kom.

Van daar af het hy na die metaalwerkers gegaan om nog koperbuise te laat maak, en toe is hy terug bank toe om vir Jack Shiel te sien. Hierdie vergadering met Jack was 'n bietjie meer formeel, want Morris het verduidelik wat hy gedoen het en hoe hy beplan het om by te hou met vervaardiging.

"Ons gaan sonder geld sit nog voor ons met produksie kan begin, Jack. Ek het nie die syfers presies uitgewerk nie, maar ek dink ons sal dalk moet geld leen by die bank om ons deur te sien," het Morris beken.

"Ek het nogal verwag dat jy my sou kom sien, Morris. Ek het jou gesê dis wat gebeur as besighede te vinnig groei. Maar moenie bekommerd wees nie; ek ken julle, en ek vertrou jou en jou broer. Ek het gesien hoe julle werk en ek beskou julle albei as eerbare sakemanne."

Om 'n tydelike lening van die Standard Bank te verkry was nie moeilik nie, en Morris het die feit dat hul besigheid nie 'n baie lang lewensduur sou hê nie, doelbewus uitgelaat. Ten spyte van sy kwellinge, het hy homself voorgeneem om alles in sy vermoë te doen om die ooreenkoms met Standard Bank én Jack Shiel na te kom.

Daardie aand, terwyl die son besig was om te sak, het Nguni buite Sonja se hek verskyn en geduldig gewag vir Morris om terug te keer. Hy het net vyf minute gewag.

"Nguni, ek sien jou," het Morris op die tradisionele manier gesê en sy bakhande teen mekaar geklap as 'n teken van blydskap.

"Ek sien jou, Baas Randorn," het Nguni geantwoord, ook sy hande geklap en breed geglimlag.

Morris het 'n lang gesprek met hom aangeknoop, oor sy vroue en kinders, sy beeste en oeste, en het navraag gedoen oor sommige van die manne wat hulle na Patensie vergesel het en wie se name hy geken het. Hy was versigtig om nie dadelik by die besigheid deel uit te kom nie, want hy wou respek vir hierdie gespierde en lojale man van Afrika toon. Nguni het uitgevra oor Dawid en Morris se familie, maar Morris het geen nuus gehad nie. Nguni het dit baie hartseer gevind, want hy was self 'n familieman en het jammer gevoel vir die jong man. Uiteindelik het Morris gevoel dit tyd om besigheid te begin praat.

"Nguni, die besigheid van my en Baas Dawid gaan binnekort baie besig raak. Ek sal nog tabak nodig hê, maar ek kan nie nou weggaan nie, want ek moet die fabriek bestuur. Ek wil vra of jy 'n paar manne sal vat en namens my Patensie toe sal gaan en vir Mnr. van Tonder gaan sien en vir ons tabak terugbring?"

"Ek kan dit doen, Baas Morris," het hy eenvoudig gesê.

"Ek sal jou en jou manne betaal, natuurlik."

"Ek sal dit doen, Baas," het hy herhaal. "Wanneer wil jy hê moet ek vertrek?"

"Kan jy môre al gaan?"

"Ja," het Nguni ingestem met 'n goedkeurende glimlag. Hy het geraai dat dit die rede was hoekom hierdie baas hom wou sien en hy het reeds sy span bymekaar gemaak.

"Ek het ook 'n ander probleem. Ek het 'n paar mans nodig om my te help om sigarette te maak. Te veel mense wil nou sigarette hê en ek het mense nodig om die masjiene te werk."

"Ek kan dit reël, Baas," het Nguni eenvoudig gesê. "Hoeveel manne?"

"In die begin sal ek vier manne nodig hê. Maar nie nou al nie. Oor omtrent een maand."

"Hoe swaar is die masjiene?"

"O, nie swaar nie. Dis eintlik gereedskap, nie masjiene nie. Kom, ek wys vir jou een."

Morris het Nguni om die agterkant van die huis na die stoep geneem en een van sy gereedskap uitgehaal. "Hier, dis die gereedskap."

Nguni het dit versigtig by Morris gevat en dit in sy hande omgedraai. Hy het 'n snaakse uitdrukking op sy gesig gehad, want hy het geen idee gehad het wat hy vashou nie. Dit het glad gevoel en was koel en solied in sy hande.

"Hierdie masjien is te klein. Hoe kan dit sigarette maak?"

Morris het dit by Nguni gevat en hom gewys hoe om 'n sigaret te maak. "Jy sit 'n bietjie gesnyde tabak hier, en papier daar, dan druk jy hierdie ding en sit 'n bietjie gom hier, en siedaar, 'n sigaret."

Nguni het die apparaat teruggevat en dit nog 'n slag bekyk en probeer om Morris na te boots soos Morris beduie het. Skielik het hy dit teruggegee en in die stof gespoeg.

"Ghaa!" het hy met 'n keelskraap-geluid gesê. "Hierdie is vroumens werk! Mans doen nie klein werk soos dié nie. Ek sal vir jou vrou nommer twee en vrou nommer drie en twee van my jongste susters bring. Hulle sal vir jou werk en sigarette maak."

Morris was verstar en sprakeloos. Hy het net na Nguni gestaar met groot oë en geligte wenkbroue. Hy het vinnig besluit dat dit wyser sou wees om nié vir Nguni te vertel dat hy sélf 'vroumens werk' gedoen het sedert hy in Afrika aangekom het nie!

"Dit sal reg wees, Nguni, dankie. Nou, môre," het hy vinnig die onderwerp verander, "ontmoet my by die kaai soos vantevore, wanneer die son die dag groet. Ek sal vir jou 'n brief aan Mnr. van Tonder met geld gee. Jy moet dit vir hom vat en terugkom met die tabak wat hy vir jou gee."

"Ja, Baas," het Nguni getrou ingestem en weggegaan.

Dawid het eers nóg 'n week later teruggekeer. Morris was elke slag by die stasie wanneer 'n trein van Kaapstad af aangekom het, en vandag het sy hart 'n sprong gemaak toe hy vir Dawid sien waai vanuit die passasierswa se venster, terwyl die trein stadig tot stilstand gekom het, kwaai gesis en die ysterlyf knallend 'n vertoning van krag gelewer het. Toe Dawid uitklim, het hy Morris se hand in 'n stewige handdruk vasgegryp. Beide jong mans het breed geglimlag en mekaar op die skouers en rug geklap. Morris het nie 'n oomblik verspil om te begin besigheid praat nie, en het vir Dawid uit die gewoel nader aan 'n roetbesmeerde, rooibruin baksteenmuur getrek vir privaatheid.

"Sê asseblief vir my dat jy bedoel het ek moes twee honderd en veertig bokse sigaretpapier koop as gevolg van hierdie reis."

Dawid het hom met 'n vae blik aangekyk. Gedurende die oomblik se huiwering, het 'n koue sweet oor Morris se lyf uitgebars.

"Sê asseblief vir my jy hét," het Dawid senuweeagtig gevra.

Morris gesug van verligting. "Ja, ek het. Het jy enige idee hoeveel vertroue ek in daai telegram moes sit, of dat jy jou syfers reggekry het, of dat die Posmeester dit korrek neergeskryf het? Hemel, Dawid!" Morris was sigbaar verlig. "Kom ons gaan huis toe. Ons het baie om oor te praat."

Terwyl hulle terugestap het huistoe, het Dawid vir Morris begin vertel van sy avontuur na die goudvelde. Mense het daagliks ingestroom, duisende en duisende elke dag, te voet, te perd en per koets. Die vloed van mense na die Witwatersrand was meedoënloos. Behuising was skaars; sanitasie het feitlik nie bestaan nie. Die strate was chaoties met geen sin vir rigting of aanduiding dat iemand daaroor nagedink het nie. Die myners en hul gesinne het swaar gedrink en gedobbel en het enigiets wat hulle in die hande kon kry, gerook. Toe Dawid besef dat hierdie kommoditeite hoog in aanvraag was, het hy sy afslag verminder, en tog was die handelaars gelukkig om bestellings by hom te plaas. Groot bestellings. Hy het sy betroubare skryfblok uitgehaal en deur die bladsye geblaai om vir Morris al sy inskrywings te wys. Amper elke bladsy was vol name en syfers.

"En kyk hierna, Morris!" het Dawid opgewonde gesê terwyl hy na die voorkant van die blok geblaai het. "Die eerste drie algemene handelaars wat ek gaan sien het, het ek die standaard 30 dae krediet gegee, maar toe ek agterkom dat dit maklik was om die transaksie te doen, het ek opgehou daarmee. Ek het die afslag van 'n derde na 'n vyfde verander en aangedring op voorafbetaling!"

"Nooit? Het jy regtig?" Morris het verbaas gelyk. "En hulle het dit aanvaar?"

"Absoluut!" Dawid het gespog oor sy sake-suksesse. "Ek het ons wins verhoog én die geld vooraf gekry!"

"Moenie vir my sê jy het deur daardie godsverlate plek hierheen gereis met hope kontant in jou tas nie?"Morris het verskrik gelyk.

"Nee!" Dawid het geglimlag. "Ek's nie só dom om saam met dronk en bankrot mynwerkers en heidene vir duisende myle met dáái soort geld te reis nie. Jack Shiel het my mos 'n ding of twee geleer. Kyk!" Hy het sy hand in die binnesak van sy baadjie gesteek en 'n bondel papiere uitgehaal wat soos amptelike tjeks gelyk het.

"Wat is dit?" Morris het begin om sy broer se vernuf en skerpsinnigheid op die reis te bewonder, alleen en sonder ondersteuning.

"Hierdie, my liewe broer, is Bank Kredietbriewe. Hulle is van die Standard Bank van die Witwatersrand, uitgemaak aan Langbourne Brothers. Ek het elke bietjie kontant van elke dag bank toe gevat en dit by die Standard Bank verruil vir Kredietbriewe aan ons. Dit is gewaarborg dat die Standard Bank van Port Elizabeth dit sal erken en ons rekening dienooreenkomstig sal krediteer."

"En omdat die tjeks aan Langbourne Brothers uitgemaak is, kan dit nêrens anders gewissel word nie, dit kan net in ons rekening inbetaal word," het Morris die sin voltooi.

"Behalwe, natuurlik, as ons aan die agterkant van die tjek teken, soos Jack ons geleer het, wat ons beslis nie sal doen nie."

"Natuurlik, maar sê my, wat is die waarde van daardie tjeks?"

"Raai?" het Dawid geterg.

"Hoe sou ek dan nou weet? £800?"

"Meer."

"£1800, nee, £2000?" het Morris homself gekorrigeer.

"Meer," het Dawid hom aangehits.

"Nooit! Meer as £2000?" Morris was waarlik verbaas en geskok.

"£2400. Kan jy dit glo? Dit is meer geld as wat Vader in sy hele lewe gesien het! En ons is nog nie eers 'n jaar in Afrika nie!" het Dawid met trots uitgeroep.

"Ek kan dit nie glo nie," Morris het hom verstom aangestaar, en skielik terruggeruk na die hede. "Goed, kalmeer, kom ons gaan dadelik bank toe en deponeer hierdie Kredietbriewe. Dawid, jy is wonderlik! Jy het geen idee uit watter verknorsing jy ons pas gered het deur wat jy gedoen het nie."

"Dankie, Morris." Dawid se blydskap oor sy broer se verklaring van respek het hom regtig getref. "Ek is toe glad nie 'n slegte besigheidsman nie, né?"

"Ek het nooit gesê jy is nie," het Morris teruggekap, en hom saggies teen die skouer geboks. "Maar nou begin die werklike probleme, en jy weet wat dit beteken?"

Dawid het net geknik. Hy het maar té goed besef dat hulle nou meer as twee miljoen sigarette in 'n baie kort tydjie sou moes rol.

Praktiese ondervinding is die beste vorm van onderrig, en in die besigheidwêreld het die broers geen tekort aan onderrig gehad nie. Hulle was besig om te leer, en hulle moes vinnig leer. Die besoek aan die bank was beter as wat hulle verwag het. Jack Shiel het sy bes probeer om statig en professioneel op te tree, maar hy het tóg af en toe gelag en subtiele komplimente laat uitglip, en meer dikwels sy kop in ongeloof geskud. Hy het die Kredietbriewe aanvaar en die leergebinde Grootboek vir die Langbourne Brothers se rekening uitgehaal en hulle met £2400 gekrediteer. Oppad huis toe het Morris sy broer op hoogte gebring van wat hý die afgelope week gedoen het om produksie te verskerp en hul verpligtinge na te kom.

Die dertien nuwe sigaret-apparate was bo verwagting goed en gereed om te gebruik. Die ekstra koperbuise was gesny en afgelewer, en Morris het dit reeds met eweredige tussenposes aan die reling van die stoep vasgemaak met behulp van 'n stuk heiningdraad wat hy op 'n vullishoop naby die hawe ontdek het. Dit sou twintig mense op twintig bierkratte – wat hy in die stegies agter die Grand en die agterstrate van obskure kroeë in die dorp – gevind het. Hulle sou bietjie styf teenaan mekaar moes sit, maar dit sou twintig vroue inpas, al moes twee van hulle met hul rûe na die res van die groep sit; die koperpyp was aan die vensterbank vasgemaak en die punt van die buis was binne die huis. Hy het met Sonja onderhandel vir 'n meer gepaste huur, aangesien hy gevoel het dat hy haar sou inloop indien hy haar 'n paar karige sigarette per dag sou betaal vir die gebruik van haar agterstoep, terwyl dit duidelik was dat hulle baie geld sou maak daaruit.

Nguni het reeds na Van Tonder se plaas vertrek met 'n brief wat verduidelik het en om verskoning vra omdat die broers nie persoonlik gegaan het nie, tesame met genoeg geld om vier keer die aanvanklike hoeveelheid tabak te verseker, en hy het aangeneem dat Nguni binne twee of drie dae sou terug wees. Hy het met Nguni onderhandel sodat hy die vroue-arbeid sou verskaf vir die maak van die sigarette en vir Dawid aangeraai om nooit vir enigiemand te vertel dat hulle self sigarette gemaak het nie, aangesien dit 'vroumenswerk' was volgens die kultuur in Afrika. Hy het ook met Mnr. Smit van die Apteek en Mev. Bunting van die Grand Hotel onderhandel om al hul tweedehandse kartondose wat in redelike toestand was, vir goedkoop te koop. Hy het 'n leningsfasiliteit met Standard Bank gereël, wat nou – danksy Dawid se slim denke – nie meer nodig was nie.

Dawid het toe vir Morris vertel dat hy vir twee dae in Kimberley moes vertoef omdat die trein 'n probleem gehad het en hy het die geleentheid gebruik om die dorp te verken. Hy het met Johannes Kruger en Howard Cohen ook kontak gemaak, en hulle het bevestig dat hul besendings aangekom het en ook tweede bestellings by hom geplaas. Hy het opgemerk dat daar verskeie winkels was waaraan hy sigarette sou kon verkoop het, maar het dit wyser gedink om nie té veel aan te pak nie, aangesien hulle eers die verpligtinge in die Witwatersrand sou moes nakom. Kaapstad was 'n pragtige stad, en hy het rondgevra oor die Amerikaanse sigaretfabriek, wat bloot bekend sou staan as die 'American Tobacco Company', of afgekort na 'ATC'. Nie baie mense het van hulle gehoor nie, maar diegene wat wel het, het gereken dat hulle eers oor 'n jaar in produksie sou wees. Met 'n lag het hy vir Morris vertel dat een persoon met wie hy gepraat het, tot gesê het hy weet nie van enige sigaretmaatskappy in Kaapstad nie, maar hy het gehoor dat daar 'n 'spul' in Port Elizabeth is wat sigarette maak. Hierdie nuus het Morris baie interessant gevind en tog was hy verbaas oor hoe vinnig inligting oor hul besigheid in so 'n kort rukkie se tyd versprei het.

Later daardie aand het die broers soos gewoonlik na die Grand gegaan en vir Jack en Danie genooi om by hulle aan te sluit. Dawid se tuiskoms was warm en vrolik, en sy eerstehandse nuus oor wat in die goudvelde aan die gang was, het beslis aandag getrek. Almal was honger vir enige nuus buite die dorpsgrense. Dawid was beslis die middelpunt van belangstelling vir die aand, en Morris was baie trots op sy jonger broer; trots op sy moed om alleen diep in Afrika te reis en sy vermoë om elke situasie, beide besigheid én sosiaal, met gemak te hanteer. Hy was gemaklik om net terug te sit en na die gesprekke rondom hom te luister.

Toe die koffie bedien word, en nadat Jack 'n rondte Port bestel het om Dawid se sukses te vier, het die onderwerp ernstig geword toe Morris noem dat hulle niks vir ten minste ses weke kon produseer nie, want hulle moes gewag vir die skip van Southampton om aan te kom.

Danie het sy koffie neergesit en sy glas Port opgetel, diep na die donkerrooi vloeistof gekyk wat teen die kante van die glas afgeloop soos sagte rooi golwe in die see. "Menere," het hy afgemete gesê, en almal se aandag was skielik op hom terwyl hy nie sy oë van die glas af weggevat het nie, "verstaan ek reg dat daar niks is wat julle kan doen voordat daardie skip inkom nie?"

"Niks nie," het Morris mismoedig gesê. "Ons het nie meer voorraad om te verkoop nie en ons kan nie nog sigarette maak totdat die papier gelewer word nie. Ons is gestrand."

"Mag ek 'n voorstel maak?" het Danie gesê, terwyl hy sy glas neersit en sy aandag terugdraai na hulle toe. Aangesien niemand iets gesê het nie, het hy kalm en op sy sagte manier voortgegaan: "Dit kan 'n skip van Kaapstad tot Port Elizabeth tot drie weke vat om hier te land, dit hang ook af van die wind en ook by hoeveel hawes hulle moet aandoen oppad."

"Gaan voort," het Morris hom aangemoedig en gewonder watse plan in Danie se kop broei.

"Mag ek voorstel dat julle die trein na Kaapstad neem binne die volgende dag of wat? Dit vat so ongeveer twee dae, as ek reg is. Miskien kan julle jul besending onderskep in Kaapstad en dit per trein hierheen vervoer? Dan sal julle ten minste drie weke van die wagtyd kon afsny."

Almal het vir 'n oomblik in stilte gesit. Uiteindelik het Morris die stilte verbreek. "Nou hoekom het ék nie daaraan gedink nie? Danie, jy is wonderlik. Dankie!"

"Moenie daaroor praat nie, my goeie vriend."

"Ek dink ons sal met die volgende trein vertrek. Dawid, wat dink jy?"

"Ek stem heeltemal saam. En tog het ek vanoggend eers van die trein afgeklim," het hy gelag. "Soos ek gesê het, Kaapstad is 'n pragtige dorp met lieflike majestueuse berge. Waarlik 'n fees vir die oog."

"Wel," het Jack gesê, terwyl hy 'n groot sluk van sy Port gevat het en op sy tong gerol het om die fyn geur te geniet, "moenie moeite doen om uit te pak nie, Dawid. Die trein vertrek sesuur môre-oggend."

Kaapstad was nóg beter as wat Dawid dit beskryf het. Die berge rondom die dorp was asemrowend, sagte wit wolke het delikaat op hul pieke gerus en daar was digte groen bosse teen die hange. Die seuns het losies naby die hawe gekry met 'n ononderbroke uitsig oor die kaai en die skepe wat kom en gaan, en toe het hulle begin om die natuur en kultuur van hierdie opwindende buitepos te geniet terwyl hulle ongeduldig gewag het vir 'n skip waarop die Union Jack gewapper het. Hulle het 'n brief van Weil & Kie. Verskaffers gehad met die versoek aan die kaptein van die skip om die Langbourne Brothers se besending aan húlle te lewer.

Elke oggend het die broers na die kaai gestap en met die hawemeester gesels, en hom uitgevra oor skepe, verskeping en seereg. Die hawemeester was 'n ruwe diamant, ongeskeer met deurmekaar hare en slegte taal, maar hy het van hierdie twee nuuskierige broers gehou en baie inligting, ervarings en vreemde stories met hulle gedeel.

Na 'n week se verkenning van die dorp en sy vestings, geskiedenis en kultuur, het hulle ná 'n besonder lang en vervelige dag teruggekeer na hul verblyf. Hulle het besluit om by hul nuwe eksentrieke vriend, die hawemeester, om te gaan om te sien of hy enige nuus gehad het. Hulle het hom op die kaai gekry waar hy hard aan die skree was op 'n swart werker, in 'n taal wat hulle nog nooit vantevore gehoor het nie. Hulle het gewag dat die eensydige geskree stop voordat hulle versigtig nader gegaan het.

Toe hy hulle sien, het hy skielik vriendelik geglimlag, die vloed van woede heeltemal vergete. "Menere, kom hier en sê vir my wat julle sien," het hy hulle nader genooi, terwyl hy vir Dawid 'n koper teleskoop aangegee het.

Dawid het dit uitgeskuif en teen sy oog gehou, toe het hy oor die see uitgekyk in die rigting wat die onbeskofte oud-matroos beduie het.

"Ek sien 'n skip," het Dawid na 'n kort rukkie aangekondig.

"Sê vir my watter vlag jy sien, seun!" het hy opgewonde gesê.

"Dis 'n Hollandse vlag, Meneer."

"Ag, nee man! Kyk meer na regs!" het hy amper geknor, skynbaar baie teleurgesteld oor Dawid se woorde.

"O, ek sien! Dis die Union Jack wat wapper."

"Uitstekend!" Hy was nou duidelik gelukkig. "Dit is dalk júlle skip, seuns."

"Ag, Vader," het Morris gesug, "ek hoop so. Sal sy vanaand dok?"

"Glad nie, seun!" het die hawemeester vir Morris geskree. "Sy is te ver ter see om teen skemer hier te wees. En sy is te groot vir hierdie hawe. Nee, seun, sy sal vanaand net daar anker gooi, dan sal ek in die oggend – ás ek nugter is," het hy gesê en begin lag, "wanneer ek reg en gereed is, die sloepies uitstuur om haar te ontmoet en die voorraad en skatte af te laai."

Die broers het vinnig gereël dat die hawemeester die Weil & Kie. Verskaffers-brief aan die skip se kaptein oorhandig, en, indien hul vrag wel aan boord was, versoek dat dit aan wal gebring word. Hul ongeskunstelde vriend het ingestem om dit te doen, en het voorgestel dat 'n bottel goeie rum 'n mooi gebaar vir sy moeite sou wees, en so is die reëlings getref. Die volgende dag, teen middagete, het die eerste sloep teruggekom en, inderdaad, hulle sigaretpapier wás aan boord. Die broers het amper van vreugde opgespring, uitbundig van opgewondenheid. Dawid het aanhou spring om 'n straatnaambord te probeer raakklap so bly was hy, maar – soos gewoonlik – het hy elke keer misgeslaan. Hul eerste bestelling het bestaan uit honderd bokse, waarvan die sloepies slegs vyftig kon oorbring. Die ander helfte sou later die middag aankom. Die volgende dag is reëlings getref om die bokse by die Spoorwegstasie af te lewer, hulle het treinkaartjies gekoop, en daardie nag het hulle terugreis begin na Port Elizabeth.

Met hul aankoms in Port Elizabeth het hulle die bokse op die platform afgelaai en Morris het hawe toe gehardloop om vir Nguni op te spoor. Hy het hom gekry waar hy op 'n ou, stukkende krat sien sit en wag vir die volgende skip om in te kom, terwyl Dawid agtergebly het om die kosbare bokse sigaretpapier met sy lewe te bewaak.

"Nguni," het Morris gesê toe hy nader gaan, "ek sien jou, my vriend."

Nguni het opgespring. "Ek sien jou, my baas." Hulle het hierdie keer voorarms vasgeklamp, en Morris het nie regtig die verskil tussen hierdie greep en 'n handdruk verstaan nie. Nietemin, hy was tevrede om te doen wát ook al daardie dag verkies is.

"Jy lyk sterk. Ek vertrou die reis na Mnr. van Tonder het goed verloop?"

"Ja, Baas." Nguni het geknik en geglimlag. "Alles het goed gegaan, behalwe..." hy het skielik gestop.

"Behalwe wat?" Morris het onmiddellik 'n hol kol op sy maag gekry.

"Die vrou wat by jou fabriek woon. Sy is baie astrant."

'n Kort laggie het diep uit Morris se maag gebars. "Sy is astrant?"

"Sy was nie bly dat ek die tabak op die stoep gesit het nie. Ghaa! Sy is meer astrant as die muishond wat met die slang baklei. Sy het ook vir my geskree, te veel."

Morris kon nie sy lag beteuel nie en het dit uitgeskater. "Moenie bekommerd wees nie, my vriend. Ek sal vir haar sê dit was my fout; ek het dit nie gereël voordat ek weg is nie. Sy kan haar gif op my spoeg. Ek is nie bekommerd nie."

Morris het vir Nguni gevra om van sy manne bymekaar te kry om te help om die honderd bokse papier na Sonja se huis te dra, en hy sou daar wees om haar woede te paai. Toe het Morris ook vir Nguni gevra om ses vroue van sy keuse bymekaar te maak en hom ná middagete by die huis te ontmoet, waar hy hulle sou leer hoe om die sigaret-apparate te gebruik.

Om eenuur het die seuns die gerinkel van vroulike gelag by die ingang van hul huisvrou se tuin gehoor en die stoep verlaat om hulle te ontmoet en die vroue in te bring vir hul eerste les om sigarette te maak. Terwyl hulle met die paadjie opstap, het hulle ses jong vroue gesien wat geduldig vir hulle gewag het, met Nguni wat trots voor hulle staan. Net so skielik het hulle gestop, in verskrikking en afgryse, oë wyd, met monde wat oophang.

"O Vader..." het Morris vir Dawid gefluister sonder om sy oë van die mense wat by die hek gestaan het, weg te vat.

"O, liewe genade..." het Dawid teruggefluister.

"O Vader, Vadertjie tog," was al wat Morris kon uitkry.

Voor hulle was ses vroue, almal halfkaal. Nie een van hulle het 'n bloes of stuk lap aangehad om hul borste te bedek nie. Sommige van die vroue het wel 'n paar stringe krale om hul nekke gedra, maar, behalwe dit, was hulle kaal van die middel af op. Die broers was hulle hele lewens lank teen naaktheid beskerm, en skielik het hulle vasgekyk in 'n verskeidenheid pragtige borste en tepels van elke grootte en vorm. Hulle was letterlik sprakeloos. Hulle het geen idee gehad wat om te doen, waar om te kyk, of waarheen om te gaan nie. Hulle het net versteend bly staan, absoluut hulpeloos.

Nguni, verward en oortuig dat die broers nie nader sou kom nie, het besluit dat dit sy plig was om die vroue na hulle toe te vat, so hy het begin om almal op die paadjie aan te jaag sodat hy hulle aan hul nuwe base kon voorstel. Morris het 'n halwe tree terug gegee toe die kaal aanslag op hulle begin, maar Dawid het sy hand tussen sy broer se skouerblaaie gesit om hom te keer, én om Morris tussen homself en die vloedgolf van kaal vroue te hou. Nguni en sy pragtige groep het voor die seuns gestop.

"Baas Morris en Baas Dawid," het Nguni trots aangekondig, "hierdie vroue sal vir julle werk en julle sigarette maak. Hierdie is vrou nommer twee. Haar naam is 'Gugulethu'. Dit beteken 'die trotse een'," het hy gesê, terwyl hy na 'n saggeaarde jong vrou met klein ronde borste beduie het.

Sy, soos al die vroue, het na die grond gestaar, skaam geglimlag, en 'n vinnige kniebuiging gemaak, wat haar borste effens laat hop het. Sy het oogkontak vermy, wat 'n verligting was vir die seuns aangesien hulle nie hul oë kon wegskeur van haar vroulikheid af nie. Morris was so oorweldig van verleentheid dat hy dit moeilik gevind het om sy stem te vind. Hy het wel daarin geslaag om 'n geluid te maak wat dalk 'n 'ja' kon gewees het en toe het hy vinnig keel skoongemaak.

"En hierdie is vrou nommer drie," het Nguni verklaar, terwyl hy na die volgende vrou gewys het, wat langer was, groter en baie voller borste gehad het. Sy het ook 'n vinnige buiging met die knie gemaak, wat haar borste ook laat hop het. Weer eens moes die seuns hulself bedwing en na Nguni kyk vir ingeval hy sou agterkom waarna hulle staar. "Haar naam is 'Lulama', wat beteken 'die vriendelike en soet een'."

"Dankie, Nguni," het Dawid gesê, meer selfversekerd as Morris.

"Die ander meisies is my susters en niggies. Hulle sal getrou vir julle werk."

Nguni het aangegaan om hulle almal se name te noem, maar die seuns het gesukkel om al hierdie ingewikkelde name te onthou, en, in elk geval, hul aandag was beslis elders.

"Dankie, Nguni," het Dawid weer eens gesê aangesien Morris blykbaar sy vermoë om te praat heeltemal verloor het.

"As julle enige probleme met hulle het, moet julle my onmiddellik laat weet, en ek sal die probleem regmaak."

"Ek is seker daar sal geen probleme wees nie. Dankie, Nguni."

Nguni het toe iets in sy taal vir die meisies gesê, hulle het almal geknik oor wat hy gesê het, en toe is hy weg.

Die seuns het vir die vroue aangesê om hulle te volg en hulle na die agterkant van die huis na die stoep gelei. Hulle was steeds in skok en was nie heeltemal seker waar om te kyk wanneer hulle met die vroue praat nie, maar – en alhoewel hulle dit nooit sou erken nie – hulle het hierdie vrye en oorvloedige vertoning van naaktheid en vryheid van inhibisie heimlik geniet.

Dawid het hulle om hom laat sit, en Morris het toegekyk terwyl hy hulle gewys het hoe om 'n stukkie papier in te steek en die apparaat met tabak te laai. Toe het hy 'n takkie opgetel waarvan hy die een kant gekou het om 'n soort kwassie te maak en dit in die mengsel meel en melk – hulle tuisgemaakte gom – gedoop. Met een vloeiende beweging het hy 'n dun lyntjie gom aan die een kant van die papier getrek. Toe het Dawid die apparaat teenaan die koperbuis gehou en die voltooide sigaret deur die opening gestoot; die koperbuis het teenaan die papier gedruk en vasgehou in die pyp terwyl dit droog geword het. Die vroue het soos klein voëltjies begin kwetter terwyl hulle opgewonde gekyk het na die towerkuns wat hierdie wit seun pas uitgevoer het.

"Wie wil probeer?" het Dawid gesê, terwyl hy die apparaat in die lug gehou het.

Daar was doodse stilte en sommige van die vroue het selfs 'n kort tree teruggetree.

"Komaan, dis nie moeilik nie, en julle moet leer. Wie wil probeer?"

Weer eens was daar stilte.

"Goed, wat is jou naam nou weer?" het hy gevra, terwyl hy na vrou nommer twee gekyk het. Hy gaan sukkel om hul name te onthou, het hy gedink.

Weer eens was daar doodse stilte; hulle was nuuskierig, maar daar was ook 'n tikkie vrees op sommige van hulle gesigte.

"Dawid," het Morris uiteindelik gepraat, hoewel sy oë onwillekeurig na die dames se borste getrek is soos spelde na magnete getrek word.

"Wat?" het Dawid gesê, half sy kop na Morris gedraai, maar sy oë was ook vasgenael op die vroue voor hom.

"Ek het 'n gevoel nie een van hulle kan Engels praat nie," het Morris stadig gesê.

Dawid het sy blik weggeruk en direk vir Morris gekyk. "Dink jy so?" het hy gevra, en toe teruggedraai na die vroue. "Kan enige van julle Engels praat?"

Hy is met doodse stilte en leë kyke begroet.

"Ek kan dit nie glo nie," het Dawid gesug. "Wat nou?"

"Wag," het Morris vir Dawid gesê. "Ek gaan gou met Sonja praat. Ek het haar een keer hul taal hoor praat. Wag net hier."

Morris is die huis binne en het vir Sonja geroep wat in die sitkamer se deur verskyn het in 'n blommetjieblou rok met 'n gehawende hardebandboek in haar hand. Sy het besonder mooi gelyk daardie dag, haar lang, gryserige hare skoon gewas en netjies gekam.

"Sonja, ek's jammer om jou te pla, maar dit lyk asof ek en Dawid onsself in 'n bietjie van 'n piekel gekry het en ek het gewonder of ek jou mag raad of bystand vra."

"Natuurlik, Morris. Hoe kan ek help?" Sy het bekommerd gelyk.

"Wel, ons het nou 'n punt bereik waar ons produksie tot maksimum kapasiteit moet skuif, so die tyd het aangebreek om personeel in diens te neem. Ons het vir Nguni gevra om vir ons mans te kry, maar hy het besluit die werk wat gedoen moet word, is vroumenswerk en het vir ons ses vroue gebring, van wie twee sy vroue is en die res is susters en niggies, dink ek. Die probleem is dat nie een van hulle kan Engels praat nie, en ons kan nie Xhosa praat nie."

"Ek verstaan jou dilemma, Morris. Kom, kom ons kyk of ek kan help. Ek kan darem 'n paar woorde Xhosa praat," het sy met 'n glimlag gesê.

"Ahh... maar nog erger," het hy gesê en sy hand opgesteek om haar te keer, "en ietwat van 'n verleentheid. Ek is nie seker hoe om dit te sê nie, maar die vroue wat hy vir ons gebring het, is almal halfkaal."

Sonja het uitgebars van die lag, so hard dat Dawid haar kon hoor buite op die stoep. "Morris, dit is hoe die swart vroue hier aantrek. Ek kan nie glo dat jy nog nie 'n Xhosa-vrou gesien het sedert jy in Afrika aangekom het nie!"

Morris het daaroor gedink, en sy was reg; hulle het nog nooit 'n swart vrou gesien nie, net mans.

"Kom ons gaan, jou simpel." Sonja het haar boek neergesit en saam met Morris buite toe geloop. "Ek wed jou jy het nog nooit 'n kaal vrou gesien nie," het sy gesê en toe weer uitgebars van die lag en Morris was genoop om haar na buite te volg, blosend en uiters verleë. Hy het nie geweet hoe om haar te antwoord nie, so hy het besluit dat dit beter was om stil te bly.

Teen drie-uur daardie middag was Langbourne Brothers terug in besigheid, met agt lyne aan die werk; ses deur vroue wat nie 'n woord Engels kon verstaan nie, en die ander twee deur die broers self. Die volgende dag het agt kaalbors vroue vir werk opgedaag. Morris het aangeneem dat die vroue van die vorige dag vir Nguni gesê het die seuns werk elkeen 'n apparaat, so hy het nog twee vroue gestuur om hulle te vervang.

"Dalk beter as ons nie vandag sigarette maak nie, broer," het Morris gesê toe die vroue besig was om te werk. "Nguni stuur dalk môre nog twee." Heimlik het hy wél gehoop dat hy dalk nog baie meer as net nog twee sou stuur. Hy het homself geniet en hulle sou in elk geval produksie moes opstoot.

Die seuns het toesig gehou en die voltooide sigarette in bokse verpak en dan die bokse genommer, en die dag se produksie aangeteken in 'n notaboekie wat hulle by Solly se Algemene Handelaar gekoop het. Dawid het gereeld deur sy skryfblok gegaan, bestellings afgemerk en die bokse geadresseer wat hy na die Spoorwegstasie sou neem vir versending na die goudvelde in die noorde.

Na vyf dae se soliede produksie, het Morris die lyne tot volle kapasiteit verhoog. Twintig vroue was op die stoep, besig om sigarette te maak en die sagte en aanhoudende plof, plof, plof van die voltooide sigarette wat in kartondose val, het die jong mans baie besig gehou om die gevulde bokse leeg te maak en bestellings vir kliënte te verpak. Hulle produksielyn sou enige besigheidseienaar groen gemaak het van jaloesie. Een middag het die vroue skielik begin sing, 'n melodie wat almal wat hulle kon hoor se harte warm sou maak. Die broers was in verwondering oor hul vermoë om saam met die deuntjie en tempo te harmoniseer. Bo alles het die seuns dit gesien as 'n teken dat hulle werkers gelukkig was, en dít het hulle onsettend trots gemaak. Dawid het opgelet dat sedert die vroue begin sing het, hul produksie ook dramaties verbeter het. Die liedjies was strelend en, terselfdertyd het dit hulle gemotiveer en verder geïnspireer. Elke keer wanneer een van die seuns 'n voltooide bestelling Poskantoor of Spoorwegstasie toe gevat het, kon hulle nie wag om terug te gaan nie. Hulle was onseker hoekom dit so lekker was om tussen hulle werkers te wees. Morris het gevoel dit was omdat hy produktief was; hy was in beheer, en het veilig gevoel. Dawid het stilweg besef dat hy die eenheid van hul span geniet het. Hy het ook daarvan gehou om hulle te sien – salig onbewus dat hulle voorkoms strydend was teen die sogenaamde sosiale norme van die Europese samelewing.

Die seuns se geheime vreugdes was van korte duur, want dit het skielik koud geword en die vroue het met kleurvolle komberse, oor hulle skouers gedrapeer, werk toe gekom. Die helder rooi, geel, groen en blou ontwerpe op hul serpe en komberse was vrolik en lewendig, en die seuns was trots op hulle werkers. Mettertyd het hulle begin Xhosa aanleer, hoofsaaklik gebore uit hul behoefte om met hulle personeel te kommunikeer. Daar was 'n paar ingewikkelde 'klik-klanke' wat in hulle woordeskat onderbreek het en hulle het dit moeilik gevind om dit na te boots, en hoe meer hulle probeer het om 'n klik in 'n woord te sit, hoe meer het die vroue openlik vir hulle gelag. Die seuns het ook vir hulself gelag, en uiteindelik het hulle hierdie vreemde klanke reggekry, en sodoende die prettige dames se respek verdien, en nóg belangriker, Nguni se respek. Dit was nie lank nie, of hulle kon hulleself goed uitdruk in Xhosa.

Een dag het Morris vir Dawid gesê dat hy nog nooit gehoor het dat werkers in Ierland sing nie. Hy het Dawid daaraan herinner hoe mislik en hard dit was om in Engeland én in Ierland te werk, en dat hulle hulself gedurig aan hul verlede moes herinner en onderneem om nooit soos hulle base in Europa te word nie.

"Toe jy by die smeltery gewerk het of toe ek op die plaas gewerk het, het hulle gedurig op ons geskree en gedreig – fisies én met woorde en ons het uit vrees onwillig hard gewerk," het Morris vir Dawid gesê. "Ons was ongelukkig en het nooit tot ons volle potensiaal gewerk nie; ons het kortpaaie gevat, en stadiger gewerk wanneer ons kon. Ons wou ook nie gaan werk nie, ons het gekla en ons klagtes huistoe gedra, en dit het ons familie ook ongelukkig gemaak. Ons het dit gehaat om daar te bly. Maar kyk nou na hierdie vroue. Hulle sing, hulle is gelukkig, en ek is oortuig daarvan dat hulle dit geniet om hier te werk omdat ons nie op hulle skree nie – ons prys hulle eerder, ons verwelkom hulle in die oggende, ons dring daarop aan dat hulle rus en tyd vat om te eet. Ons sê goeienaand vir hulle, en wanneer hulle huis toe gaan, sê ons dankie. En kyk, hulle hou aan terugkom. Hulle is nooit laat nie, en hulle werk sonder om te kla. Dawid, ons moet nooit soos die base in Ierland en Engeland word nie. Nóóit, hoor jy my?"

Die voorraad papier het gou weer 'n probleem geword, maar, te danke aan Morris se toevallige bestelling wat hy impulsief geplaas het, het die aflewerings begin oorvleuel. Toe die volgende skip met nog kosbare papier geland het, het dit ook 'n brief van hul vader gehad, wat sy pad na die Grand Hotel toe gevind het. Mev. Bunting het die koevert veilig gehou totdat die broers daardie aand vir hul gebruiklike aandete gekom het. Sy het baie van Dawid gehou met sy sjarmante en lewenslustige persoonlikheid, terwyl Morris meer reguit en saaklik was. Sy het 'n punt daarvan gemaak om die brief persoonlik aan Dawid te oorhandig, wat hy met dank aanvaar het en in sy binnesak gebêre het sodat hy dit later kon lees. Hy het sy lof en bewondering uitgespreek vir die wonderlike werk wat sy in die hotel gedoen het, wat haar gevlei het en sy het dit opgeslurp soos 'n blom in 'n droogtegeteisterde tuin. Hy het sy opgewondenheid oor die brief goed weggesteek, al wou hy bars daarvan.

Eers toe hulle gaan aansit vir ete, het Dawid die koevert uitgehaal en vir Morris gewys. "Hierdie het vandag gekom," het hy gesê en dit oorgeskuif na Morris toe. "Mev. Bunting het dit vir my gegee toe ons aankom. Wil jy dit oopmaak?"

Morris het die koevert opgetel en sy vader se handskrif herken. "Absoluut," het hy geglimlag en met sy bottermes die rand van die koevert oopgesny.

* * *

Mnr. Reuben Jakob Langbourne
O'Grady Cottage,
Penny Lane,
Dublin,
Ierland.

1891

My Liefste Seuns,

Dit was met groot verligting en blydskap dat ek julle brief oor julle veilige aankoms ontvang het, en met groot trots dat ek verneem van julle suksesvolle onderneming in die besigheidswêreld. Ek moet julle op alle vlakke gelukwens.

Julle broers en susters is in goeie gesondheid. Louis en Harry vaar steeds goed op skool en is albei aan die bopunt van hul onderskeie klasse. Bloomy het 'n permanente werk by 'n klerasie-winkel en het 'n ernstige kêrel wat my goedkeuring wegdra.

My besigheidsverhouding met Mnr. Samuel Watson het geëindig toe hy ongelukkig afgesterwe het, en daarom is ek sonder werk of inkomste. Ek dank die Here vir julle suster se inkomste van die klerasie-winkel wat die gesin onderhou.

Soos julle weet, het julle wyle moeder se niggie, Helena, by ons kom woon om na Sarah en die jong seuns om te sien. Haar rol as 'n moeder is onontbeerlik, en daarom was dit gepas dat ons trou. Gevolglik is ons verlede maand deur Rabbi Gabriel Cohen getroud en is Helena nou julle stiefmoeder. Ek vertrou dat julle haar hartlik in die familie sal verwelkom.

Ek bid dat julle besigheidsonderneming vir julle baie sukses en welvaart sal bring en vra dat julle gereeld sal skryf oor hoe dit met julle in Afrika gaan.

Julle liefdevolle vader, Jakob

"Wat?" het Dawid uitgeroep. "Hy het met Tannie Helena getrou? Het die aartappels van Ierland sy brein aangetas?"

"Ek is geskok," het Morris gesê terwyl hy sy kop verward geskud het. "Ek dag dan mens kan nie met 'n familielid trou nie?"

"Wel," het Dawid peinsend gesê, "sy is net 'n aangetroude familielid; dis nie 'n bloedverwantskap nie. En nou teken hy sy naam 'Jakob'. Wat het van Reuben geword?"

"Nietemin, ek kan nie glo hy het met haar getrou nie."

"Kan jy jou voorstel as hulle kinders het?"

"Hulle kán nie kinders kry nie," het Morris gesê, nog steeds kopskuddend in ongeloof. "Hulle is te oud daarvoor. Gee asseblief vir my die spyskaart aan."

Maar Morris was verkeerd. Baie verkeerd!

Hulle sigaretproduksie het besonder goed verloop gedurende die wintermaande, en dit was nie lank nie, of hulle het al hul bestellings gevul. Net voor die lente aangebreek het, het Morris weer vir Dawid op 'n verkoop-ekskursie na die goudvelde van die Witwatersrand gestuur en voorgestel dat hy in Kimberley en sommige van die ander nedersettings, soos Bloemfontein, moes stop en van daar af reis na Johannesburg en Pretoria – die hoofstad in wat nou as die Onafhanklike Republiek van die Transvaal bekend was. In 'n ondernemende en avontuurlustige blitsbesluit het Dawid per trein na die ooskus van Zoeloeland na 'n dorp genaamd Durban gereis waar – soos hy gehoor het – 'n groot klomp koloniste gevestig was.

Dawid was vir vyf weke lank weg, maar met hulle geoefende kode wat hulle uitgedink het, gekombineer met hul 'black rhino' syferkode en dierename, kon Dawid sy bestellings per telegram aan Morris stuur met volle vertroue, en sodoende die produksie in Port Elizabeth aan die gang hou – én die Posmeester baie verward. Elke weeksdag het Morris Poskantoor toe geloop waar hy die telegram met bestellings ontvang het. Morris het geweet dat die meeste van hierdie bestellings – dié met 'n goed-bewoorde kode in die teks, reeds vooraf betaal was. Morris het ook begin om die rekeningkundige joernale in orde te hou en was dus baie besig. In die aande, rondom etenstyd, het hy na die Grand toe gestap vir 'n welverdiende maaltyd, 'n bietjie geselskap, én om nog besigheidstransaksies te beklink. Dit het sy roetine geword. Mev. Bunting het vir Dawid gemis en het gedurig oor hom uitgevra. Morris het uitgesien daarna om nuwe en interessante besoekers te ontmoet wat deur Port Elizabeth gereis het, én natuurlik om besigheid en nuusgebeure met Jack Shiel en Danie Coetsee, sy twee gunsteling vriende, te bespreek.

In die lente het elke mens, dier, voël, plant en boom dankie gesê vir die voorreg om in so 'n wonderlike land te mag woon, en Morris het gevoel dit was tyd om weer vir Piet van Tonder in Patensie te besoek om hul vriendskap te versterk. Dawid het ingestem om agter te bly en 'n ogie oor produksie te hou en sodoende die besigheid aan die gang te hou. Nguni is aangestel om die ekspedisie met sy span manne te lei en Morris, gewapen met hulle getroue Martini-Henry en geklee in sy – nou redelik uitgewaste – bosklere het op die week-lange reis vertrek.

Van Tonder was baie beïndruk dat Morris die moeite gedoen het om hom te besoek en dit het die bande van besigheid en vriendskap tussen hulle versterk. Piet was so bly om Morris te sien, dat hy 'n lam geslag het en Hennie het spesiaal vir hom 'n maaltyd voorberei wat die Grand Hotel se kombuis diep sou beny het. Sy het 'n ophef van Morris gemaak en hom baie welkom laat voel. Selfs hulle kinders het probeer om Morris se aandag te kry deur vir hom allerhande goed wys wat hulle gemaak het en wou gehad het dat hy saam met hulle in die tuin speel. Hy het nie net die een nag gebly soos hy beplan het nie, maar twee.

Die reis huistoe was egter nie sonder voorval nie. Hulle kamp is een aand omring deur 'n trop leeus wat enige moontlikheid van slaap van hulle ontneem het. Gelukkig – danksy alles wat Piet vir hulle geleer het toe hulle mekaar die eerste keer ontmoet het – het hulle voor donker 'n groot klomp brandhout bymekaar gemaak en hulle het die vuur die hele nag laat brand. Toe hulle die eerste teken van gevaar sien, het hulle die vuur nog meer gestook en van die brandende stompe na die omtrek van die kamp getrek en met hul rûe na die groot vuur in die middel gesit, en waggehou deur verby die kleiner vure te kyk vir beweging; spiese en geweer byderhand. Twee keer het die leeus baie naby – net anderkant die vure – beweeg; vaal spookagtige skaduwees wat vlugtig agter die gloed van die vlamme geflits het, hulle geel oë het weerkaats in die lig van die vlamme. Morris het die Martini-Henry oor die koppe van die groot katte laat praat en hulle het 'n ent teruggeval, net om terug te kom en weer te probeer. Die feit dat hulle teruggekom het en min vrees vir die ontploffing van die vuurwapen gewys het, het Morris tot in sy diepste wese geskud. Die gegrom en gebrul het in die manne se borskaste gevibreer. Hy het 'n respek vir hierdie 'konings' ontwikkel en hy het ook besef hoe kwesbaar die mens is teenoor hulle. Met die breek van die eerste lig voor sonsopkoms – na die langste en mees angswekkende nag óóit – het Morris gesweer dat hy nooit weer vir Piet en Hennie van Tonder sou besoek nie.

Terug in Port Elizabeth het hulle besigheid floreer. Dawid het nie nodig gehad om soveel te reis nie, aangesien herhaalde bestellings per telegram begin instroom het – en daardie bestellings was gewoonlik dubbel én driedubbel die grootte van die voriges. Nietemin, Morris het vir Dawid gestuur om hul teenwoordigheid dieper die land in te vestig. Morris het 'n bestendige papier-voorraad deur Danie Coetsee bestel, sodat daar nooit 'n onderbreking was in hulle produksie nie, en die seuns se vroulike werkers het voortgegaan om die produksielyne te versier; hulle het gesing en met mekaar gesels en gegiggel. Alhoewel dit gelyk het of die sang en die vroue se teenwoordigheid nie vir Sonja gepla het nie, het Morris dit wel goed gedink om vrywillig die huur wat hulle betaal het, te verhoog. Hy het gevoel dit het inbreuk op haar privaatheid gemaak. Sy het dit met dankbaarheid aanvaar.

Na die eerste jaar in besigheid het hulle bankrekening baie gesond gelyk. Morris het nou wel een keer – terwyl hy die grootboek met Jack Shiel nagegaan het, 'n inskrywingsfout raakgesien wat hulle nie begunstig het nie. Alhoewel die fout uiteindelik reggestel is, was Morris hoogs geïrriteerd dat die bankklerke probeer het om hom te oortuig dat húlle reg was en hy verkeerd. Dit was toe dat wantroue posgevat het, en Morris het dit sy verantwoordelikheid gemaak om die bankrekening daagliks te kontroleer. Dit het 'n gewoonte geword – amper 'n obsessie – wat vir die res van sy lewe voortgeduur het. Hoewel hy nie 'n probleem met Jack Shiel gehad het nie, het Morris begin voel dat banke – as 'n instelling – daarop uit was om onderduimse winste uit hul kliënte – teen homself in die besonder – te maak waar hulle ook al kon.

Slegte nuus het die broers een aand begroet toe hulle bymekaar gekom het vir hul gereelde aandete en sosiale byeenkoms by die Grand Hotel toe Danie Coetsee aangekondig het dat hy deur sy oom gevra is om by sy firma van rekenmeesters in Johannesburg aan te sluit. Hy sou vertrek sodra hulle 'n plaasvervanger vir hom by Weil & Kie. Verskaffers kon kry. Beide seuns was diep ontsteld oor hierdie verwikkeling.

Slegs dae later het hulle nóg slegte nuus gehoor, deur middel van skinderstories wat in die kroeg herhaal is – die 'American Tobacco Company' in Kaapstad het met produksie begin. Dit het die doodsklok vir die broers se besigheid gelui en hulle het huis toe gestrompel, neerslagtig en depressief. Hulle het besef dat hulle tyd van voorspoed tot 'n skielike stilstand sou kom. Nie net dit nie, hulle sou die fantastiese span wat hulle gehad het moes afdank sodra verkope begin afneem, en, erger nog, hulle sou verplig wees om vir 'n klomp sigaretpapier te moet betaal wat op pad was vanaf Londen. Hoewel Dawid depressief was oor die nuus, was Morris meer kwaad as teleurgesteld. Hy het die Amerikaners se

onderneming as 'n persoonlike aanval op homself en sy besigheid gesien;
dit het sý bestaan, toekoms en loopbaan bedreig. Tog het die broers
ooreengekom om soveel as moontlik te produseer en om aan te hou
verkoop – hulle moes pap skep terwyl dit reën. Hulle het ook besluit om
versigtiger te wees met die hoeveelheid papier wat hulle in die toekoms
bestel, want hulle wou nie met oorskot voorraad gestrand sit, wat hulle
nie kon verkoop nie.

Daar was egter nie net slegte nuus nie. Dawid het teruggekeer van een
van sy reise na die binneland, 'n 'verkoop-ekspedisie', soos Morris dit
genoem het – maar dit was egter meer 'n 'kliënteverhouding-veldtog',
volgens Dawid. Hy het probeer om al die nuus aan Morris oor te dra,
maar tydens aandete op die aand van sy terugkeer, by die Grand, het
Dawid onthou van 'n brokkie interessante nuus wat hy vergeet het om vir
Morris te vertel.

"Oja, ek het vergeet om te noem, jy sal nooit raai vir wie ek in
Kimberley raakgeloop het nie," het hy gesê, terwyl hy 'n heerlike stuk
fillet op sy vurk hap.

"Ek het geen idee nie. Sê maar," het Morris sy broer aangemoedig, sy
mes en vurk teenaan mekaar op sy bord gesit en die bord effens van hom
af weggestoot.

"Julian Weil. Onthou jy hom?"

"Ja, natuurlik. Hy besit Weil en Kie. Verskaffers, én Solly Alhadeff se
Algemene Handelaar, en omtrent die helfte van al die kolonies in Suider-
Afrika. Hoe gaan dit met die goeie man?"

"Inderdaad baie goed. Onthou jy hoe ons sy bestelling opgeskuif het en
hom die eerste prioriteit gemaak het?"

"Ja, hoe kan ek dit vergeet? Ons het ons eerste ware Pond uit daardie
bestelling gemaak."

"Wel, Morris, kom ek vertel jou iets wat jy nie weet nie." Dawid het
vir 'n oomblik stilgebly vir dramatiese effek. "Mnr. Weil was so beïndruk
met die manier waarop ons besigheid gedoen het dat hý ons ook nie
vergeet het nie, en, as gevolg daarvan, het hy vir ons groot besigheid van
al sy ander maatskappye regdeur die Kolonies verseker."

"Ja, ek weet dit, Dawid."

"Aag, maar wat jy nie weet nie – en dít is nogal interessant – is dat hy
vir al sy bestuurders gesê het om nooit sigarette by enigiemand anders te
koop nie, behalwe by ons – in persoon. Dit lyk asof ons nogal 'n indruk op

die man gemaak het."

"Ha!" het Morris uitgeroep. "Kan jy nou meer? Is dit nie ongelooflik hoe 'n baie klein daad so ver pad kan loop nie?"

"Eintlik moet ek dit herformuleer. Dit lyk asof 'jý' 'n groot indruk op hom gemaak het."

"Ek?" Morris het verbaas gelyk.

"Ja, jy. Hy het baie oor jou uitgevra en aanhouend vrae gevra."

"Watter soort vrae?"

"O, soos waar jy skoolgegaan het; waar jy gewerk het voordat jy Port Elizabeth toe gekom het; watse tipe persoon jy is – jou karakter, jy weet – sulke dinge. Hy het veral in jou sin vir besigheid belanggestel. Ek dink hy bewonder die manier waarop jy besigheid doen. Hy het nie regtig in mý belangstel nie, dit kan ek bysê," het Dawid gesê, klaar geëet en beleefd sy fyn Sheffield silwer eetgerei op sy bord bymekaar gesit.

"Wel, ek sal dit as 'n kompliment aanvaar aangesien hy sélf 'n baie suksesvolle sakeman is," het Morris gesê, nogal stomgeslaan oor wat Dawid hom pas vertel het. "Ek het die man net een keer ontmoet. Hoe kon hy tot daardie gevolgtrekking gekom het?"

"Miskien het Danie iets vir hom gesê. Wie weet?"

Twee maande later het daar iets uiters onverwags gebeur, en dit het die broers heeltemal onkant gevang. Hulle het die aand by die Grand Hotel ingestap en elkeen 'n Skotse whisky by die kroeg bestel voordat hulle gaan aansit het vir nog 'n uitspattige maaltyd, toe 'n lang man in 'n donker pak klere hulle nader. Hy was gladgeskeer en sy swart hare was baie kort geskeer, en hy het 'n hoekige, vierkantige ken gehad. Maar dit was sy kil en onmoontlike blou oë wat hul aandag getrek het.

"Goeienaand, menere. Ek neem aan julle is die Langbourne-broers?" het hy gesê met 'n baie prominente aksent, een wat hulle nog nooit vantevore gehoor het nie. Hoewel dit vreemd geklink het, was sy stem helder en sag op die oor.

"Ons is inderdaad. Ek is Morris Langbourne, en dié is my broer, Dawid Langbourne. En wie se geselskap het ons die voorreg om te geniet?"

"My naam is Albert Symonds. Ek verteenwoordig die Kaapstad-tak van die American Tobacco Company."

Dit het vir die seuns gevoel asof hulle harte deur hul ingewande wou val. Morris het homself vinnig reggeruk; nie een van hulle het verwag dat iemand van die gevreesde opposisie-maatskappy sou waag om Port Elizabeth toe te kom nie, veral nie om húlle op te soek nie.

"Ah!" het Morris met 'n glimlag gesê, en probeer om sy onmiddellike vyandigheid teenoor die vyand se boodskapper te verberg. "Ons het van u maatskappy gehoor. Welkom in Port Elizabeth."

"Dankie, Mnr. Langbourne," het Symonds beleefd met 'n effense buiging gesê om sy opregtheid te toon. "Ek het gewonder of u by my sal aansluit vir aandete – as my gaste –sodat ons mekaar beter kan leer ken."

Weer eens was die seuns onthuts. Hulle het vyandigheid eerder as gasvryheid verwag. "Wat laat u dink ek sou ú beter wil leer ken, Mnr. Symonds?" het Morris vinnig geantwoord. "U is my kommersiële vyand?"

Symonds was nogal geskok oor die antwoord, en dit het op sy gesig gewys; Dawid het kalm ingetree. "Verskoon my broer; hy het 'n besondere moeilike dag gehad. Dit sal 'n voorreg wees, Meneer. Dankie."

Die drie mans het 'n tafel gekies en, in die tipiese tradisie in Afrika, het hulle elke onderwerp onder die son bespreek voordat hulle besigheid begin praat het sodat hulle kon uitvind wat Mnr. Symonds van hulle wou hê. Soos gewoonlik het Dawid die meeste van die praatwerk gedoen terwyl Morris die meeste van die luisterwerk gedoen het, wat vir Symonds onbeskof gelyk het en hom ietwat ontstel het.

Hulle het ontdek dat Symonds 'n familieman was met twee dogters; hy het van Chicago in die VSA gekom. Hy het twee honde besit, en hy het baie gereis in sy lewe. Hy was nog nooit in Ierland nie, so hy het sy tyd gevat om uit te vind oor die Langbourne-seuns en waar hulle lewens begin het. Dit het gelyk of hy opreg belanggestel het in hulle stories, en hoe meer hulle gesels het, hoe meer het die seuns besluit dat hulle van hierdie geharde en selfversekerde Amerikaner hou, al het hulle hom eintlik beskou as die vyand én iemand wat hulle nie kon vertrou nie.

Morris het uiteindelik, tydens die hoofgereg, die onderwerp aangeroer wat almal vermy het. "So, Albert, wat bring jou na Port Elizabeth?"

"Wel, soos julle seker gehoor het, het ons 'n fabriek wat sigarette vervaardig in Kaapstad gebou, en ons het verlede maand met produksie begin," het hy gesê terwyl hy sy mes en vurk neersit om sy volle aandag op die seuns te fokus. "Ons het begin om sigarette te verkoop, en ons verkoopsmanne na die binneland het teruggerapporteer dat julle produk die wêreld oorheers."

"Dis waar," het Morris eerlik erken.

"Ons het van julle bestaan geweet, maar ons het geen idee gehad van hoe groot julle maatskappy was nie. Om eerlik te wees, ons het gedink dat julle net twee is in die besigheid en ons het nie verwag om julle produkte so ver soos Pretoria of Durban te sien nie."

"Ons probeer om ons vinger op die pols te hou, Albert."

"Wel, as ek doodeerlik en reguit met julle twee moet wees; ons het die kapasiteit om groot hoeveelhede sigarette per dag te maak, en het daarom het ons ook die vermoë om julle pryse maklik te ondermyn," het hy gesê, maar dadelik sy hande in selfverdediging gelig, "moet my nie verkeerd verstaan nie, ons wil nie in 'n prysoorlog met julle betrokke raak nie. Dit sou nie goed wees vir die bedryf as geheel nie."

"Wat stel jy voor?" het Morris gesê, ook sy mes en vurk neergesit en vorentoe geleun om sy vraag te beklemtoon.

"Ek is met julle eerlik as ek sê ek wil nie ons winste sny net om ons opposisie uit die weg te ruim nie. Dit is nie goed vir ons invloedryke beeld nie, en ons hou nie daarvan om so te werk te gaan nie. Ons voel dat die beste en mees winsgewende pad vorentoe sal wees as ons saamwerk."

"So wat stel jy voor?" Morris het sy oë nie van Symonds afgehaal nie.

"Ek het gehoop dat ons 'n ooreenkoms sou sluit waardeur ons vennote word. Dan kon ons die fabrieke saamsmelt, en mekaar uithelp indien nodig."

"O, ek twyfel sterk of ons ons fabrieke sou kon saamsmelt," het Dawid gesê. "Ons masjinerie is enig in sy soort. Gemaak vir ons vereistes in hierdie land, veral wanneer mens in gedagte hou hoe moeilik dit is om onderdele in te voer en so aan."

"Ek kan nie glo julle hoef nie onderdele in te voer nie. Alle masjinerie breek tog een of ander tyd."

"Nie ons s'n nie." Morris het vinnig vir Dawid gekyk en onbewustelik 'n wenkbrou gelig. "Ons masjinerie is in Ierland ontwerp, en dit het ons in staat gestel om dit hier in Afrika te kan dupliseer soos ons dit nodig kry. Ons hoef nie masjinerie in te voer nie. Ons brei eenvoudig ons fabriek uit soos die aanvraag dit vereis." Hy het 'n blik van kommer oor Symonds se gesig sien flits. "Ons voer wél sigaretpapier in, soos ek seker is julle ook doen, want daar is geen pulp- en papierfabriek in hierdie wêreld nie. Ons hou genoeg papier in voorraad om ons vir een jaar teen volle kapasiteit aan die gang te hou."

"Ek sien," het Symonds nadenkend gesê terwyl hy Morris se woorde verwerk het. "Ek is beïndruk. So julle bedryfsteuringe is minimaal?"

"Dit bestaan byna nie," het Dawid met trots gesê.

"Menere, sal julle omgee as ek julle fabriek besoek?"

Dít was 'n ontwikkeling wat Morris nie verwag het nie en was verbaas dat Symonds die verwaandheid gehad het om dit selfs te vra. Dawid het met afgryse na Morris gekyk. Die laaste ding wat hulle kon toelaat, was dat hierdie grootkop Amerikaanse sigaretvervaardiger hulle piepklein lyne van koperbuise en gietyster apparate moes sien, wat nog te sê van 'masjiene'. En die ergste van alles – hulle halfkaal personeel.

"Vergewe ons, Albert, maar ons moet ons uitvindings met groot sorg bewaak. Ek vertrou dat jy dit verstaan."

"Natuurlik, ek vra om verskoning dat ek gevra het."

Die onderwerp is laat vaar en almal het hul maaltye voltooi, met ongemaklike pouses, slegs verbreek deur onbenullige kletspraatjies oor lewe in Afrika en hoe hulle moes aanpas by al die vreemde gebruike en eienaardighede van die plaaslike bevolking.

Met aandete verby, is varsgebroude koffie bedien, en Albert Symonds het teruggekeer na die onderwerp onder bespreking. "Menere, het julle al ooit daaraan gedink om julle besigheid te verkoop?"

Morris het nie hierdie vraag verwag nie. "Albert, ons is altyd in die mark en oop vir onderhandelings, maar dit sal die moeite werd moet wees. Ons winste is groot en ons sien groot potensiaal om noord van die grens uit te brei." Morris het nou al die praatwerk gedoen.

"As ek vir julle 'n aanbod maak, sal ek daarop moet aandring dat julle 'n bindende ooreenkoms teken dat julle twee nooit weer 'n ander sigaretfabriek in hierdie land sal oopmaak of bedryf nie."

Morris en Dawid het nie verwag om die opsie te hê om hul besigheid te verkoop nie; hulle het wél verwag dat hierdie reuse multi-nasionale korporasie hulle uit die dorp sou dryf. "Ek sien jy wil die monopolie hê, is ek reg?" het Morris versigtig bevraagteken.

"Is daar iets verkeerd daarmee?" het Albert homself verdedig.

"Inteendeel, Albert," het Morris hom versigtig so bietjie gevlei, "in jou posisie sou ek sê dit is 'n uiters verstandige en vernuftige besigheidstrategie."

Albert het die vleiery opgeslurp. "Ek het magtiging van my Raad om vir julle 'n aanbod te maak," het hy gesê, sy koppie koffie neergesit en reguit vir Morris gekyk.

"Albert, as ons ons besigheidspotensiaal gaan prysgee, en boonop ons reg om die enigste ding te vervaardig wat ons weet vir ons 'n inkomste kan gee, en jy neem dit weg vir 'n leeftyd, moet jou aanbod iets wees wat ons nie kán weier nie."

Albert het rondgekyk om seker te maak dat niemand binne hoorafstand was nie, en hy het vorentoe geleun. Morris en Dawid het dieselfde gedoen. Hy het sag gepraat sodat net hulle drie kon hoor wat sê, en toe het al drie teruggesit in hulle stoele en net vir mekaar gekyk.

Morris het sy koppie koffie opgetel en die laaste bietjie gedrink. "Albert, dit is 'n baie rojale aanbod; ek moet jou egter vra om vir my en Dawid 'n paar minute alleen te gee sodat ons dit kan bespreek."

"Natuurlik," het Albert gesê en met een beweging opgestaan. "Verskoon my asseblief, ek sal solank die rekening vir die maaltyd betaal en oor so... tien minute terugkeer?"

"Perfek. Dankie, Albert," het Morris geantwoord, en hom dopgehou terwyl hy wegstap na die *Maître D'*.

"Morris!" het Dawid in 'n hees fluistering gesis, terwyl hy vinnig rondkyk om te sien of enigiemand hom kon hoor. "Is hy ernstig?"

"Dit is 'n vrygewige aanbod, Dawid. Die vraag is, gaan ons dit aanvaar?"

Dawid het 'n oomblik daaroor nagedink. "Ja, ek dink so. Dit ís baie geld. My genade!"

"Hy wil beslis ons besigheid hê. Hy weet verseker dat dit 'n fantastiese aanbod is. Hy kon ons baie maklik net doodgemaak het deur ons pryse te ondermyn."

"So, hoekom doen hy dit nie?"

"Hy dink seker dat ons masjinerie beter is as syne en dat dit 'n groter bedreiging inhou as wat dit werklik is," het Morris bespiegel.

"Nee, ek dink nie dis die enigste rede nie." Dawid het dit vir 'n rukkie oordink. "Dis groter. Daar is iets anders, maar ek kan my nie voorstel wat nie."

"Wel, ek is seker dat ons produksie nie soveel van 'n bedreiging kan inhou nie, en dit kan nie ons pryse wees nie," het Morris gepeins terwyl hulle vir 'n oomblik in stilte sit en nadink.

"Ek dink ek weet hoekom," het Dawid versigtig gesê en toe breed begin glimlag. "Ons masjiene is nie die bedreiging nie. Dis ek en jy wat die bedreiging is vir hulle."

"Ons?" het Morris gesê.

"Ek wed jou enigiets wat jy wil hê dat hy sy span verkoopspersone uitgestuur het na die Kolonies en hulle het gereeld by Julian Weil se winkels gekom, en – onthou? – Julian het vir my gesê dat hy sy bestuurders opdrag gegee het om nooit sigarette by enigiemand anders te koop nie, nét by die Langbournes."

Morris se brein het vir 'n oomblik aan die woer gegaan terwyl hy dit oordink het. "Wel, slaan by dood met 'n veertjie! Ek dink jy is reg!" het Morris gesê, regop gesit en geglimlag asof hy nooit sou ophou nie. "Hy kry nie sy sigarette verkoop nie!"

"Ek stem heeltemal met jou saam, broer," het Dawid gesê en rustig teruggeleun in sy stoel.

Sowat 'n minuut later het Albert teruggekeer na die tafel en amper senuweeagtig van Morris na Dawid gekyk. "Wel, menere?"

"Albert, ek en Dawid het jou aanbod deeglik oorweeg, en ons stem albei saam dat ons besigheid ten minste drie keer meer werd is as wat jy aangebied het," het Morris met groot kommer in sy stem gesê. "Dit is uiters winsgewend vir ons en ons groei hou nie op nie. As jy jou aanbod sou heroorweeg, met daardie veelvoud, dan het ons heel waarskynlik 'n ooreenkoms."

Dawid het vir Morris dopgehou terwyl hy gepraat het, en hierdie keer was dit Dawid wat 'n wenkbrou gelig het, want hy het nie verwag dat Morris die prys só hoog sou opstoot nie. Albert het sy koppie opgetel en die laaste bietjie koffie op die bodem bestudeer, dit 'n bietjie rondgespoel, en toe die oorblyfsels in sy keel afgegooi. "Nou maar goed, menere, ons het 'n ooreenkoms. Maar dan julle moet instem om julle masjinerie aan my oor te gee, insluitend al die voltooide én onvoltooide voorraad, tesame met julle bestelling-boek. En julle sal skriftelik moet instem dat julle nooit weer in hierdie land by die tabakbedryf betrokke sal raak nie."

"Stem jy saam, Dawid?"

"Ek stem in beginsel saam, Morris," Dawid het Morris vertrou, sy gesig ernstig. "Ek stem egter nié saam dat ons nooit weer betrokke mag wees in die tabakbedryf nie. Gestel ons volg later 'n beroep as handelaars? Dit sou ons verhoed om julle kliënt te wees en julle produkte te verkoop, Albert."

"'n Goeie punt, Dawid," het Albert saamgestem. "Kom ons sê dan dat julle sal instem om nooit weer sigarette te vervaardig nie?"

"Dan stem ons saam," het Morris bevestig, "maar slegs by ontvangs van die fondse in ons bankrekening en geverifieer deur ons bankbestuurder, Mnr. Jack Shiel."

Die drie het opgestaan en hand geskud. "Dan is dit so. Ek sal reël dat 'n prokureur môreoggend 'n kontrak opstel. Menere," het Albert met 'n glimlag gesê, "kom ons ontmoet môreaand hier, dieselfde tyd, en dan formaliseer ons hierdie ooreenkoms."

Die seuns het by die Grand uitgestap nadat hulle Albert vir sy gasvryheid bedank het en regs gedraai in Belmont Terrace sonder om 'n woord te sê. Op die hoek het Dawid met 'n aanloop na die straatnaambord gehardloop en so hoog as wat hy kon gespring. Hierdie keer het hy die bord met sy uitgestrekte vingers getref en 'n dowwe houtklank het straat-af weergalm. Morris het dit nie eers probeer nie, maar toe hy vir Dawid inhaal, het hulle albei breed geglimlag.

"Kan jy dit glo, Morris?"

"Ek het dit nie in 'n duisend jaar verwag nie, broer. Nooit óóit nie, om presies te wees. Sjoe, eers het ons gedink dat ons besigheid vernietig is en nou het ons dit voetstoots mét alles in dit, verkoop; ek kan dit net nie begryp nie. Niemand sou ons ooit glo as ons hulle vertel wat pas gebeur het nie."

"Ek is nie seker dat ek reg gehoor het nie, Morris. Sê weer vir my, vir hoeveel het ons pas ons besigheid verkoop?"

Morris het diep asemgehaal, na Dawid gekyk en geglimlag. "Vyf-en-sewentig duisend pond, Dawid, *vyf-en-sewentig duisend pond*."

HOOFSTUK 15

Oppad Noordwaarts

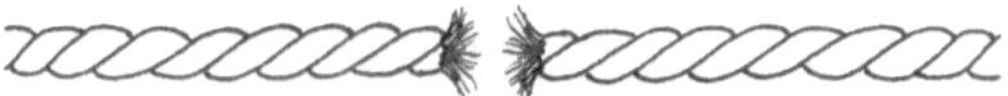

Dit was 'n vars môre toe Morris en Dawid vir Albert Symonds groet; die fluit van die stoomlokomotief het skril deur die vroeë oggendstilte geklink. Die trein het met 'n groot geraas amper vorentoe gespring en die stoom het verwoed onder die roetbesmeerde lokomotief gerammel; toe was alles skielik stil toe die enjin die koppeling tussen die waens begin reguit trek. Sy tasse en 'n klein houtkassie met twintig sigaret apparate en twintig koperbuise, was reeds veilig in sy eersteklas-kompartement.

"Veilig reis, Albert. Dit was goed om met jou besigheid te doen. Ek hoop dat ons paaie weer eendag sal kruis," het Dawid met 'n stewige handdruk gesê.

"Inderdaad, menere. Ek bewonder wat julle in so 'n kort tydjie met so min bereik het."

"Dankie vir die kompliment, Albert," het Morris gesê terwyl hy sy hand geskud het.

"Manne, ek wil vir julle een guns vra."

"Sekerlik, gaan voort," het Morris geantwoord, nou nogal nuuskierig.

"As ek die eienaars van ATC die gereedskap wys waarmee julle julle besigheid bedryf het, gaan hulle nie glo hoeveel ek daarvoor betaal het nie. Ek kan dalk nog my werk ook verloor."

Morris het gesien wat kom. "Moenie bevrees wees nie, Albert. Wat ons aan betref, het jy daardie bedrag betaal vir ons besigheid én die kompetisie en hoofpyne wat ons vir jou en jou maatskappy besorg het. Jy het 'n aansienlike bedrag betaal om ons besigheid toe te maak en jou winste te beskerm. Nie vir die gereedskap nie."

Albert was merkbaar verlig. "Inderdaad, inderdaad," het hy ingestem. "Dit is, in werklikheid, die waarheid. Kom ons hou julle 'fabriek' en alle 'masjinerie' vir ewig 'n geheim tussen ons."

"Absoluut, Albert. Ons gee jou ons erewoord," het Morris hom verseker.

"Albert?" het Dawid hom in die rede geval. "Ek weet dis nie ons besigheid nie, maar mag ek vra wat jy daarmee gaan doen?"

Albert het vir Dawid geglimlag, "Ek's bevrees, dit gaan mý geheim wees."

"Ek het nogal so gedink," het Dawid gesê. "Ek was net nuuskierig. Dis net dat dit vir my soveel goeie herinneringe inhou. Elke keer as ek dit in my hande gehou het, het dit my herinner aan ons swaarkry-dae in Manchester, en toe weer in Ierland en dan onthou ek al ons geheimsinnige beplanning, opgewondenheid en hoop toe ons alles in ons vermoë gedoen het om Afrika toe te kom om 'n nuwe en beter lewe vir onsself te skep. Dis amusant dat daai apparate gesorg het vir dít wat ons vandag het."

"Onthou die goeie tye, Dawid," het Albert met simpatie gesê. "Moet nooit die verlede vergeet nie, maar fokus op wat julle vandag het, en die geluk en vreugdes wat die lewe op jou pad bring. Oppad terug Kaapstad toe is daar 'n lieflike uitsig vanuit die trein wanneer dit oor 'n rivier op 'n baie hoë brug van een berg na die ander gaan. Weet jy waar dit is?"

"Inderdaad ken ek dit, dis baie moeilik om nié die uitsig daar te bewonder nie."

"Ja, dis my gunsteling plek in hierdie land," het Albert gesê, terwyl hy in sy gedagtes die uitsig van een van God se wonders herroep het. "Mag jy en Morris van nou af sulke uitsigte geniet, en nie stilstaan by vorige swaarkry nie."

Hulle het nog 'n keer hand geskud, en Albert het ingeklim toe die trein se fluit weer blaas en die trein stadig begin versnel oppad Kaapstad toe.

Nadat die trein verdwyn het, en die platform leeg, het die broers bly staan en die verlatenheid ingeneem.

"Wel," het Morris die stilte verbreek.

"Wel, inderdaad," het Dawid herhaal, albei seuns het nog na die leë spore gestaar. Hulle was deftig aangetrek in hulle suiwer wol besigheidspakke en het met hulle hande in hulle broeksakke gestaan; Dawid met sy kenmerkende vilthoed op.

"Wat het hy gesê oor uitsigte en skoonheid en God se wonderwerke?"

het Morris gewonder.

"Hy gaan ons apparate in die rivier gooi wanneer die trein daaroor ry. Dit gaan hulle laaste rusplek wees," het Dawid kalm geantwoord.

"O," het Morris gesê, sonder om sy blik van die leë spoorlyne af weg te vat.

Nog 'n minuut van stilte het verbygegaan. Net 'n ligte getjirp van 'n voëltjie ver van hulle af, was hoorbaar.

"Kom ons gaan vier dit, net ek en jy, by die Grand. Ek voel lus vir 'n stewige ontbyt," het Morris skielik voorgestel. Dit was nie nodig om Dawid twee keer te nooi nie.

"Die einde van 'n era, broer Morris. Knap gedaan. Sonder jou sou ek dit nie gedoen het nie," het Dawid gesê toe hulle omdraai om die stasie te verlaat.

"Spanwerk, Dawid, pure spanwerk. Jy het ook jou deel gedoen. Ons werk goed saam. Dis die rede hoekom ons so goed vaar. Pure spanwerk."

Die broers het die stasiegebou sonder 'n verdere woord verlaat. Beide het hande-in-die-sakke aangestap. Hulle het sonder om 'n woord te praat by die toe deure van Standard Bank verbygeloop. Die bank sou eers oor 'n uur oopmaak, maar die seuns het tog by die vensters ingekyk terwyl hulle verbyloop, met die verwagting dat daar dalk iemand binne was, al het hulle goed geweet dit sou verlate wees.

"Morris?" het Dawid terloops gesê. "Ek het gedink, miskien moet ons vir Vader geld stuur, noudat ons dit kan bekostig."

"Ja, ek het ook daaraan gedink," het Morris geantwoord, amper meer vir homself as vir Dawid.

"Die groot vraag is, hoeveel stuur ons?"

"Weet jy wat, Dawid, ek het deeglik daaroor gedink en ek is in twee geskeur oor wat om te doen."

"Wat bedoel jy?" het Dawid nuuskierig gevra.

"Ek haat dit om dit te erken, maar ek het maar min respek vir Vader deesdae. In my opinie was hy eerlikwaar nie 'n goeie voorsiener vir die familie nie. Kyk die manier waarop ons moes leef, in armoede en ellende. Ons was koud en honger, en tog het Vader geen werklike poging aangewend om vir ons te sorg nie. Hy het net op my, jou en Bloomy staatgemaak om klein bietjies geld te verdien, terwyl hy die meeste van die tyd in die sinagoge gebid het. En onthou wat hy in sy brief gesê het. Hulle maak nou op Bloomy staat om hulle te voed en aan te trek."

"Morris, ek dink nie Vader kon dood goed verwerk nie. Moeder het vir ons vertel dat toe May doodgebore is, hy dit baie sleg hanteer het, en toe Moeder oorlede is, wel, jy het gesien hoe het hy verander."

"Ja, ek weet, maar dis nie 'n verskoning om jou gesin toe te laat om te verhonger nie."

"Jy kan hom nie blameer nie, Morris." Dawid het gefrustreerd geraak met sy broer se gevoelens teenoor hulle vader. "Jy weet hoe swaar dit vir ons was toe Moeder oorlede is. Die Vader weet hoe moeilik dit vir Vader moes gewees het."

Hulle het 'n kort entjie in stilte gestap terwyl Morris nagedink het oor wat Dawid gesê het. "Ja, jy's reg, Dawid. Ek kan my nie indink hoe dit vir hom was om vir Moeder te verloor nie. Hy was baie lief vir haar. Dit het hom ongelooflik depressief gemaak; dit hét hom verander."

"Jy weet, miskien het hy gebid dat ons voorspoedig moet wees én veilig, en kyk nou, die Here het sy gebede verhoor."

"Jy is weer reg, Dawid," het Morris teësinnig ingestem. "So hoeveel stuur ons terug?"

"As ons een duisend pond terugstuur, behoort dit hulle maklik vir 'n hele jaar te help, en ons sal dit skaars mis in ons bankrekening."

"Nee," het Morris hardop gedink, sy voorkop vertrek in 'n frons. "Ek stel voor ons doen die volgende: kom ons stuur twee duisend pond terug – met 'n paar voorwaardes. Eerstens, hulle moet uit daai gehug trek en 'n blyplek nader aan die stad huur waar hulle gemakliker sal wees; 'n huis sonder lekplekke en wat die winterkoue buite hou. Tweedens, moet hy die gesin behoorlik voed en aantrek."

"Ek hou van daardie idee, Morris. Kan ek voorstel dat ons elke jaar dieselfde bedrag stuur?"

"Ja, en ons moet hom so gou as moontlik laat weet sodat hy kan beplan vir die familie. Hoe oud is Louis en Harry nou?"

"Ek sou dink hulle moet nou so elf en twaalf wees," het Dawid ongemaklik gesê.

"Ja, dis wat ek gedink het. Ek wil hê hulle moet 'n goeie opvoeding by 'n ordentlike skool kry. Ek weet Vader is 'n goeie onderwyser, maar skole is beter."

"Moet ons dan meer geld terugstuur?"

"Ons kan dit verseker bekostig. Is dit reg met jou, Dawid?"

"O ja, natuurlik. Ek dink dis 'n uitstekende idee. Wat dink jy? Vier duisend pond?"

"Ja, dit behoort genoeg te wees. Elke jaar vir solank ons dit kan bekostig. Dan is dit so ooreengekom?"

"Verseker."

"Uitstekend. Dawid, skryf asseblief aan Vader en vertel vir hom wat ons gaan doen. Ek het die laaste brief geskryf, so dis nou jou beurt. Moenie vir hom vertel hoeveel geld ons werklik gemaak het nie, dis óns besigheid – nie dat hy ons sal glo as ons hom wél vertel nie. Kom ons spaar hom die verleentheid. Vertel hom ons dring daarop aan dat Louis en Harry skool toe gaan, en dat ons graag wil hê dat Bloomy vir haarself nuwe klere gaan koop. Moeder sou saamgestem het – jy weet hoe belangrik dit vir haar was dat haar kinders netjies aangetrek was. Maak seker dat hy verstaan dat die geld vir die héle gesin is."

"Jy wil nie hê dat Bloomy jou spelling nagaan nie, dís hoekom jy wil hê ék moet die brief skryf," het Dawid gelag. "Natuurlik, ek doen dit graag, maar hierdie keer gaan ek dit nie op papier uit 'n notaboek skryf nie. Ek gaan dit op 'n vel wit papier skryf met 'n spoggerige vulpen."

"Jy gaan nie een van daai by Solly se Algemene Handelaar kry nie, my vriend," het Morris gelag.

"Nee, maar ek is seker Jack Shiel sal nie omgee as ek syne op sy lessenaar gebruik nie!"

Sonder om werklik die volle impak van hul bespreking op hulle gesin te besef, het die broers aangestap na die Grand Hotel; met daardie gesprek het hulle die gesin se toekoms vir ewig verander.

Morris en Dawid het by die Grand Hotel aangesit vir 'n stewige ontbyt van gebakte eiers, spek en boerewors – 'n sappige, tradisionele tipe wors. Hulle het hulle tyd gevat om te eet, aangesien hulle nêrens heen hoef te gegaan het nie en ook niks gehad het om te doen nie. Hulle het hul goeie geluk bespreek en bespiegel oor wat hulle volgende gaan doen.

"Ons sal nooit weer sigarette kan maak nie," het Dawid gekla.

"Om eerlik te wees, ek sal nie omgee as ek nooit weer 'n sigaret sién nie," het Morris gesê toe hy klaar geëet het en sy mes en vurk bymekaar gesit het op sy bord om vir die kelner aan te dui dat hy klaar was; die kelner het stilweg van sy linkerkant af verskyn en flink die bord verwyder.

"Wat gaan ons nou doen, Morris?"

"Ek het gedink oor daardie nuwe land in die noorde."

"Ah... Zambezia? Of Rhodesië, soos hulle dit noem," het Dawid gesê en nadat hy sy mes en vurk ook bymekaar gesit het en sy mond sorgvuldig met die gestyfde katoenservet afgevee het.

"Ja, Rhodesië. Dis altyd goed om die eerste te wees in enige besigheid. Ons was die eerste met sigarette, en kyk waar het dit ons gebring," het Morris geglimlag. "So ek het gedink dat ons handelaars kan word in 'n splinternuwe land."

"Algemene handelaars? Met 'n winkel?"

"Ja, hoekom nie? Ons het genoeg geld om 'n winkel te bou en dit met voorraad te vul, én nog geld oor te hê."

Met hierdie idee nou stewig in hulle gedagtes gevestig, het die broers die volgende twee dae spandeer om hulle nuwe onderneming na die verre noorde te beplan. Mev. Bunting, wat nou amptelik die Kos- en Drankbestuurderes van die Grand Hotel, Port Elizabeth, was, was maar te bly om vir Dawid 'n ruwe skets van 'n kaart van die suidelike punt van Afrika te leen, wat die seuns op 'n groot tafel in die hotel se biblioteek uitgerol het. Hulle het besluit dat hulle sou reis na die nuutste buitepos in die noorde van Mashonaland, met die naam Fort Salisbury. Fort Salisbury is net twee jaar gelede, in 1890, gestig, en hulle het geglo dat as hulle 'n Algemene Handelaar daar oprig, hulle 'n voorsprong op enige kompetisie sou hê. Ervaring het die seuns beslis geleer dat dit baie lonend was om eerste met enigiets in 'n land te wees – dit het groot voordele ingehou.

Die reis na Fort Salisbury sou hulle deur die hart van die Kolonies na Mafeking vat, waar die spoorlyn geëindig het. Van daar af sou hulle die res van die pad te voet moes aandurf, en deur KoBulawayo, die hoofstad van Matabeleland – 'n land wat deur die meedoënlose Koning Lobengula regeer word – moes gaan.

Terwyl hulle bespreek het of hulle waens sou benodig om voorraad vir hulle winkel in so 'n ver buitepos, te dra, was daar skielik 'n oproer in die ontvangsarea. Iemand se aankoms het mev. Bunting laat gil van blydskap, en party van die kelners het ook met vreugde vorentoe beweeg om die persoon te verwelkom; almal het vrolik gelag en was duidelik bly om die persoon te sien. Dawid het opgestaan en na die deur van die biblioteek gestap en by ontvangs ingekyk, en toe het hy met 'n groot glimlag na Morris gedraai.

"Jy gaan nie glo wie pas hier ingestap het nie!"

"Wie?" het Morris gevra. Hy het geen idee gehad nie, maar die manier waarop Dawid geglimlag het, het iets goeds voorspel.

"Anthony Robinson. Onthou jy? Die jagter en ontdekkingsreisiger wat ons op die skip ontmoet het."

"Natuurlik onthou ek hom!" het Morris gesê, terwyl hy opspring. Hulle het amper by die ontvangssaal ingestorm om hom te groet. Dit was 'n vrolike reünie; almal was bly en het hartlik gelag. Hy was baie gewild – dít was baie duidelik – en die broers was oorstelp van vreugde om hom weer te sien.

Hulle het onmiddellik gereël om daardie aand vir ete te ontmoet en die seuns het na die biblioteek teruggekeer om hul beplanning voort te sit, terwyl hulle 'n giggelende mev. Bunting agtergelaat het om 'n ophef te maak oor hierdie aantreklike, gawe heer.

"Dis nou toevallig om weer vir Anthony te sien!" het Dawid uitgeroep toe hulle na die lessenaar terugkeer. "Hy het nogal vir my op die skip gesê dat die kanse goed was dat ons paaie weer in Afrika sou kruis."

"Perfekte tydsberekening!" het Morris met 'n glimlag beaam. "'n Paar dae later en ons sou hom heeltemal gemis het. En ons kan beslis waardevolle raad by hom kry voor ons vertrek. Perfek!"

Die aandete het tot laat die nag aangegaan, met 'n menigte stories en staaltjies. Jack Shiel en nog vier ander – almal Anthony se vriende – het hulle aangesluit en die wyn het gevloei. Anthony het vertel hoe hy verskeie kere rakelings uit die kloue van die dood ontsnap het tydens sy avonture in Rhodesië. 'n Skelm olifant het hom een keer byna oorval toe hy uit 'n digte doringbos te voorskyn gekom het, en een keer – laat een middag – moes hy uit selfverdediging 'n leeu doodmaak wat een van sy geweerdraers vermink het. Die man is ongelukkig kort daarna dood, want hy het doodgebloei. Hulle het aan sy lippe gehang, veral toe hy vertel het van 'n keer toe hy en sy manne in bome moes klim om te ontsnap van 'n renoster wat hulle vir 'n hele dag geterroriseer het – gewere, toerusting, kos en water, alles het vergete op die grond agtergebly. Uiteindelik het hulle, rasend honger en dors uit die veiligheid van die bome geklim. Hy het vertel hoe hulle 'n buffel gesien het wat homself teen drie leeus verdedig het, en een van die groot katte dodelik gewond het voordat die ander twee teruggeval het. Die stories het beter en beter geword soos die aand gevorder het en aan die einde, het hy vertel hoe hy 'n tweede man verloor het toe 'n monsterkrokodil hulle aangeval het terwyl hulle die Limpoporivier probeer oorsteek het.

Na aan die einde van die aand het Morris vir Anthony gevra of hulle die volgende dag kon ontmoet. Hy wou sy raad vra oor die gebiede in die noorde, aangesien die broers die volgende stap in hul lewens beplan het. Anthony het geredelik ingestem. Die kerse is stelselmatig uitgedoof in die hotel hoe later dit geword het wat 'n aanduiding was vir gaste om na hulle kamers toe te gaan en vir besoekers om huis toe te gaan. Net mev. Bunting, het tot aan die einde gebly en op 'n afstand na die opwindende stories geluister. Sy het vir Anthony na sy kamer begelei met 'n kers om hulle weg te verlig.

Morris en Dawid het daardie nag skaars geslaap – die gevolg van 'n oorvloed koffie, die opwinding van Anthony se stories asook hulle eie nuwe avontuur wat hulle beplan het. Hoewel almal die volgende oggend moeg was, het die vergadering met Anthony baie beter as verwag verloop aangesien hy baie onlangse nuus en eerstehandse ervaring gehad het oor die situasie in die Kolonies én in Rhodesië. Hy het gewaarsku dat die reis moeilik sou wees en dat – as hulle waens met vrag sou neem – die korrekte roete via Mafeking moes wees, want hulle sou nie die Limpoporivier kon oorsteek as hulle noord van Pretoria of Johannesburg gereis het nie. Nietemin, hy het voorgestel dat hulle per trein na Mafeking reis en daar hulle waens en osse koop, en nie in Port Elizabeth nie, sodat hulle reistyd en uitgawes kon verminder. Daar was 'n koetsbouer in Mafeking, wat baie probleme vir hulle sou kon oplos.

Anthony het wel vir hulle deurslaggewende raad gegee wat hulle reisplanne dramaties sou beïnvloed – raad wat net hy sou kon gee – soos om vir Nguni saam te vat as hul leier. Nguni was van die Xhosa-stam, en die inboorlinge in die Noorde was Ndebele; daar wás 'n verband onder die voorouers – hulle taal is byna dieselfde met klik-geluide. Nguni en sy stam was meestal vredeliewende boere, terwyl die Ndebele meer militant was en van hulle beeste gehou het. Trouens, beeste was trotse besittings en het hulle status en rykdom in die samelewing bepaal. Hy het gevoel dat as die seuns vir Nguni as hul gids saamvat, daar nie probleme sou wees met die Ndebele-stam om hom te aanvaar nie, maar hy sou vir lang tye weg van sy gesin en die dorp moes deurbring, wat onregverdig sou wees teenoor hom en langtermyn probleme sou kon veroorsaak. Hy het gevoel dat dit beter sou wees as hulle 'n Ndebele-gids nader aan sy tuisland in diens neem.

Die seuns kon Anthony nie genoeg bedank vir sy hulp nie en het hom gepeper met vrae. Dawid het hom tot gevra om hom na Sonja se huis toe te volg sodat hy vir Dawid raad kon gee oor hoe om die Martini-Henry beter te hanteer. Die lesse wat hy gegee het was van onskatbare waarde en – met loeiende ore en seer en gekneusde skouers, het hulle teruggegaan huistoe waar Sonja vir hulle tee en varsgebakte skons voorgesit het. Anthony en Sonja was duidelik opgetrek met mekaar en dit het die gesprek oorheers totdat Anthony na die Grand vertrek het, want hy het ander besigheid gehad om te doen.

Daardie middag het die seuns vir Jack gevra om al hul geld uit die bank te onttrek en aan hulle te gee in die vorm van 'n Bankgewaarborgde Kredietbrief sodat hulle hulle geld in 'n bank in Rhodesië kon deponeer – afgesien van 'n bietjie kontant sodat hulle waens, osse en voorrade vir hul winkel kon aankoop. Jack het hulle meegedeel dat die mees noordelike bank in Kimberley was, baie ver van Mafeking af. Die seuns het lank bespreek hoeveel waens hulle sou benodig en het uiteindelik op drie ooreengekom. Vir elke wa wat hulle sou koop, het ander uitgawes opgekom: soos osse, manne om die waens te dryf en om hulle te beskerm, kos vir die manne en bo alles die voorraad om die waens mee te vul.

Die volgende dag het hulle hul eenvoudige besittings gepak en 'n paar dinge te doen met besigheid afgehandel in die dorp. Toe het hulle begin afskeid neem van die mense wat hulle leer ken het en ook van hulle lojale kliënte. Daardie aand het hulle vir Sonja du Plessis na die Grand gevat vir 'n afskeidsmaaltyd en al hul vriende genooi om by hulle aan te sluit. Die aand was vrolik met stemme wat lewendig praat en lag. Daar was 'n paar baie emosionele oomblikke toe hulle handskud met vriende en kollegas en dié wat vir hulle 'n veilige reis toewens en op 'n stadium het Dawid oorgeleun na Morris toe om vir hom te vra of hulle die regte ding doen om Port Elizabeth te verlaat. Hulle het geen idee gehad hoe gewild én geliefd hulle geword het in die gemeenskap sedert hulle 'n jaar tevore daar aangekom het nie. Die hele eetkamer was stampvol met hul vriende. Toe koffie bedien word, het die mense begin grom dat Morris en Dawid 'n toespraak moes lewer. Morris het teësinnig opgestaan en die skare glimlaggende mense voor hom toegespreek.

"Dames en here," het hy gesê, 'n rukkie stilgebly terwyl hy oor die gesigte kyk, kommer oor sy voorkop gegraveer. Hy was nie gewoond hieraan nie en het tyd nodig gehad om woorde te vind. "Ek en Dawid wil julle almal bedank dat julle vanaand hier saam met ons is." Hy het na al die verwagtende gesigte gekyk, toe breed geglimlag.

"Ons het net meer as 'n jaar gelede hier aangekom sonder dat ons enigiemand geken het. Behalwe vir Anthony Robinson daar oorkant, wat ons op die skip ontmoet het.

"Ons het geen idee gehad waarvoor ons ons ingelaat het nie en as ons terugkyk na wat ons agterlaat, wil ek sê dat ons goeie geluk gehad het en verál goeie vriende.

"Ons kan nie die vriendskap, kameraadskap en opregte goedheid van almal wat ons ontmoet en leer ken het, in woorde uitdruk nie. Ons is ewig dankbaar vir al julle ondersteuning in ons besigheid, en vir al die raad, hulp en vrygewigheid wat julle aan ons getoon het die afgelope jaar.

"Ons gaan julle almal mis, maar ek kan julle verseker dat ons sal terugkom. Julle sal altyd in ons harte wees.

"Staan asseblief op terwyl ek 'n heildronk op ewige vriendskappe instel." Morris het sy glas gelig en almal in die eetkamer het opgestaan en 'hoor, hoor' en 'op vriendskap' gejil.

Die partytjie het tot laatnag aangegaan en die broers het die rekening betaal. Ná aandete – toe gaste begin rondloop en kuier – het Morris en Dawid na Sonja gegaan waar sy diep in gesprek was met Solly Alhadeff. Hulle het vir Solly gevra of hulle 'n oomblik met Sonja kon praat en saam na 'n stil hoekie van die kamer geloop.

"Sonja," het Morris begin, "ons is jou ewig dankbaar vir alles wat jy vir ons gedoen het."

"O seuns, dit was net 'n plesier. Ek het die geselskap nodig gehad, en julle het perfek in my klein wêreld ingepas," het sy met dank gesê.

"Nee," het Dawid haar in die rede geval, "ons het nabetragting gehou oor hoe jy na ons omgesien het sedert ons hier aangekom het, en ons het besef dat ons fabriek 'n inbreuk gemaak het op jou lewe – om nie te praat van ons swerm vroulike werkers wat onophoudelik gesing en gepraat het nie. Jy het na ons omgesien en was vir ons soos 'n broodnodige moederfiguur. Ons wil vir jou 'n baie groot en spesiale dankie gee."

"Ag seuns, julle gaan my laat huil," het Sonja gesê met 'n bewerige glimlag en met trane wat opwel in haar oë.

"Sonja," hierdie keer het Morris ingegryp; hy was nie gewoond aan vroulike, emosionele uitbarstings nie, "sien jy daardie man daar oorkant?" Hy het na Jack Shiel gewys, wat in 'n vrolike gesprek met die Stasiemeester gewikkel was. "Hy is die bankbestuurder van die Standard

Bank. Ons hoor jy bank ook by Standard."

"Ja, ek doen."

"Wel, ons weet dit," het Morris redelik bot gesê, "want ek het hom gevra. As 'n teken van ons dank, het ons aan mnr. Shiel opdrag gegee om die uitstaande huislening wat jou wyle man gehad het, uit te wis. Van môreoggend af is jy skuldvry."

Sy het na met groot oë na Morris gestaan en staar en die trane het vrylik oor haar wange gerol.

"Moenie huil nie asseblief, Sonja. Die mense kyk," het Dawid haastig gesê. "Ons wil dit vir jou doen – ons hét dit reeds gedoen – so jy kan nie stry nie."

Sonja het onbeheerbaar begin huil en haar arms om die seuns se nekke gesit, met haar gesig teen hulle skouers. Morris en Dawid het verleë probeer om weg te trek.

"Hou op huil," het Morris verontwaardig gesê terwyl hy 'n paar trane van sy baadjie-lapel afvee.

"Hier's 'n sakdoek," het Dawid gesê, terwyl hy 'n wit sakdoek uit sy sak haal, sy skouer vinnig afvee en dit aan haar oorhandig.

Sonja het oor en oor vir hulle dankie gesê voordat sy bedaar het en hulle weer by die afskeidspartytjie aangesluit het. Anthony het haar vinnig onder sy vlerk geneem – tot mev. Bunting se ergernis. Later die aand het hulle saam met Sonja huistoe gestap en heerlik langs die pad gesing, gelag en geskerts – hartseer op 'n manier omdat hulle geweet het dat hulle aan die einde van 'n era gekom het.

Vyfuur die oggend het Nguni vir hulle by die tuinhekkie gewag met twee van sy sterkste manne om die seuns se reiskiste te help dra. Hulle was lig en meestal leeg; die voorraad sigaretpapier waarmee hulle aanvanklik aangekom het, was nou opgebruik. Trouens, daar was feitlik niks in nie. Sonja was vroeg op en het daarop aangedring om hulle na die spoorwegstasie te vergesel, so, met hulle arms ingehaak, het Sonja en die seuns rustig stasie toe geloop met Nguni en sy manne agterna.

Toe hulle by die boogvormige baksteen-ingang van die stasie instap, het hulle 'n groot klomp mense op die platform opgemerk. Daar was meer mense as gewoonlik.

"My aarde, wat gaan hier aan?" het Dawid gesê.

Skielik het 'n groot groep Xhosa-vroue wat eenkant gestaan het, begin sing. Morris het opgemerk dat die voorsangeres niemand anders as Gugulethu, Nguni se tweede vrou, was nie. Hulle het 'n oomblik gestaan en net gekyk, en breed geglimlag.

"O my liewe Vader," het Morris vir niemand in besonder gesê nie, "is dít vir ons?"

Terwyl die sang in die agtergrond voortgegaan het, het baie mans uit die dorp – vanuit alle vlakke van die samelewing – vorentoe gekom om die seuns vaarwel te sê en sterkte toe te roep vir hul toekomstige ondernemings in die binneland. Toe het hulle by Nguni en sy manne gestop en op die tradisionele manier van Afrika hand geskud; al die vroue van sy stat wat by die koor aangesluit het, het baie saggies die seuns se hande gedruk en 'n kniebuiging gemaak. Dié waarmee hulle saam gewerk het, het openlik gehuil.

Danie was die laaste om die seuns te groet toe hulle uiteindelik in die trein wou klim. "Wel, sowaar. Ek het mans geken wat al twintig jaar hier gebly het wat nooit só 'n afskeid gekry het nie," het hy opgemerk. "Wat het julle gedoen om dit te verdien?"

"Ek weet nie, Danie. Ek weet regtig nie," het Dawid gesê, terwyl hy nog steeds na die vrouekoor gekyk het wat vir hulle in harmonië gesing het. Toe hulle lied eindig het die manne van Nguni se stam, wat tot nou toe nog stil aan die ander kant van die platform gestaan het, 'n ander lied met diep baritonstemme begin. Die krale, skulpe en stukkies metaal aan hul polse en enkels het geklingel terwyl hulle op die maat met hulle voete op die platform stamp en die vertoning was roerend. Dit was 'n huldeblyk aan die broers se werksverhouding en respek vir hoe hulle hul vroue en susters behandel het toe hulle vir die seuns gewerk het. Toe die lied klaarmaak het almal op die platform spontaan vir hulle begin hande klap.

Net toe het die treindrywer die fluitjie geblaas. Die broers het ingeklim, en die trein het sy stadige reis na Mafeking begin met 'n gewaai en gejuig van dié teenwoordig op die platform. Toe die trein omtrent 'n minuut later by die beskawing uitry het die seuns teruggesit in hul sitplekke, verstom deur die ophef wat van hulle gemaak was. Dawid het onwillekeurig 'n traan uit die hoek van sy oog gevee.

"Morris, ek weet regtig nie wat daar agter gebeur het nie. Dit was ongelooflik."

"Inderdaad. Dit voel soos ons huis. Ons was so welkom daar; ek het geen idee gehad nie."

Hulle het 'n rukkie so stil gesit en alles ingeneem wat gebeur het, voordat Dawid weer die stilte verbreek het.

"Morris, wat dink jy lê nou vir ons voor?"

"Ek het geen idee nie. Ons was baie gelukkig, hier in Afrika. Natuurlik, ons hét hard gewerk, maar ons wás gelukkig. Nou is ons ryk, so die vooruitsigte is beter. Daar is nog so baie om te leer oor hierdie plek, en dit maak my opgewonde, Dawid." Hy het verder ontspan op die sagte leer van sy sitplek en na die landskap van Afrika voor hom gekyk.

Dawid het ook teruggesit en 'n oomblik na sy broer gestaar; gewonder wat in sy sewentienjarige broer se kop aangaan, voordat hy ook by die venster uitgekyk het, en binnekort was albei asof gehipnotiseer vasgevang in die wildheid van die platteland wat by hulle verbygeflits het. Toe hulle die brug bereik wat oor die vallei en bo-oor die diep kronkelende rivier ver onder strek, het hulle by die venster gaan staan en afgekyk na die landskap. Dawid wou waai, of die sigaret-gereedskap wat onder in die rivier lê, salueer; dit was trouens die gereedskap wat 'n nuwe asem in hulle lewens geblaas het.

Hulle het weer teruggesit toe die brug verby was en weer net by die venster uitgestaar. Min het hulle geweet wat Afrika nog vir hulle ingehou het. Dit was die begin van 1893, Suider-Afrika het 'n verskriklike storie gehad wat nog vertel moes word en hulle was reguit oppad daarheen. Hulle was op die punt om 'n baie groot deel van haar geskiedenis te word.

WORD VERVOLG...

LANGBOURNE'S

Rebellion

David rode hard to Bembezi, vigilantly scouring the bush on either side of him for Ndebele warriors. It was only about twenty-five miles to Bembezi but he was hoping against all odds that he would find Abe before he got there. The further away from Bulawayo he got the more dangerous it became, and even now the thought rankled that he might be too late.

When he was almost there his prayers were answered as he saw a wagon slowly grinding its way towards him in the distance. As he got closer his heart leapt for joy - he had found Abe Kaufman!

"Abe, thank the Lord I have found you!" David panted as he pulled Bruno to a rearing halt at the head of Abe's wagon.

"David, how good to see you," Abe said, a worried look setting on his face. "What's the matter?"

"The Ndebele nation has started a rebellion. They are killing every European settler they find. We have to get back to KoBulawayo for protection, and fast! Grab whatever is valuable to you. I will outspan your oxen and release them," David ordered as he began to dismount, but stopped before he could even swing his leg over the saddle. "It's too late; they're here!"

From over the crest of a low grassy hill about three hundred Ndebele warriors appeared in full war dress, spears glinting in the bright sunlight. When they saw David and Abe they let out a bloodcurdling cry and charged down the hill towards them.

"Get on my horse. Now!" David shouted as he looked around for an escape route. "Now!" he demanded ferociously.

DANKBETUIGING/ ERKENNING

Ek wil graag my dank betuig aan 'n merkwaardige dame, Sonja Kantey, wat die Afrikaanse vertaling van hierdie boek gedoen het. Met haar grenslose entoesiasme was dit 'n absolute plesier om met haar saam te werk. Ek bedank ook haar ma, Elsie Barnard, wat gewilliglik die taak van proeflees onderneem het. Ook dankie aan Chris du Preez en Fred Pheiffer wat gehelp het wanneer die woordeboek nie kon nie, haar broer Zandie Barnard vir die tegniese detail van vuurwapens en Mike Kantey, haar man, wat haar met bemoediging en geduld bygestaan het.

Ek wil ook graag my lewenslange vriend, Martin Robinson, bedank wat sy oog verskeie kere oor hierdie boek gewerp het; vir sy inspirasie en ondersteuning toe ek eerlike raad nodig gehad het.

Vir die navorsing van hierdie boek betuig ek my dank aan John S Landau (VSA), David Landau (VK), Steve Landau (VSA), Alan en Jenny Paul (VK), Nancy Wiseman (VSA), Bill Rich (VSA), Richard Landau (Suid-Afrika), Felicity Lowinger (Kanada), en Carol en Johnny Dardagan (Zimbabwe) vir die inligting, foto's en stories oor die Langbourne broers.

'n Baie groot dankie aan 'n spesiale vrou, Pam Sussman Landau (Kanada), wat die Langbourne broers persoonlik geken het toe sy nog 'n jong meisie was. Haar ongelooflike herinneringe van die familie het my in staat gestel om hierdie verhaal aan te teken wat verseker vir ewig in die chaos van geskiedenis sou verdwyn het. My dankbaarheid aan my goeie vriend Phil Ineson vir sy tegniese leiding oor die wapens wat in die verhaal gebruik word.

My dank aan my seun en dogter, John en Cherie, vir hulle onderskraging en geduld wanneer ek onophoudelik oor die boek gebabbel het tydens talle koffie-afsprake. En 'n spesiale dankie aan my wonderlike en lieflike vrou, Sharon, vir haar voortdurende aanmoediging, ondersteuning en entoesiasme wat my aan die gang gehou het op die laaste punt en nog verder. Ek besef dat hierdie reeks nooit geskryf sou word sonder haar nie.

OOR DIE SKRYWER

Alan Landau is in 1959 in Salisbury, Rhodesië (nou Harare, Zimbabwe) gebore. In 1978 het hy by die *British South Africa Police* (oftewel die BSAC) aangesluit. Dit was gedurende daardie tyd wat Rhodesië vasgevang was in 'n burgeroorlog wat in 1980 beëindig is. Alan het vir 'n kort wyle in die nuwe *Zimbabwe Republic Police* gedien, maar het die diens verlaat om die kommersiële wêreld te betree.

Alan het vir vyf jaar in Zimbabwe se bekende tabakbedryf gewerk voordat hy by sy vader aangesluit en het uiteindelik die familiebesigheid oorgeneem toe sy vader na die Verenigde Koninkryk afgetree het. Later was Alan betrokke by die reis-, toerisme-, hotel-, eiendom-, finansiële- en kleinhandelsektore. Sy diens aan sy gemeenskap het die vorm van Rotary International aangeneem, met 'n toegewyde fokus op die Rotariër Jeuguitruilprogram (Rotary Youth Exchange Program).

In 2001 het hy na Brisbane, Australië, geëmigreer. Hier het Alan 'n agentskap in die kleinhandelsektor gekoop, wat hy met groot sukses saam met sy oorlede vrou en twee kinders bedryf het. In 2012 het hy die besigheid verkoop en semi-afgetree. Deesdae beoefen hy sy stokperdjies om te skryf, en ook om saam met sy vrou, Sharon, te reis, wildsafari's te onderneem en ornitologie te bestudeer.

Meer oor die outeur kan gevind word by:
Web: www.landaubooks.com
Twitter: @landaubooks
Facebook:www.facebook.com/landaubooks
Instagram: landaubooks

Die Langbourne-reeks

Gebaseer op 'n ware verhaal, volg die Langbourne-reeks die lewens van vier onverskrokke broers wat in 1891 na Afrika reis. Sonder ouers, vriende of familie kom hulle per skip in Port Elizabeth aan en fokus hulle daarop om genoeg geld te maak om hulle armlastige familie in Ierland te onderhou. Maar Moeder Afrika het haar eie idees..

'n Landau Books Publikasie
www.landaubooks.com

"To Brave Men"
by
Alan P Landau

Based on the true story of the ill-fated Shangani Patrol, this haunting tale advances with gripping intensity.

Set in 1893, against the backdrop of a war-torn southern African landscape, the remarkable bravery of these men and those who opposed them echoes across time.

Embark on a journey alongside the audacious Fred Burnham, whose adventurous spirit knows no bounds.

Meet Major Allan Wilson, a valiant officer navigating the perils of war with unwavering courage.

Discover King Lobengula, a complex figure, embodying both ruthless tyranny and diplomatic finesse, leaving an indelible mark on his people.

Witness the loyalty of Mjaan, Lobengula's steadfast induna, tested to his limits.

Immerse yourself in a world of sacrifice, and unbreakable human resolve in this unforgettable tale.

Another Landau Books Publication
www.landaubooks.com

"Of Sand and Stars"
by
Brenda Kate & Alan Landau

In the vast Australian outback, FBI agent Mandy Richardson and an enigmatic Australian astronomer kindle a forbidden romance while unravelling a sinister plot. Their combined knowledge uncovers a scheme for mass destruction, forcing them to navigate dangers and reconcile loyalties. Racing against time and torn between duty and desire, they must conquer ruthless adversaries and protect humanity. Prepare for a thrilling journey where love defies rules and survival hangs in the balance.

Another Landau Books Publication
www.landaubooks.com